KB247470

말테의 수기

말테의 수기

Die Aufzeichnungen des Malte Laurids Brigge

라이너 마리아 릴케 장편소설   안문영 옮김

DIE AUFZEICHNUNGEN DES MALTE LAURIDS BRIGGE
by RAINER MARIA RILKE (1910)

말테의 수기

7

9월 11일, 툴리에 가에서[1]

그래, 그러니까 사람들은 살기 위해 이곳으로 온다. 내가 보기에는 오히려 여기서 모두 죽어 가지 싶다. 밖에 나가 보았다. 온통 병원만 보였다. 비틀거리며 걷다가 쓰러지는 사람을 보았다. 사람들이 그의 주변으로 몰려드는 바람에 그 나머지는 볼 필요가 없었다. 임신한 여자도 봤다. 그 임신부는 따뜻하고 높은 담을 따라 느릿느릿 무거운 발걸음을 옮기며 담벼락이 아직 거기 있는지 확인하려는 듯이, 가끔 손을 내밀어 더듬었다. 물론 담벼락은 아직 거기 있었다. 그런데 그 너머에? 들고 있던 지도에서 찾아보니, 〈산부인과 병인〉[2]이라고 적혀 있다. 됐어. 그곳에서 몸을 풀게 해주겠지. 사람들은 그런 일쯤은 할 수 있다. 더 가니 생자크 가였고, 거기 둥

---

1 릴케는 1902년 8월 28일 파리에 도착하여 그해 10월 초까지 툴리에 가 11번지의 싸구려 호텔에서 지냈다.

2 Maison d'Accouchement.

근 지붕을 얹은 큰 건물이 서 있었다. 지도에는 발 드 그라스, 육군 병원[3]이라 적혀 있었다. 알 필요는 없었지만, 알아도 해로울 것은 없었다. 골목 온 사방에서 냄새가 풍기기 시작했다. 냄새를 구별해 보자니 요오드포름과 감자튀김 기름, 불안의 냄새가 났다. 여름에는 모든 도시에서 냄새가 난다. 그다음에는 백내장에라도 걸린 것같이 특이하게 허름한 집을 보았다. 지도에는 나오지 않았지만, 문 위에는 아직 읽을 수 있을 만큼 또렷하게 〈밤의 피난처〉[4]라고 적혀 있었다. 입구 옆에 가격표가 있어 읽어 보니, 비싼 집은 아니었다.

그리고 또 무엇을 보았더라? 세워 놓은 유모차 안에 아이가 있었지. 뚱뚱하고 살색이 푸르스름한 아이였는데, 이마에는 종기가 돋아 있었다. 다 나은 것처럼 보였으니 아프지는 않았을 것이다. 아이는 자고 있었다. 입을 벌리고 요오드포름과 감자튀김과 불안을 들이마시고 있었다. 그랬다. 중요한 일은 사람이 살아 있다는 것. 그것이 중요한 일이었다.

창문을 열어 놓고 자는 버릇을 아무래도 고칠 수가 없으니. 전차가 종을 울리며 내 방을 통과해 지나간다. 자동차들이 내 위로 지나간다. 어디선가 문이 닫히고, 창유리 한 장이 소리를 내며 떨어진다. 큰 유리 조각이 웃고, 작은 유리 조각이

3 Val-de-Grâce, Hôpital militaire. 〈발 드 그라스〉는 〈은총의 계곡〉이라는 뜻이며, 원래 수도원 터였는데 1790년부터 육군 병원으로 사용되었다.
4 Asile de nuit. 간이 숙박소를 말한다.

키득거리는 소리가 들린다. 그때 갑자기 건너편 집 안에서 둔탁한 소음이 들려온다. 누군가 계단을 오르고 있다. 온다, 멈추지 않고 온다. 선다. 거기 오랫동안 서 있다가, 지나간다. 그러고 나서 다시 거리의 소리가 들린다. 어떤 소녀가 악을 쓴다. 「아, 입 닥치라니까, 더 이상 못 참겠어.」 전차가 아주 흥분한 듯 달려와 그 목소리를 덮치고 지나간다. 모든 것을 덮치고 지나간다. 누군가 소리 질러 사람을 부르고, 사람들이 앞다투어 달려간다. 개 한 마리가 짖는다. 아, 얼마나 안심이 되는지. 개가. 아침 무렵에는 닭 우는 소리도 들려, 한없이 마음이 놓인다. 그러다 갑자기 잠이 든다.

이런 것들은 다 소음이다. 그러나 여기에는 이보다 더 무서운 것이 있다. 바로 정적이다. 큰불이 났을 때 가끔 그렇게 극도로 긴장된 순간이 있다고 생각한다. 물줄기가 잦아들고, 소방수들도 더 이상 기어오르지 않는다. 다들 꼼짝도 하지 않는다. 저 위에서 검은 서까래가 앞쪽으로 쏠리고, 뒤로 불길이 치솟으며 높은 담벼락이 소리 없이 기울어진다. 모두들 어깨를 움츠리고 서서, 이맛살을 잔뜩 찌푸리고는, 끔찍한 소리를 내며 무너지기를 기다리고 있다. 이곳의 정적이 바로 그렇다.

나는 보는 법을 배우고 있다. 왜 그런지는 모르겠지만, 모든 것이 내 안으로 더욱 깊이 들어가고, 여느 때 같으면 언제나 끝이었던 그 자리에서 멈추지 않는다. 내게는 내가 몰랐던 어떤 내면이 있다. 이제 모든 것이 그 안으로 들어간다. 그곳에서 무슨 일이 일어나는지 나는 모른다.

오늘 편지 한 장을 쓰면서, 내가 이곳에 온 지 3주밖에 안 되었다는 사실을 깨달았다. 다른 곳, 예컨대 시골에서 3주는 하루와 같다. 그런데 이곳에서는 몇 년이나 된다. 이젠 어떤 편지도 쓰지 않겠다. 내가 변하고 있다는 사실을 누구에게 말할 필요가 있단 말인가? 변하고 있다면, 나는 어제의 내가 아니다. 그리고 내가 지금까지와 다른 존재라면 나를 아는 사람이 아무도 없다는 것이 분명하다. 그러니 낯선 사람들, 나를 모르는 사람들에게 편지를 쓸 수는 없다.

내가 벌써 말했던가? 보는 법을 배우고 있다고. 그렇다, 나는 시작하고 있다. 아직은 잘 안 된다. 그러나 내 시간을 잘 이용해 보려 한다.

예컨대 나는 많은 얼굴들이 존재한다는 사실을 한 번도 의식해 본 적이 없다. 사람들도 많지만, 얼굴들은 더 많다. 누구나 여러 개의 얼굴을 가지고 있기 때문이다. 한 얼굴을 몇 년씩이나 쓰고 다니는 사람들도 있다. 물론 그 얼굴은 써서 닳고, 더러워지고, 주름이 잡히고, 여행 중에 끼고 다닌 장갑처럼 늘어나기도 한다. 그들은 검소하고 단순한 사람들이다. 그들은 얼굴을 바꿀 줄도 모르고, 씻을 줄도 모른다.

그들은 자기들이 지닌 얼굴이 충분히 좋다고 생각한다. 누가 그들에게 그렇지 않다고 반증해 보일 수 있을까? 이제 생기는 당연한 의문은 그들도 여러 개의 얼굴을 가지고 있으니, 다른 얼굴은 무엇에다 쓸까 하는 것이다. 다른 얼굴들은 잘 보관해 둔다. 자식들이 그것들을 쓰게 될 테니까. 그렇지만 그 사람들의 개들이 그것을 쓰고 나가는 일도 생긴다. 그러지 말란 법이 있는가? 얼굴은 얼굴일 뿐인데.

또 어떤 사람들은 무척 빠르게 얼굴을 차례차례 바꿔 쓰면서, 그것들이 다 닳아 없어지게 한다. 처음엔 그 얼굴들을 영원히 지닐 거라 생각하지만, 마흔 살도 되기 전에 벌써 마지막 얼굴이다. 거기에도 물론 나름의 비극이 있다. 그들은 얼굴을 아끼는 데에 익숙하지 않다. 그들의 마지막 얼굴은 일주일 만에 다 닳아 구멍이 생기고, 여러 군데가 종잇장처럼 얇아진다. 그래서 점점 얼굴도 아닌 바탕이 드러나게 되는데, 그들은 그것을 쓰고 돌아다니는 것이다.

하지만 그 여인, 그 여인. 그녀는 완전히 자기 안에 빠져 있었지. 앞으로 몸을 숙여 두 손에 얼굴을 묻고. 노트르담데샹 거리[5] 모퉁이에서였다. 나는 그녀가 보이자 천천히 걷기 시작했다. 가난한 사람들이 생각에 잠겨 있을 때는 방해하면 안 된다. 어쩌면 그들에게 무언가 떠오를지도 모르는 일이니까.

그러나 거리가 너무나 텅 비어 있었다. 거리의 공허는 심심하던 차에 내 발밑의 걸음걸이를 낚아채더니 이리저리 다

5 rue Notre-Dame-des-Champs. 프랑스 파리의 제6구, 뤽상부르 서남쪽에 있는 거리.

니며, 나막신을 신었을 때처럼 또각또각 소리를 냈다. 그 여인은 화들짝 놀라며 얼굴을 손에서 떼어 냈는데, 그 동작이 얼마나 빠르고 급했던지, 그녀의 얼굴이 두 손 안에 그대로 남아 있었다. 나는 그녀의 얼굴이 그 안에 들어 있는 것을 보았다. 그 움푹한 형태를. 시선을 그 두 손에만 두고, 거기서 떨어져 나간 것은 보지 않으려니, 너무나 힘들었다. 나는 한 얼굴의 속을 보기가 무서웠다. 그러나 그보다 얼굴이 없는 상처 난 맨머리를 볼까 봐 훨씬 더 무서웠다.

나는 무섭다. 한번 무서움이 생기면, 거기에 맞서 무슨 일이든 해야 한다. 여기서 병이 난다면 매우 추할 것이다. 누군가 나를 디외 병원[6]에 넣어 준다면, 나는 그곳에서 확실하게 죽을 것이다. 이 〈집〉은 기분 좋은 곳이라 엄청나게 많은 사람들이 찾아온다. 누군가 파리 대성당의 외관을 구경하려고 서 있다가는 마차에 치일 위험이 있다. 가능한 한 빠른 속도로 넓은 공터를 지나 병원 안으로 들어가야만 하는 마차들이 수도 없이 그곳을 지나가기 때문이다. 계속 종을 울려 대는 것은 작은 승합 마차들이다. 죽어 가는 소시민이 그렇게 곧장 신의 〈저택〉으로 들어갈 생각을 했을 때에는 사강 대공[7]조차 자기 마차를 세우지 않을 수 없다. 죽어 가는 사람

6 Hôtel-Dieu. 파리 노트르담 사원 부근에 있는 큰 병원. 〈신의 저택〉이라는 뜻을 지닌 명칭은 이 병원 건물이 원래 수녀원이었다는 사실에서 연유한 것이다.

들은 고집불통이다. 마르티르 가의 중고품 가게 여주인 마담 르그랑이 센 강 한가운데 있는 시테 섬 어딘가로 마차를 타고 오기라도 하면 파리 전체의 교통이 마비된다. 작지만 으리으리한 이 마차들에는 아주 자극적인 우윳빛 유리문이 있어 그 뒤에서 굉장한 고통을 겪고 있는 사람을 상상할 수 있는 것이다. 그러기엔 수위 정도의 상상력만으로도 충분하다. 그러나 사람들이 더 풍부한 상상을 펼친다면, 그리고 그것이 다른 방향으로 나아간다면 추측은 무한히 이어질 것이다. 나는 무개(無蓋) 마차가 도착하는 것도 보았다. 지붕을 열어젖힌 삯마차였는데, 지정 요금을 받고 다녔다. 임종 시간을 위한 요금은 2프랑이었다.

이 빼어난 〈저택〉은 매우 오래되었다. 클로비스 왕[8] 시대에도 사람들은 그 병원의 몇몇 병상에서 숨을 거두었다. 지금은 559개의 병상에서 임종을 맞는다. 물론 공장 생산 방식이다. 그처럼 엄청난 생산 과정에서 개개의 죽음은 그다지 잘 대접받지 못한다. 그러나 그것도 별로 중요하지 않다. 많은 사람들이 그렇게 죽는다. 오늘날 누가 공들여 치르는 죽음을 위해 돈을 쓴단 말인가. 그런 사람은 아무도 없다. 세심한 절차를 거쳐 죽을 수 있는 부자들도 게으르고 무심해

---

7 Charles Guillaume Frédéric Boson de Talleyrand-Périgord(1832~1910)의 별칭 duc de Sagan. 파리의 유명한 귀족.

8 Clovis II(633~657). 이 병원은 651년에 설립되었다.

지기 시작했다. 자기만의 죽음을 갖겠다는 소망은 점점 찾기 힘들어지고 있다. 조금 더 있으면 자기만의 죽음은 자기만의 삶만큼이나 드물게 될 것이다. 맙소사, 모든 것이 이미 다 마련되어 있다. 사람이 세상에 나오면 다 짜여진 하나의 삶을 찾아 기성복처럼 그것을 걸치기만 하면 된다. 사람이 세상을 떠날 의지가 있든, 아니면 강제로 떠나든 너무 애쓸 필요가 없다. 「여기 당신의 죽음이 있습니다, 선생.」 사람들은 죽음이 닥치는 그대로 죽는다. 자기가 지닌 질병에 속해 있는 죽음을 맞이하는 것이다. (사람들이 모든 질병에 대해서 알게 된 이후, 다양한 죽음의 종말도 인간이 아니라 그 질병에 속한다는 사실을 알게 되었기 때문이다. 말하자면 환자는 아무 할 일이 없다.)

사람들이 기꺼이, 그리고 의사와 간호사들에 대한 깊은 감사의 마음과 더불어 죽는 요양원에서는 그 시설이 마련해 준 죽음을 죽는다. 사람들은 그것을 좋게 본다. 그러나 집에서 죽을 때는 자연스럽게 일급 장례와 그에 따르는 일체의 멋진 관례가 시작되는, 저 상류 계층의 예의 바른 죽음을 선택한다. 그럴 때면 가난한 사람들은 그런 장례를 치르는 집 앞에 서서 실컷 구경도 하는 것이다. 그들의 죽음은 물론 번거로움 같은 건 전혀 없이 시시하다. 그들은 자신의 몸에 적당히 맞는 죽음을 찾기만 해도 좋아한다. 죽음이 너무 크다고 해도 괜찮다. 사람은 언제나 조금 더 자라는 법이니까. 다만 가슴 위에서 여며지지 않거나, 숨 막히게 죈다면 곤란하다.

지금은 아무도 없는 고향을 생각할 때면, 틀림없이 예전에는 달랐다는 생각이 든다. 예전 사람들은 알고 있었다(또는 어렴풋이 느꼈을지도 모른다), 사람은 죽음을, 마치 과일이 씨를 품듯이, 자기 안에 지니고 있다는 사실을. 어린이들은 작은 죽음을, 그리고 어른들은 큰 죽음을 자기 안에 품고 있었다. 여자들은 자궁 속에, 남자들은 가슴속에 지니고 있었다. 그런 죽음을 지니고 있었기에 사람들은 **독특한 품위와** 조용한 자긍심을 부여받고 있었던 것이다.

사람들은 나의 할아버지, 나이 든 시종관 브리게에게서 그분만 해도 아직 죽음을 자신 안에 품고 있음을 볼 수 있었다. 그것은 어떤 죽음이었던가. 두 달이나 지속되었고, 멀리 떨어진 농가에까지 들리도록 큰 소리가 났으니.

길고 낡은 귀족 저택은 이 죽음에겐 너무 작았다. 옆으로 칸을 더 늘려 지어야 할 것 같았다. 시종관의 몸이 점점 커졌기 때문이다. 그분은 끊임없이 한 방에서 다른 방으로 옮겨지기를 원했고, 하루가 끝나기도 전에 더 이상 누워 볼 방이 남아 있지 않으면 무섭게 화를 내셨다. 그러면 하인들과 하녀들, 그리고 그분이 항상 곁에 데리고 있던 개들이 열을 지어 계단을 올라가서, 집사가 앞장을 선 가운데, 돌아가신 당신 어머님의 임종을 맞던 방 안으로 들어갔다. 그 방은 23년 전 그분이 떠나셨을 때의 모습 그대로 보존되어 있었고, 아무도 발을 들여놓을 수 없었다. 그런데 지금 이 떼거리들이 그 방 안으로 밀고 들어갔다. 무거운 커튼을 열어젖히자, 한여름 오후의 강한 햇살이 들어와 수줍고 놀란 모든 대상들을 샅샅이 비추었고, 화들짝 열린 거울 안에서 서툴게 몸을 돌렸다. 사람들도 마찬가지였다. 하녀들은 호기심에 들떠 자기 손이 어디에 머무는지 몰랐고, 하인들은 눈을 휘둥그레 뜨고 모든 것을 살펴보았다. 나이 든 하인들은 이리저리 돌아다니면서 지금 그들이 운 좋게 들어와 있는 그 폐쇄된 방에 대해 사람들이 들려준 모든 이야기들을 기억해 내려고 애썼다.

그러나 냄새 나는 물건들이 가득 찬 그 방에 있는 것이 무엇보다도 개들을 무척이나 흥분시키는 것 같았다. 키가 크고 날씬한 러시아산 사냥개들이 등받이 의자 뒤에서 바쁘게 이리저리 뛰어다녔고, 요람을 흔들 듯 동작이 느린 춤 박자 걸음으로 방을 질러가더니 문장(紋章)에 그려진 개처럼 똑바로 일어서서, 가느다란 앞발로 백금 장식의 창턱을 받치고, 뾰족하고 긴장된 낯으로 이마를 뒤로 젖힌 채 마당 안을 좌우로 살펴보았다. 누런 장갑 빛을 띤 작은 닥스훈트들은 마치 모든 일이 아주 잘 되었다는 듯한 낯을 하고 창가의 비단 쿠션 의자에 앉아 있었다. 그리고 털이 짧고 거칠어 무뚝뚝해 보이는 포인터 한 마리가 금빛 다리를 단 테이블 모서리에 등을 비벼 대는 바람에 그림이 그려진 테이블 위에 놓인 세브르산 찻잔들이 떨렸다.

정말이지 그 시간은 정신없이 잠에 빠져 있던 이 사물들에게는 끔찍한 시간이었다. 어느 성급한 사람 손이 서툴게 연 책들로부터 장미꽃 잎이 쏟아져 나와 짓밟히기도 했다. 작고 약한 물건들은 손에 잡히자마자 깨져 버렸고, 그 상태로 얼른 다시 제자리에 놓였다. 여러 가지 망가진 물건들도 커튼 뒤에 숨겨지거나 벽난로의 금빛 격자망 뒤로 내던져졌다. 그리고 때때로 무언가 떨어졌다. 양탄자 위에 소리 죽여 떨어지거나, 딱딱한 바닥에 맑은 소리를 내며 떨어졌다. 여기저기서 물건들이 깨졌다. 날카로운 소리를 내며 박살이 나거나 소리도 없이 금이 갔다. 곱게만 다뤄지던 이 물건들은 떨어지는 것을 좀체 견디지 못했던 것이다.

그리고 이 모든 일의 원인이 무엇이냐고, 도대체 조심스럽게 보호해 온 이 방 안으로 온갖 몰락을 불러들인 게 무엇이냐고 누군가 물어보려고 한다면, 답은 오직 하나뿐일 것이다. 죽음.

시종관 크리스토프 데틀레프 브리게 씨의 울스고르에서의 죽음. 이분은 짙은 남색 유니폼 밖으로 삐져나올 정도로 몸이 부풀어서 방바닥 한가운데 누워 꼼짝도 하지 않았다. 크고 낯설기만 한, 이제는 아무도 알아볼 수 없는 그의 얼굴은 눈이 감겨 있었다. 그는 아무것도 보지 않았다. 사람들은 처음에 그를 침대에 눕히려고 했다. 그러나 그가 저항했다. 몸속에서 병이 자라고 있던 발병 초기의 며칠 밤 이후로 침대를 증오했기 때문이다. 또 위층에 있는 침대가 너무 작다는 것이 확인되고 보니 그를 양탄자 위에 눕힐 밖에 다른 도리가 없었다. 그는 아래층으로는 내려가려고 하지 않았다.

이제 거기에 그가 누워 있었다. 사람들이 그가 죽은 것은 아닌가 하고 생각할 정도였다. 날이 서서히 어두워지기 시작하자 개들은 하나둘 문틈으로 빠져나갔다. 오직 털이 뻣뻣하고 무뚝뚝한 낯짝을 가진 개 한 마리만 주인 곁에 앉아서, 넓적하고 털이 더부룩한 앞발 하나를 크리스토프 데틀레프 씨의 커다란 잿빛 손 위에 올려놓고 있었다. 하인들도 이제는 대부분 방보다 밝은 바깥 하얀 복도에 서 있었다. 그러나 아직도 방 안에 남아 있던 사람들은 때때로 방 한가운데에서 점점 시커멓게 변해 가고 있는 커다란 무더기 쪽을 몰래 쳐다보았다. 사람들은 그것이 상한 물건 위에 덮어 놓은 큰 양복 이상이 아니기를 바랐다.

그러나 아직도 무언가가 더 있었다. 그것은 목소리, 7주 전까지만 해도 아무도 몰랐던 그런 목소리였다. 그것은 시종관의 목소리가 아니었기 때문이다. 그 목소리는 크리스토프 데틀레프 씨의 것이 아니었다. 목소리의 주인은 크리스토프 데틀레프 씨의 죽음이었다.

크리스토프 데틀레프 씨의 죽음은 벌써 여러 날 전부터 울스고르에서 살면서 모든 사람들과 이야기했고 무엇인가를 요구했다. 들어서 옮겨 주기를 요구했고, 푸른 방을 요구했고, 작은 응접실을 요구했고, 큰 홀을 요구했다. 개들을 요구했으며, 웃고, 말하고, 놀고, 조용히 하기를, 그것도 한꺼번에 요구했다. 그 목소리는 친구들을, 그리고 여인들과 이미 고인이 된 사람들을 보기를 요구했으며, 자기도 죽기를 요구했다. 요구했다. 요구하고 소리를 질러 댔다.

밤이 오고, 번을 서지 않는 하인들이 지칠 대로 지쳐 잠이 들려고 할 때면 크리스토프 데틀레프 씨의 죽음은 소리를 질렀다. 어찌나 오랫동안 끊임없이 소리 지르고 신음하며 울부짖었던지, 개들도 처음에는 함께 짖어 대다가 잠잠해지더니 감히 엎드릴 엄두도 못 내고 길고 날씬한 다리를 떨며 서서 두려워했다. 그리고 은빛에 싸인, 드넓은 덴마크의 여름밤 내내 마을에서 죽음이 울부짖는 소리가 들리면, 사람들은 폭풍이 불 때처럼 일어나 옷을 챙겨 입고, 그것이 지나갈 때까지, 말없이 램프를 둘러싸고 앉아 있곤 했다. 분만이 가까워진 부인들은 침대 칸막이가 빽빽히게 들어친 맨 안쪽 방으로 옮겨졌다. 그러나 그들은 들었다. 마치 그 소리가 그들 자신의 몸 안에 들어 있기라도 한 것처럼 그렇게 들었다. 그러면 그들은 자기들도 일어나게 해달라고 간청했고, 희고 헐렁한 옷을 걸치고 와서, 희멀건 얼굴로 다른 사람들 옆에 앉았다. 그리고 마침 그때 송아지를 낳던 소들은 어쩔 줄을 몰라 산도(産道)가 막혀 버렸다. 새끼 한 마리가 아무래도 나오지 않으려 했을 때, 사람들은 소의 몸속에서 죽은 새끼를 내장과 함께 긁어냈다. 모든 사람이 낮일을 제대로 못했고, 건초를 들여놓는 일도 잊어버렸다. 낮에는 밤을 무서워했고, 몇 시간씩 깨어 있거나 놀라서 일어나는 바람에 너무 지쳐 아무것도 제대로 생각할 수가 없었다. 그래서 사람들은 일요일에 하얀빛의 평화로운 교회 안으로 들어가면 울스고르에 더 이상 주인이 없게 해달라고 빌었다. 이 주인은 너무나 끔찍했기 때문이다. 그리고 그들 모두가 생각하고 빌었던 것을 목사님도 설교대 위에서 아래를 향해 큰 소리로 말했다. 그분에게도 더 이상 밤이 없다 보니 하느님을 이해할 수 없었기 때문이다. 교회의 종도 그렇게 말했다. 그 종한테는 무서운 경쟁자가 생긴 것이니, 밤새도록 큰소리로 울부 짖는 그 경쟁자를 상대로는 온갖 쇳소리를 내봐도 속수무책 이었던 것이다. 정말로 모두가 그렇게 말했다. 젊은 사람 가 운데에는 성 안으로 들어가 거름 치우는 쇠스랑으로 그 주 인을 때려죽이는 꿈을 꾼 자도 있었다. 사람들은 그동안 너 무나 시달려 막바지에 이를 만큼 신경이 예민해져 있었기 때 문에, 모두들 귀를 기울여 들으며 저도 모르는 사이에 그가 실제로 그런 행동을 할 수 있지 않을까 하는 마음으로 서로 를 바라보았다. 몇 주 전까지만 해도 시종관을 좋아하고 염 려하던 사람들이 사는 마을 전체가 그렇게 느꼈고 그런 말 을 했다. 그러나 그들이 그렇게 말했어도, 아무것도 바뀌지 는 않았다. 울스고르에 살고 있던 크리스토프 데틀레프 씨 의 죽음은 물리칠 수 없었다. 그 죽음은 10주 예정으로 와서 그 기간을 머물렀다. 그리고 그동안에 그 죽음은 크리스토 프 데틀레프 브리게 씨가 그때까지 그랬던 것보다 훨씬 더 과하게 주인 노릇을 했다. 그 죽음은 마치 사람들이 후세에 영원히 폭군이라고 부르게 될 왕처럼 행세했다.

그것은 여느 수종(水腫) 환자의 죽음이 아니었다. 그것은 시종관이 평생 몸 안에 지녀 길러 왔던 사악한 죽음, 제왕의 죽음이었다. 그 자신이 평온한 날에 다 쓰지 못했던 넘치는 자부심과 의지와 지배력이 모두 그의 죽음 안으로 들어갔 고, 이제 그 죽음이 울스고르에 앉아 스스로를 소모하고 있 었다.

만일 누군가 그 죽음이 아닌 다른 죽음을 죽으라고 브리게 시종관에게 요구했더라면, 브리게 씨는 그 사람을 어떻게 바라봤을까. 그는 힘겨운 자신의 죽음으로 죽었다.

내가 직접 봤거나, 들어서 아는 다른 사람들을 생각해 봐도 그것은 언제나 마찬가지다. 그들 모두 저 자신의 죽음을 지니고 있었다. 죽음을 마치 포로처럼 자신의 갑옷 안에 지니고 있던 남자들, 아주 늙어서 몸은 작아졌지만 무대처럼 엄청나게 큰 침대에 누워 온 가족과 하인들과 개들이 지켜보는 앞에서 얌전히, 그러나 위엄 있게 저세상으로 떠난 여인들. 그리고 아이들, 아주 어린아이들까지도 예사로운 아이의 죽음이 아니라, 온 정신을 다해, 지난날의 그들이 지녔고 또한 미래의 그들이 품었을 법한 죽음을 맞이했다.

　여인들이 임신을 하고 서 있을 때는 얼마나 슬프고도 아름다웠던가. 가냘픈 두 손이 저도 모르게 얹혀 있는 그들의 큰 몸속에는 두 개의 열매가 들이 있었다. 아기와 죽음이. 그들의 텅 빈 얼굴에 어린 그 진한 미소, 비옥한 그 미소는 그 두 열매가 자라고 있음을 때때로 떠올렸기 때문이 아니었을까?

나는 무서움에 맞서 무언가를 했다. 밤새도록 일어나 앉아 글을 썼다. 그리고 이제 나는 울스고르의 들판을 지나 먼 길을 걸어온 것처럼 피곤하다. 이제는 그 모든 것이 예전 같지 않고, 그 오래된 긴 저택에 낯선 사람들이 살고 있다고 생각하니, 힘이 든다. 지금 그 지붕 밑 하얀 다락방에서는 하녀들이 저녁부터 아침까지 무겁고 축축한 잠을 자고 있을지도 모른다.

이제 나는 아무도 없고, 가진 것도 없이, 여행 가방과 책상자 하나를 들고 별다른 호기심도 없이 세상을 돌아다니고 있다. 도대체 이게 무슨 삶이란 말인가? 집도 없고, 물려받은 유산도 없고, 개도 한 마리 없이. 그러나 적어도 추억은 있어야 하지 않을까? 그러나 그런 것을 누가 가지고 있단 말인가. 어린 시절이 거기 있다고 해도, 그것은 파묻힌 것이나 다름없다. 그 모든 것에 다다를 수 있으려면 나이를 먹어야 할지 모른다. 그래서 나는 나이를 먹는 것이 좋다고 생각한다.

오늘 아침은 맑고 가을 기분이 났다. 나는 튈리에 거리를 거닐었다. 동쪽을 마주 보고 있는 모든 것들이 햇빛을 받아 눈이 부셨다. 반사광을 받고 있는 것들엔 엷은 잿빛 커튼 같은 안개가 둘러쳐져 있었다. 아직 안개가 걷히지 않은 정원 안에 서 있는 조각상들은 그 엷은 잿빛 공기 속에서 햇볕을 쬐고 있었다. 긴 꽃밭에서는 꽃들이 하나씩 잠에서 깨어나 놀란 목소리로, 〈빨간색이야〉 하고 외쳤다. 키가 아주 크고 호리호리한 남자가 샹젤리제 가로부터 모퉁이를 돌아오고 있었다. 목발을 들고 있었지만, 그것을 어깨 밑으로 밀어 넣지는 않았다. 그는 목발을 가볍게 앞으로 내밀어 짚었고, 때때로 그것을 마치 전령관의 사령봉처럼 소리 나게 단단히 세

윘다. 그는 기쁨의 미소를 억누르지 못하고, 지나가는 모든 것, 해와 나무에게 웃음을 보냈다. 그의 발걸음은 어린아이의 그것처럼 수줍었지만, 예전의 걸음걸이에 대한 회상으로 가득 차 유난히도 가벼웠다.

저 작은 달덩어리 하나가 못하는 것이 없다. 주변을 둘러싼 모든 것이 투명한 날들이 있다. 그 모든 것이 가볍게, 밝은 대기 속에서 드러날 듯 말 듯 하면서도 뚜렷하다. 바로 곁에 있는 것도 벌써 먼 곳의 색조를 머금고, 어딘가로 사라져, 보이기만 할 뿐 닿지는 않는다. 먼 곳과 관계가 있는 것들, 강과 다리와 긴 거리들, 그리고 사치스럽게 널찍한 광장들, 이런 것들은 그 뒤에 이 먼 공간을 받아들여, 그 위에 마치 비단에 그린 것처럼 그려져 있다. 그럴 때면 퐁뇌프 다리 위의 밝은 초록색 마차, 또는 붙잡을 수 없는 어떤 빨간 물체, 또는 진주빛을 띤 잿빛 집들이 모여 있는 곳의 방화벽에 붙어 있는 포스터가 얼마나 아름다운지 이루 다 말할 수 없다. 모든 것이 단순화되어, 마네의 초상화 속 얼굴처럼, 몇 개의 반듯하고 환한 평면으로 옮겨졌다. 모자라는 것도, 넘치는 것도 없다. 센 강변의 헌책 장수들이 책 상자를 연다. 그러면 책들의 산뜻한 노란색이나 빛바랜 누런색, 장정의 자줏빛 갈색, 조금 큰 서류철의 초록색, 그 모든 것들이 잘 맞고, 의미를 지니며, 서로 어울려 빠진 것 없는 완전함을 이룬다.

창문 아래로 이런 광경이 보인다. 어떤 여인이 밀고 가는 작은 손수레 하나, 그 위로 앞쪽에는 손풍금 상자가 세로로 실려 있고, 뒤쪽엔 아기 바구니가 가로로 걸쳐 있다. 바구니 안에는 작은 꼬마 아이가 두 발을 꼭 버티고 서 있는데, 모자를 쓰고 좋아서, 앉으려고 하지를 않는다. 여인이 이따금 손풍금 손잡이를 돌리면 그 작은 꼬마는 곧 다시 발을 구르며 발딱 일어선다. 그리고 초록색 나들이옷을 입은 키 작은 소녀가 춤을 추면서 창문을 향해 탬버린을 치고 있다.

나는 지금 무슨 일이든지 시작을 해야만 한다고 생각한다. 지금, 내가 보는 법을 배우는 이때에. 내 나이 벌써 스물여덟이지만, 아직까지 거의 아무것도 해놓은 일이 없다. 다시 말해 보자. 나는 카르파초[9]에 대해 글을 한 편 썼지만 형편없었다. 어떤 오류를 모호한 수단으로 증명해 보이려는 내용으로 된 「결혼」이라는 희곡을 한 편 썼고, 시도 썼다. 아아, 어린 나이에 쓴 시는 별로 보잘 것이 없다. 시는 기다려야 한다. 한평생을, 그리고 될 수 있는 대로 오래 살아서 의미와 단맛을 모아야 한다. 그러고 나면, 맨 마지막에 좋은 시 겨우 열 줄을 쓸 수 있을지 모른다. 왜냐하면 시는, 사람들이 생각하듯이, 감정이 아니다(감정은 이른 나이에도 충분히 갖는다). 그것은 경험이다. 시 한 줄을 쓰기 위해서는 많은 도시와 사람과 사물을 봐야 한다. 동물들을 알아야 한다. 새

9 Vittore Carpaccio(1465~1525). 이탈리아 화가.

들이 어떻게 나는지 느낄 수 있어야 하고, 작은 꽃들이 아침에 피어날 때의 몸짓도 알아야 한다. 잘 모르는 지역의 길들, 예기치 못했던 만남, 그리고 오래전부터 다가오는 것이 보이던 이별들을 회상할 수 있어야 한다. 아직 미궁에 빠져 있는 어린 시절의 날들, 기쁘게 해주어도 (다른 아이라면 기뻐했을 텐데) 그것을 이해하지 못해 마음 상하게 해드렸던 부모를, 그리도 이상하게 시작하여 그토록 깊고 힘들게 변해 갔던 소아 질병들을, 조용하고 외진 방에서의 대낮과 바닷가의 아침을, 아니 바다 자체를, 바다들을, 높이 �솨�솨 소리를 내며 별들과 함께 날아가 버렸던 여행의 밤들을 떠올릴 수 있어야 한다. 그 모든 것을 생각할 수 있는 것만으로는 충분치 않다. 어느 것 하나 똑같지 않은 수많은 사랑의 밤들에 대한 기억과, 진통 중인 산모의 외마디 비명과 상처가 아물어 가벼워진 몸으로 해쓱하게 잠든 산모에 대한 기억이 있어야 한다. 죽어 가는 사람 곁에도 있어 봐야 하고, 창문이 열려 이따금 덜컹거리는 방에서 죽은 사람 곁에 앉아 있어봐야 한다. 그러나 추억이 있는 것만으로도 아직 충분하지 않다. 추억들이 많아지면 그것들을 잊을 수도 있어야 한다. 그리고 추억들이 다시 돌아올 때까지 기다리는 큰 참을성이 있어야 한다. 왜냐하면 추억들 자체는 아직 아무것도 아니기 때문이다. 그것들이 우리들 안에서 피가 될 때, 시선과 몸짓이 되고, 이름이 없어져 우리 자신과 구별할 수 없게 될 때, 그때 비로소 매우 드문 시간에 시의 첫 낱말이 그 한가운데서 일어나 바깥으로 나올 수 있게 되는 것이다.

그러나 나의 모든 시들은 이와 다르게 생겨났다. 그러므로 그것들은 시가 아니다. 그리고 희곡을 썼을 때도, 나는 얼마나 잘못했던가. 서로를 힘들게 하는 두 사람의 운명을 이야기하기 위해 제삼자를 필요로 했으니, 나는 모방꾼이요, 바보가 아니었던가? 나는 얼마나 쉽게 함정에 빠졌던가. 나는 알았어야만 했다. 모든 사람의 인생과 문학에 등장하는 이 제삼자, 결코 존재한 일이 없는 이 제삼자의 유령은 아무 의미가 없다는 것을, 그래서 그를 무시해야만 한다는 것을 말이다. 그 제삼자는 자신의 가장 심오한 비밀로부터 인간의 주의를 다른 곳으로 돌리려고 애쓰는 자연이 내놓은 구실 가운데 하나다. 그것은 병풍에 불과하고, 드라마는 그 뒤에서 진행된다. 그것은 실제 갈등의 소리 없는 적막 속으로 들어가는 입구에서 나는 소음이다. 지금까지 모든 작가들에게는 문제가 되는 두 인물에 관해서만 말하는 것이 너무 어려웠던 게 아닌가 싶다. 제삼자는 바로 그렇게 비현실적이기 때문에 다루기 쉬운 것이고, 누구나 제삼자를 만들어 낼 수 있었던 것이다. 그들이 쓴 희곡 첫머리부터 제삼자를 등장시키고자 하는 초조감이 느껴진다. 그들은 제삼자를 기다리지 못한다. 그가 등장하자마자 모든 것이 풀린다. 하지만 그가 늦으면 얼마나 지루한가. 제삼자 없인 거의 아무 일도 일어날 수가 없다. 모든 것이 정지하고 정체해 하염없이 기다린다. 정말 이렇게 정체와 정지 상태가 계속된다면 어떻게 될 것인가? 극작가 양반, 그리고 너, 인생을 아는 관객이여, 이 제삼자가 실종되기라도 한다면, 이 인기 있는 방탕아 또는 복제 열쇠처럼 모든 혼인 생활에 잘 들어맞는 건방진 젊은 이가 사라져 버린다면 어쩌겠는가? 예컨대 악마가 그를 데리고 갔다면 어찌하겠는가? 그렇게 가정해 보자. 사람들은 극장 안에서 갑자기 인공적인 공허를 느낄 것이고, 마치 위험한 구멍이라도 되는 듯이 그 공허를 벽으로 둘러막을 것이다. 오직 위층 특별석 가장자리에서 날아오른 좀나방들만 의지할 곳 없는 텅 빈 공간을 어지럽게 날아다닐 것이다. 극작가들은 더 이상 그들의 별장에서 즐기지 못할 것이고, 모든 공공 감시인들이 극작가들을 위하여 극중 사건 자체였던, 누구와도 바꿀 수 없는 그 제삼자를 찾으러 세상 구석구석을 돌아다닐 것이다.

그런데 사람들 사이에서 살아가는 이들은 이 〈제삼자들〉이 아니라, 그 부부 두 사람이다. 그들에 대해서는 믿을 수 없을 만큼 할 말이 많을 텐데도, 아직까지 무엇 하나 이야기된 것이 없다. 비록 그 두 사람은 괴로워하고, 행동하며, 어찌할 줄을 모르고 있건만.

우스운 일이다. 나는 여기 작은 방에 앉아 있다. 나, 브리게는 스물여덟 살이 되었고, 아무도 나를 모른다. 나는 여기 앉아 있고, 아무것도 아니다. 그런데 이 아무것두 아닌 것이 생각을 시작했다. 파리의 흐린 오후 6층 방에 앉아 이런 생각을 하고 있다.

사람들이 아직껏 어떤 실제적인 것과 중요한 것을 보지 못했고, 인식도 못했고, 말하지 않았다는 것이 가능할까? 하고 이 아무것도 아닌 것이 생각한다. 수천 년 동안이나 잘 보고, 깊이 생각하고, 기록할 시간이 있었는데도 사람들이 그 수천 년을, 마치 버터 빵과 사과 한 개를 먹는 학교 휴식 시간처럼 헛되이 흘려보냈다는 것이 가능한 일인가?

그렇다, 그럴 수 있다.

수많은 발명과 발전에도 불구하고, 문화와 종교와 철학에도 불구하고 사람들이 삶의 표면에만 머물 수 있었을까? 그렇더라도 전혀 아무것도 아닌 것은 아닌 이 표면조차 믿을 수 없을 만큼 따분한 천으로 덮어씌워 그것이 마치 여름휴가 철의 거실 가구처럼 보이게 할 수 있었을까?

그렇다, 그럴 수 있다.

세계사 전체가 오해되었다는 것이 가능한가? 마치 어떤 낯선 사람이 죽어서 사람들이 그 주위에 둘러서 있을 때, 그 한 사람에 대해서가 아니라, 수많은 사람들이 한곳으로 몰려간 사실에 대해서 이야기하는 것처럼, 사람들이 언제나 군중에 대해서만 말했기 때문에 과거가 잘못되었을 수 있는가?

그렇다, 그럴 수 있다.

자기가 태어나기도 전에 일어난 일을 만회해야 한다고 생각하는 것이 가능할까? 누구나 모든 조상들로부터 태어났고, 또한 그 사실을 알고 있을 테니, 다르게 알고 있는 사람들의 말에 넘어가면 안 된다는 것을 한 사람 한 사람에게 상기시켜야 한다고 생각할 수 있을까?

그렇다, 그럴 수 있다.

이 모든 사람들이 이제까지 결코 없었던 과거의 일을 아주 정확하게 아는 게 가능할까? 모든 현실들이 그들에게는 의미가 없어 그들의 삶이, 그 어느 것과도 연관되지 않고, 텅 빈 방 안의 시계처럼 흘러갈 수 있을까?

그렇다, 그럴 수 있다.

살아 있는 소녀들에 대해 사람들이 아무것도 모를 수 있을까? 사람들이 〈여인들〉, 〈아이들〉, 〈소년들〉이라고 말하면서, 이 낱말들이 오래전부터 더 이상 복수(複數)가 아닌 무수한 단수만을 의미한다는 사실을 (아무리 교육을 받았다고 해도) 모를 수 있을까?

그렇다, 그럴 수 있다.

〈신〉이라고 말하면서 자기들이 말하는 것이 서로 같다고 생각하는 사람들이 있을 수 있을까? 초등학생 둘을 보기만 해도 된다. 한 명이 칼 한 자루를 사고, 같은 날 다른 친구가 완전히 똑같이 생긴 칼을 산다. 일주일 후에 그들이 그 두 개의 칼을 서로 내보인다면, 그것들은 비슷한 데가 거의 없어진 상태일 것이다. 그렇게 칼들은 서로 다른 두 사람의 손에서 다르게 변해 버린 것이다. (물론, 한 학생의 어머니는 그걸 보고 말할 것이다, 너희들은 뭐든지 언제나 그렇게 금방 다 못쓰게 만들어야 하니, 라고.) 아, 그렇지. 사람이 신을 이용하지 않으면서도 그 신을 지니고 있을 수 있을까?

그렇다, 그럴 수 있다.

그러나 그 모든 것이 가능하다면, 그런 가능성의 빛이 조금이라도 있다면, 그렇다면 세상없어도 무슨 일이 일어나야 한다. 누구든지 이와 같이 불안한 생각을 해본 사람이라면 지금까지 놓친 것 가운데 무엇인가를 시작해야 한다. 그가 그저 평범한 사람, 전혀 적합하지 않은 사람이라 해도 말이다. 지금 아무도 없지 않은가. 이 젊고 하잘것없는 외국인, 브리게는 6층에 앉아서 글을 써야 할 것이다. 밤이나, 낮이나. 그렇다, 그는 쓰지 않으면 안 될 것이고, 그것이 마지막이 될 것이다.

그 무렵 나는 틀림없이 열두 살이나, 기껏해야 열세 살이었을 것이다. 아버지가 나를 우르네클로스터[10]로 데리고 가셨다. 아버지가 무슨 일로 당신의 장인어른을 찾아뵈려고 했는지 나는 모른다. 그 두 분은 어머니가 돌아가신 이후로 여러 해 동안 서로 만나지 않았다. 그리고 아버지 자신은 브라에 백작이 만년에 은거하게 된 그 고성(古城) 안으로 들어가 보신 적이 한 번도 없었다. 외할아버지가 돌아가신 후 다른 사람 손에 넘어간 그 이상한 집을 나는 두 번 다시 본 일이 없다. 내 어린 시절의 기억으로 그려 본 그 성을 다시 떠올리자면, 그것은 건물이 아니다. 그것은 내 안에서 전부 분산되어 있다. 여기에 방이 하나, 저기도 방이 하나, 그리고 여기에 복도 일부가 있지만, 그것은 두 방을 연결하는 것이 아니라, 그 자체로서, 하나의 단편(斷片)으로 보존되어 있다. 이런 식으로 모든 것이 내 안에 흩어져 있다. 여러 개의 방들, 거창

10 말테의 외가 브라에 가문의 종가가 있던 곳. 릴케는 야콥센의 소설 〈마리 그루베 부인〉에 나오는 인물 〈우르네〉와, 스웨덴에 있는 브라에 가문의 소유지 〈스코클러스터〉의 일부를 결합해 〈우르네클로스터〉라는 지명을 만들어 냈다.

하게 아래로 내려오는 큰 계단들, 사람이 마치 혈관의 피처럼 어두운 계단을 오르내리게 만든 나선형의 좁은 계단들, 탑 속의 방들, 높이 걸려 있는 발코니들, 작은 문을 열면 맞닥뜨리게 되는 바깥 발코니들. 이 모든 것들이 내 안에 있고, 앞으로도 내 안에 있기를 멈추지 않을 것이다. 마치 이 집의 형상이 한없이 높은 곳에서 내 안으로 떨어져 들어와 내 밑바닥 위에서 박살이라도 난 것 같다.

내 마음속에 온전하게 남아 있는 것처럼 여겨지는 것은 우리가 저녁 식사를 위해 매일 저녁 7시에 모이곤 했던 큰 홀뿐이다. 나는 이 공간을 낮에는 결코 본 적이 없다. 거기에 창문이 있었는지, 어디가 내다보였는지, 하나도 기억이 나지 않는다. 가족들이 그 방 안에 들어설 때마다 무거운 샹들리에에 촛불이 켜져 있었고, 그들은 몇 분 지나지 않아 그 순간의 시간도, 밖에서 봤던 모든 것들도 다 잊어버렸다. 내 짐작으로 둥근 천장을 얹고 있던 이 높은 공간은 다른 모든 것보다 강력했다. 그것은 어두컴컴한 천장과 한 번도 밝은 빛을 본 일이 없는 구석들의 힘으로 사람들한테서 모든 형상을 빼낸 다음, 그것을 대신할 어떤 것도 주지 않았다. 사람들은 그곳에 마치 해체된 듯이 앉아 있었다. 외지도, 생각도, 의욕도, 저항도 전혀 없었다. 마치 텅 빈 자리 같았다. 이처럼 파괴적인 상태에 처음엔 거의 구토를 일으킬 뻔했다는 사실을 기억한다. 그것은 뱃멀미와 같은 것이었는데, 나는 발을 뻗어 내 발로 건너편에 앉아 계시던 아버지의 무릎을 건드리고 나서야 그 메스꺼움을 극복할 수 있었다. 한참 지나서야 비로소 분명해진 것이지만, 우리 둘 사이의 관계는 매우 냉담했기 때문에 그런 행동은 이해하기 어려운 것이었음에도 불구하고, 아버지는 나의 이상한 행동을 이해하셨거나 참아주신 것으로 보였다. 아무튼 그 긴 식사 시간을 견딜 수 있는 힘을 내게 주었던 것은 바로 그 은밀한 접촉이었다. 그렇게 안간힘을 써가며 몇 주를 견디고 나자 나는, 어린아이의 무한대에 가까운 적응력으로, 그 끔찍한 모임에 익숙해져서 두 시간씩이나 식탁에 앉아 있어도 전혀 힘들지 않게 되었다. 내가 그 자리에 있던 사람들을 관찰하기 시작하면서부터는 그 두 시간이 비교적 빨리 지나가기도 했던 것이다.

외할아버지께서는 그 모임을 가족이라고 하셨다. 그리고 나는 다른 사람들도 완전히 자의적인 이 명칭을 사용하는 소리를 들었다. 그 네 분은 비록 서로 먼 친척뻘이기는 했지만, 결코 어떤 식으로든 한 집안 소속이 아니었기 때문이다. 내 옆에 앉아 있던 당숙은 노인이었다. 그분의 딱딱하고 검게 탄 얼굴에는 검은 자국이 몇 군데 있었는데, 화약이 터지면서 다쳤던 상흔이라고 했다. 그분은 불평불만이 많은 사람이었고, 소령으로 퇴역했는데, 그때는 성 안의 내가 잘 모르는 방에서 연금술에 관한 실험을 하고 있었다. 하인들 말로는, 이분이 어떤 감옥과 연고가 있었는데, 그 감옥으로부터 1년에 한두 차례씩 시체를 보내오면, 밤이고 낮이고 틀어박혀 시체를 해부하고 이상한 방법으로 처치를 하여 시체가 부패하지 않았다고 했다. 그분 건너편은 마틸데 브라에 양[11]

11 원문에 쓰인 Fräulein이라는 호칭은 미혼 여성에 대한 옛날식 호칭이다.

의 자리였다. 나이를 분명히 알 수 없는 인물이었는데, 어머니의 먼 사촌뻘 되는 이 여성에 관해 알려진 것이라고는 어느 오스트리아 심령술사와 자주 편지를 주고받았다는 것, 그 심령술사의 이름이 놀데 남작인데 이 사람한테 홀딱 빠져서 그의 동의라든지 차라리 축복이라고 해야 할 어떤 말을 얻어 내기 전까진 아주 사소한 일도 하지 않았다는 것뿐이다. 그 시절 이 여성은 엄청나게 튼튼했었는데, 그 부드럽고 나른하게 풍만한 몸에 헐렁한 밝은색 옷을 아무렇게나 걸치고 있었다. 몸놀림은 늘 피곤해 보였고 확실하지 않았으며, 두 눈에서는 때 없이 눈물을 쏟았다. 그렇지만 그녀에게는 어딘지 모르게 여리고 날씬한 어머니를 떠올리게 하는 구석이 있었다. 나는 그 여자를 오래 관찰했다. 그럴수록 어머니가 돌아가신 이후로 더 이상 제대로 기억할 수 없었던 섬세하고 은은한 특징들을 그녀의 얼굴에서 발견했다. 이제 비로소, 마틸데 브라에 양을 매일 보면서 돌아가신 분이 어떤 모습이었는지를 깨달았다. 정말, 나는 그때 처음으로 그 모습을 알게 되었는지도 모른다. 이제 비로소 수백 가지 개별 인상들이 합쳐져 고인의 형상이 만들어졌다. 그것은 어디든 나를 따라 다니던 바로 그 형상이었다. 나중에야 분명히 게 알게 되었지만, 브라에 양의 얼굴에는 실제로 어머니의 특징들을 규정하는 하나하나의 요소가 다 들어 있었다. 다만 그것들은, 마치 어떤 낯선 얼굴이 그 사이에 끼어든 것처럼, 흩어지고 비틀려 더 이상 서로 결합되지 않았을 뿐이다.

이 숙녀 옆에는 어느 사촌뻘 친척 여인의 어린 아들이 앉아 있었다. 소년은 내 나이 또래였지만, 나보다 키도 작고 허약했다. 그 아이의 가늘고 창백한 목은 주름 잡힌 옷깃으로부터 올라와 긴 턱 아래에서 사라지고 있었다. 좁은 입술은 꼭 다물었고, 양쪽 콧방울은 가볍게 떨리고 있었으며, 아름다운 암갈색의 두 눈 중에서 한쪽 눈만 움직였다. 그 한쪽 눈이 때때로 가만히 슬픈 표정으로 나를 건너다보는 동안, 다른 쪽 눈은 언제나 한구석을 향해 있었다. 마치 그 눈은 팔려 나가 더 이상 고려의 대상이 아니라는 듯이.

식탁 한쪽 끝 상석에는 외할아버지의 엄청나게 큰 등받이 의자가 놓여 있었다. 하인 한 사람이 그 의자를 할아버지 몸 밑으로 밀어 넣어 드리는 일을 도맡아 하고 있었는데, 노인은 의자의 아주 작은 부분만을 차지하고 앉았다. 귀가 잘 들리지 않고 거만한 이 늙은 주인을 각하 또는 시종관이라고 부르는 사람들이 있었으며, 어떤 사람들은 그에게 장군 호칭을 부여하기도 했다. 그분은 물론 이 모든 지위를 가지고 있었지만, 그 직책을 맡았던 것은 이미 오래전이었기 때문에, 이런 호칭을 사용하는 것은 더 이상 이해할 수 없는 일이었다. 내가 보기에 어떤 순간에는 예리하다가도 곧 다시 느슨해지는 그런 인물에게는 어떤 특정한 이름도 도무지 붙일 수 없을 것 같았다. 그분은 때때로 나를 친절하게 대하셨고, 나를 가까이 불러 장난스러운 억양으로 내 이름을 불러 보려고도 하셨지만, 나는 한 번도 그분을 할아버지라고 부를 엄두를 못 냈다. 가족 전체가 이 백작에게 존경심과 두려움이 섞인 태도를 보인 반면, 꼬마 에리크만은 그 백발의 집주인과 꽤 허물없이 지냈다. 에리크의 움직이는 한쪽 눈이 이따금 그분에게 동감한다는 눈길을 재빨리 보내면, 외할아버지도 곧바로 거기에 응답하셨다. 사람들은 때때로 그 두 사람이 깊숙한 회랑 끝에 나타나 손에 손을 잡고, 아무 말도 없이, 분명히 다른 방식으로 서로를 이해하면서, 어두운 옛 초상화들을 죽 따라가는 모습을 볼 수 있었다.

나는 거의 하루 종일을 공원이나 바깥 너도밤나무 숲 아니면 들판에서 보냈는데, 다행스럽게도 우르네클로스터에서 키우는 개들이 나를 따라다녔다. 여기저기에 소작농의 집이나 낙농 목장이 있었는데, 그곳에서 우유와 빵, 과일들을 얻을 수 있었다. 적어도 그 몇 주일 동안은, 저녁 모임을 떠올리며 불안해하지 않고, 별다른 걱정 없이 자유를 즐겼다고 생각한다. 나는 거의 아무하고도 말을 하지 않았다. 혼자 있는 것이 즐거웠기 때문이다. 오직 개들하고만 이따금씩 짧은 대화를 나누었다. 개들과는 말이 아주 잘 통했다. 말수가 적은 것은 집안의 특징이었다. 나는 그것을 아버지를 보고 알게 되었다. 그래서 저녁 식사 내내 말 한 마디 없는 것에 놀라지 않았다.

그렇지만 우리가 도착하고 처음 며칠 동안 마틸데 브라에 양은 몹시 말이 많았다. 그녀는 아버지에게 외국 도시에 사는 예전 친지들의 소식을 물었고, 까마득한 인상들을 회상했다. 죽은 여자 친구들과 어떤 젊은 남자를 생각하고는 스스로 감동하여 눈물까지 흘렸다. 그 남자가 자기를 사모했으나, 자기는 그의 열렬하고 가망 없는 애정을 받아들이고 싶지 않았다고 넌지시 암시했다. 아버지는 예의 바르게 들어주셨고, 이따금 머리를 끄덕이며 동감을 표시하셨지만, 꼭 필요한 대답만 하셨다. 식탁 상석에 앉은 백작은 입술을 아래로 처지게 하고 계속 미소를 짓고 있었는데, 얼굴이 평소보다 커 보여, 마치 가면을 쓴 것 같았다. 물론 그분도 때때로 말참견을 했다. 그때 그분의 목소리는 어느 누구를 향한 것도 아니었지만, 그러나, 매우 낮은 목소리였음에도 불구하고 홀 안 전체에서 들을 수 있었다. 그것은 시계 바늘의 무심하고 규칙적인 진행과 비슷한 데가 있었다. 그 목소리 주변의 정적은 그 나름의 공허한 되울림을 지니고 있는 것처럼 보였다. 어느 음절에도 똑같은 되울림을.

브라에 백작은 아버지의 〈돌아가신 부인〉, 곧 나의 어머니에 관해 말하는 것을 아버지에 대한 특별한 예의라고 여기셨다. 그분은 어머니를 지빌레 백작 영양(令孃)이라고 불렀고, 말끝마다 어머니에 대해서 묻는 것 같았다. 정말이지 내가 느끼기에는, 그 이유는 아직도 모르겠지만, 흰옷을 입은 아주 어린 소녀가 그때의 화제이고, 그 소녀가 언제라도 방으로 들어올 것만 같았다. 나는 그분이 똑같은 어조로 〈우리 꼬마 안나 소피〉라고 말하는 것도 들었다. 나는 어느 날, 외할아버지가 특별히 귀여워하셨던 것 같은 그 소녀가 누구냐고 물어봤는데, 외할아버지 말씀을 듣고 그 소녀는 재상 콘라트 레벤틀로프의 딸이며, 돌아가신 왕 프리드리히 4세의 후궁 출신 왕비가 된 그녀가 로스킬데에 묻힌 지 150년 가까이 지났다는 사실을 알게 되었다. 외할아버지에게 시간의 흐름은 아무런 의미가 없었다. 죽음은 작은 돌발 사건이며, 그분은 그것을 완전히 무시했다. 그분이 한번 기억에 받아들인 인물은 늘 존재했으며, 그 인물이 죽었다 해도 그 사실은 조금도 달라지지 않았다. 이 늙은 주인이 세상을 떠난 지 몇 년 후에 사람들이 이야기하기를, 그분은 똑같은 고집으로 미래의 것을 현재로 받아들이셨다는 것이다. 한번은 어떤 젊은 여성에게 그녀의 아들들에 대해서, 그중에서도 특히 한 아들의 여행에 대해서 그분이 말하더란다. 그때 그 젊은 여인은 첫 아이를 임신한 지 겨우 3주째였으니, 너무나 놀라고 두려운 마음에 거의 넋을 잃은 채 끊임없이 말하는 노인 곁에 앉아 있었다고 한다.

그러다 내가 웃은 것이 발단이 되었다. 그랬다. 나는 큰 소리로 웃느라고 스스로를 진정시킬 수가 없었다. 그러니까 어느 날 저녁 식사에 마틸데 브라에가 빠졌다. 그런데도 거의 눈이 보이지 않는 늙은 하인이 그녀의 자리에 와서 음식 그릇을 내밀었다. 한동안 그렇게 기다리고 서 있다가 만족스럽고 품위 있게, 마치 모든 것이 정상이라는 듯, 다음 자리로 옮겨 갔다. 나는 이 장면을 주시하고 있었다. 그 장면을 보고 있는 순간에는 전혀 우습다는 생각이 들지 않았다. 그러나 잠시 후 음식을 한입 물었을 때 갑자기 웃음이 치밀어 올랐고, 사레가 들려 큰 소음을 내고 말았다. 이런 상황이 스스로도 괴로워, 진지해지려고 갖은 방법으로 노력해 봤지만, 웃음이 자꾸만 쿡쿡 치밀어 올라 어찌할 수가 없었다.

아버지는 나의 무례한 행동을 덮어 주려고 어색하고 나지막한 목소리로 물어보셨다. 「마틸데가 어디 아픈가요?」 외할아버지는 특유의 미소를 지으며 한마디로 대답하셨는데, 내 문제에 골몰하느라고 제대로 귀담아 듣지 못했지만 대강 이런 내용이었다. 「아니, 걔는 크리스티네와 마주치고 싶지 않을 뿐이라네.」 그래서 나는 옆자리에 앉아 있던 갈색으로 그을린 소령이 일어나 실례한다는 말을 우물거리며 백작에게 허리 굽혀 인사하고 홀을 떠난 이유가 그 말 때문이라고는 생각하지 않았다. 다만 내가 이상하다고 느낀 것은, 소령이 문을 나가다 말고 집주인의 등 뒤에서 다시 한 번 몸을 돌이키더니 갑자기 꼬마 에리크와, 그리고 너무나 놀랍게도, 나한테까지 자기를 따라오라는 뜻으로 손짓을 하고 고개를 끄덕이기도 했다는 것이다. 어찌나 놀랐는지, 치밀어 오르던 웃음도 그쳤다. 그렇지만 나는 소령을 더 이상 주목하지 않았다. 그 사람이 불편했다. 꼬마 에리크도 그를 본체 만 체 하고 있었다.

식사 시간은 여느 때처럼 길어졌다. 막 디저트를 먹을 차례가 되었을 때였다. 순간 홀의 어두컴컴한 구석에서 일어나는 어떤 움직임에 시선을 빼앗겼다. 그곳에서, 중간층으로 통한다고 사람들이 내게 이야기해 준 일이 있는, 언제나 잠겨 있다고 믿었던 문 하나가 천천히 열리는 것이었다. 내가 호기심과 놀라움이 뒤섞인, 처음 느껴 보는 감정에 사로잡혀 바라보고 있는 동안, 문이 열려 시커멓게 뚫린 구멍으로 밝은 옷차림의 날씬한 여인이 들어와 우리 쪽으로 천천히 걸어오고 있었다. 그때 내가 몸을 움직이거나 입 밖으로 소리를 냈는지는 모르겠다. 의자가 넘어지는 소리에 그 묘한 형상에서 눈을 떼지 않을 수 없었다. 그때 아버지가 벌떡 일어나시더니 새파랗게 질린 얼굴로 아래로 늘어뜨린 두 주먹을 불끈 쥔 채 그 부인을 향해 걸어가는 것을 보았다. 그사이에 부인은 이런 장면에 전혀 아랑곳하지 않고 한 걸음 한 걸음 우리 쪽으로 다가오고 있었다. 그녀가 백작의 자리에서 그리 멀지 않은 곳에 다다랐을 때 외할아버지가 벌떡 일어나시더니 아버지의 팔을 잡고 다시 식탁으로 데려가 꼭 붙드셨다. 낯선 부인은 천천히, 그리고 무심하게, 이제는 막힘 없는 공간을 한 걸음 한 걸음 걸어가, 유리잔 달그락거리는 소리만 들리는 기막힌 정적을 통과하여, 홀 맞은편 벽에 나 있는 문으로 사라졌다. 그 순간 나는 그 낯선 여인 뒤에서 허리를 깊이 숙여 인사하며 문을 잠근 사람이 꼬마 에리크였음을 깨달았다.

식탁에 계속 앉아 있던 사람은 나 혼자뿐이었다. 팔걸이 의자에 얼마나 꼼짝 않고 파묻혀 있었던지, 혼자서는 결코 다시 일어설 수 없을 것 같았다. 나는 한동안 아무것도 분간하지 못하고 바라보고만 있었다. 그러다 문득 아버지 생각이 나서 정신을 차리고 보니 노인은 아직도 아버지의 팔을 붙들고 계셨다. 그때 아버지는 화가 잔뜩 나서 얼굴에 피가 몰려 있었다. 그러나 날카로운 발톱처럼 생긴 손가락으로 아버지의 팔을 움켜잡고 계신 외할아버지는 당신의 가면 같은 미소를 짓고 있었다. 그분이 뭐라고 하시는 말씀이 한 음절 한 음절 들렸다. 말뜻은 이해할 수 없었다. 그렇지만 그 말은 내 귓속 깊숙이 들어왔다. 2년 전쯤 어느 날 나는 그 말을 기억의 밑바닥에서 발견했고, 그 이후로 그것을 기억하고 있다. 외할아버지는 이렇게 말씀하셨다. 「자네는 너무 욱하는 성질이 있어, 시종관, 그리고 예의도 없고. 왜 사람들이 제 할 일을 하게 내버려 두지 못하는가?」「저게 누굽니까?」 아버지가 말을 끊으며 소리쳤다. 「누구든, 여기 있을 권리를 가진 사람이겠지. 남이 아니야. 크리스티네 브라에는.」 그때 다시 그 야릇하고도 얄팍한 정적이 생겨났다. 유리잔이 다시 떨리기 시작했다. 그러나 그 순간 아버지는 몸을 홱 틀어 손을 뿌리치고 홀 바깥으로 뛰쳐나가셨다.

　나는 아버지가 그날 밤새도록 당신의 방 안에서 왔다 갔다 하시는 소리를 들었다. 나도 잠을 잘 수 없었기 때문이다. 그러다가 새벽녘에 선잠에서 갑자기 깨어났는데, 내 침대 옆에 있는 어떤 하얀 것을 보고 심장 속까지 마비될 정도로 깜짝 놀랐다. 절망한 나머지 기를 쓰고 머리를 이불 밑으로 감추었고, 하도 겁이 나고 의지할 곳 없어 이불 속에서 울기 시작했다. 갑자기 울고 있는 내 눈 위가 서늘하고 밝아졌다. 나는 아무것도 보지 않으려고, 눈물이 흐르는 두 눈을 꼭 감았다. 그러나 이제 아주 가까운 곳에서 나를 향해 말을 걸고 있는 목소리가 온화하고 달콤하게 내 얼굴에 닿았다. 그리고 나는 그 목소리를 알아차렸다. 그것은 마틸데 브라에 양의 목소리였다. 금방 안심이 되었다. 그렇지만 이미 평온을 찾은 후에도 그냥 그대로 위로를 받았다. 그런 호의가 너무나 부드러운 것이라고 느끼고는 있었지만 나는 그것을 즐겼고,

어쩐지 내가 그런 호의를 받을 만한 자격이 있는 것 같았다. 「이모, 그 부인은 누구였어요?」 「아이고.」 브라에 양은 한숨 섞어 대답을 했는데, 그것이 내게는 우스꽝스럽게 여겨졌다. 「불행한 여자란다, 얘야, 불행한 여자야.」

이날 아침 나는 하인 몇 사람이 짐 싸느라 바쁘게 움직이는 모습을 보았다. 떠나겠구나 하고 생각했고, 우리가 떠나는 것이 자연스럽다고 여겼다. 아버지도 그렇게 생각하셨던 것 같다. 그렇지만 무엇이 그날 저녁 이후로도 우르네클로스터에 머물도록 아버지의 마음을 움직였는지 모르겠다. 우리는 떠나지 않았다. 8~9주간을 더 이 집에 머물렀고, 그 희한한 일이 주는 압박을 견뎌 냈다. 그동안 크리스티네 브라에를 세 번 더 보았다.

그때 당시 나는 그 여인의 사연을 아무것도 몰랐다. 나는 그녀가 아주 오래전에 둘째 아이를 낳다가 죽었다는 것, 사내아이를 낳았는데, 이 아이가 자라면서 고통스럽고 잔인한 운명을 겪게 되었다는 것도 몰랐다. 그 여자가 죽은 사람이라는 것을 모르고 있었던 것이다. 그러나 아버지는 알고 계셨다. 열정적이고 사리가 분명한 것을 따지던 그분이 스스로를 자제하고 의문을 가지지 않으려 애쓰며 이 모험을 함께 내려고 억지를 부리셨던 것일까? 잘 알지는 못했지만, 나는 아버지가 자신과 싸우시는 모습을 보았고, 이해는 못 했어도, 그분이 마침내 자신을 이겨 내시는 모습을 지켜보았다.

우리가 마지막으로 크리스티네 브라에를 보았을 때였다. 이번에는 마틸데 양도 식탁에 나와 앉아 있었지만, 평소와는 달랐다. 우리가 도착한 처음 며칠처럼 그녀는 연관도 없는 내용을 쉬지 않고 떠들어 대고, 스스로 점점 혼란에 빠져들었다. 그러면서 어딘가 몸이 불편했는지 줄곧 머리나 옷매무새를 가다듬었다. 그러다 마침내 그녀는 느닷없이 날카로운 비명을 지르며 벌떡 일어나 사라져 버렸다.

바로 그 순간 나도 모르게 시선이 예의 그 문으로 갔는데, 정말로 크리스티네 브라에가 들어오고 있었다. 내 옆자리의 소령이 잠시 격한 움직임을 보였고, 그것이 내 몸까지 옮겨 왔지만, 더 이상 일어날 힘은 없는 것 같았다. 햇볕에 그을리고, 늙은, 검버섯으로 얼룩진 그의 얼굴은 이 사람 저 사람을 쳐다보았다. 입은 벌어졌고, 혀는 썩은 이 뒤에서 감겨들었다. 갑자기 얼굴이 안 보인다 했더니, 그의 잿빛 머리는 식탁 위에 들러붙어 있었다. 두 팔은 제각기 떨어져 나간 것처럼 머리 위아래에 놓여 있었고, 시들고 반점으로 가득한 손 하나가 불쑥 올라와 떨고 있었다.

그런 가운데 크리스티네 브라에가 지나갔다. 한 걸음 한 걸음, 마치 환자처럼 느리게, 늙은 개의 신음 같은 소리만 들리는 기막힌 정적을 통과하여. 그러나 그때 수선화가 가득 담긴 백조 모양의 은빛 화병 왼편으로 잿빛 미소를 머금은 노인의 커다란 가면이 밀고 들어왔다. 노인은 아버지를 향해 포도주 잔을 들어올렸다. 그리고 나는 보았다. 크리스티네 브라에가 막 아버지의 의자 뒤를 지나가는 순간, 아버지가 잔을 잡으시더니 아주 무거운 물건이라도 되는 것처럼 식탁 위로 한 뼘 정도 들어 올리시는 것을.

그리고 그날 밤으로 우리는 떠났다.

국립 도서관

나는 자리에 앉아 한 시인의 시를 읽고 있다. 열람실 안에는 많은 사람들이 있지만, 그것이 별로 느껴지지는 않는다. 그들은 모두 책에 파묻혀 있다. 때때로 그들은 넘기는 책장 안에서 움직인다. 마치 잠을 자며 두 개의 꿈 사이에서 몸을 뒤척이는 사람처럼. 아아, 책을 읽는 사람들 사이에 있다는 것은 얼마나 좋은가. 왜 사람들은 항상 그러지 못하는 것일까? 어떤 사람에게 다가가 슬쩍 건드려 봐도 그는 아무것도 느끼지 못한다. 책을 서가에 꽂다가 옆 사람과 조금 부딪쳐 그것을 사과하면, 목소리가 들리는 쪽으로 고개를 끄덕일 뿐, 얼굴을 돌리고도 상대는 보지 않는다. 그의 머리카락은 잠든 사람의 머리카락과 같다. 그것은 얼마나 기분 좋은 일인가. 나는 앉아서 한 사람의 시인을 손에 들고 있다. 이 무슨 운명인가. 지금 3백 명 가까이 되는 사람이 열람실에서 책을 읽고 있지만, 그들 모두가 각자 시인 한 명씩을 손에 들고 있다는 것은 불가능한 일이다. (그들이 무엇을 읽고 있는지 누가 알겠는가.) 3백 명의 시인은 없다. 그러나 보라, 이 무슨 운명이기에, 나는, 이들 책 읽는 사람들 중 가장 초라한 사람일지도 모르는 외국인인 내가 시인 한 명을 손에 들고 있다니. 비록 가난하고, 매일 입는 양복에 해진 자리가 생기기 시작한다 해도, 비록 내 구두에 이것저것 흠잡을 것이 있다고 해도, 내 옷깃은 깨끗하고, 속옷도 깨끗하다. 나는 이 모습 그대로 아무 제과점이나, 이왕이면 번화가에 있는 제과점에라도 그냥 들어갈 수 있고, 내 손으로 케이크 접시를 집어 마음 놓고 아무거나 꺼낼 수도 있다. 그런다고 누가 이상하게 보지도 않을 것이고 나를 욕하면서 쫓아내지도 않을 것이다. 왜냐하면 적어도 이 손은 훌륭한 가문 출신인 데다 하루에도 네댓 번씩 씻기 때문이다. 정말이지 손톱 밑도 깨끗하고, 집게손가락에는 잉크도 묻지 않았다. 그리고 특히 손목은 전혀 나무랄 데가 없다. 가난한 사람들은 거기까지는 씻지 않는다. 그것은 잘 알려진 사실이다. 말하자면 그 깨끗한 정도에 따라서 어떤 평가를 내릴 수도 있는 것이다. 실제로 그렇게 하는 사람들이 있다. 상점에서는 그렇게들 한다. 그러나 예컨대 생미셸 거리와 라신 거리에는 그런 것에 속지 않고 손목 따위는 거들떠보지도 않는 몇몇 부류가 있다. 그들은 나를 쳐다보고 바로 안다. 내가 본래 자기들과 같은 부류라는 것, 그저 조금 익살을 부리고 있을 뿐이라는 사실을 말이다. 마침 지금은 사육제가 아닌가. 그래서 그들은 내 재미를 망치려고 하지 않는 것이다. 그들은 약간 히죽거리며 눈을 찡끗할 뿐이다. 아무도 그것을 본 사람은 없다. 그러지 않더라도 사람들은 나를 주인처럼 대해 준다. 옆에 누가 있기만 해도, 그들은 신하처럼 군다. 마치 내가 모피라도 걸치고, 뒤따르는 마차라도 거느린 듯이 행동한다. 때때로 난 그들에게 잔돈 두 푼을 내주면서 그들이 그것을 거절

할까 봐 떨기도 한다. 그렇지만 그들은 그 돈을 받는다. 그들이 다시 약간 히죽거리지도 않고 눈을 찡끗거리지만 않았더라도 모든 것이 정상이었을 것이다. 이 사람들은 대체 누구인가? 나한테 무엇을 원하는가? 나를 기다리는 것일까? 무엇으로 나를 알아보는가? 사실 내 턱수염은 약간 손질을 게을리한 것처럼 보이기도 하고, 언제나 인상적이었던 그들의 병들고, 늙고, 바랜 수염을 아주 조금이나마 생각나게 했을지도 모른다. 그렇지만 내게는 내 수염의 손질을 게을리할 권리도 없단 말인가? 바쁜 사람들은 많이들 그렇게 한다. 그리고 아무도 그것 때문에 그들을 버려진 사람들로 꼽을 생각을 하지 않는다. 내가 보기에 그들은 분명 거지들일 뿐만 아니라 버려진 사람들이다. 아니, 그들이 본래 거지는 아니다. 구별을 해야 한다. 그들은 운명이 내뱉은 인간의 쓰레기요, 껍데기다. 그들은 운명의 침에 축축이 젖어 담벼락에, 가로등에, 광고 기둥에 찰싹 붙어 있거나, 어두운 색깔의 더러운 흔적을 남기며 천천히 골목길을 흘러내린다. 도대체 이세상 어느 구멍에서 기어 나왔는지 모를, 굴러다니는 단추와 바늘 몇 개가 들어 있는 침대 머리맡 서랍을 끼고 있던 그 할머니는 나한테서 무엇을 원했을까? 왜 줄곧 내 옆을 따라다니며 나를 관찰했을까? 그 노파는 마치 피 묻은 눈꺼풀에 어떤 병자가 퍼런 가래침을 뱉어 놓은 듯 짓무른 눈으로 내가 누군지 알아내려고 애쓰는 것 같았다. 당시 그 키 작고 머리가 허연 할머니는 어떻게 15분이나 쇼윈도 앞에 있는 내옆에 붙어 서 있게 되었을까? 그녀는 그때 지저분한, 꼭 쥔

45

두 손으로 기다란 낡은 연필 한 자루를 아주 느리게 내 앞으로 내밀고 있었다. 나는 진열된 물건들을 들여다보는 체, 아무것도 눈치채지 못하는 체했다. 그러나 그녀는 내가 자기를 보고 있다는 걸 알았다. 그녀는 내가 거기 서서 그녀가 도대체 무슨 짓을 하는 건지 곰곰 생각하고 있다는 것을 알고 있었다. 나는 그때 연필이 문제가 아니라는 사실은 잘 파악하고 있었다. 그것이 어떤 신호라고 느꼈다. 비밀을 알고 있는 사람을 위한 신호라든가, 버려진 사람들이 아는 신호라고. 나는 그녀가 나한테 어딘가로 가야 한다거나 무슨 일을 해야 한다는 암시를 주고 있다고 예감했다. 그리고 아주 이상야릇했던 것은 이 신호가 가리키는 약속이 실제로 존재하며, 이 장면이야말로 근본적으로 내가 기다려야 할 어떤 것이라는 느낌에서 점점 벗어날 수 없게 되었다는 사실이다.

그것은 2주 전의 일이었다. 그렇지만 하루도 그런 마주침 없이 지나가는 날은 거의 없다. 날이 어두워질 때뿐만 아니라 한낮에 사람들로 북적대는 거리에서도 갑자기 키 작은 남자 아니면 어떤 할머니가 나타나 고개를 끄덕이고, 내게 무언가를 보인 다음, 마치 그것으로 필요한 용무는 다 끝났다는 듯이, 사라지곤 했다. 그러다 어느 날 그들이 내 방 안까지 찾아오려고 마음먹을 수도 있을 것이다. 그들은 분명 내가 어디에 살고 있는지 알고 있으며, 수위가 그들을 제지하지 않도록 일을 꾸밀 것이다. 그러나 여기, 이 사람들아, 여기에서 나는 당신들로부터 안전하다. 이 열람실은 특별한 카드가 있어야 안으로 들어올 수 있다. 나는 당신들보다 먼

저 그 카드를 가지고 있다. 나는 짐작하는 대로, 조금 겁먹은 채로 거리를 지나간다. 하지만 마침내 유리문 앞에 다다르면, 마치 집에 온 듯, 그 문을 열고 들어가 그다음 문 앞에서 내 카드를 제시한다. (당신들이 나한테 물건을 보여 주는 것과 똑같이 말이다. 다만 차이가 있다면, 그들은 내 행동을 이해하고, 내가 뜻하는 것이 무엇인지를 안다는 것이다.) 그런 다음에 나는 이 책들 틈에서, 마치 죽기라도 한 것처럼, 당신들을 벗어나게 되는 것이다. 그리고 자리에 앉아서 한 시인을 읽는다.

당신들은 시인이 무엇인지 모르지? 베를렌…… 아무것도 모른다고? 기억나는 것이 없다고? 그럴 테지. 당신들은 그 시인을 당신들이 아는 다른 사람들과 구별하지 않았지? 당신들이 시인을 구별할 줄 모른다는 것을 나는 안다. 하지만 내가 읽고 있는 시인은 다른 사람이다. 그는 파리에 살지 않는 사람, 전혀 다른 사람이다. 그는 산속에 집이 있는 사람이다. 그의 목소리는 맑은 공기 속에서 종처럼 울린다. 그는 행복한 시인이다. 그는 그의 창문에 대해서 이야기하고, 다정하고 고독한 먼 경치를 사려 깊게 반사하고 있는 책장의 유리문에 대해서 이야기한다. 나도 바로 그런 시인이 되려고 했었다. 그는 소녀들에 대해서 너무나 많은 것을 알고 있고, 나도 소녀들에 대해서 많이 알고 싶다. 그는 수백 년 전에 죽은 소녀들도 알고 있다. 그들이 죽었다는 사실이 그에겐 아무렇지도 않다. 왜냐하면 시인은 모든 것을 알기 때문이다. 그리고 그것이야말로 중요한 일이다. 시인은 그들의 이름을 소리 내어 부른다. 구식 리본 장식이 들어간 길쭉한 철자로 날씬하게 적힌 얌전한 이름들, 그리고 그들보다 나이 많은 여자 친구들의, 이미 그 속에 아주 조금이나마 운명과 실망, 죽음의 울림을 함께 지닌 어른이 된 이름들을 부른다. 시인의 마호가니 책상 어느 서랍에는 소녀들의 빛바랜 편지와 일기장에서 찢어 낸 생일 날짜가 적혀 있는 낱장들이 들어 있을지도 모른다. 여름 축제와 생일날들. 아니면 시인의 침실 한구석 배가 불룩한 서랍장 안에는 소녀들의 봄옷을 간직하고 있는 서랍이 있을지도 모른다. 부활절에 처음 입어 본 하얀 옷들. 본래 여름옷이지만 여름까지 기다릴 수 없었던 망사로 만든 옷들. 오오, 이 얼마나 행복한 운명인가. 물려받은 집의 조용한 방 안에서 조용하고 안정된 물건들에 둘러싸여 앉아 있고, 바깥에 화창한 연초록 정원에서 노래를 시험하는 박새들의 첫 울음소리와 멀리 마을에서 울리는 시계 소리를 듣는다는 것이. 그렇게 앉아서 오후의 태양이 그리며 지나가는 따뜻한 한 줄기 무늬를 바라볼 수 있고, 지난 세월의 소녀들에 대해서 많은 것을 알고 있으며, 게다가 시인이라는 것은 또 얼마나 행복한 운명인가. (나도 그런 시인이 되었다면, 그리고 이 세상 어딘가에, 아무도 돌보지 않는 그 수많은 폐쇄된 농가들 중 어느 한 집에서 살 수만 있다면 얼마나 행복할까.) 나는 그저 방 한 칸(밝은 다락방)이면 충분할 것이다. 그 안에서 낡은 내 물건들, 가족사진과 책들을 끼고 살 것이다. 그리고 등받이 의자 하나와 꽃, 개 몇 마리, 돌길을 걸을 때 필요한 단단한 지팡이가 하나 있었으면 좋겠다. 그 밖에는 아무것도 필요 없다. 누런 상아색 가죽으로 묶고 먼지에 낡은 꽃무늬를 넣은 책 한 권만 있으면 된다. 나는 그 책 안에 써넣었을 것이다. 많은 것을 썼을 것이다. 내게는 생각도 많았을 테고, 많은 사람들에 대한 추억도 있었을 테니까.

그러나 사정은 달라졌다. 왜 그런지는 하느님이나 아실까. 낡은 내 가구들은 양해를 받고 들여놓은 어느 헛간에서 썩고 있다. 그리고 나 자신은, 그렇다, 맙소사, 머리를 가릴 지붕도 없다. 눈 속으로 빗발이 들이친다.

나는 때때로 센 강변의 조그만 가게들을 지나간다. 거기엔 고물상들이나 작은 헌책방, 또는 진열장을 가득 채우고 있는 동판화 판매상들이 있다. 아무도 그 가게에 발을 들여놓지 않는다. 장사를 하지 않는 것 같다. 그러나 안을 들여다보면 거기 그들이 앉아 있다. 앉아서 책을 읽는다. 아무 걱정 없이. 그들은 내일을 걱정하지 않으며, 성공하려고 안달하지도 않는다. 개 한 마리가 그들 앞에 기분 좋게 앉아 있거나, 고양이 한 마리가 마치 책등에 적힌 이름들을 지우려는 듯, 책들을 스치고 지나가면서 정적이 더 커지게 할 뿐이다.

아아, 그것으로 충분하다면야. 나는 가끔 그렇게 물건들로 가득 찬 진열장을 하나 사서 그 뒤에 개 한 마리를 데리고 앉아 한 20년 지내고 싶다는 소망을 품는다.

큰 소리로 이렇게 말하면 좋다. 「아무 일도 없었다.」 다시 한
번. 「아무 일도 없었다.」 도움이 되나?

　난로에서 또 연기가 났고, 밖으로 나가지 않을 수 없었다
는 것, 그것은 사실 불행이 아니다. 몸이 나른하고 감기 기운
이 있다는 것, 그것도 전혀 중요하지 않다. 하루 종일 골목길
을 헤매고 다닌 것도 내 책임이다. 루브르 박물관 안에 앉아
있을 수도 있었을 테니까. 아니, 그렇게 못 했을 것이다. 거
기에는 몸을 녹이려는 사람들이 있다. 그들은 비로드를 씌
운 긴 의자에 앉아서 난방 시설용 격자 위에 발들을 빈 장화
처럼 나란히 죽 올려놓고 있다. 그들은 아주 겸손한 남자들
이라, 훈장이 주렁주렁 달린 검은색 제복을 입은 직원들이
그들을 너그럽게 봐주기만 해도 고마워한다. 그러나 내가
들어가면 그들은 히죽이 웃는다. 히죽거리며 고개를 약간
끄덕이기도 한다. 그리고 내가 그림 앞에서 이리저리 걸음
을 옮기면 눈으로 나를 뒤쫓는다. 탁하고 짓무른 눈으로 줄
곧 나를 주시하는 것이다. 그러니 루브르에 들어가지 않기
를 잘했다. 나는 늘 돌아다녔다. 내가 얼마나 많은 도시들
을, 도시의 구역들과 공동묘지, 다리, 골목들을 돌아다녔는
지 하늘은 알려나. 어디선가 채소 수레를 밀고 가는 한 남자
를 보았다. 그는 〈꽃양배추요, 꽃양배추〉 하고 외쳤는데,
〈꽃〉의 모음 〈ㅗ〉를 불분명하게 발음했다. 그 남자 옆에선
무뚝뚝하고 못생긴 여자가 따라가면서 가끔 그를 툭 쳤다.
그녀가 칠 때마다 그는 소리를 질렀다. 이따금 그가 혼자서
소리를 지를 때도 있었는데, 그것은 소용이 없었다. 그러다

가 그는 곧바로 다시 소리를 질러야 했다. 물건을 사주는 집 앞에 왔기 때문이다. 내가 말했던가, 그가 장님이었다고? 말 안 했나? 그렇다면, 그는 장님이었다. 그는 장님이었고 소리를 질렀다. 그렇게 말한다면 나는 거짓을 말하는 것이다. 그가 밀고 가던 수레에 대해 말하지 않았으니까. 나는 마치 그가 꽃양배추를 외치는 소리를 듣지 못했다는 듯이 행동하는 것이다. 그러나 그것이 중요한가? 그리고 그것이 중요하다 한들, 그 일 전체가 나한테 어떤 의미가 있었는가 하는 것이 문제가 아닌가? 나는 눈멀고 소리를 질러 대던 한 남자를 보았다. 그것을 나는 보았다. 봤던 것이다.

그런 집들이 있다는 것을 사람들이 믿어 줄까? 아니다, 사람들은 내가 거짓말을 한다고 말할 것이다. 이번엔 사실이다. 아무것도 빠뜨린 것이 없고, 아무것도 보탠 것이 없다. 내가 어디서 보탤 것을 가져온단 말인가? 사람들은 내가 가난하다는 것을 안다. 그들은 그것을 알고 있다. 집들이라고? 그러나, 정확히 말하자면, 그것은 이제는 없는 집들이었다. 꼭대기부터 밑바닥까지 부숴 버린 집들. 그곳에 있던 것, 그것은 그 옆에 서 있는 다른 집들이었다. 높은 이웃집들. 그 집들은 그 주변이 다 부서져 버린 다음부터는 무너질 위험에 처해 있었다. 무너진 집터 바닥과 휑하니 드러난 벽 사이에 타르 칠을 한 굵은 기둥들로 만든 골조물이 비스듬히 박혀 있었기 때문이다. 내가 말하는 벽이 이 벽을 가리키는 것이라고 앞서 말했는지는 모르겠지만, 그것은 그러니까 아직 남아 있는 집들의 맨 앞쪽 벽이 아니고 (그럴 거라고 생각할 수밖에 없겠지만), 예전에 있던 집들의 마지막 남은 벽이었다. 그 벽의 안쪽이 보였다. 여러 층에 있던 방의 내벽들이 보였고, 거기에는 아직도 벽지가 붙어 있었다. 이곳저곳에서 방바닥이나 천장의 끄트머리도 보였다. 방의 내벽 옆에는 벽 전체를 따라 지저분하게 허연 공간이 아직 남아 있었는데, 녹슨 화장실 하수관의 터진 홈통이 벌레처럼 흐물흐물, 마치 소화 중인 창자처럼 말할 수 없이 역겹게 그 공간을 통과하고 있었다. 조명 가스관이 지나간 길에는 천장 가장자리에 잿빛 먼지 낀 자국이 남아 있었는데, 그것은 여기저기서 뜻하지 않게 휘어져 색칠된 벽 속으로 들어가기도 하고, 시꺼멓게 사정없이 뚫린 구멍 속으로 들어가기도 했다. 그러나 가장 잊을 수 없는 것은 벽들 그 자체였다. 이 방들의 끈질긴 생명은 아무도 짓밟을 수 없었다. 생명은 거기에 있었다. 남아 있던 못에도 생명은 유지되고 있었고, 손바닥만큼 남은 방바닥에도 생명은 있었으며, 내실을 아주 작은 부분만 남겨 놓은 방 모서리 끄트머리에도 생명은 웅크리고 있었다. 생명은 색에도 들어 있었고, 그 색을 생명이 천천히, 한 해 한 해 변화시킨 것을 볼 수 있었다. 청색은 곰팡이 같은 녹색으로, 녹색은 회색으로, 그리고 노란색은 낡고 퇴색한 썩어 가는 흰색으로 변해 버렸다. 그러나 생명은 또한 거울이나 그림, 옷장 뒤에 남아 있던 덜 빛바랜 자리에도 들어 있었다. 생명이 그 물건들의 윤곽을 그리고 덧붙이면서 거미들과 먼지와 함께 이 숨겨진 장소에 있다가 이제 드러나게 된 것이다. 생명은 벗겨진 모든 줄무늬 자국에도 들어 있었고, 벽지 아래쪽 가장자리의 축축하게 부풀어 오른 곳에도 있었다. 생명은 찢겨 나간 벽지 조각에서도 나부끼고 있었고, 오래전에 생긴 썩은 얼룩에서도 땀을 흘리고 있었다. 부서진 칸막이벽의 파편으로 둘러싸인, 한때 청색, 녹색, 노란색이던 이 벽들에서도 이런 생명의 공기가 삐져나와 있었다. 그것은 어떤 바람도 아직 흩어 놓지 못한, 질기고 무거운, 곰팡내 나는 공기였다. 거기엔 한낮도 있었고, 질병도 있었다. 내뱉은 숨결, 여러 해 동안 묵은 연기, 옷을 무겁게 적시는 겨드랑이 땀, 텁텁한 입 냄새, 썩은 발 고린내도 고여 있었다. 그곳에는 독한 오줌 지린내와 불에 그을리며 나는 누린내, 거무스름한 감자를 삶을 때 나는 냄새와 찌들어 가는 기름의 미끈미끈한 악취도 고여 있었다. 잘 거두지 않은 젖먹이들한테서 나는 들큼하고 오래 남는 냄새, 학교 가는 아이들에게서 나는 불안의 냄새, 사춘기 소년들의 침대에서 흘러나오는 후덥지근한 냄새도 그곳에 있었다. 그리고 아래쪽에서 올라온, 골목 바닥에서부터 올라온 많은 냄새도 그곳에 모여 있었다. 또한 깨끗하지 못한 도시 상공의 비에 섞여 내려온 다른 냄새도 있었다. 그리고 많은 냄새들을 늘 같은 거리에 머물러 허약하고 온순해진 바람들이 실어 왔는데, 그 근원을 알 수 없는 냄새들도 그곳에는 많이 있었다. 내가 말했던가, 사람들이 마지막 벽만 남겨 놓고 모두 다 부숴 버렸다고? 지금 나는 그 마지막 벽에 대해서 계속 말하고 있는 것이다. 내가 오래오래 그 앞에 서 있었을 거라고 사람들은 말할 것이다. 그렇지만 맹세컨대 나는 그 벽을 알아보자마자 달아나기 시작했다. 내가 그 벽을 알아봤다는 사실이 너무나 끔찍했기 때문이었다. 나는 이곳의 모든 것을 인식하고 있다. 그렇기 때문에 그것들이 그대로 내 안으로 들어오는 것이다. 그것들은 내 안에 깃을 치고 있다.

그 모든 것을 겪고 난 뒤에 나는 약간 지쳤다. 쇠약해졌다고 할 수 있을 것이다. 그렇기 때문에 그 남자가 나를 기다려야만 했다는 사실도 내게는 너무 힘든 일이었다. 그는 작은 간이식당에서 나를 기다렸다. 그곳에서 나는 달걀 프라이를 두 개 먹으려고 했었다. 배가 고팠다. 하루 종일 먹을 새가 없었다. 그러나 그때도 아무것도 먹을 수가 없었다. 달걀 프라이가 다 되기도 전에 쫓기듯 거리로 뛰어 나오고 말았다. 거리는 빽빽한 사람의 물결로 내게 마주 향해 달려들었다. 때마침 사육제였고 저녁 시간이었기 때문이다. 사람들은 모두 여유롭게 이리저리 돌아다니며 서로 몸을 비벼 대고 있었다. 그들의 얼굴에는 가설무대에서 나오는 불빛이 가득했으며, 그들의 입에서는 터진 상처에서 나오는 고름처럼 웃음이 흘러넘치고 있었다. 내가 초조해하며 앞으로 나아가려고 하면 할수록 사람들은 더 웃었고, 점점 더 좁게 밀려들었다. 어쩌다가 한 여인의 스카프가 내 옷에 단단히 걸렸는지, 내가 그 여인을 질질 끌고 다닌 꼴이 되었다. 사람들이 나를 멈춰 세우더니 웃어 댔다. 나도 같이 웃어야 할 것 같았지만, 웃음이 나오지 않았다. 누군가 사탕을 한 줌 내 눈에다 던졌는데, 채찍처럼 따가웠다. 모퉁이에는 사람들이 빽빽하게 몰려 빼도 박도 못한 채 서로 밀쳐 대고 있었는데, 그들은 앞으로 나아가지 못하고, 마치 짝짓기라도 하듯이, 아래위로 조용히, 그리고 부드럽게 움직이기만 했다. 그들은 서 있었고, 나는 혼잡 속에 틈이 보이는 찻길 가를 미친 사람처럼 달렸지만, 실제로 움직인 건 그들이고 나는 꼼짝도 못한 것 같았다. 아무것도 달라지지 않았기 때문이다. 올려다보니 한쪽으로는 여전히 똑같은 집들이, 다른 한쪽으로는 가설무대들이 보였다. 어쩌면 모든 것이 꼼짝 않고 서 있는데, 나와 사람들이 어지러워 모든 것이 빙글빙글 도는 것처럼 보이는지도 몰랐다. 하지만 그런 것에 대해 깊이 생각할 여유가 없었다. 나는 땀으로 흠뻑 젖어 있었고, 몸속에서 아찔한 통증이 느껴졌다. 마치 내 핏속을 어떤 큰 물질이 함께 돌며 닿는 곳마다 혈관을 확장시키고 있는 것 같았다. 마치 일찌감치 공기가 동이 나서, 내쉬고 나서 허파에 남은 숨을 그냥 다시 들이쉬는 것 같았다.

그러나 이제는 다 지나갔다. 나는 견뎌 냈다. 나는 내 방에 램프를 켜고 앉아 있다. 약간 춥다. 난로에 불을 지필 용기를 내지 못했기 때문이다. 난로가 또 연기를 내뿜어 다시 밖으로 나가야 하면 어쩐단 말인가? 나는 앉아서 생각해 본다. 내가 가난하지 않다면 다른 방에 세를 들 텐데. 이렇게 심하게 낡지 않은 방, 먼저 세 들어 살던 사람들이 남긴 이런 가구들이 가득 차지 않은 그런 방에 말이다. 정말이지 머리를 이 등받이 의자에 올려놓기가 처음에는 너무나 힘들었다. 녹색 시트 한복판에 아무나 머리를 들여놔도 맞을 것 같은, 기름에 전 잿빛 홈이 움푹 파여 있었기 때문이다. 나는 오랫동안 머리 밑에 손수건을 대놓는 조심성을 발휘했지만, 이젠 그렇게 하기도 너무 귀찮았다. 그렇게 하지 않아도 괜찮다는 것, 그리고 움푹 파인 그 자리가 마치 자로 잰 듯이 내 뒷머리에 꼭 들어맞는다는 것도 알게 되었다. 그러나 가난하지만 않다면 우선 좋은 난로를 사겠다. 그리고 산에서 가져온 깨끗하고 화력 센 장작을 때겠다. 연기 때문에 숨 쉬기가 고통스럽고 머리가 어지러운 이따위 형편없는 조개탄은 그만두고. 그리고 거친 소음을 내지 않고 청소를 해주고, 내게 필요한 만큼 불을 보살펴 줄 누군가가 있어야겠다. 난로 앞에 15분이나 무릎 꿇고 앉아 바로 앞에서 이글거리는 불기에 이마의 살갗이 당겨지고, 두 눈에 열기를 쏘여 진저리를 치지 않을 수 없을 땐 그날 하루 동안 쓸 힘을 다 쏟아 버리고 만다. 그런 다음 사람들 틈으로 가면 그들이 나를 다루기 쉽다는 것은 말할 필요도 없다. 가끔, 아주 혼잡할 때 자동차를 타고 그곳을 지나가겠다. 뒤발[12] 식당 같은 데서 식사하겠다. …… 그리고 더 이상 간이식당에는 기어들지 않으리라. 혹시 그 남자도 뒤발 식당에 가봤을까? 아니다. 그런 곳에서 그가 나를 기다릴 리가 없다. 죽어 가는 사람을 들여보내 주지는 않으니까. 죽어 가는 사람이라고? 나는 지금 바로 내 방에 앉아 있다. 내게 일어났던 일에 대해서, 그래, 조용히 생각해 볼 수 있다. 아무것도 불확실한 채로 남겨 두지 않는 편이 좋으니까. 그러니, 자, 내가 들어섰을 때 처음

12 Charles Duval(1800~1876). 프랑스의 건축가. 파리에 대규모 카페를 지은 것으로 유명하다.

본 것은 내가 번번이 자리 잡고 앉던 식탁을 다른 사람이 차지해 버렸다는 것뿐이었다. 나는 작은 조리대 쪽으로 인사를 보내고, 음식을 주문한 다음 그 옆에 앉았다. 그 남자는 조금도 움직이지 않았지만 나는 그를 느꼈다. 바로 그 꼼짝 않고 있음을 느꼈고 단번에 그것을 이해했다. 우리 두 사람 사이에 연결이 이루어졌다. 그리고 나는 알았다, 그 남자가 놀라움에 굳어 버렸다는 사실을. 어떤 놀라움, 그의 내면에서 일어난 어떤 일에 대한 놀라움이 그를 마비시켰다는 것을 알았다. 그의 내면에서 혈관 하나가 터졌는지도 모른다. 어쩌면 그가 오래 두려워했던 어떤 독이 바로 지금 심장 안으로 침투했을지도 모른다. 아니면 그의 세계를 변화시켜 버린 커다란 종양이 그의 뇌 안에서 태양같이 떠올랐을지도 모른다. 나는 억지로 그 남자 쪽을 쳐다보려고 무척이나 애를 썼다. 그 모든 것이 상상이기만을 바라면서. 그렇지만 난 벌떡 일어나 밖으로 뛰쳐나오고 말았다. 내가 틀리지 않았기 때문이다. 그 남자는 거기 두꺼운 검은색 겨울 코트를 입고 앉아 있었는데, 긴장된 납빛 얼굴을 털목도리 속에 깊이 파묻은 채였다. 입은, 마치 센 힘으로 누른 듯이 꼭 다물려 있었다. 그러나 그가 눈을 뜨고 있었는지는 말할 수 없다. 김이 서린, 연기처럼 희뿌연 안경이 그 앞에 걸려 약간 떨리고 있었다. 콧방울은 둘 다 크게 열려 있었다. 머리털이 다 빠진 정수리 위의 긴 머리칼은 너무 센 열기를 쬔 것처럼 늘어졌고 길고 누런 두 귀 뒤로는 커다란 그림자가 드리워져 있었다. 그렇다, 그는 지금 자기가 사람들뿐만 아니라 모든 것으로부터 멀어져 가고 있다는 것을 알고 있었다. 이제 한순간만 지나면, 모든 것이 그 의미를 잃으리라. 이 식탁과 찻잔, 그가 꼭 끌어안고 있는 의자, 일상적이고 가까운 것이 더 이상 이해할 수 없고, 낯설고 어려운 것이 되리라. 그렇게 그 남자는 거기 앉아서 그런 일이 일어날 때까지 기다리고 있었던 것이다. 저항도 하지 않고.

그러나 나는 아직 저항한다. 비록 내 심장이 벌써 밖으로 비어져 나와 지금 나를 괴롭히는 사람들이 나한테서 손을 떼더라도 더 이상 살 수 없다는 것을 알면서, 그래도 저항한다. 나 스스로에게 말한다. 아무 일도 일어나지 않았다고. 그렇지만 나는 그 남자를 이해할 수 있었다. 왜냐하면 내 몸 안에서도 나를 모든 것으로부터 떼어 놓고 갈라놓기 시작하는 무언가가 일어나고 있기 때문이다. 죽어 가는 사람이 이미 아무도 알아보지 못한다는 이야기를 들을 때마다 얼마나 무서워했던가. 그러면 나는 베개에서 들어 올린 고독한 얼굴을 상상했다. 잘 아는 어떤 것을 찾는 얼굴, 언젠가 한 번 본 일이 있지만 지금은 없는 어떤 것을 찾는 얼굴 말이다. 내 공포가 그토록 크지만 않았다면 나는 모든 것을 다른 눈으로 보더라도 못 살 것이 없다는 사실로 위안을 삼았을 것이다. 그러나 나는 무섭다. 이 변화가 말할 수 없이 무섭다. 아직 내 눈에는 좋게 보이는 이 세상에 익숙해져 본 일도 없는데, 다른 세상에서 무엇을 어찌 한단 말인가? 나는 기꺼이 내가 좋아하게 된 의미들과 머물겠다. 그리고 뭔가 바뀌어야만 한다면 적어도 우리 세상과 비슷하고 사물도 그대로인 세상을 가진 개들과 살 수 있으면 좋겠다.

아직 한동안은 이 모든 것을 기록하고 말할 수 있다. 그러나 언젠가 내 손이 나로부터 멀어질 날이 올 것이다. 손더러 쓰라고 명령하면 생각지도 않은 낱말들을 써놓을 그날이. 지금까지와는 다른 해석의 시대가 시작될 것이다. 그렇게 되면 어떤 낱말도 다른 낱말과 연결되지 않으며,[13] 모든 의미는 구름처럼 흩어져 빗물처럼 흘러내릴 것이다. 아무리 무섭다고 해도 결국 나는 어떤 거창한 것 앞에 서 있는 사람과 같은 입장이 될 것이다. 예전에 글쓰기를 시작하기 전에도 그 거창한 것이 종종 비슷하게 내 안에 있었던 것을 기억한다. 그렇지만 이번에는 나를 쓸 것이다. 내가 스스로 변화하는 인상 말이다. 아, 조금 부족한 것만 채워진다면 그 모든 것을 이해하고 시인할 텐데. 한 걸음만 더 나아가면 나의 이 깊은 불행은 행복이 될 것이다. 그러나 그 한 걸음을 내딛을 수가 없다. 나는 넘어졌다. 그리고 부서져서 더 이상 나 자신을 일으키지도 못한다. 그래도 언제나 믿었다. 도와주는 사람이 올 수도 있을 거라고. 거기 내 앞에 저녁마다 빌었던 것이 내 글씨로 적혀 있다. 책에서 발견해 베껴 적은 것들이다. 그것이 나와 아주 가까워지고 마치 내 것인 양 내 손에서 나오게 하려고. 이제 그것을 다시 한 번 더 쓰겠다. 여기 내 책상 앞에 무릎 꿇고 앉아서 쓰겠다. 그렇게 하면 그것을 읽을

13 이 말은 예루살렘의 파괴에 대한 그리스도의 예언에서 빌려 온 것이다. 〈저 돌들이 어느 하나도 제자리에 그대로 얹혀 있지 못하고 다 무너지고 말 것이다.〉(「마르코의 복음서」 13장 2절)

때보다 더 오래 가질 수 있고, 낱말 하나하나가 지속되어 사라지는 데에도 시간이 걸리기 때문이다.

모든 것에 불만이고 나 자신에게도 불만인 나는 기꺼이 나 자신을 위해 보속하고 밤의 정적과 고독 속에서 조금 기운을 차리고자 합니다. 내가 사랑했던 영혼들이여, 내가 노래했던 영혼들이여, 나를 도와주소서. 나에게 힘을 주시고, 이 세상의 거짓과 해로운 악취를 나로부터 멀리 해 주십시오. 그리고 당신, 나의 주이시며 신이시여! 나에게 은총을 베푸시어, 내가 모든 인간 중에 가장 천한 사람이 아니며, 내가 경멸하는 인간들보다 못하지 않다는 것을 증명할 몇 줄의 아름다운 시를 쓸 수 있게 해주소서.[14]

나라 안의 가장 하찮은 인간이던, 형편없고 천대받는 사람들의 자식들. 이제 내가 그들의 노랫감이 되었고, 그들의 조롱거리가 되었다.

……그들이 나를 멸망시킬 길을 만들었다…….

……나를 해치기가 너무나 쉬워 그들은 어느 누구의 도움도 필요치 않았다.

……그러나 이제 내 영혼이 다 쏟아져 버리고, 그 비참한 시간이 나를 사로잡았다.

밤에는 내 온몸의 뼈마디가 쑤셔 대고, 나를 쫓는 자들

14 프랑스의 시인 보들레르Charles-Pierre Baudelaire의 『산문시집Petits poèmes en prose』에 수록된 시 「새벽 한 시에À une heure du matin」의 끝 구절.

은 자려고 눕지도 않는다.

나에게 자꾸 강제로 다른 옷이 입혀지니, 사람들은 마치 저고리처럼 강제의 힘을 내 몸에 두르는구나……

나의 내장은 들끓어 오르기를 멈추지 않는다. 그 비참한 시간이 나를 덮친 것이다……

나의 하프는 탄식이 되었다. 그리고 나의 피리는 울음이 되었다.[15]

의사는 나를 이해하지 못했다. 아무것도. 물론 설명하기도 어려웠다. 병원에서는 전기 요법을 시술하려고 했다. 좋겠지. 쪽지를 한 장 받았다. 오후 1시에 살페트리에르 병원으로 오라는 것이다. 그곳으로 갔다. 오래 걸어서 여러 채의 바라크 건물을 지나 안마당 몇 개를 통과해야 했는데, 그 안마당에는 흰 두건을 쓴 사람들이 앙상한 나무 밑에 죄수처럼 서 있었다. 나는 마침내 복도처럼 생긴 길고 어두운 방 안으로 들어갔다. 그 방은 한쪽 면에 푸르스름한 젖빛 유리창 네 개가 달려 있었는데, 폭 넓은 검정색 칸막이벽이 창문과 창문 사이를 갈라놓고 있었다. 그 창문들 앞으로는 긴 나무 의자가 죽 늘어서 있었고, 그 의자 위에 나를 아는 사람들이 앉아서 기다리고 있었다. 그렇다. 그 사람들이 전부 그곳에 있었다. 내가 실내의 어둠에 익숙해졌을 때, 끝없이 긴 줄을 만들며 어깨에 어깨를 맞대고 거기 앉아 있던 사람들 가운데

15 구약성서 「욥기」 30장 8~30절 참조.

다른 부류의 사람들도 몇몇 끼어 있는 것 같았다. 그들은 하찮은 사람들, 직공과 하인들, 짐마차꾼들이었다. 복도가 좁아진 저 아래쪽에서는 뚱뚱한 여자 두 명이 따로 다른 의자에 펑퍼짐하게 앉아 잡담을 나누고 있었다. 짐작건대 접수받는 여자들이었다. 시계를 보았다. 1시 5분 전이었다. 이제 5분만 있으면, 아니, 10분이라고 해두자, 틀림없이 내 차례다. 나쁘지 않았다. 나쁘고 무거운 것은 옷 냄새와 입김 냄새로 가득한 공기였다. 어디선가 문틈으로 강렬하고 자극적인 에테르의 냉기가 훅 끼쳤다. 나는 오락가락하기 시작했다. 나를 이곳으로, 이 사람들 틈으로, 사람들로 북적이는 일반 진료 쪽으로 보냈구나, 하는 생각이 들었다. 말하자면 그것은 내가 버려진 사람들에 속한다는 사실을 처음으로 공공연하게 증명한 셈이었다. 의사가 나를 그렇게 봤나? 그렇지만 나는 그런대로 괜찮은 양복을 입고 의사를 찾아갔고, 내 명함도 들여보냈었다. 그래도 의사는 어떻게든 알아낸 것이 틀림없다. 어쩌면 내가 스스로를 드러냈는지도 모른다. 이제, 그것이 한번 사실이 되고 나니, 별로 심하다고 여겨지지 않았다. 사람들은 조용히 앉아 있었고, 나를 눈여겨보지도 않았다. 몇몇은 통증이 있는지, 아픔을 좀 더 쉽게 참아 내보려고 한쪽 다리를 흔들고 있었다. 어떤 남자들은 머리를 두 손바닥으로 받치고 있었고, 어떤 사람들은 무거운 얼굴을 파묻고 자고 있었다. 목이 벌겋게 부어오른 한 남자가 앞으로 몸을 숙이고 앉아 바닥을 뚫어져라 보고 있다가, 이따금 적당하다고 생각하는 곳에 침을 탁 뱉었다. 한쪽 구석에서는 아이 하나가 훌쩍이고 있었다. 아이는 길고 여윈 두 다리를 몸 앞으로 바짝 끌어와 의자 위에 올려놓고 있었는데, 이제는 그 두 발을 꼭 끌어안고 몸에다 밀착시키고 있었다. 마치 그것들과 작별이라도 해야 한다는 듯이. 작고 해쓱한 한 여인은 둥근 검정색 꽃으로 장식한 크레이프[16] 모자를 빼딱하게 쓰고, 빈약한 입술 둘레에 찡그린 미소를 달고 있었지만, 상처 난 눈꺼풀 위로 끊임없이 눈물을 흘리고 있었다. 그 여자로부터 멀지 않은 곳에 누군가가 한 소녀를 앉혔다. 매끈한 소녀의 얼굴은 동글동글했고, 아무런 표정도 없는 두 눈이 앞으로 툭 튀어나와 있었다. 벌어진 입안으로 허옇고 미끈미끈한 잇몸과 오래된 찌그러진 이들이 보였다. 그리고 사방이 붕대들이었다. 머리통 전체를 겹겹이 감아 이젠 누구 것이라고도 할 수 없는 눈 한쪽만 남겨 놓은 붕대들이 있었다. 상처를 숨긴 붕대, 그 아래 무엇이 있는지를 보여 주는 붕대들도 있었다. 어떤 붕대는 풀어헤쳐 놓아서 그 안에 손이라고 볼 수 없는 손 하나가, 마치 지저분한 침대 속인 것처럼 들어 있었다. 붕대를 칭칭 감은 다리가 사람들이 기다리고 있는 줄 바깥으로 나와 있었는데, 그 다리 하나가 사람 전체만큼 컸다. 나는 서성거리며 마음을 진정시키려고 애썼다. 맞은편 벽에 정신을 집중했다. 그 벽에는 한쪽 날개로만 여닫는 문이 여럿 달려 있었는데, 벽이 천장까지 닿지 않았기 때문에 이 복도가 그 옆 공간과 완전히 격리되지 않았다는 것을 알 수 있었다. 나는 시계를 보았다. 그렇게 서성거린

16 주름 잡힌 명주 천.

지 벌써 한 시간이나 되었다. 잠시 후에 의사들이 왔다. 먼저 젊은 의사들 몇 명이 무심한 얼굴로 지나갔고, 드디어 내가 찾아갔던 의사가 밝은색 장갑과 당시 유행하던 멋들어진 모자, 흠잡을 데 없는 가운 차림으로 왔다. 그는 나를 보더니 모자를 약간 치켜들고 어설프게 웃었다. 이제 곧 불려 들어 가겠지 하는 희망을 가졌었지만, 다시 또 한 시간이 흘렀다. 무슨 일을 하며 그 시간을 보냈는지 기억이 없다. 아무튼 한 시간이 지났다. 간호사인 듯한 늙은 남자가 얼룩이 묻은 앞 치마를 두르고 나타나서 내 어깨에 손을 댔다. 나는 옆방으로 들어갔다. 의사와 젊은 사람들이 한 책상에 둘러앉아 나를 쳐다보고 있었다. 내게 의자를 내주었다. 자. 이제는 내 용태가 어떤지를 이야기하라는 것이었다. 될수록 짧게 해주세요. 이분들은 시간이 별로 없습니다. 나는 묘한 기분이 들었다. 젊은 사람들은 앉아서 그들이 배운 우월한 전문적 호기심으로 나를 쳐다보았다. 내가 아는 그 의사는 뾰족한 검은 수염을 쓰다듬으면서 건성으로 웃음 짓고 있었다. 내가 울음이라도 터뜨릴 것이라 생각했지만, 나 자신이 프랑스어로 대답하는 소리가 들렸다. 「선생님, 저는 이미 선생님께 제가 알려 드릴 수 있는 모든 것을 알려 드렸습니다. 여기 이분들도 아실 필요가 있다고 생각하신다면, 선생님께서 우리가 했던 이야기를 몇 마디로 설명해 주실 수 있겠죠. 저는 그렇게 하기가 힘들거든요.」 그 의사는 공손히 미소 지으며 일어나 조교들과 함께 창가로 가서 수평 방향으로 손을 흔들어 가며 몇 마디 말을 했다. 3분 뒤에 젊은 사람들 가운데 근시인 데다 성미가 급한 한 명이 책상 앞으로 되돌아와 나를 엄격하게 살펴보려 애쓰면서 말했다. 「잠은 잘 주무시죠, 선생?」「아뇨, 잘 못 잡니다.」 그러자 그는 다시 자기네들 쪽으로 뛰어갔다. 그곳에서 한동안 의논을 하더니 의사가 나를 향해 일러 주었다, 다시 부를 거라고. 나는 1시에 약속이 되어 있었음을 그에게 상기시켰다. 그는 미소를 지으며, 마치 그가 몹시 바쁘다는 것을 알리려는 듯이, 조그맣고 하얀 두 손을 몇 번 빠르게 아래위로 움직였다. 할 수 없이 복도로 되돌아왔다. 복도의 공기는 훨씬 더 탁해져 있었다. 죽을 것 같은 피곤을 느꼈지만 다시 이리저리 거닐었다. 마침내 복도에 고여 있는 그 습한 냄새가 현기증을 일으켰다. 출입문 앞에 서 있다가 문을 조금 열었다. 밖은 아직 오후였고, 햇빛도 좀 있는 것을 보니 말할 수 없이 기분이 좋아졌다. 그렇게 서 있은 지 1분도 되지 않아 누군가 나를 불렀다. 두 발짝쯤 떨어진 작은 의자에 앉아 있던 한 여자가 씩씩대는 소리로 나에게 뭐라고 했다. 누가 나더러 문을 열라고 했느냐는 것이다. 나는 공기를 참을 수 없었다고 했다. 됐어요, 그건 거기 사정이고, 그렇지만 문은 닫아 놔야 돼요. 그러면 창문을 열면 안 되겠습니까. 안 돼요. 그거 금지되었다고 했다. 나는 다시 오락가락 서성이기로 작정했다. 왜냐하면 그것은 일종의 마취와 같고, 아무의 마음도 상하게 하지 않았기 때문이다. 그렇지만 작은 책상 앞에 앉아 있던 여인은 그것도 못마땅해했다. 자리가 없어서 그러느냐고 했다. 그래요, 나는 자리가 없다고 했다. 그래도 왔다 갔다 하는 것은 안 된다는 것이었다. 자리를 찾아야 한다고, 어딘가 한 자리는 있을 거라고 했다. 그 여인이 옳았다. 정말로 두 눈이 튀어 나온 소녀 옆에 자리 하나가 금방 눈에 띄었다. 나는 이 상태가 틀림없이 어떤 끔찍한 일을 예비하고 있을 것이라는 기분으로 그 자리에 앉았다. 그러니까 왼쪽에는 잇몸이 썩어 가는 소녀가 있었다. 내 오른쪽에 있는 것이 무엇인지는 한참 후에야 알 수 있었다. 그것은 얼굴과 크고 무거운, 꼼짝도 하지 않는 손 하나가 달린 무지무지하게 큰, 움직이지 않는 덩어리였다. 내가 본 옆얼굴은 아무런 특징이나 추억도 지니지 않은 채 텅 비어 있었다. 옷은 마치 관에 들어갈 시체에 입힌 수의처럼 보여서 으스스했다. 검정색 좁은 넥타이가 마찬가지로 느슨하고 개성 없는 방식으로 옷깃 둘레에 매여 있고, 윗저고리를 보니 그것을 누군가 아무 의지도 없는 이 몸뚱이 위에 걸쳐 놓았다는 걸 알 수 있었다. 손은 누군가가 아무렇게나 되는대로 바지 위에 올려놓았고, 머리조차 염장이가 빗겨 놓은 듯이, 박제된 동물의 털처럼 뻣뻣하게 정돈되어 있었다. 나는 이 모든 것들을 주의 깊게 관찰했다. 그리고 이것이 말하자면 나를 위해 정해진 자리라는 생각이 들었다. 왜냐하면 이제 마침내 내가 머물게 될 내 인생의 바로 그 자리에 왔다고 생각했기 때문이다. 그렇다, 운명은 놀라운 길을 산나.

갑자기 아주 가까운 곳에서 한 아이가 깜짝 놀라 저항하며 울부짖는 소리가 급하게 연달아 높아지더니, 이어서 입을 틀어막은 나지막한 울음이 그 뒤를 따랐다. 그 소리가 어디서 나는 것인지를 알아내려고 애쓰고 있는 동안, 다시 짓눌린 울음소리가 작게 떨려 왔다. 여러 사람이 묻는 목소리와, 한 사람이 나직이 명령하는 목소리도 들렸다. 그런 다음엔 어떤 무심한 기계가 아무것도 아랑곳 하지 않고 윙윙거리며 돌아가기 시작했다. 그때 나는 절반 높이의 벽을 기억해 냈다. 그 모든 소리가 문 너머 저쪽에서 온다는 것, 그리고 거기에서 사람들이 작업을 하고 있다는 것이 분명해졌다. 실제로 얼룩 묻은 앞치마를 걸친 간호사가 때때로 나타나서 손짓을 했다. 나는 그가 나를 부르리라고는 전혀 생각하지 않았다. 나를 불렀나? 아니다. 그곳에 있던 두 남자가 휠체어 한 대를 끌고 왔다. 그들이 그 덩치를 휠체어 안에 밀어 넣었다. 그때 나는 보았다. 그가 반신불수의 남자라는 것, 사느라고 닳아 버려 더 작아진 또 다른 옆얼굴을 가지고 있고, 흐린 한쪽 눈만 슬프게 뜨고 있는 사람이라는 것을. 그들이 그 남자를 안으로 데리고 들어갔다. 내 옆에는 자리가 많이 비었다. 나는 앉아서 사람들이 그 멍청한 소녀에게 무슨 짓을 하려고 했을까, 그리고 그 소녀도 소리를 지르며 울까 하고 생각해 봤다. 저 뒤편의 기계들은 마치 공장처럼 기분 좋게 윙윙거리며 돌아갔다. 불안하게 만드는 구석은 하나도 없었다.

그러다가 갑자기 모든 것이 조용해졌다. 그 고요를 뚫고 우월감과 자만심에 찬 목소리가 들려왔다. 귀에 익은 목소리라고 생각했다.

「웃어 보세요!」 잠시 침묵. 「자, 웃어요, 웃으세요.」 나는 벌써 웃음이 나왔다. 저편에 있는 남자가 왜 웃으려 하지 않는지 알 수가 없었다. 무슨 기계가 타르륵하고 돌아가다가 즉시 다시 잠잠해지고, 말들을 주고받더니, 같은 목소리가 정력적으로 명령하는 것이었다. 「아방(앞)이라는 단어를 소리 내봅시다.」 철자를 하나씩 부르며. 「아(a)-베(v)-아(a)-엔(n)-테(t)」 ……정적. 「하나도 안 들리네. 다시 한 번…….」

그리고 그때, 저쪽에서 그처럼 따뜻하고 부드럽게 웅얼거리는 소리가 들려왔을 때, 거기, 오랜 세월 만에 처음으로 다시 그것이 거기에 있었다. 어린아이였던 내가 열에 들떠 누워 있을 때 나에게 처음으로 깊은 공포심을 불어넣었던 그 커다란 것이. 그렇다, 사람들이 내 침대에 둘러서서 맥박을 재며 무엇에 놀랐느냐고 물어보면, 나는 언제나 〈커다란 거요〉라고 말했던 것이다. 사람들이 의사를 불러오고, 의사가 나를 달랠 때면 나는 의사에게 빌었다. 제발 그 커다란 것이 물러가게 해달라고. 다른 것은 다 아무렇지도 않다고. 그러나 의사도 다른 사람들과 마찬가지였다. 그때 난 어렸으므로, 나를 돕기 쉬웠을 텐데도 의사는 그 커다란 것을 없애 주지 못했다. 그런데 지금 그것이 다시 거기에 있었던 것이다. 크면서 그냥 없어졌고, 열이 있는 밤에도 다시는 오지 않았는데, 이제 열이 나지 않았는데도 거기에 와 있었다. 그것이 이제 거기에 있었다. 마치 혹처럼 내 몸 밖으로 자라나고 있었다. 제2의 머리처럼 나의 일부분이었다. 너무 커서 내 것이 될 수도 없었건만. 그것은 한때, 아직 살아 있을 때 내 손이나 팔이었던, 커다란 죽은 짐승과 같았다. 그리고 내 피가 마치 한 몸 속을 돌듯이, 내 몸과 그것 속을 돌고 있었다. 그 커다란 것 안으로 피를 몰아넣기 위해 내 심장은 틀림없이 무척 힘이 들었을 것이다. 피는 충분하지도 않았고, 그 커다란 것 안으로 들어가기 싫어했으며, 병들고 나쁜 피로 되돌아왔다. 그렇지만 그 커다란 것은 점점 부풀어 올랐고, 내 얼굴 앞으로 뜨뜻하고 시퍼런 종기처럼 자라났다. 그것은 내 입 앞으로도 자라났고, 나의 마지막 눈 위로는 벌써 그 혹 가장자리의 그림자가 드리웠다.

내가 그 많은 안마당을 어떻게 가로질러서 나왔는지 기억이 없다. 그때는 밤이었다. 나는 낯선 곳을 헤매고 있었다. 담장이 끝없이 이어진 대로를 한 방향으로 걸어 올라가다가, 끝이 나타나지 않으면, 반대 방향으로 되돌아 어느 광장까지 걸어갔다. 그곳에서 나는 어떤 거리를 걷기 시작했는데, 내가 한 번도 본 적이 없는 길들이 나타났고, 또 다른 길들이 나타났다. 때때로 전차들이 환한 불빛을 비추고, 두드리는 듯이 단단한 종소리를 울리며 달려와 지나가곤 했다. 전차의 표지판에는 내가 모르는 지역명이 적혀 있었다. 내가 어느 도시에 있는지, 여기 어딘가 내가 사는 집이 있는지, 걷지 않기 위해서 무엇을 해야 하는지, 나는 알지 못했다.

이번에도 진작부터 그토록 독특하게 나를 건드려 왔던 이 질병이다. 나는 사람들이 이 병을 과소평가했다고 확신한다. 다른 질병의 중요성을 과장하듯이. 이 병에는 일정한 특색이 없다. 이 병에 걸린 사람의 특성이 이 병의 특성이 된다. 이 병은 각자에게서 이미 지나간 것처럼 보이는 그 사람의 가장 깊은 곳에 숨은 위험을 몽유병처럼 확실하게 끄집어내어 다시 그 사람 앞에 내놓는다. 아주 가까이, 바로 다음 순간에 소생하도록. 학생 시절 한때 못된 짓을 서툴게 시도했던 남자들, 그들의 불쌍하고 딱딱한 어린 손을 속여 공범자로 만들었던 남자들이 다시 그 짓에 빠지거나, 그들이 어렸을 때 이겨 냈던 질병이 몸속에서 재발하기도 한다. 또는 잃어버렸던 습관이 다시 나타나기도 한다. 이를테면 여러 해 전에 그들이 지녔던, 머리를 머뭇거리며 돌리는 행위 같은 것 말이다. 그런 것들과 더불어 다시 나타남과 동시에, 물속에 가라앉은 물건에 달라붙은 젖은 해초처럼 뒤엉킨 기억의 덩어리가 송두리째 올라온다. 사람들이 한 번도 경험해 보지 못했을 법한 삶이 솟구쳐 올라와 실제로 있었던 일과 뒤섞이고, 사람들이 알고 있다고 생각했던 지나간 일들을 몰아낸다. 왜냐하면 솟아오르는 것 안에는 충분히 쉬고 난 힘이 들어 있는 반면, 언제나 거기 있었던 것은 너무 자주 회상하는 바람에 피로해졌기 때문이다.

나는 침대에 누워 있다. 6층 높이에서. 그리고 아무것도 중단시킬 수 없는 나의 하루는 바늘이 없는 시계의 글자판과 같다. 오래진에 잃어버렸는데 어느 날 아침 제자리에 놓여 있는 어떤 물건처럼, 소중히 다뤄 상태가 좋고, 누군가의 보호를 받기라도 했는지, 잃어버렸을 때보다 더 새것 같은 그런 물건처럼 그렇게 내 이불 위 여기저기에 어린 시절에 잃어버렸던 것들이 마치 새것처럼 놓여 있다. 잃어버렸던 불안들이 모두 다시 거기에 있는 것이다.

이불 가장자리에 삐죽 나온 짧은 털실 한 가닥이 딱딱하지 않을까, 쇠바늘처럼 딱딱하고 날카롭지 않을까 하는 불안, 내 잠옷에 달려 있는 이 작은 단추가 내 머리통보다 크지 않을까, 크고 무겁지 않을까 하는 불안. 지금 내 침대에서 떨어지는 이 빵부스러기가 유리가 되어 바닥에서 박살이 나지 않을까 하는 불안. 그리고 그렇게 되면 사실은 모두 다, 그 모든 것이 영원히 산산조각 나고 말 것이라는 답답한 근심. 뜯겨 나간 편지지의 가장자리가 아무도 보면 안 되는, 금지된 어떤 것이라, 방 안에는 그것을 안전하게 둘 만한 자리가 없지 않을까 하는 불안. 난로 앞에 놓여 있는 석탄 조각을 잠들 때 내가 집어삼키지 않을까 하는 불안. 내 뇌수 속에서 어떤 숫자 하나가 커지기 시작해 몸 안에 공간이 더 이상 남아나지 않을 것이라는 불안. 내가 깔고 누운 것이 화강암, 잿빛 화강암이 아닐까 하는 불안. 내가 소리를 지를지도 모른다는, 그래서 사람들이 한꺼번에 내 방문 앞으로 달려들어 마침내 그 문을 활짝 열어젖힐 것이라는 불안. 내가 나 자신을 배반할 것 같은, 내가 무엇을 무서워하는지 말해 버릴 것 같은 불안. 그러나 모든 것이 말로 표현할 수 없는 것이기에 내가 아무것도 말할 수 없으리라는 불안, 그리고 다른 불안, 불안들이…….

내가 어린 시절을 달라고 빌었더니, 어린 시절이 다시 돌아왔다. 그런데 그것은 아직도 예전처럼 힘들었고, 나이를 먹는다는 것이 아무 소용도 없게 느껴졌다.

어제는 열이 좀 내렸다. 그리고 오늘은 봄날처럼, 그림 속의 봄날처럼 시작했다. 나는 외출해 국립 도서관에 있는 나의 시인한테 가보려고 한다. 참 오랫동안 그의 작품을 읽지 못했다. 나중에는 정원 안을 천천히 거닐 수도 있을 것이다. 그처럼 싱싱한 물이 고여 있는 큰 못 위로 바람이 불지도 모르고, 어린아이들이 와서 붉은색 돛을 단 저들의 배를 띄우고 바라볼지도 모른다.

오늘은 그 정도 기대를 한 것은 아니지만, 마치 그것이 너무나 자연스럽고 간단한 일이라도 되는 듯이 용감하게 바깥으로 나갔다. 그렇지만 거기에는 다시 나를 종이처럼 구겨 던져 버린 그 무엇이 있었다. 듣도 보도 못한 무엇인가가 거기 있었던 것이다.

생미쉘 로는 텅 비어서 널찍했다. 그리고 가볍게 경사진 길은 걷기가 쉬웠다. 머리 위에서는 여닫이 창문들이 유리 소리를 내며 활짝 열렸고, 유리창에 반사된 빛이 마치 하얀 새처럼 거리 위로 날아올랐다. 주황색 바퀴가 달린 마차가 한 대 지나갔다. 저 아래에서 누군가 연두색 물건을 들고 갔다. 번쩍이는 마구(馬具)를 얹은 말들이 길바닥 색이 짙어지도록 물을 뿌린 깨끗한 차도 위를 달려갔고, 바람이 일어났다. 새롭게, 온화하게. 그리고 온갖 것이 다 솟구쳐 올랐다, 냄새들, 외침 소리들, 종소리들이.

나는 빨간 옷을 입은 가짜 집시들이 저녁마다 연주하는 카페들이 있는 곳을 지나갔다. 한 카페의 창문에서 밤새 지친 공기가 양심의 가책을 느끼며 기어 나왔다. 머리를 반들반들하게 빗어 넘긴 종업원들이 문 앞을 청소하느라고 나와 있었다. 그중 한 명이 허리를 굽히고 서서 누런 모래를 한 줌, 한 줌 탁자 밑으로 뿌렸다. 그때 지나가던 사람 가운데 하나가 그를 툭 치면서 길 아래를 가리켰다. 얼굴이 빨갛게 달아오른 그 종업원은 한동안 그쪽을 유심히 살펴보았다. 그러더니 수염이 없는 그의 뺨에 마치 누가 끼얹기라도 한 것 같은 웃음이 번져 나갔다. 그는 다른 종업원들에게 손짓을 했다. 그들을 불러들임과 동시에 그 자신은 아무것도 놓치지 않으려고, 자기의 웃는 얼굴을 빠르게 몇 차례 오른쪽에서 왼쪽으로 돌렸다. 이제 모든 종업원들이 아래를 내려다보고 서 있었다. 아니, 더러는 영문을 몰라 무언가를 찾기도 하고, 더러는 웃음을 짓거나, 웃길 만한 일을 아직 찾아내지 못해 화가 나 있었다.

나는 마음속으로 조금 불안을 느끼기 시작했다. 무엇인가 나를 다른 쪽 길로 밀어내는 것이 있었다. 그러나 걸음을 좀 더 빨리했을 뿐, 앞에 가는 몇몇 사람들을 무심코 바라보면서도, 그들에게서 아무 별다른 점을 느끼지 못했다. 다만 파란 앞치마를 두르고 손잡이 달린 빈 바구니를 한쪽 어깨 위로 걸친 심부름꾼 아이가 누군가의 뒤를 바라보고 있는 것이 눈에 띄었다. 실컷 그렇게 보고 난 소년은 그 자리에서 카페 쪽으로 몸을 돌리더니 웃고 있는 한 점원을 향해, 누구나 아는 행동으로, 이마 앞에서 손을 흔들어 보였다. 그리고는 검은 눈을 반짝거리며 만족한 듯이 건들건들 나를 향해 걸어왔다.

나는 시야를 가리는 것이 없어지면 곧 평범하지 않은 무언가 이상한 모습을 보게 되리라고 기대했었다. 그러나 보인 것은 내 앞에서 걷고 있는 한 남자, 어두운색 외투를 걸치고 짧게 깎은 연한 금발에 부드러운 검정색 모자를 쓴 키 크고 비쩍 마른 그 남자 하나뿐이었다. 나는 이 남자의 옷차림이나 행동에 아무 우스꽝스러운 것이 없음을 확인하고, 그를 지나쳐 대로 아래쪽을 살펴보려고 했는데, 마침 그 남자가 무엇에 걸려 비틀거렸다. 나는 그의 뒤를 바짝 따라가고 있었기 때문에 조심했다. 그러나 그 자리에 와서 보니 거기엔 아무것도 없었다. 정말 말끔했다. 우리, 그 남자와 나는 계속 걸어갔다. 우리 둘 사이의 거리는 일정했다. 건널목에 왔을 때였다. 그때 내 앞에 가고 있던 그 남자가 한쪽 발을 들고 보도 아래 계단으로 껑충 뛰어내렸다. 그것은 어린아이들이 기쁠 때 걸어가면서 깡충깡충 뛰는 그런 동작이었다. 그는 발걸음을 크게 떼어 단숨에 맞은편 보도 위로 올라섰다. 그러나 보도 위에 올라서자마자 한쪽 발을 약간 뒤로 당기고 다른 쪽 발로 한 번 껑충 뛰더니 그렇게 뜀뛰기를 계속했다. 이제 이 갑작스러운 동작은, 만일 거기 씨앗이든, 미끄러운 과일 껍질이든, 무엇인가 사소한 것이 놓여 있다고 믿을 수만 있다면 그것에 걸려 비틀거리는 것으로 보기에 딱 좋은 것이었다. 이상하게도 그 남자 자신이 어떤 장애물이 있다고 믿는 것처럼 보였다. 왜냐하면 그가 매번 그 성가신 자리를, 누구나 그런 순간에 그렇듯, 화가 나기도 하고 비난에 가득하기도 한 시선으로 돌아보았기 때문이다. 다시 한 번 내 마음속에서 다른 쪽 길로 가라고 경고하는 외침이 들렸지만, 나는 그것을 따르지 않고, 계속 그 남자 뒤에서 그의 두 발에만 잔뜩 신경을 쓰고 있었다. 한 스무 발자국 동안 그 뜀뛰기가 다시 나타나지 않았을 때 나는 이상하게도 마음이 가벼워졌노라고 고백하지 않을 수 없다. 그러나 그때 눈을 들어 올리는 순간, 그 남자에게 다른 화나는 일이 생겼다는 것을 알았다. 그가 입고 있는 외투의 깃이 올라가 있었던 것이다. 그가 때로는 한 손으로, 때로는 양손으로 아무리 옷깃을 내리려고 애써도 잘 되지 않았다. 그런 일은 곧잘 일어나는 것이기에 그것이 나를 불안하게 만들지는 않았다. 그러나 바로 다음 순간 이 남자의 분주한 두 손에 두 가지 동작이 들어 있다는 사실을 목격하고는 너무나 이상하다는 생각이 들었다. 하나는 옷깃을 슬쩍 치켜세우는 은밀하고 재빠른 손놀림이었고, 또 하나는 옷깃을 바로 잡으려는, 상세하고 지속적이며, 지나칠 정도로 꼼꼼한 손놀림이었다. 이 관찰이 얼마나 혼란스러웠던지, 방금 그의 다리를 떠난 그 끔찍한 2음절의 뜀뛰기가 바로 그 남자의 목 안에, 깃을 치켜세운 외투와 신경질적으로 움직이는 손놀림 배후에 들어 있다는 사실을 깨닫는 데 2분이나 걸렸다. 그 순간부터 그에게 꼭 붙들리고 말았다. 나는 그 뜀뛰기가 그의 몸속을 돌아다니고 있으며, 그것이 여기저기서 튀어나오려 한다는 것을 간파했다. 나는 그 남자가 사람들 눈을 꺼리는 것을 이해했다. 그리고 나 자신도 지나가는 사람들이 뭔가 눈치채지 않았을까 조심스럽게 살펴보기 시작했다. 갑자기 그의 다리가 경련하듯 펄쩍 뛰는 바람에 내 등골이 오싹했지만, 아무도 그것을 본 사람은 없었다. 누군가 눈치를 챈다면 나도 조금 비틀거려야겠다는 궁리도 했다. 확실히 그것은 호기심 많은 사람들이 거기 잘 보이지 않는 작은 장애물이 있고 우리 두 사람이 우연히 그것을 밟게 되었다고 믿게 할 만한 방법이었다. 그러나 내가 그렇게 구원의 수단을 궁리하는 사이 그 남자 자신이 새로운, 아주 훌륭한 해결책을 찾아냈다. 나는 그가 지팡이를 짚었다고 말하는 것을 잊고 있었다. 손잡이를 둥그렇게 구부린, 짙은 색깔의 나무로 만든 평범한 지팡이였다. 그는 방법을 찾느라고 불안해하던 중, 우선 이 지팡이를 한 손으로 (한 손은 무엇에 쓰게 될지 아무도 모르지만) 등 뒤, 척추 바로 위에 대고 허리 쪽으로 꼭 누르는 동시에, 둥근 손잡이 끝을 옷깃 안으로 밀어 넣어 목뼈와 등뼈 뒤로 단단한 받침대처럼 댈 생각이 난 듯했다. 그것은 별로 눈에 띄지 않는 자세였고, 기껏해야 조금 대담하게 보일 뿐이었다. 예기치 않은 봄 날씨는 그런 것쯤은 용서할 수 있었다. 아무도 되돌아볼 생각을 하지 않았다. 이제는 일이 잘되어 갔다. 아주 훌륭하게. 물론 그다음 건널목에서 두 번 뜀뛰기가 나타났지만, 그것은 정말 아무런 의미도 없는, 반쯤 억누른 작은 도약이었다. 그리고 실제로 눈에 뜨일 만큼 한 번 깡충 뛸 때도 너무나 능숙했기 때문에 (바로 그때 물 뿌리는 호수가 길바닥에 놓여 있었다) 아무것도 두려워할 것이 없었다. 그렇다, 아직은 모든 것이 잘 되어 가고 있었다. 때때로 다른 손으로 지팡이를 잡고 좀 더 꼭 누르면 위험은 바로 다시 극복되었다. 그럼에도 불구하고 불안이 커지는 것은 어쩔 수 없었다. 나는 알고 있었다, 그 남자가 걸어가면서 무심한 듯, 방심한 듯 보이려고 무한히 애쓰고 있는 동안에도 몸속에서는 그 무서운 경련이 점점 쌓이고 있다는 것을. 그 경련이 점점 커지고 있음을 느끼는 그의 불안이 내 안에도 있었다. 나는 그가 속이 떨리기 시작할 때마다 얼마나 지팡이를 꽉 잡는지 보았다. 그때 그 두 손의 표현이 어찌나 준엄하고 엄격했던지, 나는 확실히 그의 큰 의지에 모든 희망을 걸었다. 그렇지만 거기 의지가 있다 한들 무슨 소용이란 말인가. 그의 힘이 바닥나는 순간은 반드시 올 것이고, 그 순간이 머지않을 수도 있었다. 쿵쾅거리는 가슴을 안고 그의 뒤를 쫓아가던 나는 얼마 되지 않는 힘을 모아 마치 돈을 내밀듯이 내놓았다. 그리고 그 남자의 손을 보며 필요하다면 가져가 달라고 부탁했다.

　나는 그 남자가 그 힘을 가져갔다고 믿는다. 그 힘밖에는 더 이상 없는 것을 난들 어쩌겠는가

　생미셸 광장에는 수많은 탈것들과 바쁘게 이리저리 오가는 사람들이 있었다. 우리는 종종 두 대의 마차 사이로 들어서기도 했다. 그럴 때 그 남자는 숨을 크게 들이마시고, 충분히 쉬려는 것 같은 걸음으로 잠시 걸었다. 그러고는 가볍게 깡충 뛰기도 하고, 고개를 약간 끄덕이기도 했다. 어쩌면 몸

속에 갇혀 있는 질병이 그 남자를 이기려고 꾀를 부리는 것인지도 몰랐다. 그의 의지는 두 군데에서 무너졌다. 그리고 이 굴복은 은밀히 유혹하는 자극과 강제적인 두 박자를 신들린 근육 속에 남겨 놓았다. 그러나 지팡이는 여전히 제자리에 있었고, 두 손은 화난 것처럼 보였다. 우리는 그렇게 다리 위를 걸어갔다. 그게 가능했다. 괜찮았던 것이다. 그러다가 어쩐지 발걸음이 불안해졌고, 그 남자는 두 걸음을 내달리더니 멈추어 섰다. 서 있었다. 그의 왼손이 잡고 있던 지팡이를 슬그머니 놓고 천천히 위로 올라갔다. 나는 그 손이 허공에서 떨리는 모습을 보았다. 그는 모자를 약간 뒤로 젖히고 이마를 닦았다. 머리를 조금씩 돌려 하늘과 집들과 강물로 흔들리는 시선을 던지다가 굴복하고 말았다. 지팡이는 없어졌고, 그는 마치 날아오르려는 듯이 두 팔을 벌렸다. 그의 내면으로부터 자연의 힘과 같은 것이 터져 나와 그를 앞으로 구부렸다가 다시 펴주기도 하고, 고개를 끄덕이게 하고 몸을 숙이게도 했다. 그러고는 그의 내면으로부터 춤추는 힘을 끄집어내어 군중 속으로 내던졌다. 그 남자의 주변에는 벌써 많은 사람들이 몰려 있었던 것이다. 나는 그를 더 이상 보지 못했다.

어딘가로 간다는 것이 더 이상 무슨 의미가 있을까. 나는 공허했다. 텅 빈 종잇장이 된 듯한 기분으로 늘어선 집들을 따라서 큰길을 다시 터덜터덜 올라갔다.

어쩔 수 없는 이별 뒤에 남은 것은 아무것도 없지만, 나는 당신에게 편지를 쓰려 합니다. 그래도 써보려고 합니다. 그렇게 해야 한다고 생각해요. 왜냐하면 팡테옹[17]에서 성인을 봤기 때문이죠. 그 외로운 성녀, 천장과 문, 그리고 그 안에서 둥근 빛을 조촐하게 드리운 램프를 봤고, 그 건너편으로는 잠든 도시와 강, 달빛 속에 먼 풍경을 봤어요. 성녀는 잠든 도시를 지키고 있어요. 나는 울었어요. 그 모든 것들이 느닷없이 한꺼번에 거기 있었기 때문에 울었어요. 그것들 앞에서 울면서, 어찌해야 할 줄을 몰랐습니다.

나는 파리에 있어요. 그 소식을 들은 사람들은 기뻐하죠. 대부분은 나를 부러워해요. 그들이 옳아요. 파리는 큰 도시입니다. 클 뿐 아니라 이상한 유혹들로 가득해요. 내 경우를 말하자면 나는 어떤 점에서 그 유혹들에 넘어가고 말았다는 것을 인정하지 않을 수 없어요. 그것을 어떻게 달리 말할 수는 없다고 생각해요. 나는 그 유혹들에 넘어갔어요. 그리고 그것이 어떤 변화를 가져왔어요. 내 성격은 아닐지라도, 내 세계관에, 아무튼 내 생활에 변화가 생긴 거죠. 이런 것들의 영향을 받고 난 뒤 모든 사물에 대한 완전히 다른 견해가 내 안에서 형성되었어요. 그것은 지금까지의 그 무엇보다 나를 더욱 사람들로부터 격리시키는 차이들입니다. 하나의 변한 세상, 새로운 의미로 가득한 새로운 삶이죠. 모든 것들이 너무나 새롭기 때문에 지금 상당히 힘들어요. 나는 스스로가

---

17 Panthéon. 루이 15세 때 만들어진 파리의 위인묘. 파리의 수호신 준비에브 성녀의 프레스코 벽화가 있음.

처한 상황 속에서 초보자입니다.

바다를 한번 보러 올 수 없겠느냐고요?

그래요, 그렇지만 한번 생각해 봐요. 나는 당신이 올 수 있다고 상상했어요. 의사가 있다고 내게 말해 줄 수도 있었겠죠? 그걸 물어본다는 걸 깜박 잊었어요. 아무튼 지금은 의사가 필요치 않아요.

「썩은 시체」라는 보들레르의 놀라운 시를 기억해요? 나는 이제 그 시를 이해한다고 말할 수 있어요. 마지막 연만 아니라면 그가 옳았어요. 그에게 그런 일이 닥쳤는데 어쩌겠어요? 이 끔찍한 것, 겉보기에 불쾌하기만 한 것 속에서 모든 존재자 가운데 유효한 존재자를 찾아내는 것이 그의 임무인 걸요. 취사선택이란 없어요. 플로베르[18]가 성 쥘리앙 수도사의 이야기를 쓴 것이 우연이었다고 보나요? 내게는 누가 한센병 환자 곁에 누워 그를 사랑의 밤을 맞는 마음의 온기로 따뜻하게 해줄 수 있겠느냐 하는 것이 가장 결정적인 문제로 보입니다. 그 결과는 좋지 않을 수가 없어요.

내가 여기서 환멸을 느끼며 괴로워한다고 생각하지 말아요. 그 반대니까요. 아무리 나쁜 현실이라도 내가 얼마나 그 현실을 위해 기대를 버릴 준비가 되어 있는지, 때때로 나 자신도 놀라고 있어요.

아아, 이것을 조금이라도 누구와 함께 나눌 수 있으면 좋으련만. 그러나 그렇다면 그것이 존재하겠어요? 그러면 그것이 있겠어요? 아니요. 그것은 오직 고독의 대가로 있을

18 Gustave Flaubert(1821~1880). 프랑스의 소설가.

뿐이죠.

공기의 모든 구성 성분 속에 들어 있는 끔찍한 존재. 투명한 상태로 들이마셔도, 그것은 몸속에서 침전되고, 굳어져 신체 기관들 사이에서 뾰족하고 기하학적인 형태를 띠게 되어요. 형장에서나, 고문실, 정신 병원, 수술실, 늦가을의 나리 밑에서 고통과 공포가 된 그 모든 것들은 끈질긴 불멸의 생명력을 지니고 있어요. 그 모든 것들은 스스로를 고집하고, 모든 존재자들을 질투하며, 그 자신의 끔찍한 현실에 집착하고 있어요. 사람들은 그 가운데 많은 것을 잊어버릴 수 있기를 바라죠. 잠은 뇌 속에 파인 그런 고랑들을 부드럽게 끌질하듯 다듬기도 하지만, 꿈이 잠을 몰아내고 그 고랑을 따라 선을 그려요. 그러면 사람들은 잠에서 깨어나 숨을 가쁘게 쉬며 어둠 속에서 촛불을 밝히고는, 마치 설탕물을 마시듯이, 그 어렴풋한 위안의 빛을 마시죠. 그러나 아아, 이런 안전은 어느 구석에 있는 걸까요? 조금만 몸을 돌려도 시선은 다시 익숙한 것, 다정한 것들을 벗어나고, 방금 그토록 위로가 되었던 윤곽들이 더욱 분명하게 공포의 지락이 되기든요. 방을 더욱 공허하게 만드는 빛을 조심해요. 일어나 앉은 뒤로 그림자가 마치 주인인 양 일어서지나 않을까 두리번거리지 말아요. 어쩌면 어둠 속에 그대로 머무는 것이, 그리고 경계 없는 마음으로 모든 식별 불가능한 것들의 무거운 마음이 되어 보는 것이 더 좋을지도 몰라요. 이제 당신의 내면에 집중하면, 두 손 안에서 당신 자신이 없어져 버리는 것이 보여요. 때때로 당신은 불확실한 몸짓으로 얼굴을 만져 보기도 하죠. 몸 안에는 거의 공간이 없어요. 따라서 몸속의 그 좁은 공간에 아주 큰 것이 머물 수 없다는 사실, 그리고 아무리 엄청난 것이라도 몸속으로 들어오려면 상황에 맞게 스스로 제한할 수밖에 없다는 사실이 당신을 안심하게 할 수도 있어요. 그렇지만 바깥, 몸 밖에서는 도무지 가늠이 안 되죠. 저 바깥에서 그것이 커지면, 몸속에서도 또한 그것이 가득 차올라요. 그것은 부분적으로 통제 가능한 혈관이나 무심한 조직의 점액 속에서가 아니라, 모세관 안에서 증가해요. 관을 따라 빨려 올라가서 무수히 가지 친 당신 존재의 맨 바깥쪽 실핏줄 속으로 들어가는 거예요. 그곳에서 그 무서운 것은 일어나고, 그곳에서 당신보다 커져서, 당신이 마치 마지막 장소로 도망치듯 도망쳐 올라갔던 당신의 숨결보다 더 높이 와요. 아, 그때는 어디로 가야 하나요, 어디로? 당신의 심장이 당신을 당신 바깥으로 몰아냅니다. 당신의 심장이 당신을 뒤쫓아 오고, 당신은 벌써 당신 밖에 서 있게 되어 다시는 되돌아갈 수 없어요. 사람 발에 밟힌 딱정벌레처럼, 그렇게 당신도 당신 밖으로 터져 나와요. 좀 딱딱한 거죽을 지녔거나 환경에 적응했다 해도 아무런 의미가 없어요.

아, 아무것도 보이지 않는 밤. 아, 밖이 보이지 않는 창문. 아, 조심스럽게 잠긴 문들. 옛날부터 내려온 가구들, 물려받은 것이고 공인된 것이지만 한 번도 온전히 이해되지 못한 것들. 아, 계단의 정적, 옆방들의 고요, 천장 높은 곳의 적막.

아, 어머니, 당신은 어린 시절 한때 이 모든 정적을 막아 주신 유일한 분이십니다. 그것들을 당신 몸으로 받아 내시고, 놀라지 마라, 나다, 라고 말씀하신 분. 무서워하는, 두려움에 사위어 가는 자식을 위해 온밤 스스로 이 모든 정적이 될 용기를 지니신 분. 당신이 촛불을 밝히시면, 이미 소음은 당신이 됩니다. 그리고 당신이 촛불을 앞에 든 채, 나다, 놀라지 마라, 하고 말씀하시고, 천천히 그 촛불을 내려놓으시면, 의심은 사라집니다. 당신이 빛이 되십니다. 익숙하고 다정한, 다른 속셈이 없이 착하고, 단순하며 분명한 사물들 주위를 비추는 빛이십니다. 벽 속의 어디선가 부스럭거리거나 마루에서 발소리가 나면 당신은 그냥 미소를 짓지요, 미소를 지을 뿐, 밝은 바탕에 환히 드러나는 미소를 지으며, 마치 당신이 온갖 작은 소리와 한편이 되어 비밀을 나누고 말을 맞추자 하지나 않는지 당신을 살피는 고통스러운 표정의 얼굴을 들여다봅니다. 지상을 지배하는 어느 권력이 당신의 권력에 비할 수 있을까요? 보세요, 왕들이 자리에 누워 허공을 응시할 때면 어떤 이야기꾼도 그들의 기분을 돌리지 못합니다. 총애하는 여인의 행복한 가슴에 안겨 있어도 공포가 기어들어 왕들을 벌벌 떨게 만들고 모든 재미를 빼앗아 갑니다. 그러나 당신이 오시면 무서운 것을 뒤로 숨기시고 당신의 온전한 자태로 그 앞을 가리십니다. 그것은 공포가 이곳저곳을 열어젖힐 수 있는 커튼과는 다릅니다. 그건 아닙니다. 당신은 마치 당신을 필요로 하는 부름을 받고 공포를 앞질러 온 것 같습니다. 올 수 있는 모든 것을 앞서 오셔서 등 뒤로는

오직 서둘러 온 길, 당신의 영원한 길, 사랑의 이랑만 남아 있는 것 같습니다.[19]

내가 매일 들르는 주형(鑄型) 제조인은 문 옆에 두 개의 데스마스크를 내걸어 놓았다. 하나는 물에 빠져 죽은 젊은 여인의 얼굴인데, 그 얼굴이 너무나 아름다워 시체 공시장(公示場)에서 떠온 것이다. 미소를 짓고 있었기 때문에, 마치 다 알고 있다는 듯이 너무나 감쪽같이 미소를 짓고 있었기 때문에.[20] 그리고 그 밑에는 경험 많은 그의 얼굴이 걸려 있다. 이 꽉 조인 감각들의 단단한 매듭. 계속 내뿜으려고 하는 음악의 엄격한 자기 농축, 그 자신의 음향 이외에는 다른 어떤 소리도 존재할 수 없게 신이 그 청각을 막아 버린 자의 얼굴. 불분명하고 덧없는 소음에 현혹되지 않도록.[21] 스스로의 내면에 음향의 명확성과 지속성을 지니고 있던 그 사람. 소리 없는 감각만이 그의 내면으로 세계를 들여놓을 수 있게, 소리 없이, 긴장된, 기다리는 세계, 음향 창조 이전의 미완성 상태로.

세상의 완성자. 마치 비처럼 대지 위로, 그리고 하천에 내리는 그 무엇과도 같이, 우연히 내렸다가, 더 눈에 보이지 않게, 법칙에 따라 즐겁게 다시 모든 것으로부터 일어나 솟아오

19 편지 초안 — 원주.

20 센 강에 빠져 죽은 이름 모를 젊은 여인의 데스마스크가 1950년대에 벽걸이 장식으로 유행했다고 한다.

21 노년에 귀머거리가 된 베토벤Ludwig van Beethoven(1770~1827)의 데스마스크를 암시하고 있다.

르고, 떠돌며 하늘을 형성하는 것. 그렇게 당신으로부터 우리의 침전물들이 상승하여 세상을 음악으로 둥글게 뒤덮는다.

당신의 음악. 그것은 세상을 위해서 존재해야 할 것이었다. 우리를 위해서가 아니라. 누군가 당신을 위해 만든 피아노를 한 대 테바이스[22]에 가져다 놓는다면. 그리고 어느 한 천사가 당신을 왕들과 창녀들과 은둔자들이 안식하고 있는 사막의 산맥을 넘어 외롭게 놓인 그 악기 앞으로 데리고 간다면. 그리고 그 천사가 이제 당신이 연주를 시작하겠거니 하고 마음 졸이며 하늘 높이 올라간다면.

그리하여 분출하는 자, 당신이, 오직 우주만이 견딜 수 있는 것을 우주에게 돌려주며, 누구에게도 들리지 않는 음악을 뿜어낸다면. 먼 곳의 베두인들은 미신에 사로잡혀 쫓겨 갈 테고, 대상(隊商)들은 당신의 음악이 마치 폭풍인 양, 당신의 음악 언저리에서 몸을 던져 엎드릴 것이다. 오직 사자들 몇 마리가 밤에 당신 주위를 멀리서 맴돌며, 스스로에게 놀라 들끓는 몸속의 피에 위협을 느끼리라.

이제 어느 누가 음탕하기만 한 귀를 가진 사람들로부터 당신을 되찾아 온단 말인가? 홀레를 붙을 뿐 수태를 모르는 청각만을 지닌 상업적인 이들을 누가 연주회장에서 쫓아내겠는가? 정액이 뿜어져 나오는 그곳에서 그들은 창부처럼 희희낙락하며 정액을 가지고 논다. 그들이 오르가슴도 느끼지 못하고 누워 있는 동안, 그것은 마치 오난의 정액[23]처럼 그들 모두의 사이로 떨어져 내린다.

22 상부 이집트의 고대 국가 테베의 사막 풍경을 가리킨다.

그러나, 오 맙소사, 더럽혀지지 않은 귀를 가진 어떤 순결한 이가 당신의 소리 곁에 눕는다면, 그는 너무 행복해서 죽어 버리거나, 아니면 무한한 그 음악을 견뎌 내며 잉태한 그의 뇌가 떠들썩한 출산과 더불어 터져 버리고 말 것이다.

나는 그 일을 과소평가하지 않는다. 거기엔 용기가 필요하다는 것을 알고 있다. 그러나 잠시 이렇게 가정해 보자. 누군가 그들이 나중에 도대체 어디로 기어들어 가는지, 그리고 날이면 날마다 무슨 일을 시작하며, 밤에는 잠을 자는지 반드시 알아내기 위하여 (한번 알기만 하면 어찌 그것을 잊거나 혼동할 수 있겠는가) 그들의 뒤를 쫓아갈 대담한 용기를 가진 사람이 있다고. 특히 그들이 잠을 자는지 확인해 볼 일이다. 그렇지만 용기만 가지고는 아직 안 된다. 왜냐하면 그들은 따라가기 쉬운 여느 사람들처럼 오가는 것이 아니기 때문이다. 그들은 거기에 있다가 다시 떠나고, 납으로 만든 장난감 병정처럼 놓였다가는 치워진다. 사람들이 그들을 발견하는 장소는 약간 외지기는 하지만, 그렇다고 아주 숨겨진 곳은 아니다. 덤불 수풀이 뒤로 물러나고, 잔디밭을 돌아길이 조금 굽어지는 곳. 거기에 그들이 서 있다. 그리고 그들의 주위에는, 마치 그들이 유리 속에 들어가 섰기라도 하듯

23 구약 성서 「창세기」 38장 8~9절에 나오는 이야기. 아버지의 명에 따라 형수와 잠자리에 들었으나, 형에게 후손을 남겨 주지 않으려고 정액을 흘려 버렸다 야훼에게 벌을 받은 남자의 이야기로, 그의 이름은 자위행위를 가리키는 명칭 오나니슴의 어원이 되었다.

이, 투명한 공간이 둘러싸고 있다. 어느 모로 보나 화려하지 않고 수수한 모습을 지닌, 눈에 띄지 않는 이 남자들을 당신은 어쩌면 생각에 잠긴 산책객들로 여길 수도 있다. 그러나 당신은 틀렸다. 무엇인가를 잡으려고 낡은 외투의 처진 주머니 속으로 집어넣는 손이 보이지 않는가. 그것을 찾아 꺼낸 다음, 그 조그만 물건을 왼손에 쥐고 눈에 잘 띄게 공중으로 치켜드는 것이 보이지 않는가. 채 1분도 지나지 않아 두 마리, 세 마리, 새들이 그곳으로 온다. 호기심을 가지고 폴짝폴짝 다가오는 참새들이다. 그리고 만일 그 남자가 움직임에 예민한 새들조차 믿을 만큼 꼼짝도 하지 않을 수 있다면 새들이 더 가까이 다가오지 않을 이유가 없다. 마침내 새 한 마리가 날아올라 잠시 그 손 높이에서 신경을 곤두세우고 날갯짓을 한다. 그 손은 (어쩌면 좋을까) 아무 욕심도 없이, 체념한 것이 분명해 보이는 손가락으로 먹다 남은 달콤한 빵 부스러기를 내주고 있는 것이다. 그리고 사람들이 점점 더 많이 그 남자의 주위로 몰려들수록, 물론 적낭한 거리를 두어야 하겠지만, 그만큼 그 남자와 그 사람들의 공통점은 적어진다. 그는 마치 등불처럼 그곳에 서 있다. 남김없이 타버리며, 남은 심지로 불을 밝혀 아주 뜨거워지는 동인 꼼짝도 하지 않는 등불. 그래서 그가 그렇게 유인하고, 유혹하고 있건만, 그 많은 어리석고 작은 새들은 그걸 판단할 줄 모른다. 만일 구경꾼들이 없다면, 그리고 그가 충분히 오랫동안 그 자리에 서 있게 내버려 둔다면, 나는 확신한다. 불현듯 어느 천사가 와서 쑥스러움을 이기고 그 초라한 손에서 오래되고 달착지근한 빵 부스러기를 받아먹었으리라고. 그러나 천사에게는, 늘 그렇듯이, 사람들이 방해가 된다. 사람들은 새들만 오게 한다. 그들은 그것으로 충분하다고 생각하며, 그 남자가 기대하는 것도 다르지 않다고 주장한다. 집 안의 작은 정원에 마치 갈리온의 형상[24]처럼 조금 비스듬히 땅속에 꽂혀 있는, 비에 씻겨 빛바랜 낡은 인형 같은 이 남자가 무엇을 더 바라겠는가? 그의 이 자세도, 그의 인생길 어느 곳에선가 가장 흔들림이 큰 맨 앞에 서 있었기 때문인가? 한때 채색이 화려했기에, 지금은 저렇게 빛이 바랜 것일까? 그에게 물어 보겠는가?

그러나 모이를 주고 있는 여인들을 보더라도 그들에게는 아무것도 묻지 말라. 그 여인들을 따라갈 수도 있다. 그들은 아주 쉬운 일이라는 듯이 걸어가면서도 모이를 준다. 하지만 그들을 내버려 두라. 어떻게 그렇게 되었는지, 그들도 모른다. 그 여인들은 한꺼번에 많은 양의 빵 조각을 보통이 안에 가지고 있고, 어깨에 두른 얇은 수건에서 큰 빵 조각을 꺼내 든다. 그 빵 조각들은 약간 씹어 놓아 촉촉하다. 그들의 침이 조금 세상 밖으로 나오고, 작은 새들이 그 침 맛을 보며, 곧바로 다시 잊어버릴지라도, 이리저리 날아다니는 것이 그 여인들에겐 기분 좋은 일이다.

---

24 뱃머리에 인간의 형상으로 조각하여 붙인 수호상. 덴마크 사람들은 이것을 떼어다가 집 안 정원에 세워 두기도 했다고 한다.

그 당시 나는 자기 고집이 있는 당신[25]의 책을 읽으면서, 당신을 끼워 주지 않고 자기들 몫만 챙기고 만족했던 사람들과 똑같은 생각을 하고 있었다. 왜냐하면 그때 나는 아직 명성이란 것을 이해 못 했기 때문이다. 그것은 형성되어 가고 있는 한 존재가 세워지는 작업장에 군중이 밀치고 들어와 돌들을 함부로 옮겨 놓는 공개적인 철거와 같은 것이다.

어느 곳이든, 전율하게 만드는 일이 생기는 곳에 있는 젊은이여, 아무도 그대를 모른다는 사실을 이용하라. 그대를 무시하는 사람들이 그대를 반대할지라도, 그리고 그대가 교제하고 있는 사람들이 그대를 완전히 포기할지라도, 또한 그들이 그대가 가지고 있는 좋은 생각 때문에 그대를 완전히 없애 버리려 한다고 해도, 그대를 내면으로 더욱 결속시키는 이 분명한 위험 따위야 나중에 찾아올, 그대를 여기저기 퍼뜨릴 명성이 지니는 간교한 적의(敵意)에 비하면 아무것도 아니다.

아무에게도 그대에 관하여, 비록 경멸하는 말이라도, 해 달라고 요청하지 마라. 그리고 시간이 흘러 그대의 이름이 사람들 사이에 오르내리는 것을 알게 되더라도 그들이 입에 담는 것 이상으로 그 이름을 심각하게 받아들이지 마라. 생각해 보라, 그 이름은 나빠졌다. 그러니 그 이름을 버려라. 그 대신 다른 이름을 가져라. 밤에 하느님이 그대를 부를 수 있는 어떤 이름을. 그리고 모든 사람들한테 그 이름을 감추어라.

25 노르웨이의 작가 입센Henrik Ibsen(1828~1906)을 가리킨다.

그대, 가장 고독한 사람, 변두리에 있는 자여. 그대의 명성을 쫓아온 사람들이 얼마나 그대를 앞질러 갔는가. 그들이 그대를 근본적으로 반대한 지가 얼마나 되었다고. 이제는 그대를 마치 자기들과 같은 사람처럼 대한다는 말인가. 더구나 그들은 그대의 말을 어리석음의 우리에 넣어 옮겨 다니고, 광장에서 보여 주며 그것들을 약간 자극해 안전한 우리 밖으로 내놓는다. 그것들은 모두 무서운 맹수들인데.

내가 그대를 처음 읽은 것도 그때였다. 그때 그 맹수들이 내 몸 밖으로 뛰쳐나와 나의 황무지에서 나를 덮쳤던 것이다, 그 절망한 것들. 결국에는 그대 자신이 그랬듯 절망한 것들이었다. 그대의 궤도가 모든 지도에 잘못 그려져 있었으니. 그 궤도는 마치 튕겨져 나가듯 하늘을 가로질러 가고 있다. 단 한 번 우리 쪽으로 휘어지다가 다시 기겁을 하고 멀어져 간, 그대의 행로가 그리는 가망 없는 쌍곡선. 한 여자가 남아 있든, 떠나가든, 또는 누가 어지럼증에 걸리거나 광증에 사로잡히든 말든, 그게 그대에게 무슨 문제가 되었던가? 또한 죽은 사람들이 살아 있고, 살아 있는 사람들이 죽은 거나 마찬가지라고 해도, 그게 그대에게 무슨 문제였단 말인가?[26] 이 모든 것들이 그대에게는 자연스러웠을 뿐이다. 그래서 그대는 마치 사람들이 현관을 통과해 가듯, 지나갔고, 멈추지 않았던 것이다. 그렇지만 우리의 사건이 속으로 끓고, 가라앉고, 색이 변하는 그곳에서 그대는 잠시 머물고 몸을 숙여 들여다보았다. 누가 들어 있던 곳보다도 더 깊은 내

26 입센의 드라마에 나오는 모티프들을 암시한다.

면을. 그대 앞에 문 하나가 활짝 열리고, 그대는 불빛 비치는 증류기 앞에 서게 되었다. 그곳, 의심 많은 그대가 아무도 들이지 않은 그곳에 그대는 앉아서 상태의 변화 과정을 구별하고 있었다. 그리고 그곳에서, 만들거나 말하는 것이 아니라 보여 주는 일이 그대의 핏속에 들어 있기 때문에, 그대는 그처럼 엄청난 결심을 했던 것이다. 이 작은 것, 그대 자신도 처음에는 완전히 혼자서 렌즈를 통해서만 알아볼 수 있었던 그 미세한 변화를 바로 수천 명의 사람들, 모두의 앞에 보이도록 확대시킬 결심을 말이다. 그렇게 그대의 연극은 생겨났다. 그대는 수 세기에 걸쳐 거의 부피가 없는 작은 물방울로 줄어든 삶을 다른 예술이 찾아내어 천천히 몇몇 개인들의 눈에 보이게 될 때까지, 그 개인들이 점점 통찰을 공유하고, 마침내 그들 앞에 펼쳐진 장면의 비유 속에서 고상한 풍문이 증명되는 모습을 보겠다고 요구할 때까지 기다릴 수 없었다. 그대는 기다릴 수 없었다. 그대는 그곳에 있었기 때문에, 거의 측정하기도 어려운 그것들, 온도계의 반 눈금 정도 올라간 감정이라든지, 거의 아무 무게도 없어 그대가 아주 가까이에서 읽어 낸, 의지의 저울 눈금, 그리움의 물 한 방울에 생긴 가벼운 탁기, 신뢰의 원자 속에 들어 있는 색채의 무변화 등, 이런 것들을 그대는 확인하고 보존해야만 했다. 왜냐하면 이제 그런 변화 속에 삶이 들어 있기 때문이었다. 그것은 우리의 삶으로서 우리 안으로 미끄러져 들어왔고, 너무나 깊이 내면으로 물러났기 때문에 그것에 대한 어떤 추측도 존재하지 않게 되었다.

그대가 보여 주는 데 타고난, 시간을 초월한 비극 시인이었듯이, 그대는 이 모세관을 단번에 아주 설득력 있는 몸짓, 가장 실재하는 사물로 바꿔 놓아야 했다. 그래서 그대는 내면으로 본 것과 일치하는 것을 가시적인 것 가운데에서 찾아내려고 점점 초조하고 점점 절망적이 되어 가던 그대의 작품에 유례없는 폭력을 행사했던 것이다. 토끼가 등장했고, 지붕 밑 방과 큰 홀에 사람이 오르내렸다. 옆방에서는 유리잔 부딪치는 소리가 들리고, 창문 앞에서 화재가 일어나고, 태양이 뜬 장면도 있었다. 교회도 나왔고, 교회처럼 생긴 바위 골짜기도 나왔다. 그러나 그것으로도 충분하지 않았다. 마침내 탑이 올라오고, 산 전체가 올라왔다. 그리고 불가해(不可解)를 표현하기 위해 풍경을 뒤덮고, 이해 가능한 대상들로 가득 찬 무대를 폐허로 만든 산사태까지 등장했던 것이다. 그리고 그 이상은 그대도 할 수 없었다. 그대가 서로 반대 방향으로 구부렸던 두 끝은 다시 빠르게 튕겨져 나갔다. 그대의 엄청난 힘은 신축성이 좋은 지휘봉에서 나온 것이다. 그러나 그대의 작품은 헛수고나 다름없었다.

그렇지 않고서야 누가 마지막에 그대가, 언제나처럼 고집스럽게, 창문을 떠나지 않으려고 한 것을 이해하겠는가. 그대는 지나가는 사람들을 보고자 했다. 시작하려고 결심만 한다면야 어느 날인가는 그 지나가는 사람들로 무언가를 만들어 볼 수도 있겠다는 생각이 들었기 때문이다.

그 당시 한 여인에 대해서 사람들이 아무 말도 할 수 없다는 것이 처음에는 이상하게 느껴졌다. 사람들이 그 여인에 대해서 이야기할 때면, 정작 그 여인을 빼놓고 다른 사람의 이름을 부르고, 주변 환경이나, 장소, 또는 이런저런 대상들을 묘사할 뿐이었는데, 그 모든 것들이 어느 일정한 대목에서는 다 중단되곤 했다. 그것은 아주 부드럽고 조심스럽게 중단되었기 때문에, 그 여인을 둘러싼 희미한, 결코 따라 그려지지 않는 윤곽만이 남았다. 그러면 나는 그 여자는 어떻게 생겼느냐고 물었다. 〈머리는 금발이고, 대충 너 같았어〉라고 사람들은 말하고 그들이 더 알고 있는 것들을 죄다 주워섬겼다. 그러나 그들은 거기에 대해서도 아주 부정확했기 때문에 나는 아무것도 상상할 수 없었다. 내가 그 여인을 눈에 그려 볼 수 있었던 것은, 내가 자꾸만 졸라서 엄마가 이야기를 들려주었을 때뿐이었다.

그럴 때면 엄마는 개가 등장하는 장면에 이를 때마다 두 눈을 감았고, 전혀 속내를 알 수 없지만 전체가 환하게 빛나는 얼굴을 어딘지 간절하게 두 손으로 싸안으며 차갑게 관자놀이를 매만졌다. 「난 그걸 봤단다, 말테야.」 엄마는 맹세하듯이 말했다. 「나 그걸 봤어.」 내가 엄마에게서 이 말을 들었을 때 엄마는 이미 생애의 마지막 시간을 보내고 있었다. 더 이상 아무도 보려 하지 않았고, 언제나, 여행 중에도 조그맣고 촘촘한 은제 필터를 가지고 다니며 모든 음료를 그것으로 걸러 마셨다. 더 이상 딱딱한 음식은 들지 않았고, 혼자 있을 때 약간의 비스킷이나 빵을 부서뜨려 어린아이들이

먹듯이 부스러기를 하나씩 하나씩 잡수셨다. 그때 이미 바늘에 대한 불안이 엄마를 완전히 지배하고 있었다. 엄마는 자신을 변명하기 위해 다른 사람들에게 이렇게 말했다. 「나는 이제 정말 아무것도 소화가 안 돼. 그렇지만 내 상태는 아주 좋으니까 염려들 할 필요 없어요.」 그렇지만 엄마는 내쪽으로 갑자기 몸을 돌리고, (내가 좀 컸을 때였다) 간신히 미소를 지으며 말했다. 「웬 바늘이 그렇게도 많으냐, 말테야. 바늘이 여기저기 없는 곳이 없으니 말이다. 바늘이 얼마나 쉽게 빠져서 떨어지는가를 생각해 보면…….」 엄마는 우스개처럼 말하려고 하셨지만, 제대로 꽂히지 않은 모든 바늘들이 아무 때라도 어딘가에 떨어져 있을 수 있다는 생각에 몸서리를 치셨다.

그렇지만 잉에보르크 이야기를 할 때면 엄마에게는 아무 일도 일어날 수 없었다. 그럴 때 엄마는 거리낌이 없었다. 큰소리로 말하다가, 잉에보르크의 웃음소리를 기억하며 웃기도 했다. 엄마는 잉에보르크가 얼마나 아름다웠었는지를 이해시키려고 했다. 「그 애는 우리 모두를 즐겁게 해주었단다.」 엄마는 말했다. 「너의 아버지도 글자 그대로 즐겁게 해주었다, 말테야. 그런데 그 애가 그저 조금 아픈 것처럼 보였을 뿐인데도 죽을병에 걸렸다고 했을 때 우리는 모두 쉬쉬해 가며 그 사실을 숨겼는데, 한번은 그 애가 침대 위에 일어나 앉더니 혼잣말처럼 말하더라. 마치 어떻게 들리나 알아보려는 사람처럼. 〈그렇게들 조심하지 않아도 돼요. 우리 모두가 알고 있잖아요. 안심들 하세요. 이렇게 된 것도 좋아요. 나는 더 살고 싶지 않아요.〉 상상해 봐라, 글쎄 그 애가 이렇게 말했다. 〈나는 더 살고 싶지 않아요〉라고. 우리 모두를 즐겁게 해주던 그 애가 말이다. 네가 이담에 크면 그걸 이해할 수 있겠니, 말테야? 나중에 그 일을 한번 생각해 봐라, 어쩌면 이해할 수 있을지도 모르니. 그런 일을 이해할 수 있는 사람이 있다면 얼마나 좋겠니.」

엄마는 혼자 있을 때면 〈그런 일〉에 몰두했다. 최근 몇 년 동안 엄마는 혼자 지냈다.

「나는 결코 그 일을 이해하지 못할 거야, 말테야.」 엄마는 독특하고도 대담한 미소를 지으며 때때로 그렇게 말했다. 마치 아무에게도 그 미소를 보이려 하지 않고, 다만 미소를 짓는 것만으로도 그 목적을 이루었다는 듯이. 「그렇지만 아무도 그걸 알아내려고 하지 않더구나. 만일 내가 남자라면, 그래, 내가 남자였다면 거기에 대해서 시작부터 차근차근 제대로 한번 생각해 보겠다. 어쨌든 틀림없이 시작은 있을 것이고, 그 시작을 알게 된다면, 그건 벌써 대단한 일일 테니 말이다 아아, 말테야. 우리는 그냥지냥 사라서 산다. 내 생각에는 모두들 너무 정신이 산만하고 바빠서, 우리가 사라질 때에도 별로 주의하지 않는 것처럼 보이는구나. 마치 별똥별 하나가 떨어져도 아무도 눈여겨 보지 않고 소원을 비는 사람도 없는 것처럼. 너는 소원 비는 것을 잊지 마라, 말테야. 사람은 소원을 포기하면 안 된다. 소원이 꼭 이루어진다고 믿지는 않지만, 평생 동안 지속되기 때문에 그 성취를 기다릴 수도 없는 그런 소원들도 있단다.」

엄마는 잉에보르크의 작은 문갑을 위층 당신 방으로 옮겨 놓게 했는데, 나는 자주 그 앞에 엄마가 있는 것을 보았다. 아무 때나 엄마 방에 들어갈 수 있도록 허락받았기 때문이다. 내 발소리는 완전히 양탄자 속으로 빨려 들어가 버렸지만, 엄마는 내가 오는 걸 알고 한쪽 손을 다른 쪽 어깨 위로 올려 나한테 내밀었다. 그 손은 무게가 하나도 없었다. 마치 밤마다 잠들기 전 내게 내밀던 상아 십자가에 입술을 대는 것 같은 감촉을 느끼게 했다. 상판을 들어 올린 낮은 문갑 앞에서 엄마는 마치 악기를 마주하고 있는 것 같았다. 「이 안에 해가 이렇게 많이 들어와 있구나.」 엄마는 말했다. 정말로 문갑 속은 이상하리만치 밝았다. 오래된 노란색 니스 칠 때문이었다. 그 위엔 꽃이 그려져 있었다. 어디에나 빨간 꽃과 파란 꽃이 각각 한 송이씩 그려져 있었다. 꽃 세 송이가 나란히 있을 때는 자주색 꽃이 그사이에서 다른 두 꽃을 갈라놓고 있었다. 이 색깔들과 가로로 그려진 좁은 덩굴무늬의 초록색은, 광채를 내는 바탕에도 분명한 빛을 띠지 못하고 어둡게 가라앉아 있었다. 그렇게 해서 드러내지 않으면서도 그 안에서 상반되는 관계에 있는 색깔들 사이에 묘하게 은근한 조화가 생겨났다.

엄마는 작은 서랍들을 끄집어냈다. 서랍들은 다 비어 있었다.

「아아, 장미.」 엄마는 말하면서 사라지지 않은 희미한 냄새 쪽으로 몸을 조금 굽히셨다. 그럴 때면 엄마는 언제나 아무도 생각하지 못한, 어떤 감추어진 용수철의 힘으로만 열리는 비밀 칸에서 갑자기 무엇인가를 찾아낼 수도 있을 것이라는 상상에 빠졌다.「갑자기 튀어 나올 거야. 두고 봐라.」심각하고 겁에 질린 듯 말하면서 엄마는 급히 모든 서랍을 열었다. 그러나 서랍 속에 정말로 남아 있었던 서류들은 읽어보지도 않고 조심스럽게 접어서 잠가 버렸다.「난 이걸 이해하지 못할 거야, 말테야. 나한테는 너무 어려울 게 틀림없어.」엄마는 모든 것이 자기한테는 너무 복잡하다고 확신하고 있었다.「인생에는 초심자를 위한 학급은 없어. 항상 제일 어려운 요구만 있다니까.」사람들은 엄마가 그렇게 된 것이 여동생이 끔찍하게 죽은 다음부터라고 나에게 이야기해 주었다. 여동생 욀레고르 스켈 백작 부인은 무도회가 열리기 전 촛불로 밝혀 놓은 거울 앞에서 머리에 꽂은 꽃을 더 예쁘게 꽂으려고 매만지다가 불에 타 죽었다. 그렇지만 최근 엄마에게는 잉에보르크야말로 가장 이해하기 어려운 존재였다.

이제 내가 청할 때마다 엄마가 들려준 이야기를 적어야겠다.

때는 한여름, 잉에보르크를 묻고 난 뒤의 목요일이었단다. 차를 내오던 테라스 위의 자리에서는 키 큰 느릅나무 사이로 가족 묘지의 합각머리 지붕을 볼 수 있었다. 마치 한 사람이 더 그 탁자 앞에 앉았던 일이라곤 없었던 듯 상은 차려졌고, 우리도 넉넉하게 자리를 잡고 둘러앉았단다. 그런데 각자가 책이나 일하는 바구니를 들고 왔기 때문에 오히려 자리가 약간 좁아졌지. 아벨로네(엄마의 막내 여동생)가 차 시중을 들었고, 모두들 이것저것 건네주느라고 바빴다. 너의 할아버지만 당신의 안락의자에 앉아서 집을 바라보고 계셨어. 그때가 우편물이 올 시간이었지. 대개는 식사 준비로 오랫동안 집 안에 남아 있던 잉에보르크가 우편물을 가지고 오게 되어 있었단다. 그렇지만 그 애가 아프던 몇 주일 동안 우리에게는 그 애가 오지 않는 것에 익숙해질 만큼 충분한 시간이 있었지. 우리는 그 애가 올 수 없으리란 것을 알고 있었단다. 그렇지만 이날 오후에, 말테야, 그 애가 정말로 더 이상 올 수 없었던 그때, 그때 그 애가 왔다. 아마 우리 탓인지도 몰라. 우리가 그 애를 불렀던 게야. 왜냐하면 내가 기억하고 있거든. 나는 거기 앉아, 문득 이제 달라진 것이 도대체 무엇인지 생각하느라 애쓰고 있었다. 그러다가 갑자기 그것이 무엇인지 말할 수 없게 되었단다. 그걸 완전히 잊어버렸어. 나는 눈을 들었어. 그리고 다른 사람들 모두가 집을 향해 몸을 돌리고 있는 걸 봤지. 뭐 특별히 이상한 자세가 아니라, 아주 편안하고 여느 때처럼 무엇을 기다리는 자세로 말이야. 그리고 그때 내가 (그 일만 생각하면 나는 아주 오싹해진단다, 말테야) 하느님 맙소사, 바로 그때 내가 막 이렇게 말하려고 했어. 〈얘는 어디 간 거야〉 하고. 그러자 벌써 카발리어가 언제나 그렇듯이 식탁 밑에서 튀어나오더니 쏜살같이 그 애를 향해 달려갔단다. 내가 그걸 봤다, 말테야, 내가 그걸 봤어. 그 애는 오지 않았지만 개가 그 애를 향해 달려가더구나. 개한테는 그 애가 온 셈이지. 우리는 그 개가 그 애를 맞이하러 달려간 것을 이해했다. 그 개는 두 번이나 우리 쪽을 돌아봤어. 마치 묻기라도 하듯이 말이다. 그러더니 쏜살같이 그 애한테 달려갔어. 늘 하듯이, 말테야, 여느 때와 똑같더라. 그 애한테 간 개는, 거기 아무도 없는데도, 말테야, 그 주위를 빙글빙글 돌면서 뛰기 시작하더구나. 그러더니 그 애를 핥으려고 똑바로 곧추섰단다. 우리는 개가 기뻐서 끙끙거리는 소리를 들었다. 그 개가 어찌나 빠르게 연거푸 위로 뛰어올랐던지, 우리는 그 개가 그렇게 뛰면서 그 애를 우리한테서 감추려고 한다고 정말로 믿었단다. 크게 울부짖는 소리가 나고, 개는 뛰어오른 탄력으로 공중에서 방향을 바꾸더니 곤두박질해서 떨어졌다. 그 몸짓이 이상하게도 서툴렀는데, 바닥에 유난히 납작 엎드려서는 꼼짝도 하지 않더구나. 다른 방향에서 하인이 편지를 들고 집 밖으로 나왔지. 하인은 잠시 머뭇거렸어. 우리 얼굴을 마주 대하기가 쉽지만은 않았던 것이 분명해. 네 아버지가 그에게 머물러 있으라는 손짓을 하셨다. 너의 아버지는 말이다, 말테야, 짐승들을 좋아하지 않으셨단다. 그런데 아버지가, 그때 나한텐 그렇게 보였는데, 천천히 개 있는 데로 가서 그 위로 몸을 숙이시더구나. 아버지는 하인에게 뭐라고 말씀하셨다, 한 음절로 된 짧은 말로. 그때 나는 하인이 카발리어를 들어 올리려고 그쪽으로 뛰어가는 것을 보았다. 그렇지만 아버지가 몸소 그 짐승을 데리고, 마치 갈 곳을 확실하게 아시기라도 하듯이, 집 안으로 들어가셨단다.

언젠가 이 이야기를 듣다가 날이 거의 어두워졌을 때, 나는 엄마에게 〈손〉에 관한 이야기를 해드릴 뻔했다. 그 순간 그렇게 할 수도 있었을 것이다. 그러나 막상 이야기를 시작하려고 숨을 크게 들이쉬자, 그때 그분들 앞으로 걸어오지 못했던 하인을 나도 잘 이해할 수 있겠다는 생각이 들었다. 그래서 나는 어둠 속에서도, 내가 본 것을 엄마도 마주치게 될까 봐 겁이 났다. 나는 급히 또 한 번 숨을 몰아쉬어 다른 어떤 의도도 없었던 것처럼 보이게 했다. 우르네클로스터의 화랑에서 있었던 이상한 밤 이후 2~3년이 지났을 때 나는 어린 에리크에게 그 이야기를 털어놓으려고 여러 날 따라다닌 적이 있다. 그러나 그 아이는 우리들의 그날 밤 대화 이후 다시 내 앞에서 마음을 꼭 닫아 버렸다. 그 애는 나를 피했다. 나는 그 아이가 나를 경멸했다고 생각한다. 그리고 바로 그렇기 때문에 그 애한테 〈손〉 이야기를 해주고 싶었다. 내가 정말로 체험한 것을 그 아이에게 이해시킬 수만 있다면, 그 아이의 마음을 살 수 있을 거라고 생각했다. (어떤 이유에서인지 나는 그것을 간절히 원했다.) 그러나 에리크는 그렇게 되지 않도록 교묘하게 피했다. 그리고 우리는 곧 떠나고 말았던 것이다. 그래서 내가 (결국 나 자신에게만) 아주 먼 어린 시절에 있었던 이야기를 하는 것은 이상하겠지만 이것이 처음이다.

그 당시에 내가 아직 얼마나 어렸는지는 그림을 그리던 책상 위로 편하게 손을 뻗기 위해 의자 위에 무릎을 꿇었다는 것으로 알 수 있다. 그때는 저녁이었다. 내가 틀리지 않았다면, 겨울이었고, 도시의 아파트 안에서였다. 책상은 내 방안 창문 사이에 놓여 있었고, 내 도화지와 마드모아젤[27]의 책 위에 비치던 램프 이외에 다른 전등은 방 안에 없었다. 마드모아젤은 내 옆에 앉아, 약간 몸을 뒤로 젖히고 책을 읽고 있었다. 그 여인은 책을 읽을 때면 어딘가 멀리 가 있었다. 과연 책을 읽고 있었는지 아닌지도 모르겠다. 그 여인은 몇 시간이고 책을 읽을 수 있었다. 책장을 넘기는 일은 드물었다. 나는 책장이 그 여인의 눈 아래에서 점점 더 가득해지고 있다는 인상을 받았다. 마치 그 여인이 단어들을, 필요하지만 거기에 없는 어떤 특정한 단어들을 바라보고 있는 것처럼. 내가 그림을 그리고 있는 동안 나한테는 그렇게 보였다. 나는 어떤 뚜렷한 의도도 없이 천천히 그림을 그렸다. 그림을 그리다가 막히면 머리를 약간 오른쪽으로 기울이고 모든 것을 살펴보았다. 그러면 항상 뭐가 부족한지 금방 떠오르는 것이었다. 싸움터로 나가는 말 탄 장교들이나 한창 전투 중인 장교들을 그렸는데, 전투 중일 때는 그리기가 훨씬 간단했다. 그때는 모든 것을 뒤덮은 연기만 그리면 되었기 때문이다. 물론 엄마는 지금 그때 내가 그렸던 것이 섬들이었다고 늘 주장하신다. 키 큰 나무들이 서 있고, 성과 계단이 있으며, 가장자리로는 꽃이 피어 물속에 그 모습이 비치는 섬들. 그렇지만 나는 그것이 엄마가 꾸며 낸 이야기이거나, 나중 일이었을 거라고 생각한다.

그날 저녁에는 한 사람의 기사를, 이상한 옷을 입힌 말을

27 집안일을 돌보는 가정부를 가리킨다.

타고 있는 아주 분명한 기사의 모습을 그리기로 작정하고 있었다. 기사는 점점 더 울긋불긋해졌고, 나는 자주 색연필을 바꿔야만 했는데, 무엇보다도 빨간 색연필이 필요해서 그것을 자주 사용했다. 다시 한 번 그 빨간 색연필이 필요해졌을 때, 지금도 눈에 선하지만, 그것은 불빛이 비치고 있는 도화지를 가로질러 가장자리로 굴러가더니 막을 사이도 없이 나를 지나 밑으로 떨어져 사라져 버렸다. 나는 정말 그 색연필이 꼭 필요했지만 그것을 찾으러 의자 아래로 기어 내려가기가 좀 귀찮았다. 나는 서툴렀기 때문에 아래로 내려가려면 온갖 번거로운 준비를 거쳐야 했다. 나한테는 내 다리가 너무 길어 보였다. 몸으로 깔고 앉은 두 다리를 바깥쪽으로 빼낼 수가 없었다. 무릎 꿇은 자세를 너무 오래 유지했기 때문에 두 다리에는 감각이 없었다. 어떤 것이 내 몸이고, 어떤 것이 의자에 속하는지도 몰랐다. 그래도 마침내 약간 혼란스러운 기분으로 내려와 책상 밑에서 벽까지 깔아 놓은 모피 위에 서게 되었다. 그러나 거기서도 새로운 어려움이 생겼다. 책상 위의 밝은 빛에 적응하고 흰 도화지 위의 색채에 완전히 빠져 있던 내 두 눈은 책상 밑에서 아무것도 알아볼 수 없었기 때문이다. 그곳은 온통 까만색으로 닫혀 있는 것처럼 보여 그것을 건드리기가 괴로웠다. 그래서 나는 내 감각에 의지하여 무릎을 꿇고 왼손으로 몸을 지탱한 채 다른 손으로는 긴 양모로 된 서늘한 양탄자를 이리저리 빗질하듯이 쓸었다. 양탄자는 익숙한 느낌이었지만, 연필은 손에 느껴지지 않았다. 많은 시간을 허비하게 될 것 같아 마드모아젤을 불러 램프를 좀 비춰 달라고 부탁하려고 했는데, 그때 나도 모르게 힘이 들어갔던 내 눈에 어둠이 점점 투명해지고 있음을 알아챘다. 나는 벌써 저 뒤 밝은색 테두리로 마무리된 벽을 구별할 수 있었다. 책상다리 너머로 방향을 잡았다. 무엇보다도 나는 쫙 편 내 손을 알아보았다. 물에 사는 생물들의 손처럼 그 손은 완전히 혼자 그 아래에서 움직이며 방바닥을 조사하고 있었디. 니는 호기심에 가득 차 그 손을 바라보았던 것을 기억한다. 마치 그 손은 내가 한 번도 가르쳐 준 일이 없는 사물을, 그 아래에서 그렇게 제멋대로, 이제까지 내가 본 적이 없는 동작으로 더듬고 있는 것 같았다. 나는 그 손이 가는 대로 쫓아갔다. 그것은 내 관심을 끌었고, 나는 어떤 상황이라도 맞을 준비가 되어 있었다. 그렇지만 내가 어떻게 짐작이라도 했겠는가. 갑자기 벽에서 다른 손이 나와 그 손을 향해 갔으니. 그것은 더 크고, 굉장히 삐쩍 마른 손이었는데, 나는 그런 손을 한 번도 본 적이 없었다. 그 손도 비슷한 방식으로 다른 쪽으로부터 더듬어 찾아오고 있었다. 펼쳐진 손 두 개가 보이지도 않는데 서로를 향해 움직이고 있었던 것이다. 내 호기심은 아직 다 채워지기도 전에 갑자기 끝났고 이제 거기엔 공포만이 남았다. 그 두 개의 손 가운데 하나는 내 것이며, 그것이 돌이킬 수 없는 어떤 일에 걸려들었다는 느낌이 들었다. 나는 그 손에 대한 나의 모든 권리를 사용해 손을 멈추게 하고, 맥없이 천천히 뒤로 빼면서 계속 더듬어 찾고 있는 다른 손을 눈에서 놓치지 않았다. 그 손은 포기하지 않으리라는 것을 알고 있었다. 내가 어떻게 위로 올라왔는지는 말할 수 없다. 나는 안락의자에 아주 깊숙이 몸을 파묻고 앉았고, 이들이 아래위로 부딪쳤다. 얼굴에는 핏기가 너무 없어서 눈동자의 파란빛도 사라진 것처럼 보였다. 마드모아젤, 하고 부르려고 했지만, 그럴 수가 없었다. 오히려 그 여인이 스스로 놀라더니 책을 집어 던지고 의자 옆에 무릎을 꿇고 앉아 내 이름을 불렀다. 그 여인이 나를 흔들었다고 생각한다. 그러나 나는 의식이 뚜렷했고 몇 번 침을 삼켰다. 그 일을 이야기하려고 했기 때문이다.

그러나 어떻게? 말도 못하게 애를 썼지만, 그 일을 누구에게 이해시킬 만큼 표현할 수 없었다. 이런 일을 설명할 말이 있었더라도, 그 말을 찾아내기에 나는 너무 어렸다. 그리고 불현듯, 내 나이에 어울리지 않는 그 말이 갑자기 튀어나올지도 모른다는 불안이 나를 사로잡았다. 그 말을 입 밖으로 내야 하는 것이 무엇보다도 무서웠다. 저 밑에서 일어난 현실을 또다시 겪어야 하다니, 다르게, 변형된 방법으로, 처음부터. 그것을 인정하는 내 목소리를 들을 힘이 더 이상 내게는 없었다.

그때 평생 나 혼자 짊어지고 다닐 무언가가 내 인생 안으로, 곧장 나의 삶으로 들어왔다고 느꼈노라고 주장한다면, 그건 망상일지도 모른다. 내겐 작은 격자 침대 안에 누워 잠을 못 이루고 불분명하게나마 내 인생이 그렇게 되리라고 미리 내다보는 내가 보인다. 오직 한 사람만을 위한 것이고, 말로는 표현할 수 없는 특별한 것들로 가득 찬 그런 인생.

확실한 것은 내 마음속에 슬프고도 무거운 자부심이 점점 커졌다는 것이다. 나는 사람이 내면적인 것으로 가득 차서 침묵을 지키며 돌아다니는 모습을 상상했다. 나는 어른들에 게 열렬한 호감을 느꼈다. 어른들에게 감탄했으며, 내가 그 분들에게 감탄한다고 어른들에게 말하겠다고 결심했다. 그 것을 다음 기회에 마드모아젤에게 말할 생각이었다.

그리고 그다음에는 이것이 나의 첫 경험이 아니었다는 것을 증명하게 된 질병 하나가 찾아왔다. 열이 온통 나를 들쑤시 더니 저 밑에서부터 내가 모르고 있던 경험들과 형상들과 사 실들을 끄집어냈다. 나는 나를 겹쳐 놓은 채 거기 누워 있었 다. 그리고 그 모든 것들을 가지런히, 순서에 따라 다시 내 안으로 차곡차곡 들여놓으라는 명령이 떨어질 순간을 기다 리고 있었다. 나는 그 일을 시작했다. 그러나 손 아래에 있는 것들이 늘어나서 거역하였다. 그것들은 너무 많았다. 분노 가 나를 사로잡았다. 나는 모든 것을 무더기로 내 안에 던져 넣고 한꺼번에 눌렀다. 그러나 그 위로 나는 다시 닫히지 않 았다. 그래서 소리를 질렀다. 반쯤 열린 채로 소리를 지르고 또 질러 댔다. 내가 내 몸 밖을 내다보기 시작했을 때, 사람 들은 이미 오래전부터 내 침대 주위에 서서 내 두 손을 잡고 있었다. 거기엔 촛불이 하나 타고 있었고, 사람들 뒤로 그들 의 큰 그림자가 서로 닿고 있었다. 아버지가 무슨 일인지 말 하라고 내게 명령하셨다. 다정하고 부드러운 말투였지만 어쨌든 명령이었다. 내가 대답이 없자 아버지는 조급해지셨다.

엄마는 밤에 오신 일이 없다. 아니, 그래도 한 번 오시기는 했다. 나는 소리소리 질렀다. 그러자 마드모아젤이 왔다. 살림을 맡고 있던 지베르젠도 왔고, 마부 게오르크도 왔다. 그러나 아무 소용이 없었다. 그래서 그들은 마침내 무도회에 참석 중인 부모님에게 마차를 보냈다. 황태자의 무도회였던 것 같다. 갑자기 마차가 집 안 마당으로 들어오는 소리가 들렸다. 그리고 나는 조용해졌다. 일어나 앉아 문 쪽을 바라보았다. 다른 방에서 술렁거리는 소리가 들리더니, 엄마가 들어오셨다. 엄마는 커다란 궁중 의상을 입고 있었는데, 옷에는 전혀 주의하지 않고, 거의 달려오다시피해, 하얀 털외투도 뒤에 떨어뜨리고, 맨팔로 나를 안았다. 나는 난생처음 놀랍고도 황홀하게 엄마의 머리칼과 잘 가꾼 작은 얼굴, 귀에 단 차가운 보석, 그리고 어깨 가장자리에 댄, 장미 향기 그윽한 비단 같은 것들을 피부로 느꼈다. 그렇게 다정하게 서로 울고 입을 맞추고 하다가 아버지가 와 계시다는 것을 느끼자 서로 떨어질 수밖에 없었다. 〈애가 열이 많아요〉 하고 엄마가 수줍게 말하는 소리를 들었다. 아버지는 내 손을 잡고 맥박을 쟀다. 아버지는 아름답고 폭이 넓은, 빛바랜 푸른색 코끼리 훈장 띠가 달린 수석 수렵관 제복을 입고 계셨다. 〈우리를 부르다니, 웬 쓸데없는 짓이냐〉 하고 아버지는 나를 쳐다보지도 않고 안에다 대고 말씀하셨다. 그분들은 심각한 일이 아니라면 다시 돌아가겠다고 약속을 하셨던 참이었다. 그리고 정말 심각할 건 없었다. 나는 이불 위에서 엄마의 무도회 티켓과 하얀 동백꽃을 발견했다. 그 동백꽃은 한 번도 본 일이 없었는데, 나는 그것이 차갑다는 것을 알아차리고 는, 내 눈 위에 올려놓았다.

그런 질병을 앓고 있을 때 오후는 참으로 길었다. 잘 못 지낸 밤 다음 날 아침에는 언제나 졸렸다. 그리고 잠에서 깨어 이 제 또 새벽이구나 하고 생각하면, 오후였고, 그렇게 오후에 머물러, 오후이기를 중단하지 않았다. 이부자리를 개켜 놓 은 침대에 누워 있으면 관절이 조금씩 자라나는 것 같아, 무 언가를 떠올리기에는 너무 피곤했다. 사과 소스 맛은 오래 갔는데, 그것이 어떻게 해볼 수 있는 거의 전부였다. 무의식 적으로 그 맛을 분석해 가며, 생각 대신 순수하게 신맛을 입 안에서 굴려 보는 것이었다. 나중에 다시 기력을 찾게 되어, 베개 몇 개를 등 뒤에 받쳐 놓고 일어나 앉아 병정 인형들을 가지고 놀 수 있었다. 그렇지만 인형들은 기울어진 침대 테 이블 위에서 너무 쉽게 쓰러졌다. 그리고 곧 대열 전체가 쓰 러졌다. 그렇지만 늘 다시 처음부터 시작하기에는 내가 아직 완전히 삶 속에 들어와 있지 않았다. 갑자기 싫증이 나면 그 모든 것을 빨리 좀 치워 달라고 부탁했다. 그리고 텅 빈 이불 위로 다시 두 손만을 잠시 더 바라보는 것이 기분 좋았다.

　엄마가 와서 30분 동안 동화를 읽어 줄 때가 있었는데 (본 격적으로 오랫동안 읽어 주는 사람은 지베르젠이었다) 그것 은 동화 때문이 아니었다. 왜냐하면 우리는 서로 동화를 좋아하지 않는다는 데에 의견이 일치하고 있었기 때문이다. 우리는 놀랍다는 것에 대해 다른 개념을 가지고 있었다. 우리는 모든 것이 자연스럽게만 일어난다면, 그거야말로 가장 놀라운 것이라 여겼다. 우리는 공중을 날아다니는 것을 별로 높게 치지 않았다. 요정들은 우리를 실망시켰다. 무엇인가 다른 것으로 변하는 것에 대해서도 아주 피상적인 심심풀이만을 기대했다. 그렇지만 무슨 일이라도 하고 있는 것처럼 보이려고 동화를 조금 읽기는 했다. 누군가 들어왔을 때, 우리가 방금 한 일에 대해 설명해야 하는 게 불편했다. 특히 아버지한테는 지나칠 정도로 분명하게 이야기해야겠다. 방해받지 않으리라는 것이 아주 확실할 때, 그리고 바깥이 어두워질 때면 추억에 몰두하는 일도 있었다. 그것은 우리 두 사람이 함께한 오래된 추억이었으며, 우리는 그것에 대해 서로 미소를 짓곤 했다. 그때부터 우린 함께 자라 왔기 때문이다. 엄마가 내가 이런 사내아이가 아니라, 작은 계집아이이기를 바라던 시절이 있었다는 사실이 우리 기억 속에 떠올랐다. 나는 엄마의 그 소원을 어찌어찌 알아냈었다. 그래서 오후만 되면 때때로 엄마 방의 문을 두드릴 생각이 났던 것이다. 엄마가 누구냐고 물으면, 밖에서 〈조피예요〉라고 외치는 것이 행복했다. 그때 나는 조그만 내 목소리를 예쁘게 꾸미느라 목구멍 속이 간지러웠다. 그리고 내가 (그때 입던 계집애의 실내복 차림으로, 팔소매를 썩 걷어 올린 채) 방 안에 들어서면 나는 그냥 조피였다. 엄마의 꼬마 조피는 소꿉놀이에 몰두했고, 못된 말테가 다시 돌아오더라도 혼동이 생기지 말라고 엄마는 조피의 머리를 따주었다. 말테가 돌아오는 것은 결코 원치 않았다. 그가 떠나 있는 것이 엄마나 조피에게는 편안했다. 그리고 (조피가 언제나 똑같이 높은 목소리로 이어 나간) 그들의 대화는 대개 말테의 못된 짓을 일일이 들춰내고 거기에 대해서 비난하는 식으로 이루어졌다. 〈아아, 그래, 이 말테란 놈은〉 하고 엄마는 한숨을 쉬곤 했다. 그리고 조피는, 마치 사내아이를 여럿 알고 있기라도 하듯, 일반적인 사내아이들의 못된 짓에 대해서 많이 알고 있었다.

「나는 조피가 어떤 사람이 되었는지 알고 싶다.」 엄마는 그런 추억의 순간에 갑자기 말했다. 거기에 대해서 지금 말테는 물론 아무 소식도 드릴 수 없다. 그렇지만 조피는 죽었을지도 모르겠다고 엄마가 의견을 말하면, 그는 고집스럽게 거기에 반대했을 뿐만 아니라, 그것을 증명할 수 없는 한, 믿지도 않겠노라고 맹세했다.

이제 다시 곰곰이 생각해 보며 놀라운 사실은, 내가 이처럼 열에 들뜬 세계로부터 언제나 건강하게 되돌아왔다는 것, 그리고 누구나 잘 안다는 느낌을 받고자 하고, 또 조심스럽게 사리 분별해 가며 살아가는, 완전한 공동생활 안으로 들어갔다는 것이다. 거기에는 뭔가 기대되는 것이 있었으며, 그것이 이루어지거나 아니거나 했을 뿐, 제3의 가능성은 없었다. 거기에는 확실히 슬픈 일도 있었고, 기분 좋은 일도 있었으며 별로 대수롭지 않은 일도 많았다. 그러나 기쁜 일이 생기면, 그것은 기쁜 일이었고, 나는 거기에 맞게 처신해야만 했다. 근본적으로 그 모든 일은 아주 단순했다. 내가 일단 이해하기만 하면, 저절로 이루어졌다. 모든 것이 이렇게 약속된 경계 안에서 일어났다. 밖에 여름이 한창일 때의 길고 단조로운 수업 시간, 프랑스어로 해야만 했던 산책에 관한 이야기들, 손님들이 와서 불려 들어가던 일, 하필 슬퍼하고 있는 나를 재미있어 하며, 마치 다른 표정을 지을 수 없는 새들의 슬픈 얼굴을 보듯 내 얼굴을 재미있어 하던 손님들. 물론 생일날들도 마찬가지였다. 생일에는 잘 알지도 못하는 어린아이들이 초대되어 왔다. 당황한 아이들은 나를 당황하게 만들었고, 내 얼굴을 할퀸 뻔뻔스러운 아이들도 있었다. 아이들은 내가 방금 선물로 받은 물건을 망가뜨렸고, 상자와 서랍을 온통 뒤져 꺼낸 물건들을 무더기로 쌓아 놓은 채 홀연히 가버렸다. 그러나 혼자 놀 때면, 언제나 그렇듯이, 이 약속된, 악의 없는 세계를 나도 모르게 넘어가서 전혀 다른, 그리고 예측할 수 없는 세계로 빠져들기도 했다.

마드모아젤은 가끔 아주 심한 편두통을 앓았는데, 그런 날이면 나는 쉽게 찾을 수 없는 곳에 가 있었다. 아버지가 나를 찾고자 하실 땐 마부를 공원으로 보내시곤 했던 것을 알고 있다. 그러나 나는 그곳에 없었다. 나는 마부가 달려 나가며 긴 가로수길 들머리에서 소리쳐 부르는 것을 위층에 있는 손님방에서 내다볼 수 있었다. 손님방들은 울스고르 집 합각머리 지붕 안에 나란히 들어 있었는데, 이 무렵 집 안을 방문한 손님이 드물었기 때문에 거의 항상 비어 있었다. 그 손님방들과 맞닿은 곳에 나를 강력하게 유혹했던 커다란 구석 공간이 있었다. 그 안에는 오래된 흉상 하나밖에 볼 것이 없었는데, 유엘 해군 제독[28]의 흉상인 듯했다. 폭이 깊은 회색빛 벽장들이 벽에 빙 둘러 있었다. 그 벽장들 위쪽 하얀 벽에 창문들이 있었다. 나는 어느 벽장문에서 열쇠를 발견했는데, 그 열쇠로 다른 벽장도 다 열렸다. 그래서 잠깐 사이에 모든 것을 뒤져 보았다. 은사(銀絲)가 박혀 아주 차가운 18세기 귀족의 연미복과 멋지게 수놓은 조끼들. 다네브로크-코끼리 훈장[29] 예복들은 처음엔 여자 의상인 줄 알았을 만큼 화려하고 거추장스러웠으며, 안감은 아주 부드러웠다. 그리고 진짜 여성용 야회복이 있었는데, 이것은 받침대 위에 넓게 펼쳐져 빳빳하게 걸려 있었다. 너무 커서, 인형극에 사용했던 인형의 머리를 완전히 유행이 지나 다른 용도로 사용하고 있는 꼴이었다. 그 옆에 있는 벽장들을 열자 안이 컴컴했다. 그 어두운색은 목까지 높이 잠긴 제복들 때문이었다. 그 제복들은 다른 어떤 옷들보다 훨씬 더 많이 입은 것처럼 보였고, 마치 보존되지 않기를 원하는 듯했다.

내가 그것들을 모두 꺼내 밝은 빛에 비춰 본 것을 이상하게 여길 사람은 아무도 없을 것이다. 나는 그 옷들을 몸에 대보기도 하고, 둘러 보기도 했다. 대충 맞을 것 같은 의상을 급히 입었다. 그리고 그 옷을 입은 채로 호기심과 흥분에 들

28 Niels Juel(1629~1697). 덴마크 전쟁 영웅으로 알려진 인물.
29 덴마크의 훈장.

떠 옆방 객실 안으로 달려 들어가 크기가 다른 초록색 유리 조각들을 붙여 만든 좁은 거울 기둥 앞에 섰다. 아아, 거울 보기가 얼마나 떨리던지, 그리고 거울 속의 모습이 얼마나 매력적이었는지. 무언가가 흐린 거울 밖으로 나와 가까이 다가왔을 때, 그것은 나 자신보다도 느렸다. 왜냐하면 거울은 그것을 곧바로 믿지도 않았고, 워낙 졸음이 많은 물건이라, 내가 말해 준 것을 바로 따라 하려 하지 않았기 때문이다. 그러나 결국에는 거울도 그렇게 할 수밖에 없었다. 그러자 그것은 매우 뜻밖의 것, 낯선 것, 생각했던 것과는 전혀 다른 것이 되었다. 갑작스러운 것, 독자적인 별개의 것으로서 신속하게 그 전모를 살펴본 바로 다음 순간 나는 자신을 알아보게 되었는데, 거기엔 아이러니가 있어서 자칫 지금까지의 모든 즐거움을 파괴해 버릴 수 있었다. 그러나 곧 말하고, 몸을 구부리기 시작하고, 손짓을 보내고, 계속 뒤를 보면서 멀어졌다가 단호하고도 들뜬 기분으로 되돌아오면, 그것이 마음에 드는 동안에는 마음껏 상상을 즐길 수 있었다.

나는 그 당시 어떤 특정한 의상이 지닌 직접적인 영향에 대해서 알게 되었다. 내가 이 양복들 가운데 한 벌을 입자마자 그 양복이 나를 지배하게 되더라는 것을 고백하지 않을 수 없다. 내 거동, 내 얼굴 표정, 게다가 내 착상(着想)까지도 양복이 정해 주는 것이었다. 손 위로 레이스 달린 소매가 자꾸만 흘러내렸는데, 그 손은 평소의 내 손이 아니었다. 손은 배우처럼 움직였다. 그렇다, 손은, 너무 과장되게 들리겠지만, 자기 자신을 바라보고 있었다고 말하고 싶다. 그러나 이러한 가장은 내가 나 자신을 낯설게 느낄 정도로까지 심한 것은 아니었다. 오히려 그 반대다. 내 모양을 다양하게 바꿀수록, 나는 더욱더 나 자신을 확신하게 되었다. 나는 점점 더 대담해졌다. 나를 점점 더 높이 던졌다가 다시 받아 내는 내 재주를 전혀 의심하지 않았기 때문이다. 나는 이렇게 빠르게 커져 가는 안도감 속에 들어 있는 유혹을 알아채지 못했다. 불행하게도 그때까지 열 수 없다고 생각했던 마지막 벽장이 어느 날 열리더니, 의상 대신, 온갖 가면들이 쏟아져 나왔고, 그 가면들이 주는 막연한 환상이 내 뺨을 빨갛게 물들였다. 그것들이 다 무엇이었는지 일일이 세기는 어렵다. 바우타[30] 하나가 생각나는데, 그 밖에도 여러 가지 색깔의 도미노[31]가 있었고, 동전을 꿰매 달아 맑은 소리가 나는 여성용 치마가 있었다. 바보같이 생긴 피에로가 있었고, 주름 잡힌 터키식 바지와 페르시아식 모자가 있었는데, 거기서 전사(戰士)의 작은 주머니들이 흘러나왔다. 그리고 볼품없는 돈 장식이 달린 왕관 띠가 있었다. 나는 이 모든 것들을 약간 경멸했다. 그것들은 너무나 빈약한 공상을 내보였고, 허물이 벗겨진 채 초라하게 걸려 있었으며, 밝은 곳으로 끌어내면 한꺼번에 힘없이 축 쳐져 끌리었다. 그러나 나를 일종의 도취 상태에 빠뜨린 것들도 있었다. 그것들은 품이 넉넉한 외투들, 수건들, 목도리, 면사포 등, 모두 나긋나긋하고, 응용하지 않은 커다란 옷감 그대로였는데, 매우 부드럽고 기분

30 18세기에 사용된 베네치아의 가면.
31 가면복.

좋은 것들이었으며, 거의 손으로 잡을 수 없을 만큼 매끄럽기도 하고, 바람처럼 가볍게 옆으로 스쳐 가기도 했고, 또 전체적으로 묵직하게 무게가 나가는 것도 있었다. 그 옷감들에서 나는 비로소 자유롭고 한없이 동적인 가능성을 보았다. 팔려 가는 여자 노예가 된다든가, 잔 다르크, 또는 늙은 왕이나 마술사가 되어 보기. 그것을 위한 모든 수단이 이제 손안에 있었다. 게다가 거기엔 가면도 있었다. 진짜 수염이 달리고, 숱이 짙거나 높이 치켜 올린 눈썹을 단, 위협적인 얼굴들, 또는 놀란 얼굴들. 예전에는 가면을 본 적이 없었지만 이제 가면이 있어야 한다는 사실을 바로 깨달았다. 가면을 쓴 것처럼 별난 행동을 하는 우리 집 개가 떠오르자 웃지 않을 수 없었다. 털 난 얼굴을 뒤쪽에서 들여다보는 그 개의 진실한 두 눈을 상상해 보았다. 나는 변장을 하면서도 계속 웃느라고, 내가 도대체 원래 어떤 모습으로 변장하려고 했었는지를 완전히 잊어버렸다. 이제 그것을 나중에 거울 앞에서 결정해야 한다는 것에 새롭게 긴장이 되었다. 내가 얼굴 앞에 대고 묶은 가면은 독특하게 낡은 냄새가 났다. 그것은 내 얼굴에 꼭 끼었지만 바깥을 내다보기는 편했다. 나는 가면을 쓰고 나서 여러 가지 수건들을 골라 머리 둘레에 터번처럼 감았다. 그래서 엄청나게 큰 노란색 외투 속으로 들어간 가면의 가장자리는 위와 옆도 완전히 덮었다. 마침내 더 할 일이 없게 되었을 때 나는 충분히 변장을 했다고 생각했다. 나는 지팡이까지 들고, 가능한 한 멀리 옆으로 짚어 가며, 힘들게 질질 끌면서도 스스로 생각하기에도 아주 위엄 있게 손님방의 거울 앞으로 나갔다.

그 모습은 정말 기대보다도 훨씬 굉장했다. 거울도 그 모습을 순간적으로 되비쳐 주었다. 너무나 그럴듯한 모습이었다. 많이 움직일 필요도 없었다. 그 모습은 그대로도 완벽했다. 그렇지만 도대체 내가 어떤 모습인지 알아보는 일이 중요했기에 몸을 좀 돌려 보고는 마침내 두 팔을 들어 올렸다. 그것은 마치 주문을 거는 듯한 위대한 동작이었고, 이미 알고 있듯 유일하게 가장 어울리는 동작이었다. 그러나 바로 이 장엄한 순간에 복면에 가려 흐리기는 하지만, 바로 곁에서 여러 가지 소리가 뒤섞인 소음을 들었다. 깜짝 놀라 저편 거울 속의 모습이 눈에 들어오지 않았다. 무엇인지는 몰라도 아주 깨지기 쉬운 물건들이 놓여 있는 작고 둥근 탁자를 넘어뜨린 것을 깨닫고 나는 기분이 몹시 상했다. 할 수 있는 만큼 몸을 구부렸고 최악의 예상이 들어맞은 것을 봤다. 모든 것이 두 동강이 난 것처럼 보였다. 녹자색(綠紫色) 도자기로 만든 사치스러운 앵무새 두 마리가 각각 다른 모양으로 흉측하게 깨져 있었다. 누에고치 같은 사탕이 굴러 나온 통 하나는 뚜껑이 멀리 날아갔는데, 그나마 반쪽만 보일 뿐, 나머지 반은 어디로 가고 없었다. 가장 화나는 것은 수천 개의 작은 조각으로 박살이 난 향수병이었다. 그 병 밖으로 흩뿌려져 나온 오래된 향료가 깨끗한 널마루 바닥에 보기 흉한 얼룩을 만들어 놓았다. 얼른 아무것이나 몸에 걸치고 있던 것으로 닦아 내려 했지만, 얼룩은 점점 더 시커멓고 더러워질 뿐이었다. 나는 아주 절망했다. 일어나서 모든 것을 다시 제대로 되돌려 놓을 수 있을 만한 물건을 찾아 보았다. 그러나 아무것도 찾지 못했다. 나 역시도 보거나 움직이기 어려웠기 때문에, 스스로도 더 이상 이해할 수 없는, 바보 같은 상태에 대한 분노가 마음속에서 치솟아 올라왔다. 모든 것을 잡아 뜯었다. 그러나 그것들은 점점 더 죄어들기만 했다. 외투의 끈들이 내 목을 졸랐다. 그리고 머리 위에 얹은 물건들은, 점점 더 많아질 것처럼 내리눌렀다. 그사이 공기는 탁해졌고, 마치 엎질러진 액체의 고리타분한 냄새가 서린 것 같았다.

화가 나서 급히 거울 앞으로 달려갔다. 가면을 통해 내 두 손이 움직이는 모양을 힘겹게 바라보았다. 그런데 거울은 바로 그것을 기다리고 있었다. 이제 거울이 복수할 순간이 온 것이었다. 내가 어떻게든 엄청나게 조여들어 오는 복면 바깥으로 빠져나오려고 애를 쓰는 동안 거울은, 어떤 술책을 부렸는지, 내가 위를 쳐다보게 했다. 그리고 나에게 어떤 모습을 하라고 명령했다. 아니, 그것은 하나의 현실, 낯설고, 이해할 수 없는 괴물 같은 현실이었는데, 나는 내 의지와 반대로 그 현실에 흠뻑 젖어 버렸다. 이제는 거울이 더 강한 존재였고, 내가 거울이었다. 나는 내 앞의 크고 무섭게 생긴 미지의 존재를 뚫어지게 쳐다보았다. 그러자 그 괴물과 단둘이 있는 게 무시무시하다는 생각이 들었다. 그러나 바로 그 순간 최악의 사건이 일어났다. 나는 완전히 정신이 나갔다. 내가 그냥 없어져 버렸기 때문이다. 1초 동안 나 자신에 대한 형언할 수 없는, 고통스럽고 속절없는 그리움을 느꼈다.

그런 다음에는 그 괴물만이 있었다. 그 이외에는 아무것도 없었다.

나는 그곳에서 뛰어 달아났다. 그러나 이제 뛰는 것은 그였다. 그는 사방에 몸을 부딪쳤다. 그는 그 집을 몰랐고, 어디로 가야 할지도 몰랐다. 그는 어쩌다 계단을 내려가게 되었고, 복도에서 누군가의 위로 엎어졌는데, 그가 비명을 지르며 길을 비켰다. 문 하나가 열리고, 여러 사람들이 밖으로 나왔다. 아아, 그 사람들을 안다는 사실이 얼마나 좋았던지. 그것은 지베르젠, 마음씨 좋은 지베르젠과 하녀, 집사였다. 이제 무언가 결정이 내려질 참이었다. 그러나 그들은 뛰어와 나를 구해 주지 않았다. 그들의 잔인함은 끝이 없었다. 그들은 거기 서서 웃었다. 맙소사, 그들이 거기 서서 웃을 수 있다니. 나는 울었다. 그러나 가면은 눈물을 밖으로 내보내지 않았다. 눈물은 속에서 내 얼굴 위로 흐르다가 말랐고, 다시 흐르다가 말랐다. 마침내 그들 앞에 무릎을 꿇었다. 어느 인간도 그렇게 무릎 꿇어 본 적이 없을 정도로. 나는 무릎 꿇은 채 그들을 향해 두 손을 들어 올리고 하소연했다. 「날 좀 꺼내 줘. 그리고 비밀을 지켜 줘.」 그러나 그들은 그 말을 듣지 못했다. 목소리가 나오지 않았기 때문이다.

지베르젠은 죽을 때까지 그 이야기를 했다. 내가 어떻게 넘어져 있었고, 어떻게 그들이 계속 웃으며, 그것이 당연하다고 생각했는지. 그들은 그런 나의 장난에 익숙해져 있었던 것이다. 그러나 나는 여전히 넘어져 있었고, 대답을 못 하더라고 했다. 그렇지만 내가 정신이 나간 채 거기 온갖 종류의 옷감에 싸인 하나의 뭉치, 순수한 덩어리처럼 누워 있다는 것을 깨달았을 때의 충격에 대해서도 이야기했다.

시간은 젤 틈도 없이 빠르게 지나갔다. 어느 순간 다시 설교사 예스페르젠 박사를 초대할 때가 되었다. 그날의 아침 식사 시간은 모든 사람들에게 힘들고 지루했다. 예스페르젠 박사는 그를 위해서 매번 온전히 수그리는 아주 경건한 이웃에 익숙해져 있었기 때문에 우리 집에 온 건 완전히 번지수를 잘못 찾은 셈이었다. 말하자면 그는 뭍에 올라온 물고기처럼 헐떡거렸다. 그가 몸에 익힌 아가미 호흡은 괴롭게 진행되었다. 거품을 내뿜을 뿐, 그 모든 것이 안전하지 않았다. 화제라고는 엄밀히 말해서 아무것도 없었다. 마치 재고품을 말도 안 되는 가격에 매도하는 셈이었는데, 말하자면 그것은 재고품 일제 청산이었다. 우리 집에서 예스페르젠 박사는 일종의 사적인 인물로 머물렀어야 했는데, 그는 전혀 그러지 않았다. 그가 생각하는 한 그는 영혼을 구제하기 위해 일하는 사람이었다. 그에게 영혼은 공공 제도였으며, 그가 그것을 대표했다. 그는 한순간도 직무를 떠나지 않는다는 원칙을 실행했다. 그것은 그의 부인을 대할 때도 마찬가지였다. 그의 부인은, 라바터가 다른 경우에 표현했듯이, 〈겸손하고, 성실한, 아이를 낳음으로써 천국에 가까워지는 레베카〉였다.[32]

---

32 릴케는 여기서 마티아스 클라우디우스Matthias Claudius(1740~1815)의 아내 레베카에 대해 라바터Lavater가 일기에 적은 말을 인용하고 있다. 레베카는 11명의 아이를 낳았다.

[그런데 나의 아버지에 대해 말하자면, 신에 대한 그분의 태도는 완전히 정확했고 공손하기가 나무랄 데 없었다. 아버지가 교회 안에 서서 기다렸다가 몸을 굽힐 때면 나는 그분이 하느님의 수렵 대장처럼 보일 때가 많았다. 그러나 하느님과 정중한 관계에 있다는 것은 엄마한테는 거의 모욕이었다. 분명하고 상세한 관습을 지키는 종교에 귀의했다면, 오랜 시간 무릎을 꿇고, 엎드리고, 가슴 앞과 어깨 주위에 큰 십자가를 그리는 행동을 하는 것에 엄마는 행복했을 것이다. 엄마가 나에게 기도하는 법을 가르쳐 준 적은 없다. 그러나 내가 곧잘 무릎을 꿇고, 내 나름으로 표현이 풍부하다고 생각되는 대로 두 손을 구부렸다 폈다 하면서 합장을 해 엄마를 안심하게 했다. 대체로 간섭받지 않고 자라면서 나는 일찍이 여러 가지 발전을 거쳤는데, 그런 발전을 훨씬 뒤에 가서 절망의 순간 신과 관련시켰다. 그리고 그것이 어찌나 격렬했던지, 신은 형성되자마자 바로 그 순간에 다시 파괴되었다. 물론 그 후로는 아주 처음부터 다시 시작하지 않을 수 없었다. 그리고 이럴 때면 나는 가끔 엄마가 필요하다고 생각했다. 비록 혼자서 그 시작을 통과하는 것이 당연히 옳았지만 말이다. 그리고 그때는 이미 엄마가 세상을 떠나신 지 오래되었을 때였다.]●33

---

33 [   ]●로 표시한 부분은 작가가 원고 가장자리에 적어 둔 글이다. 이후 이와 같은 경우는 모두 [   ]●로 표시하였다.

엄마는 예스페르젠 박사를 거의 방자하다 할 정도로 대했다. 그분과 대화를 시작하다가도, 엄마의 말을 진지하게 받아들인 그분이 귀를 기울이면 그것으로 충분하다고 생각하고 마치 벌써 떠나고 없다는 듯이 갑자기 그분을 잊어버리셨다. 〈어떻게 저 사람은 이리저리 돌아다니다가도 죽어 가는 사람들 집에 찾아 들어갈 수 있는 걸까?〉라고 엄마는 때때로 말씀하셨다.

그분은 엄마가 돌아가셨을 때에도 왔었다. 그러나 엄마는 그분을 더 이상 보지 못하신 것이 분명하다. 엄마의 감각들은 하나씩 하나씩 없어졌다. 맨 먼저 시각이 사라졌다. 때는 가을이었고, 도시로 들어갈 참이었다. 그러나 바로 그때 엄마는 병이 나셨다. 아니, 이내 죽어 가기 시작하셨다. 몸의 표면 전체가 천천히, 절망적으로 죽어 갔다. 의사들이 왔다. 그리고 어느 날 그들이 한꺼번에 와서 집 안 전체를 지배했다. 마치 우리 집은 추밀 고문관과 그의 조수들의 소유라, 우리는 아무 할 말도 없는 것 같은 시간이 몇 시간이나 지속되었다. 그러나 그 후로 그들은 흥미를 다 잃어버렸고, 순전히 인사치레로 한 사람씩 와서는 시가 한 대와 적포도주 한 잔을 대접받았다. 그사이에 엄마는 돌아가셨다.

사람들은 이제 엄마의 유일한 오빠인 크리스티안 브라에 백작이 오기만을 기다리고 있었다. 이분은, 사람들이 아직 기억하는 것처럼, 한동안 터키에서 근무했었고, 그들이 하는 말로는, 그곳에서 매우 성공했다고 했다. 어느 날 아침 그분은 외국인처럼 생긴 하인을 데리고 왔는데, 나는 그분이 아버지보다 키도 크고 나이도 더 많아 보여서 깜짝 놀랐다. 두 어른은 즉시 몇 마디 말을 주고받았는데, 그것은 짐작컨대 엄마와 관련된 이야기였다. 잠시 침묵이 흘렀다. 이윽고 아버지가 말씀하셨다. 「모양이 많이 흉해졌어요.」 나는 그 표현이 무슨 뜻인지 몰랐다. 그러나 그 말을 들었을 땐 오싹했다. 나는 아버지도 그 말을 입 밖으로 내시기 전에 스스로를 이겨 내시지 않을 수 없었을 것이라는 인상을 받았다. 그러나 아버지가 그 사실을 인정함으로써 괴로웠던 것은 무엇보다도 그분의 자존심이었을 것이다.

여러 해가 지난 뒤에야 나는 사람들이 다시 크리스티안 백작에 대해서 이야기하는 소리를 들었다. 그것은 우르네클로스터서였고, 그분에 대해서 말하기를 좋아했던 사람은 마틸데 브라에 양이었다. 나는 그녀가 에피소드 하나하나를 상당히 제멋대로 꾸며 냈다고 확신한다. 왜냐하면 외삼촌의 생활에 대해서는 항상 소문들만 무성하게 알려졌고 가족들한테도 그 소문이 들려왔는데, 거기에 대해서 외삼촌은 한 번도 부인하지 않으셨고, 그 소문이라는 것이 무제한으로 해석할 수 있는 것이었기 때문이다. 우르네클로스터는 이제 그분의 소유이다. 그러나 그분이 그곳에 살고 있는지 어떤지는 아무도 모른다. 어쩌면 그분은 늘 그렇듯이 아직 여행 중인지도 모른다. 아니면 지구 끝 어딘가에서 외국인 하인이 형편없는 영어나 우리가 모르는 언어로 작성한 그분의 사망 소식이 오고 있는 중인지도 모른다. 어쩌면 그 하인은 어느 날 혼자 남게 되었을 때 자신에 대해 아무런 표지도 남기지 않을 수 있다. 혹은 두 사람은 이미 오래전에 사라지고, 실종된 어느 배의 승선 명단에 가명으로 적혀 있을지도 모른다.

물론 그 당시 우르네클로스터에 마차가 들어오면 나는 언제나 그분이 들어서는 것을 보리라 기대했고, 심장이 이상하게 두근거렸다. 마틸데 브라에 양이 주장하기를 그분은 언제나 그런 식으로 오신다는 것이다. 사람들이 전혀 생각지도 못한 순간에 갑자기 나타나는 것이 그분의 버릇이라고 했다. 그분은 한 번도 오지 않았지만 나의 상상은 몇 주일 동안 그분에게 몰두해 있었다. 우리에게 서로 관계를 터야 할 빚이 있는 것 같은 느낌이었고, 그에 대해 무엇인가 실제적인 것을 알고 싶었다.

그러나 곧 그에 대한 관심이 돌아서고 어떤 사건이 생겨 크리스티네 브라에한테로 관심이 옮겨 갔을 때, 나는 이상하게도 그녀가 어떻게 사는지 알아보려고 노력하지 않았다. 반면에 그녀의 초상화가 화랑 안에 걸려 있을지도 모른다는 생각이 나를 불안하게 만들었다. 그리고 그것을 확인해 보고 싶은 마음이 일방적으로 고통스럽게 점점 커져서 며칠 밤이나 잠을 이루지 못했다. 그러다가 결국 어느 날 밤 전혀 뜻하지 않게 일어나 촛불을 들고 화랑으로 올라가고 말았다. 촛불은 겁먹은 듯 보였다.

무서움 따위는 생각지도 않았다. 나는 일체 아무것도 생각하지 않고, 그냥 걸어갔다. 높은 문들이 앞에서, 그리고 위에서 쉽게 열렸고, 지나온 방들은 다시 조용해졌다. 그리고 마침내 나는 몸에 불어와 닿는 바람의 깊이로 내가 화랑 안에 들어섰다는 것을 알았다. 오른편으로 밤을 내다보는 창문이 느껴졌다. 그러니까 왼편에는 틀림없이 그림들이 있을 것이었다. 나는 촛불을 힘껏 높이 치켜들었다. 정말이지, 거기 그림들이 있었다.

우선 나는 여인들을 찾아보려고 마음먹었다. 그러나 울스고르에 걸려 있는 것과 비슷한 초상화 한두 점을 알아보게 되었다. 내가 그 그림들을 밑에서부터 비추자 그것들은 움직이면서 촛불 쪽으로 다가오려고 했다. 적어도 그 정도쯤 기다려 주지 않는다면 너무 무정할 것처럼 보였다. 그곳에도 완만한 곡선을 그리는, 넓은 뺨 옆으로 곱게 땋아 내린 카드네트 머리[34]를 한 크리스티안 4세[35]의 초상화가 많았다. 그의 부인들의 초상화도 있었을 테지만 나는 그중에서 키르스틴 뭉크[36]만 알아보았다. 그리고 느닷없이 엘렌 마르스빈 부인[37]이 나를 쳐다보았다. 그녀는 과부의 옷을 입고 있었고, 코가 높은 모자의 차양에는 여전히 진주 끈을 달고 있었는데, 의심 가득한 눈으로 나를 바라보고 있었다. 크리스티안 왕의 자녀들도 그곳에 있었다. 새 부인들한테서 언이어 태어난 아이들이었다. 불행이 닥치기 전, 구보 중인 백마를

34 이와 같은 머리 장식을 했던 덴마크 장군 카드네트Cadenette의 이름에서 따온 명칭.

35 Christian IV(1577~1648). 덴마크의 왕.

36 Kirsten Munk(1598~1658). 크리스티안 4세의 두 번째 부인.

37 Ellen Marsvin. 키르스틴 뭉크의 어머니.

타고 있는 절정기의 〈비길 데 없는〉 엘레오노레[38]의 모습도 보였다. 길덴뢰베 가문에는 스페인 여자들이 색을 칠했다고 생각했을 만큼 혈색이 좋은 한스 울리크와 사람들이 잊지 않은 울리크 크리스티안이 있었다. 울펠트[39] 가문의 사람들은 거의 다 보였다. 그리고 여기 눈을 시커멓게 덧칠한 이 사람은 헨리크 홀크인 것 같았다. 그는 서른세 살에 제국 백작이 되고 원수(元帥)가 되었는데, 힐레보르크 크라프세 처녀에게 가는 길에 신부 대신 검(劍)만 얻게 될 것이라는 꿈을 꾸었다. 그는 그 꿈에 크게 상심하여 가던 길을 되돌아 와 무모한 생활을 시작했는데, 그의 인생은 페스트로 짧게 끝나고 말았다. 그들은 모두 내가 아는 사람들이었다. 님베겐 회의에 파견된 외교관들의 초상은 울스고르에도 있었는데, 모두 한꺼번에 그려졌기 때문에 서로 모습이 약간 비슷했다. 모두가 육감적인 입 위로 짧게 깎은 수염을 눈썹처럼 좁다랗게 달고 있어 그 입들이 쳐다보는 눈 같았다. 내가 울리히 공작과 오테 브라에, 그리고 클라우스 다아와 스텐 로젠스파레를 알아본 것은 당연하다. 왜냐하면 나는 그들의 초상 모두를 울스고르의 홀에서 본 적이 있거나, 낡은 화첩에서 그들을 묘사한 동판화를 찾아냈었기 때문이다.

---

38 Leonora Christina(1621~1698). 크리스티안 4세와 키르스틴 뭉크 사이에서 태어난 딸. 1663년에 정변이 일어나 남편은 스웨덴으로 망명하고, 레오노라(엘레오노레)는 1685년까지 감옥에 유폐되었으나, 끝까지 정절을 지켰다고 한다.

39 레오노라 크리스티안이 혼인한 코르피츠 울펠트Corfitz Ulfeldt 백작의 가문.

그러나 그곳에는 내가 한 번도 본 적이 없는 초상들도 많았다. 여자들은 별로 없었지만 어린아이들이 그곳에 있었다. 내 팔은 오래전부터 피로해졌고 떨렸다. 그렇지만 나는 그 아이들을 보려고 촛불을 자꾸만 높이 치켜들었다. 나는 새를 손 위에 올려놓고도 그 새를 잊고 있는 이 어린 소녀들을 이해했다. 때때로 작은 개 한 마리가 그들의 발치에 앉아 있기도 했고, 거기엔 공도 하나 있었다. 그리고 그 옆 식탁에는 과일과 꽃들이 놓여 있었다. 그리고 그 뒤쪽 기둥에는 그루베나 빌레, 또는 로젠크란츠 가문의 문장들이 조그맣게 임시로 걸려 있었다. 그렇게 많은 것들을 사람들은 소녀들의 주위에 그려 넣었다. 마치 그렇게 해서 많은 것을 보상할 수 있을 것처럼. 소녀들은 옷을 입고 서서 기다리고 있었다. 사람들은 소녀들이 기다리고 있는 모습을 보았다. 그리고 그때 나는 다시 여인들과 크리스티네 브라에 양을 생각했고, 혹시 그녀를 알아볼 수도 있겠다 싶었다.

화랑 끝까지 빨리 달려갔다가 그곳으로부터 되돌아오면서 찾아볼 생각이었는데, 그때 무엇엔가 부딪쳤다. 재빨리 몸을 돌리자 어린 에리크가 뒤로 펄쩍 물러나며 속삭였다.

「촛불 조심해.」

「너야?」 나는 숨도 쉬지 못하고 말했다. 그것이 좋은 일인지, 아니면 아주 나쁜 일인지 분명히 알 수 없었다. 그 애는 웃기만 했고, 나는 어쩔 줄을 몰랐다. 촛불이 깜박거려서 그 애의 얼굴 표정을 제대로 알 수가 없었다. 그 애가 거기 있는 것은 좋지 않은 것 같았다. 그러나 그때 그 애가 다가오면서 말했다. 「그 여자 초상은 여기 없어. 우리가 아직도 저 위에서 찾고 있거든.」 그는 나지막한 목소리로 말하면서 한 눈을 끔벅거리며 위쪽 어딘가를 가리켰다. 나는 그가 다락방을 가리킨다는 것을 알았다. 그렇지만 갑자기 이상한 생각이 들었다.

「우리라니?」 나는 물었다. 「그 여자도 위에 있단 말이야?」

「그래.」 그는 머리를 끄덕이며 내 옆으로 바짝 붙어 섰다.

「그 여자가 직접 같이 찾고 있다고?」

「그래, 우리가 찾고 있어.」

「그러니까 사람들이 그걸 치워 버렸다는 거야, 그 여자 초상을?」

「그래, 생각 좀 해봐.」 그는 못마땅하다는 듯이 말했다. 그러나 나는 그 여자가 뭣하러 그러는지 알 수 없었다.

「그 여자는 자기 모습을 보겠다는 거야.」 그가 아주 가까이에서 속삭였다.

「아, 그래.」 나는 이해하겠다는 듯이 말했다. 그때 그는 내 촛불을 훅 불어서 꺼버렸다. 나는 눈썹을 높이 치킨 그 아이가 밝은 촛불 쪽으로 몸을 내미는 모습을 보았다. 그리고는 깜깜해졌다. 나는 나도 모르는 사이에 뒷걸음질 쳤다.

「도대체 뭐하는 짓이야?」 나는 목소리를 죽이며 말했다. 목이 탔다. 그 아이는 내 쪽으로 뛰어오더니 내 팔에 꼭 매달리면서 키득거렸다.

「왜 이래?」 나는 그를 나무라며 떼어 내려고 했다. 그러나 그는 단단히 매달렸다. 나는 그 아이가 제 팔을 내 목에 감는 것을 말리지 못했다.

「말해 줄까?」 그 애가 귓속말을 했다. 내 귀에 침이 조금 튀었다.

「그래, 그래, 빨리 말해.」

나는 내가 무슨 말을 하는지도 몰랐다. 그 애가 나를 완전히 포옹하더니 몸을 쭉 뻗는 것이었다.

「내가 그 여자한테 거울을 가져다줬어.」 그 애가 말하며 다시 키득거렸다.

「거울을?」

「그래, 초상화가 거기에 없으니까.」

「말도 안 돼, 아냐.」 나는 말했다.

그 애가 갑자기 나를 창문 쪽으로 좀 더 끌면서 팔 위를 너무 아프게 꺾는 바람에 비명을 질렀다.

「그 여자는 거울에 비치지 않아.」 그 애가 내 귀에다 속삭였다.

나는 나도 모르게 그 애를 밀쳐 냈다. 그 애한테서 딱 하는 소리가 났다. 내가 그 아이의 어딘가를 부러뜨린 것 같았다.

「저리 가, 가.」 그런데 이젠 나 스스로 웃음을 참을 수 없었디. 「안 비치다니? 도대체 왜 인 비지지?」

「너 참 바보구나.」 그 애는 화난 듯이 대꾸하며 더 이상 속삭이지는 않았다. 그 애의 목소리는 마치 아직 사용하지 않은 새로운 말투를 시작하려는 듯이 변했다. 그 애는 어른스럽고 엄격하게 말했다. 「거울에 비치는 사람은 여기에 없거나, 여기에 있으면 거울에 비칠 수 없는 거야.」

「당연히 그렇겠지.」 나는 깊이 생각하지도 않고 재빨리 대꾸했다. 그렇게 하지 않으면 그 애가 나를 버려두고 혼자 가버릴까 봐 겁이 났다. 나는 그 애를 꽉 붙잡기까지 했다.

「우리 친구할래?」 내가 제안했다. 그 애는 들은 체도 안하더니, 건방지게 말했다. 「난 아무래도 상관없어.」

나는 우리의 우정을 시작해 보려고 했다. 그렇지만 그 애를 껴안을 용기가 없었다. 나는 겨우 〈애, 에리크〉 하고 말을 꺼내고 그의 몸 어딘가를 조금 건드렸을 뿐이다. 갑자기 몹시 피곤했다. 주위를 둘러보았다. 내가 어떻게 여기로 오게 되었는지, 그리고 왜 전혀 두려워하지 않았는지 더 이상 이해할 수 없었다. 나는 창문이 어디에 있고, 그림들이 어디에 걸려 있는지도 제대로 몰랐다. 그래서 우리가 그곳을 떠날 때는 그 애가 나를 이끌어야만 했다.

「그림들은 너한테 아무 짓도 안 해.」 그 애가 배포 크게 장담하면서 다시 키득거렸다.

사랑하는, 사랑하는 에리크. 너는 어쨌든 나의 유일한 친구였던 것 같다. 나에게 친구라곤 한 명도 없었으니 말이다. 네가 우정을 별로 대수롭지 않게 여겼던 것은 유감이다. 너한테 많은 이야기를 해줄 수 있었을 텐데. 어쩌면 우리는 서로잘 어울렸을지도 몰라. 알 수 없는 일이니까. 나는 그 당시에네 초상화가 그려지고 있던 것을 기억해. 할아버님께서 너를 그릴 사람을 불러오셨지. 매일 아침 한 시간씩. 그 화가가 어떻게 생겼는지는 생각이 나질 않는다. 마틸데 브라에가 그의 이름을 시도 때도 없이 불렀건만 기억에서 사라졌어.

그 화가는 내가 바라보듯 너를 보았을까? 너는 연한 자줏빛 비로드 양복을 입고 있었지. 마틸데 브라에는 그 양복에 반했었어. 그렇지만 이제 그것은 아무래도 좋아. 다만 화가가 너를 보았는지, 그것이 알고 싶을 뿐이야. 그가 진정한 화가였다고 가정해 보자. 그림을 완성하기 전에 네가 죽을 수도 있다는 것은 생각지도 않았다고 가정하자. 그가 그 일을 전혀 감상적인 눈으로 보지 않았고, 단순히 작업만 했다고. 너의 갈색 눈 양쪽이 똑같지 않다는 게 그를 즐겁게 했고, 움직이지 않는 한쪽 눈을 단 한 순간도 이상하게 여기지 않았다고 가정하고, 가볍게 받치고 있었을 너의 손 가까이에는 식탁 위에 아무것도 올려놓지 않는 세심함이 그 화가에게 있었다고 하자. 우리가 그 밖에 모든 필요한 것들을 가정하고 또 그것들을 그대로 인정하면 한 폭의 그림이 되는 거야. 너의 초상이. 우르네클로스터의 화랑에 있는 너의 마지막 초상이.

(사람들이 가서 화랑을 전부 둘러보면, 거기 한 소년이 있는 거야. 감깐, 이게 누구지? 브라에 가문이네. 저기 겁은색 바탕에 은색 줄무늬랑 공작새의 깃털이 보이지? 저기 이름도 적혀 있네. 에리크 브라에라고. 처형당한 그 에리크 브라에가 아닐까? 물론 그건 잘 알려져 있지. 그렇지만 그 사람일 수가 없어. 이 소년은 소년으로 죽었다니까. 언제인지는 몰라도. 보고도 모르겠니?)

손님이 오면 에리크가 불려 왔다. 그때마다 마틸데 브라에 양은 에리크가 얼마나 나의 외할머니 브라에 백작 부인과 닮았는지 믿을 수 없을 정도라고 확언하는 것이었다. 그분은 아주 훌륭한 부인이었다고 했다. 나는 그분을 몰랐다. 그 반면에 친할머니는 잘 기억한다. 친할머니는 울스고르의 진정한 여주인이셨다. 친할머니는 엄마가 수렵관의 부인으로 집안에 들어오신 것을 못마땅하게 생각하신 만큼 여전히 여주인으로 남으셨다. 그분은 엄마가 시집 온 이후로는 늘 뒤로 물러나 있는 것처럼 행동하셨다. 사소한 일에도 하인들을 엄마한테 들여보냈지만, 중요한 일은 아무에게도 보고할 필요 없이 혼자 결정하여 처리하셨다. 엄마도 다른 것을 원하지 않았을 거라고 생각한다. 엄마는 큰 집안 살림을 도맡을 능력이 없었다. 엄마는 중요한 일과 사소한 일을 구별할 줄 몰랐다. 사람들이 엄마에게 뭐라고 말하면 엄마에게는 그것이 전체로 보였기 때문에 또 다른 일은 완전히 잊어버렸다. 엄마는 시어머니에 대해서 불평을 말한 적이 없다. 엄마가 누구에게 불평을 털어놓을 수 있었겠는가? 아버지는 지극히 공손한 아들이었고, 할아버지는 발언권이 없으셨으니.

마르가레테 브리게 부인은, 내가 기억하는 한, 키가 크고 접근하기 어려운 할머니였다. 나는 이 할머니가 남편인 시종관보다 훨씬 나이가 많았었다고밖에 생각할 수가 없다. 그분은 우리와 함께 어울려 살면서 아무도 배려하지 않았고 우리 가운데 어느 누구에게도 의지하지 않았다. 그분은 언제나 옥세 백작의 딸을 말동무처럼 옆에 거느리고 있었는데,

초로의 이 여인은 무언가 은혜를 입었는지 한없는 의무감을 지니고 있었다. 그 은혜라는 것도 유일한 예외였을 것이다. 왜냐하면 남에게 자선을 베푼다는 것은 할머니의 방식이 아니었기 때문이다. 그분은 어린아이들을 좋아하지 않았다. 동물들도 그녀 곁에 올 수 없었다. 나는 그분이 다른 어떤 것을 좋아했는지 모른다. 들은 얘기로는, 할머니가 아주 어린 소녀였을 때 미남 청년 펠릭스 리히노프스키[40]와 약혼했었는데, 이 청년이 프랑크푸르트에서 참혹하게 죽었다고 한다. 실제로 할머니가 돌아가신 뒤에 이 후작의 초상이 거기 있었는데, 그것은, 내가 틀리지 않는다면, 청년의 가족에게 되돌려 보내졌다. 지금 생각해 보니, 할머니는 울스고르에 살면서 해마다 더해만 가던 유폐된 시골 생활 때문에 다른, 빛나는, 할머니의 본성에 맞는 생활을 놓치셨던 게 아닌가 싶다. 할머니가 그것을 슬퍼하셨는지 아닌지는 말하기 어렵다. 아마도 할머니는 그런 삶이 찾아오지 않아서, 멋과 재능을 지니고 사는 기회를 놓쳤기 때문에 화려한 삶을 경멸했는지도 모른다. 할머니는 이 모든 것들을 있는 대로 다 마음속에 집어넣고 그 위에 껍질을 입히셨다. 수많은, 까다롭고, 약간 금속성 광채가 나는 껍질들, 그 맨 비깥 껍질은 인제나 새롭고 차갑게 보였다. 할머니는 때때로 충분히 존경받지 못하고 있다는 소박한 초조감을 통해서 자신을 드러내 보이셨다. 나도 있었을 때 할머니는 식탁에서 갑자기 분명하고

---

40 Felix Lichnowski(1814~1848) 후작. 프랑크푸르트 국민회의의 보수파 의원. 9월 폭동이 일어나 살해되었다.

도 꽤 요란스럽게 사레가 들리게 할 수 있었는데, 그것으로 모든 사람들의 관심을 확보했고, 적어도 한 순간만은 할머니를, 마치 큰 사건에서나 있을 법하게, 선정적이고 긴장된 모습으로 보이게 하였다. 그러나 나는 우연치고는 너무나 자주 일어나는 이 일을 심각하게 받아들인 사람은 아버지뿐이었을 것이라고 짐작한다. 아버지는 공손하게 앞으로 몸을 숙여 할머니를 들여다보셨다. 사람들은 아버지가 당장 당신의 정상적인 기도(氣道)를 할머니께 드려서 마음대로 쓰실 수 있게 하고 싶은 심정임을 알 수 있었다. 할아버지도 물론 바로 식사를 중단하셨다. 그러곤 포도주를 한 모금 드시고는 아무 말씀도 안 하셨다.

할아버지는 식사 중 단 한 번 할머니를 상대로 당신의 의견을 관철시키신 일이 있다. 그것은 오래전 일이었다. 그러나 그 이야기는 여전히 악의적으로 몰래 퍼지고 있었다. 어디에나 그 이야기를 들어보지 못한 사람들이 있었기 때문이다. 얘기인즉, 할머니는 누군가 실수로 식탁보에 흘린 포도주 얼룩을 보고 매우 흥분하셨더랬다. 어떤 계기로 생긴 얼룩이든지 할머니의 지적을 받았다, 말하자면 심한 비난과 함께 폭로되었다는 것이다. 한번은 이름 있는 손님들이 여러 명 왔을 때에도 그런 일이 벌어졌다. 그때 할머니는 한두 개 대수롭지 않은 얼룩을 과장해 가며 이걸 누가 그랬느냐고 힐난했다고 한다. 할아버지가 작은 신호와 장난스러운 말로 할머니에게 주의를 주려고 아무리 노력을 해도 할머니는 아랑곳없이 고집스럽게 비난을 계속했는데, 그러다가 말을 중간에서 멈추지 않을 수 없게 되었다고 했다. 말하자면 전무후무하고 전혀 이해할 수 없는 어떤 일이 벌어졌던 것이다. 할아버지가 그때 손님들 사이로 건네지고 있던 붉은 포도주병을 달라고 하시더니 모두가 지켜보는 가운데 몸소 당신 잔을 채우셨다. 놀랍게도 할아버지는 잔이 벌써 가득 찼는데도 술 따르기를 멈추시기는커녕, 사람들이 점점 조용해지고 있는데도 계속해서 천천히 조심스럽게 술을 따르셨다. 이윽고 참을성이라고는 없는 엄마가 웃음을 터뜨렸고, 그렇게 함으로써 그 일 전체를 그냥 웃어넘길 일로 정리해 버렸다. 곧 모든 사람이 가벼운 마음이 되어 동조했기 때문이다. 할아버지는 고개를 드시고 하인에게 술병을 넘기셨다.

나중에는 할머니한테 또 다른 독특한 성벽(性癖)이 두드러지게 나타났다. 할머니는 집안에 누가 아픈 것을 참지 못하셨다. 한번은 요리사 손에 상처가 났는데, 붕대를 감은 그녀의 손이 우연히 할머니 눈에 띄었을 때 할머니는 온 집 안에 요오드포름 냄새가 난다고 우기셨다. 그렇다고 그 요리사를 해고할 수는 없다고 할머니를 설득하기가 쉽지 않았다. 할머니는 질병을 기억에 떠올리려고 하지 않으셨다. 누군가 부주의하게 할머니 앞에서 어디가 조금 불편하다고 말해도 할머니에게는 그것이 바로 개인적인 모욕이나 다름없었고, 할머니는 오래도록 그 사람을 원망하셨다.

엄마가 돌아가신 그해 가을에 할머니는 조피 옥세와 함께 당신 방에 틀어박혀서 문을 잠그고 우리와의 모든 왕래를 끊으셨다. 당신의 아들까지도 받아들이지 않으셨다. 엄마의 죽음이 시기적으로 적절치 않았던 것은 사실이다. 방들은 추웠고, 난로에서는 연기가 났다. 그리고 쥐들이 집 안으로 들어왔다. 쥐한테서 안전한 곳은 아무 데도 없었다. 그러나 그것만은 아니었다. 마르가레테 브리게 부인이 화가 난 것은 엄마가 죽었기 때문이다. 할머니께서 입에 담기를 거부했던 일이 버젓이 일어나고, 젊은 여자가 주제넘게, 언젠가는 죽으려 했지만 아직 그 날짜를 확정하지 않은 당신보다도 앞서 가다니. 할머니는 당신도 언젠가는 죽어야 한다는 것을 자주 생각하셨다. 그렇지만 재촉받고 싶지는 않으셨다. 당신도 언제든 마음 내킬 때 분명히 죽을 것이다. 그런 다음에는 다른 사람들도, 정 그렇게 급하다면, 나중에 안심하고 죽을 수 있지 않겠는가.

할머니는 엄마의 죽음 때문에 우리를 절대 용서하지 않으셨다. 아무튼 그분은 그해 겨울에 부쩍 늙으셨다. 걸음걸이는 꼿꼿하셨지만, 의자에 털썩 주저앉으셨고, 귀도 점점 멀어 가셨다. 할머니 앞에 앉아 오랜 시간 동안 바라보아도 할머니는 그것을 느끼지 못하셨다. 할머니는 어딘지 모를 자신의 안에 들어 있었다. 아주 가끔, 그리고 순간적으로 당신의 오관으로 되돌아오셨지만, 그 감각 기관들은 텅 비어 있었고, 그곳은 할머니가 사는 곳이 아니었다. 그럴 때 할머니는 망토를 내미는 백작의 딸에게 뭐라고 하시면서 크고 새로 씻은 두 손으로 당신의 옷을 끌어당기셨다. 마치 물이 엎질러졌거나, 우리가 아주 깨끗하지 못하다는 듯이.

할머니는 봄이 다가올 무렵 시내에서 한밤중에 돌아가셨

다. 조피 옥세는 문을 열어 놓고 있었지만, 아무 소리도 듣지 못했다. 사람들이 아침에 발견했기 때문에 할머니의 몸은 유리처럼 차가웠다.

그 후에 바로 할아버지의 크고 무서운 병이 시작되었다. 할아버지는 당신이 피하지 못할 죽음을 그렇게 마음 놓고 죽기 위해 할머니가 돌아가시기를 기다리셨던 것 같았다.

내가 아벨로네를 처음으로 주목한 것은 엄마가 돌아가신 다음 해였다. 아벨로네는 언제나 거기에 있었다. 그것은 그녀에게 큰 손해였다. 게다가 아벨로네는 호감을 주지 못했다. 그 사실을 나는 아주 일찍이 어떤 계기로 인해 한 번 확인한 일이 있었지만, 그 생각이 이렇게까지 진지하고 명확하지는 않았다. 아벨로네에게 무슨 사정이 있는지 묻는다는 것은 그때까지만 해도 내겐 우스운 일 같았다. 아벨로네는 거기 있었고, 사람들은 능력껏 그녀를 이용했다. 그러나 나는 갑자기 나 자신한테 물어보았다. 아벨로네가 왜 거기 있지? 우리는 누구나, 반드시 그렇게 눈에 드러나지는 않더라도, 예컨대 옥세 양의 경우처럼, 우리가 거기에 있을 어떤 일정한 의미를 지니고 있었다. 그러나 아벨로네는 무엇 때문에 거기 있었는가? 한때 사람들이 그녀에게 휴양이 필요하다고 말하기도 했지만, 그것은 잊었다. 아무도 아벨로네의 휴양에 기여한 바가 없다. 그녀가 휴양을 누렸다는 인상은 도무지 없었다.

아무튼 아벨로네에게는 한 가지 좋은 점이 있었다. 그녀는 노래를 불렀다. 말하자면 노래를 부를 때가 있었다는 것이다. 그녀의 내면에는 강한, 흔들리지 않을 음악이 들어 있었다. 천사들이 남성이라는 말이 사실이라면, 어떤 남성적인 것이 그녀의 음성에 들어 있었다고 말할 수 있다. 찬란하고 숭고한 남성성. 나는 어릴 적부터 음악을 불신하고 있었는데 (음악이 나를 다른 모든 것보다 더 강하게 내 바깥으로 들어 올려서가 아니라, 음악이 나를 발견했던 곳, 어딘가 완성되지 않은 더 깊은 곳으로 다시 내려놓는다는 것을 눈치챘기 때문에) 그런 내가 이 음악은 견뎌 냈고, 그 음악을 타고 똑바로 위로 올라갈 수 있었다. 점점 더 높이 올라가, 어느새 이곳이 천국이 아닐까 싶었다. 아벨로네가 나에게 다른 하늘을 열어 줄 줄은 예상치 못했다.

처음 우리의 관계는 그녀가 나에게 엄마의 소녀 시절을 이야기해 주는 것에서 시작되었다. 그녀는 엄마가 얼마나 용감하고 젊었던가를 나에게 납득시키느라고 아주 애썼다. 그 당시에는 춤이나 승마에서 엄마와 겨룰 수 있는 사람이 정말이지 아무도 없었다고 했다. 「그분은 가장 대담하고, 지칠 줄을 몰랐단다. 그러더니 갑자기 결혼을 했어.」 그렇게 많은 세월이 흘렀건만, 아벨로네는 아직도 놀란 듯이 말했다. 「전혀 예기치 못한 일이라서 아무도 그걸 제대로 이해할 수 없었단다.」

나는 아벨로네가 무엇 때문에 결혼을 안 했는지, 그것에 관심이 있었다. 그녀는 비교적 늙어 보였다. 그래서 아직도 결혼할 수 있다고는 생각되지 않았다.

「상대가 아무도 없었단다.」 그녀는 간단하게 대답했는데, 그때 그녀는 정말 아름다웠다. 아벨로네가 미인인가? 하고 나는 깜짝 놀라서 마음속으로 물어보았다. 그런 다음 집을 떠나 귀족학교에 들어갔고, 그때부터 불쾌하고 나쁜 시절이 시작되었다. 그러나 내가 그곳 소뢰의 학교에서 다른 학생들과 떨어져 창가에 섰을 때, 그리고 그들이 나를 가만히 내버려 두었을 때, 나는 바깥에 있는 나무들을 바라보았다. 그런 순간과 밤이면 내 마음속에 아벨로네가 예쁘다는 확신이 자라나는 것이었다. 그래서 나는 그녀에게 편지를 쓰기 시작했다. 길고도 짧은, 은밀했던 이 수많은 편지에 울스고르의 추억과 내가 불행하다는 이야기를 썼는데, 지금 생각해 보면, 그것은 연애 편지였던 것 같다. 마침내 한없이 기다려지던 방학이 왔을 때 우리는 약속이나 한 것처럼 다른 사람들 앞에서는 만나지 않았기 때문이다.

우리 둘 사이에 약속 같은 것은 전혀 없었다. 그러나 마차가 공원으로 꺾여 들어갔을 때, 나는 참지 못하고 마차에서 내렸다. 그 이유는 단지 낯선 사람처럼 마차를 타고 들어가고 싶지 않아서였을 것이다. 그때는 벌써 한여름이었다. 나는 어느 길 하나로 접어들어 금작화(金雀花) 나무가 서 있는 곳으로 달려갔다. 거기에 아벨로네가 있었다. 예쁘고 아름다운 아벨로네가.

그대가 나를 쳐다봤을 때의 그 순간을 나는 영원히 잊지 않겠어요. 그 바라보는 모습이라니. 고정되지 않은 어떤 것처럼, 뒤로 젖힌 얼굴 위에 시선을 받치고 있는 그 모습.

아아, 기후가 조금도 변하지 않았을까요? 우리의 온기로 울스고르 부근 전체가 더 온화해지지 않았을까요? 이제는 공원의 장미꽃들이 더 오래 피어 있지 않을까요, 12월까지?

아벨로네, 나는 그대에 대해서 아무 이야기도 하지 않겠어요. 우리가 서로를 속이고 있었기 때문은 아니에요. 그대는 한 사람을, 그 당시에도 여전히, 사랑하고 있었지요. 결코 잊은 적이 없는 그 사람을. 그대 사랑하는 사람이여,[41] 그리고 나는 모든 여인을 사랑했었지요. 하지만 그것 때문이 아니라, 말로써는 올바르지 못한 일만 생길 뿐이기 때문이에요.

여기 양탄자[42]가 있어요, 아벨로네. 벽걸이 양탄자가. 나는 그대가 곁에 있다고 상상해 봐요. 양탄자는 모두 여섯 개가 있어요. 이리 와요. 우리, 천천히 걸어가면서 봐요. 그렇지만 먼저 뒤로 물러나서 여섯 개 모두를 동시에 봐요. 양탄자의 그림들이 아주 안정되어 있지 않나요? 그 안에 변화는 별로 없어요. 거기엔 어디나 이런 타원형 섬이 은은한 붉은색 바탕 위에 둥둥 떠 있듯이 들어 있어요. 그 바탕에는 꽃들이 있고, 각자 혼자서 놀고 있는 작은 동물들이 살고 있네요. 저기 마지막 양탄자에서만 섬이 약간 위로 올라가고 있군요. 마

41 릴케는 여기서 〈내가 사랑하는 사람〉이 아니라, 〈스스로 사랑하는 사람〉이라는 뜻의 능동적 사랑의 주체를 가리키고 있다.
42 파리 클뤼니Cluny 박물관에 전시된 벽걸이 양탄자 〈여인과 일각수〉를 가리킨다.

치 가벼워지기라도 한 듯이. 섬마다 하나의 인물 형상이 있
어요. 여인이에요. 여러 가지 의상을 입고 있지만 같은 여인
이지요. 그 옆에 더 작은 모습이 보이기도 하는데, 그것은 하
녀군요. 그리고 섬마다 문장(紋章)을 들고 있는 동물들이 함
께 있어요. 그림에 묘사된 사건에 참여하고 있는 동물들이
죠. 왼쪽은 사자, 그리고 오른쪽 밝은색이 일각수(一角獸)입
니다. 이 동물들은 머리 위로 높이 보이는 똑같은 깃발을 붙
잡고 있어요. 붉은 바탕에 파란 줄이 있는 깃발에는 떠오르
는 은빛 달 세 개가 그려져 있어요. 그대도 보았지요? 이제
첫 양탄자 그림부터 시작해 볼까요?

　여인이 매한테 먹이를 주고 있어요. 그녀의 옷이 얼마나
화려한지. 매는 장갑 낀 여인의 손 위에 앉아서 움직이고 있
군요. 여인은 매를 쳐다보면서 하녀가 가져온 접시로 손을
뻗쳐요. 모이를 주기 위해서. 오른쪽 아래 여인의 긴 옷자락
위에 비단결 같은 털을 가진 작은 개 한 마리가 위를 쳐다보
면서 사람이 저를 기억해 주기를 바라고 있군요. 그리고, 그
대는 주의해서 봤나요. 뒤쪽으로 나지막한 장미 울타리가
섬을 둘러막고 있지요. 문장을 들고 있는 동물들은 마치 전
령사처럼 뽐내며 우뚝 서 있어요. 문장은 다시 한 번 외투가
되어 동물들을 감싸고, 아름다운 브로치가 그것을 여미고
있어요. 문장이 바람에 나부껴요.

　다음 양탄자에서 깊은 생각에 잠긴 여인을 보자마자 사람
들은 조심스럽게 더 조용히 그쪽으로 다가가지요. 여인은
꽃다발을 묶고 있어요. 꽃으로 만든 작고 둥근 왕관이에요.

여인은 하녀가 받쳐 들고 있는 납작한 물그릇에서 다음 차례 패랭이꽃의 색깔을 고르고, 한편으로는 먼저 고른 꽃들을 나란히 늘어놓고 있어요. 뒤에 있는 긴 의자에는 쓰지 않은 장미꽃이 가득히 들어 있는 바구니가 놓여 있군요. 원숭이 한 마리가 그 바구니를 발견했어요. 이번에는 패랭이꽃만 쓰기로 되어 있나 봐요. 사자는 더 이상 관심이 없군요. 그러나 오른쪽에 있는 일각수는 사정을 이해하고 있어요.

이렇게 고요한 곳에 음악이 필요 없었을까요? 벌써 나지막하게 울리고 있지 않았을까요? 무겁고 얌전한 장식을 한 여인이 (걸음도 아주 느리지요?) 들고 다닐 수 있는 파이프 오르간 앞으로 다가가서 선 채로 연주를 하고 있어요. 저쪽에서 송풍기를 움직이고 있는 하녀와는 파이프를 사이에 두고 떨어져 있군요. 여인이 그렇게 아름다웠던 적은 없었죠. 아주 멋지게 두 갈래로 딴 머리를 앞으로 돌려 머리 장식 위로 묶었는데, 묶은 머리 양쪽 끝이 마치 짧은 투구 장식처럼 삐죽이 나왔네요. 사자는 기분이 상해서 마지못해 음악을 참고 있어요. 포효를 질끈 깨물고. 그러나 일각수는 파도에 일렁이는 것처럼 아름다워요.

이제 섬이 넓어져요. 천막이 쳐 있고요. 황금 불꽃 무늬가 있는 파란색 다마스트 천으로 만든 천막이군요. 동물들이 천막을 팽팽하게 당기고 있고, 화려한 의상에 비해 소박하게 여인이 걸어 나오고 있어요. 그녀가 지니고 있는 진주도 그녀 자신에 비하면 아무것도 아니지요. 하녀가 작은 상자를 열었어요. 그리고 여인은 거기에서 목걸이 하나를 꺼내고 있어요. 무겁고 화려한 보석으로 만든, 언제나 잠겨 있던 목걸이죠. 작은 개 한 마리가 그녀 옆에 앉아 있어요. 높이 마련된 자리에 앉아 여인의 모습을 바라보고 있네요. 그런데 그대는 천막 가장자리 위쪽에 새겨진 어구를 찾아냈나요? 거기엔 이렇게 적혀 있어요. 〈나의 유일한 욕망에게.〉

무슨 일이 일어난 걸까요? 저 아래 작은 토끼는 왜 뛰고 있나요? 사람들은 왜 토끼가 뛰는 것을 금방 볼까요? 모두가 어쩔 줄을 모르고 있어요. 사자는 할 일이 없어요. 여인이 몸소 깃발을 들었고. 아니 여인이 깃발에 기댄 것일까요? 여인은 다른 한 손으로 일각수의 뿔을 잡고 있어요. 그것은 슬픔일까요? 슬픔이 그렇게 꼿꼿할 수 있을까요? 그리고 어느 상복(喪服)이 해진 자리가 있는 흑록색의 이 비로드처럼 그렇게 과묵할 수 있을까요?

그러나 축제도 있어요. 그 축제에 초대된 사람은 아무도 없어요. 여기서 기대는 아무런 역할도 못 해요. 모든 것이 거기 다 있어요. 모든 것이 영원히. 사자가 위협하듯 주위를 둘러보고 있어요. 아무도 와서는 안 되는 것이죠. 우리는 여인이 피곤한 모습을 한 번도 본 적이 없어요. 그녀가 피곤한 걸까요? 아니면 믿기 무기운 것, 이를테면 '성체 현시대(顯示臺) 같은 것을 들고 있어서 그냥 내려앉은 것일 뿐인가요? 여인은 다른 한 팔은 일각수 쪽으로 내려뜨리고 있어요. 그리고 일각수는 재롱을 떨듯이 몸을 일으켜 세우고 여인의 무릎 위에 올라가 버티고 있네요. 여인이 들고 있는 것은 거울이에요. 봐요, 여인은 일각수에게 그의 모습을 비춰 주고 있어요.

　아벨로네, 나는 당신 곁에 있다고 상상해요. 이해하겠어
요, 아벨로네? 나는 당신이 꼭 이해해야 된다고 생각해요.

이제는 〈일각수와 여인〉에 관한 벽걸이 양탄자도 부사크 고성엔 없다. 모든 것이 집 밖으로 사라져 버리는 시대가 되었다. 그런 집들은 더 이상 아무것도 보관할 수 없다. 위험은 안전보다도 더 확실해졌다. 아무도 델 비스트 가문을 이은 사람이 없고, 핏속에 그 혈통을 지닌 사람도 없다. 그들은 모두 사라졌다. 유서 깊은 옛 집안에서 태어난 위대한 기사단장 피에르 도뷔송[43]이여, 당신의 뜻에 따라 모든 것을 찬양할 뿐, 더럽히지 않는 이 그림들이 직조되었을 텐데, 지금은 아무도 당신의 이름을 부르지 않는다. (아아, 시인들은 여인들에 대해 각자 생각하는 나름대로 더 노골적으로 썼다. 그러나 우리는 분명 이 양탄자가 보여 주는 것 이상 알아서는 안 되는 것이었다.) 이제 사람들은 우연히 모인 이들과 함께 벽걸이 그림 앞으로 왔다가, 자기가 초대받지 않았다는 사실에 놀라고 만다. 그러나 거기엔 그냥 지나치는 다른 사람들도 있다, 많지는 않지만. 젊은 사람들은 거의 그림

43 Pierre d'Aubusson(1423~1503). 요한 수도회의 기사단장.

앞에 머물지 않는다. 이런 그림을 여러가지 특성을 살펴 가며 한번 봐두는 것이 그들의 전공과 관련이 있을 텐데도 말이다.

그래도 가끔 젊은 처녀들을 그 앞에서 볼 수 있다. 어디서건 아무것도 붙잡아 두지 않는 집을 떠나온 젊은 처녀들이 박물관에 많이 찾아오기 때문이다. 그들은 그림 앞에 서서 잠시 넋을 잃고 바라본다. 그들은 이런 것이 있었으리라는 느낌을 언제나 가지고 있었다. 느릿느릿하고, 한 번도 그 의미가 분명히 밝혀지지 않은 몸짓으로 이루어진 그런 조용한 생활. 그들은 한동안 자기들의 생활도 그렇게 되리라고 생각했었다는 사실을 어렴풋이 기억해 낸다. 그러다가 급히 노트를 한 권 꺼내서 그리기 시작한다. 그것이 꽃 한 송이이든 만족을 느끼고 있는 작은 동물이든 아무래도 좋다. 무엇을 그리든지, 그것은 중요하지 않다고 사람들이 그들에게 가르쳐 주었다. 실제로 그것은 문제가 되지 않는다. 오직 무언가를 그리고 있다는 것, 그것이 중요한 일이다. 그들은 어느 날 거의 강제적으로 집을 떠나 그곳으로 왔기 때문이다. 그들은 좋은 가정에서 자랐다. 그러나 이제 그들이 그림을 그리면서 팔을 쳐들면, 그들의 옷 뒤쪽에 단추가 채워지지 않았거나 완전히 여며지지 않은 것이 보일 때가 있다. 거기엔 사람 손이 닿지 않는 단추들이 있는 것이다. 그 옷이 만들어졌을 때에는 아직 그들이 갑자기 떠나게 되리라는 얘기가 없었다. 가족 중에는 언제나 그런 단추를 채워 줄 사람이 있었다. 그러나 여기서는, 맙소사, 이렇게 큰 도시에서 누가 그런 일에 나서겠는가. 여자 친구가 하나 있어야 한다. 그렇지만 여자 친구들은 형편이 다 똑같다. 그러니 결국 서로 상대방의 옷을 여며 주게 될 것이다. 그건 웃기는 일이다. 그리고 기억하고 싶지 않은 가족을 기억하게 한다.

그림을 그리는 동안 혹시 집에 남아 있는 것도 가능하지 않았을까 하고 생각하게 되는 것은 정말이지 피할 수 없다. 경건할 수만 있었다면, 다른 사람들과 보조를 맞추며 진심으로 경건할 수 있었다면. 그러나 함께 신을 믿어 보려는 짓은 무의미해 보였다. 어찌 되었든 길은 좁아져 있었다. 더 이상 한 가족이 신에게 다가갈 수는 없었다. 그러니까 겨우 서로 나눌 수 있도록 남은 것은 여러 가지 다른 일들이었다. 그러나 정직하게 나누었을 때는 한 개인에게 오는 몫이 수치스러울 정도로 너무 작았다. 그리고 나눌 때 속이기라도 하면 싸움이 일어났다. 아니다, 그림 그리는 편이 정말 훨씬 낫다. 무엇을 그리든지. 시간이 지나면서 벌써 비슷해지고 있다. 그렇게 조금씩 천천히 익힌 기술은 꽤 부러워할 만한 것이다.

작정했던 일에 열심히 몰두하느라 이 젊은 처녀들은 위를 쳐다보지도 않는다. 그들이 아무리 그림을 그리고 있다 해도 결국은 불변의 삶을 마음속으로 억누르고 있을 뿐이라는 것을 그들은 깨닫지 못한다. 양탄자의 그림으로 찬란하게 그들 앞에 펼쳐진 그 삶이 지니고 있는 이루 말할 수 없이 무한한 뜻. 그들은 그것을 믿으려 하지 않는다. 많은 것들이 변한 그때 그들 자신도 변화하려고 한다. 그들은 거의 스스로를 포기했고, 남자들끼리 그 자리에 없는 처녀들에 대해서 뒷말로 수군거리는 대상이 자신들이라고 생각하기에 이르렀다. 그것이 그들에게는 진보처럼 보였다. 사람은 향락을 추구하고, 또 다른 향락, 더 강한 향락을 추구하는 것이라고 그들은 이미 거의 확신하고 있다. 향락을 추구하는 것이 인생이며, 멍청하게 삶을 놓쳐 버리지 않기 위해서는 그래야 한다고 이 처녀들은 확신하고 있는 것이다. 그들은 벌써 주위를 둘러보고, 찾기 시작했다. 언제나 다른 사람에게 발견되는 데에 장점이 있었던 그들이 말이다.

그렇게 된 것은 그들이 피로해졌기 때문이라고 나는 생각한다. 여인들은 수백 년 동안 그 모든 사랑을 감당해 왔고, 언제나 혼자서 대화를 다 맡았다. 상대방 역할까지. 왜냐하면 남자는 말을 따라 했을 뿐이며, 그나마도 서툴렀기 때문이다. 남자의 산만함, 게으름, 또한 게으름의 일종인 질투심이 여자들의 배움을 힘들게 했다. 그렇지만 여인들은 밤낮으로 참고 견디어 사랑과 비참을 키워 나갔다. 그리하여 끝없는 고난의 압력을 버텨 가며 남자를 부르면서 남자를 극복한, 강인한 사랑의 여인들이 나오게 되었다. 남자가 다시 돌아왔을 때 남자보다 더 커진 여인들. 가스파라 스탐파,[44] 또는 더 이상 막을 수 없는 가혹하고 냉담한 영광으로 그 고통을 변화시킨 포르투갈 여인[45]처럼. 우리는 이런저런 여인

44 Gaspara Stampa(1523~1554). 실연의 아픔을 수많은 소네트로 승화시킨 이탈리아 여성 시인.

45 Mariana Alcoforado(1640~1723). 포르투갈 출신 수녀. 다섯 통의 연애편지로 유명하다.

들을 알고 있다. 기적같이 보존된 편지들도 남아 있고, 탄식하거나 비난하는 시들이 실린 책들도 있고, 화랑에서 우는 얼굴로 우리를 바라보는 그림들도 있기 때문이다. 화가는 그것이 무엇인지 몰랐기 때문에 그런 얼굴을 그려 낼 수 있었다. 그렇지만 그런 것들은 수없이 더 있다. 자기가 쓴 편지들을 태워 버린 여인들, 편지를 쓸 기력이 남아 있지 않던 여인들. 몸속에 소중한 씨앗을 감추고 단단해진 노파들. 볼품없이 강해진 여인들, 그들은 지친 끝에 강해졌고, 남편들과 비슷해지도록 내버려 두었어도 내면적으로 완전히 달랐다. 그들의 사랑이 작동했던 그곳 어둠 속에서는. 결코 아이를 낳지 않으려 했던 임신부들. 그들이 마침내 여덟 번째 출산으로 죽었을 때에도 그들은 사랑을 고대하는 처녀들의 몸짓과 경쾌함을 지니고 있었다. 그리고 날뛰는 사람과 술주정뱅이 곁에 머문 여인들이 있었던 것은, 그런 사람들로부터 멀리 거리를 둘 수 있는 수단을 다른 어디보다도 자신들의 마음속에서 찾아냈기 때문이었다. 그 여인들이 사람들 가운데로 나오면 그들은 억누를 수 없이 빛났다. 마치 언제나 천국에 있는 사람들과 교제하는 것처럼. 그런 여인들이 얼마나 많았는지, 그리고 어떤 여인들이 있었는지 누가 말힐 수 있으랴. 마치 그 여인들을 포착할 수 있는 말을 그들이 미리 없애 버린 것 같다.

그러나 지금, 그렇게 많은 것들이 달라지고 있으니, 우리가 우리 자신을 변화시켜야 할 차례가 아닌가? 우리가 우리 자신을 조금 발전시키고, 차츰차츰 사랑에서 우리 몫의 작업을 맡으려고 해볼 수는 없을까? 사람들은 우리에게 모든 사랑의 수고로움을 면해 주었다. 그래서 사랑은 미끄러져 기분 풀이가 되어 버렸다. 마치 진짜 레이스 천 한 조각이 장난감 서랍에 들어와 어린아이를 기쁘게 하고, 그러다가 더 이상 기쁨은 없이, 마침내 깨진 것들과 분해된 것들 사이에, 다른 것들보다 더 형편없이 놓여 있는 꼴과 같다. 우리는 모든 아마추어처럼 가벼운 향락에 의해 타락했으면서도 대가의 냄새를 풍기고 있다. 그렇지만 우리가 우리의 성공을 경멸해 본다면 어떨까. 언제나 우리를 위해 다른 사람들이 행한 사랑의 작업을 이제 아예 처음부터 배우기 시작해 보는 것은 어떨까. 우리가 가서 초심자가 되어 보는 것은 어떨까. 많은 것들이 변화하고 있는 지금.

나는 이제 엄마가 작은 레이스 뭉치를 펼칠 때 그것이 어땠는지를 알고 있다. 엄마는 잉에보르크의 책상에 달린 서랍들 가운데 단 한 개만을 차지했다.

「우리 한번 볼까, 말테야.」 엄마는 말하면서 기뻐했다. 마치 노란 니스 칠을 한 작은 서랍 속에 들어 있는 모든 것을 선물로 받을 것처럼. 그런 다음 엄마는 기대감에 설레어 차마 그 얇은 포장지를 끄르지 못하는 것이었다. 그 일은 매번 내가 해야 했다. 그렇지만 레이스가 나타나면 곧 나도 아주 흥분이 되었다. 레이스는 나무 막대에 감겨 있었는데, 너무 많아서 막대가 보이지 않았다. 우리는 그것을 천천히 풀어 가면서 무늬가 전개되는 모양을 바라보았다. 그러다가 무늬 한 개가 끝날 때마다 흠칫 놀라곤 했다. 무늬들은 그렇게 갑자기 중단되었다.

처음에는 이탈리아식으로 모서리를 짠 레이스가 나왔다. 그것은 실을 한 올씩 뽑아 짠 튼튼한 천인데, 무늬가 세속 반복되었고, 농가의 정원처럼 분명했다. 그 다음에는 베니스의 니들 레이스가 우리의 시선에 격자 창살을 둘러쳤다. 마치 우리 자신이 수도원이나 감옥이라도 되는 것처럼. 그러나 다시 눈앞이 훤해지고, 멀리 정원들이 들여다보였다. 정원들은 점점 기교적이 되더니 우리의 눈가가 마치 온실 안에서처럼 빡빡하고 미지근해졌다. 우리가 모르는 화려한 식물들이 커다란 잎을 펼쳤고, 넝쿨들은 어지럽다는 듯이 서로 얽혀 들었다. 그리고 푸앵 달랑송[46]의 만개한 큰 꽃들이 모든 것들을 꽃가루로 뒤덮었다. 아주 피로하고 혼란해진 우리는 갑자기 발랑시엔 레이스의 긴 궤도로 나서게 되었다. 그곳은 서리가 내린 겨울의 이른 아침이었다. 그리고 우리는 반쯤이 눈 내린 숲을 헤치고 아직 아무도 밟지 않은 깡깡에 도착한다. 나뭇가지들이 이상한 모양으로 아래로 처진 것으로 보아 그 아래가 무덤일 수도 있었다. 그러나 우리는 그것을 서로에게 감추었다. 추위는 점점 더 가깝게 우리에게 다

---

46 Points d'Alençon. 알랑송의 레이스. 알랑송은 프랑스 오르느Orne 주의 수도로 유명한 레이스 생산지였다.

가왔다. 그리고 마침내 작고 아주 섬세한 보빈 레이스가 나왔을 때 엄마는 말씀하셨다. 「오, 이제 우리 눈에 성에가 끼는구나.」 정말 그랬다. 우리의 마음속이 아주 따뜻했기 때문이다.

레이스를 다시 감으면서 우리는 둘 다 한숨을 쉬었다. 그것은 시간이 오래 걸리는 일이었다. 그러나 우리는 아무한테도 그 일을 맡기고 싶지 않았다.

〈우리가 앞서 이 레이스를 짜야만 했다고 생각해 봐라〉하고 엄마가 말했는데, 그때 엄마는 정말 놀란 것처럼 보였다. 그런 일은 상상할 수도 없었다. 나는 자꾸자꾸 실을 짜고 있는 대가로 사람들이 내버려두고 있는 작은 동물을 생각하고 있는 나 자신을 발견했다. 아니야, 이것을 짠 사람들은 물론 여인들이지.

「이걸 만든 여인들은 천국에 갔을 거예요.」 나는 그 여인들에게 감탄했다. 나는 내가 오랫동안 천국에 대해서 묻지 않았다는 사실을 그때 깨달았던 것을 기억한다. 엄마는 숨을 내쉬었다. 레이스는 다시 잘 감겨 있었다.

얼마 후, 내가 그것을 다시 잊어버렸을 때 엄마는 아주 천천히 말씀하셨다. 「천국에 갔다고? 내 생각에 그 여인들은 완전히 그 레이스 안에 들어 있어. 그렇게 보면 이것이야말로 영원한 행복일 수도 있단다. 사람들은 거기에 대해선 거의 아는 것이 없지.」

집에 손님이 오면 흔히 슐린 씨 집안이 매우 절약하며 산다는 말을 했다. 몇 년 전에 큰 저택이 불에 타버렸기 때문에 그들은 이제 비좁은 양쪽 행랑채에서 살며 매우 검소한 생활을 하고 있었다. 그렇지만 손님맞이는 어떻든 그들의 핏속에 들어 있었다. 그들은 그것을 포기할 수가 없었다. 누군가 뜻밖에 우리 집을 찾아오면, 그 사람은 십중팔구 슐린 씨네 집에서 오는 길이었다. 그리고 어떤 사람이 갑자기 시계를 들여다보고 깜짝 놀라 떠나야만 했을 때는 뤼스타거의 슐린 씨네 집에서 그를 기다리고 있기 때문이었다.

엄마는 원래 어딘가로 나가 본 적이 없는 사람이었다. 그러나 슐린 씨 가족이 그런 것을 이해할 리 없었다. 그래서 한 번 건너가는 수밖에 없었다. 그때는 몇 차례 이른 눈이 내린 12월이었다. 오후 3시에 썰매를 대령하라는 지시가 내려졌다. 나도 함께 가야 한다고 했다. 그런데 우리 집에서는 정각에 떠난 적이 한 번도 없다. 마차가 도착했다고 알리는 것을 싫어했던 엄마는 대개 너무 일찍 내려왔고, 아무도 없는 것을 보면 항상 이미 오래전에 해놨어야 할 일을 생각해 내는 것이었다. 그러면 엄마는 위층 어딘가에서 무엇을 찾거나 정돈하기 시작했기 때문에 다시 부를 수가 없었다. 결국 모든 사람들이 서서 기다렸다. 그리고 엄마가 드디어 자리에 앉고 몸을 감싸면, 또 뭔가 깜박 잊은 것이 있어서 지베르젠을 불러와야 했다. 오직 지베르젠만이 그게 어디에 있는지 알고 있었기 때문이다. 그러나 지베르젠이 되돌아오기 전에 갑자기 마차가 떠나 버리는 것이었다.

이날은 도대체 제대로 밝아지지가 않았다. 나무들은 안개 속에서 어디로 갈 바를 모르고 서 있는 것 같았다. 그 속으로 썰매를 몬다는 것은 어쩐지 독선적인 데가 있었다. 그사이에 조용히 눈이 내리기 시작하니, 마치 마지막으로 남아 있는 것마저 지워진 백지 속으로 달려가는 것 같았다. 썰매 방울 소리 외에는 아무 소리도 나지 않았다. 거기가 도대체 어딘지 아무도 말을 못 했다. 마지막 방울마저 다 울려 낸 듯, 방울 소리가 멈추는 순간이 왔다. 그러나 방울 소리는 다시 모여 하나가 되었다가 또다시 힘차게 울려 퍼졌다. 왼쪽에 교회 탑이 있으려니 했는데, 갑자기 공원의 윤곽이 드러났다. 거의 사람 머리 위로 높이. 그러자 우리는 긴 가로수 길에 들어서 있었다. 방울 소리는 더 이상 떨어져 내리지 않고 마치 나무들 왼편과 오른편에 송이송이 달리는 것 같았다. 그런 다음에 썰매는 크게 선회하여 무언가를 빙 돌아가더니 오른쪽으로 또 무언가를 지나 한가운데에서 멈춰 섰다.

마부 게오르크는 그곳에 집이 없다는 사실을 까맣게 잊고 있었다. 그러나 우리 모두에게는 그 순간 거기에 집이 있었다. 우리는 예전에 있던 테라스로 이어지는 바깥 계단을 올라갔다. 그리고 그곳이 왜 그렇게 캄캄한지 이상하게 생각했다. 그때 갑자기 우리 뒤편 아래 왼쪽에서 문이 열리고 누군가가 〈이리로 와요!〉 하고 소리를 지르며 안개에 싸인 불을 들어 흔들었다. 아버지는 웃으시며 〈우리가 여기서 유령들처럼 오르락내리락하고 있구나〉 하고 말씀하셨다. 그리고 우리가 계단을 다시 내려가는 것을 도와주셨다.

〈아니 그렇지만 방금 거기 집이 있었잖아〉 하고 엄마는 말씀하셨다. 그리고 따뜻하게 웃으며 달려 나온 베라 슐린에게 그렇게 금방 익숙해지지를 못했다. 물론 사람들은 이제 신속하게 안으로 들어가야만 했다. 그리고 집에 대해서는 더 이상 생각하면 안 되었다. 좁은 현관에서 겉옷을 벗고, 우리는 바로 방 한가운데 등불 아래 난로를 마주하고 앉았다.

이 슐린 집안은 자주적인 여인들로 이루어진 막강한 종족이었다. 아들들이 있었는지는 모르겠다. 내가 기억하는 것은 세 자매뿐이다. 첫째 딸은 나폴리의 어느 후작과 결혼했었는데 수많은 소송을 거치며 천천히 이혼했다. 그다음은 모르는 것이 없다고 알려진 조에, 그리고 베라, 다정한 베라가 있었다. 그녀가 어떻게 되었는지는 아무도 모른다. 나리 슈킨 가문 출신의 백작 부인은 넷째 자매나 다름없었고 어떤 면에서 가장 어렸다. 그녀는 아무것도 몰랐고, 항상 자기 자식들한테 가르침을 받아야 했다. 그리고 선량한 슐린 백작은 마치 이 네 여인과 모두 결혼한 것처럼 느꼈다. 그는 돌아가면서 닥치는 대로 그녀들에게 키스를 했다.

그는 잠시 큰 소리로 웃고는 우리에게 장황한 인사말을 건넸다. 나는 여인들 사이로 계속 넘겨졌다. 여인들은 나를 어루만지기도 하고 이것저것 묻기도 했다. 그러나 나는 그 모든 것이 지나가면 어떻게든 바깥으로 살짝 빠져나가서 집을 둘러보리라 굳게 작정하고 있었다. 나는 그날도 집이 거기 서 있다고 확신하고 있었다. 방을 빠져나오는 것은 그다지 어렵지 않았다. 걸어 놓은 옷들 아래로 개처럼 빠져나왔다. 현관으로 나가는 문은 벙긋 열려 있었다. 그러나 밖으로 나가는 문은 열리지 않았다. 거기엔 사슬과 빗장 등 여러 종류의 잠금 장치가 되어 있었는데, 나는 서두르느라고 그것들을 제대로 다루지 못했다. 갑자기 문이 열렸다. 큰 소리가 났다. 그리고 나는 바깥으로 나가기도 전에 붙들려 뒤로 잡아당겨졌다.

「잠깐, 여기서는 꾀를 부려 빠져나갈 수 없어.」베라 슐린이 재미있다는 듯이 말했다. 그 여자는 내게로 몸을 숙였다. 그리고 나는 그 다정한 사람한테 아무것도 발설하지 않기로 결심했다. 그 여자는 내가 아무 말도 안 하니까 오줌이 마려워 문 쪽으로 갔나 보다 하고 짐작했다. 그러고는 내 손을 잡고 걸어가기 시작했다. 반은 친근하고 반은 자신만만하게 나를 어딘가로 데리고 가려 했다. 이와 같이 친밀한 오해가 내 마음을 너무나 상하게 했다. 나는 손을 뿌리치고 그녀를 화난 눈으로 쳐다보았다. 「나는 그 집을 보고 싶어요.」나는 자랑스럽게 말했다. 그녀는 무슨 말인지 몰랐다.

「바깥 계단 옆에 있는 큰 집 말예요.」

「바보야.」이렇게 말하면서 그녀는 나를 붙잡으려고 했다. 「거기엔 이제 집이 없어.」나는 고집을 부렸다.

「우리, 낮에 한번 가보자.」베라는 양보하듯이 제안했다. 「지금은 거기서 이리저리 기어 다닐 수 없어. 거기엔 구멍들이 나 있고, 그 뒤에는 아빠가 물고기를 잡는 웅덩이들이 있는데 얼지 않았을 거야. 네가 거기 빠지면 물고기가 되는 거야.」

이런 말과 함께 베라는 나를 다시 밝은 방 안으로 밀어 넣었다. 거기선 사람들이 모두 앉아 이야기를 하고 있었다. 나는 그들을 한 사람씩 차례차례 바라보았다. 이 사람들은 당연히 그 집이 없을 때만 가서 보는 거야 하고 생각하며 나는 그들을 경멸했다. 엄마와 내가 여기서 산다면 집은 언제나 거기 있을 텐데. 모든 사람들이 동시에 떠드는 동안 엄마는 우두커니 앉아 있었다. 엄마도 분명히 그 집을 생각하고 있었다.

조에가 내 옆에 와서 앉더니 이것저것 질문을 했다. 그녀는 얼굴이 잘 정돈되어 있었는데, 끊임없이 뭔가 깨닫기라도 하듯, 이따금씩 새로운 통찰의 빛이 얼굴에 나타나곤 했다. 아버지는 몸을 약간 오른쪽으로 비스듬히 기울이고 앉아서 웃으며 떠드는 맏딸 후작 부인의 말을 경청하고 계셨다. 슐린 백작은 엄마와 그의 부인 사이에 서서 무언가 이야기를 나누고 있었다. 그러나 백작 부인이 그의 말을 중간에서 끊는 것을 나는 보았다.

「아냐, 여보, 그건 당신 상상일 뿐이야.」 백작은 호인처럼 말했다. 그러나 갑자기 백작도 똑같이 불안해진 얼굴이 되어 그 얼굴을 두 여인들 위로 내미는 것이었다. 백작 부인은 백작이 그녀의 상상이라고 말한 것으로부터 떼어 놓을 수가 없었다. 그녀는 방해받지 않으려고 무척 애쓰는 사람처럼 보였다. 그녀는 반지를 낀 부드러운 손으로 조그맣게 물리치는 동작을 해보였는데, 누군가 〈쉿〉 소리를 냈다. 그러고는 방 안이 갑자기 아주 조용해졌다.

사람들 뒤에는 옛 집에서 꺼내 온 큰 물건들이 가까운 곳까지 빽빽이 들어차 있었다. 가문 대대로 내려온 무거운 은 그릇들이 광채를 내고 있었고, 마치 볼록렌즈로 보듯이 불룩하게 부풀어 있었다. 아버지는 이상하다는 듯이 둘러보셨다.

「엄마가 냄새를 맡고 계시는 거예요.」 베라 슐린이 아버지 뒤에서 말했다. 「이럴 때 우리는 항상 조용히 있어야 해요. 엄마는 귀로 냄새를 맡으시거든요.」 이렇게 말하면서 베라 자신도 눈썹을 치켜세우고, 온 신경을 코에 집중한 채 주의를 기울이며 서 있었다.

슐린 집안사람들은 화재가 난 이후부터 이 점에서 약간 유별나게 굴었다. 비좁고 난방이 과열된 방 안에서는 언제라도 어떤 냄새가 풍겼다. 그러면 사람들은 그 냄새를 조사하고, 각자가 의견을 내놓곤 했다. 조에는 객관적이고 꼼꼼하게 난로를 살펴봤고, 백작은 이리저리 돌아다니면서 구석마다 잠깐씩 서서 기다렸다가, 〈여기는 아니야〉 하고 말하곤 했다. 백작 부인도 일어섰지만 그녀는 어디를 찾아봐야 할지 몰랐다. 아버지는 마치 냄새가 등 뒤에서 나기라도 한다는 듯이 천천히 몸을 돌리셨다. 즉시 해로운 냄새일 거라고 짐작한 후작 부인은 손수건으로 코를 막고 냄새가 없어졌는지 한 사람 한 사람 살피는 것이었다. 「여기다, 여기야.」 베라가 때때로 냄새를 찾아낸 것처럼 외쳤다. 무슨 말이든지 말만 나오면 이상하리만치 조용해졌다. 나도 함께 부지런히 냄새를 맡았다. 그러나 불현듯이 (방 안의 열기 때문이었을까, 아니면 가까이에 있던 그 많은 불빛 때문이었을까) 생전 처음 유령에 대한 공포가 나를 덮쳤다. 확실했던 것은 방금까지도 말하고 웃던, 그 분명한 어른들이 몸을 구부리고 이리저리 걸어 다니며 눈에 보이지 않는 어떤 것에 몰두하고 있었다는 사실이다. 그들이 보지 못하는 그 무엇이 거기에 있다는 사실을 그들이 인정했다는 것. 그리고 그것이 그들 모두보다 더 강력했다는 사실은 끔찍한 것이었다.

나의 불안은 점점 더 커졌다. 그들이 찾고 있던 것이 갑자기 배설물처럼 내 몸 밖으로 터져 나올 수도 있겠다는 생각이 들었다. 그러면 그들이 그것을 보고 나에게 손가락질을 할까 봐 겁이 났다. 나는 아주 절망적인 기분이 되어 엄마를 건너다보았다. 엄마는 특이하게도 꼿꼿한 자세로 거기 앉아 있었다. 나를 기다리고 있었던 것 같았다. 엄마 곁으로 가서 엄마도 속으로 떨고 있음을 알았을 때, 나는 그 집이 이제 비로소 다시 사라지고 있다는 것을 깨달았다.

「말테야, 겁쟁이야.」 어디선가 웃는 소리가 났다. 그것은 베라의 목소리였다. 그러나 우리는 서로 놓지 않았고, 함께 참고 있었다. 그렇게 우리, 엄마와 나는 그 집이 다시 완전히 사라질 때까지 그렇게 머물러 있었다.

이해하기 어려운 경험이 가장 많았던 날은 역시 생일날들이었다. 인생은 특별한 구분 없이 지나가기 마련이라는 것을 사람들은 알고 있었지만 그런 그들도 생일날만은 의심 없는 기쁨에 대한 권리를 주장했다. 아마 이런 권리감은 사람이 아주 어렸을 때 형성되었을 것이다. 그때는 모든 것에 손을 뻗치고, 모든 것을 쉽게 얻을 수 있었던, 그리고 우연히 손에 잡은 것을 확고한 상상력을 통해 마침 가지고 있는 욕구의 원색적 강렬함으로 끌어올릴 줄 알았던 때였다.

그러다가 이러한 권리 의식이 완전히 굳어진 우리와는 달리 다른 사람들의 입장에서 믿을 수 없는 일이 일어나는 이상한 생일날이 느닷없이 찾아오는 것이다. 그런 날은 예전처럼 잘 차려입고 모든 것을 받으려 하지만, 잠에서 깨자마자 누군가 밖에서 케이크가 아직 도착하지 않았다고 외친다. 또는 생일 선물들을 식탁에 정돈하고 있는데 옆에서 무엇인가 깨지는 소리가 들린다. 누군가 들어오면서 문을 열어놔서 아직 봐서는 안 될 것들을 다 보게 되는 경우도 있다. 이것은 마치 수술을 받는 것과 같은 순간이다. 짧지만 미칠 듯이 고통스러운 수술이다. 그러나 집도하는 손은 노련하고 확고하다. 그 순간은 금방 지나간다. 그리고 그 순간을 극복하자마자 더 이상 자기 자신에 대해서는 생각하지 않는다. 이제 중요한 것은 생일을 구해 내는 것, 다른 사람들을 관찰하고, 그들의 실수를 미연에 방지하는 것, 그들이 모든 일을 훌륭하게 잘 해내고 있다는 상상을 강화해 주는 일이다. 그들은 사람을 편하게 해주지 않는다. 그들이 유례가 없을 정도로 서툴다는 것, 바보스러울 지경이라는 것이 드러난다. 그들은 다른 사람한테 갈 선물 꾸러미를 들고 들어오는 실수를 한다. 좋다고 그들에게 달려갔다가도, 마치 어떤 특정한 대상을 향해 달려간 것이 아니라 운동을 좀 하기 위해 방안을 이리저리 달리고 있는 것처럼 얼버무려야 한다. 그들은 사람을 깜짝 놀라게 할 양으로 짐짓 긴장한 흉내를 내며 장난감 상자의 맨 밑바닥을 들어 보이지만 거기엔 톱밥밖에 들어 있지 않다. 그럴 때면 당황한 그들을 안심시키켜야 한다. 또 어느 때는 기계 장치가 있는 선물을 주면서, 처음부터 태엽을 지나치게 많이 감아 줄 때도 있다. 그러므로 가끔씩 태엽을 너무 감은 장난감 쥐를 눈에 띄지 않게 발로 툭툭 차서 움직이게 하는 연습을 해두는 것이 좋다. 이런 방식으로 어른들을 속이거나 수치심에서 벗어나도록 도와줄 수가 있는 것이다.

우리는 결국 특별한 재능도 없이 이런 것들을 필요한 만큼 모두 해냈다. 재능이 필요했을 때는 오직 누군가가 애써서 고른 선물을 소중하고 친절하게 가져와 기쁘게 해주려고 했을 때뿐이었다. 그것은 멀리서 보기에도 벌써 전혀 다른 사람을 위한 선물이었기 때문이다. 너무나 낯선 선물이라 거기에 어울릴 만한 사람이 누가 있을지 짐작도 안 갔다. 그 정도로 그 선물은 낯선 것이었다.

사람들이 이야기했던, 사실처럼 이야기했던 시절은 틀림없이 내가 태어나기 이전이었을 것이다. 나는 아무도 이야기하는 걸 들어 본 적이 없다. 예전에 아벨로네가 엄마 이야기를 했을 때에도 그녀가 이야기를 할 줄 모른다는 사실이 드러났었다. 할아버지 브라에 백작은 아직 이야기를 할 줄 아셨던 모양이다. 나는 아벨로네가 거기에 대해 알고 있었던 일을 여기 적어 보려고 한다.

아벨로네는 아주 어린 소녀 시절에 특별히 감수성이 예민했던 시기가 있었나 보다. 그 당시 브라에 집안사람들은 시내에 살고 있었다. 브레드가데[47] 거리에 살며, 상당히 사교적인 생활을 유지했다. 저녁 늦게 방으로 올라올 때면 아벨로네도 다른 사람들처럼 피로를 느꼈다. 그러나 그녀는 문득 창문이 있다는 것을 느꼈고, 내가 올바로 이해한 것이라면, 그렇게 몇 시간이나 밤을 마주하고 서서 생각했다는 것이다. 이것은 나에게 중요하다. 「나는 거기 포로처럼 서 있었단다.」 아벨로네는 말했다. 「그리고 별들은 자유를 뜻했다.」 그 무렵 그녀는 어렵지 않게 잠들 수 있었다. 〈잠에 떨어진다〉는 말은 그런 소녀의 나이에는 어울리지 않았다. 그 시절에 잠이란 몸과 함께 떠오르는 것이었다. 그래서 소녀는 때때로 눈을 떴고, 다시 새로운 표면 위에 눕게 되었는데, 그것은 아직 잠의 가장 위쪽은 아니었다. 그러고는 날이 새기 전에 잠에서 깼다. 다른 사람들이 졸린 눈으로 늦은 아침 식사를 하러 느지막하게 나오는 겨울에도 마찬가지였다. 어두워진 저녁이면 모든 사람을 위한 불만이 켜졌다. 공동으로 사용하는 촛불이었다. 그러나 모든 것이 다시 시작되는 이른 새벽의 새로운 어둠 속에 밝힌 두 개의 초는 그녀가 독차지했다. 그것은 나지막한 쌍 촛대에 꽂혀 있었는데, 장미가 그려진 작은 타원형의 망사 갓을 통해 조용히 빛을 내보내고 있었다. 이 갓은 이따금씩 눌러 줘야 했다. 그것이 방해가 되지

47 〈큰길〉이라는 뜻. 코펜하겐의 대로를 말한다.

는 않았다. 결코 서둘 것이 없었고, 편지나 일기를 쓸 때 가끔 눈을 들어 깊이 생각해 봐야 할 때가 있었기 때문이다. 그 일기는 언젠가 일찍이 완전히 다른, 불안하고 아름다운 필체로 적기 시작했던 것이었다.

외할아버지 브라에 백작은 딸들과는 완전히 떨어져 살았다. 인생은 다른 사람과 함께 나눠야 하는 것이라는 주장을 그분은 공상이라고 여겼다. (〈그래, 함께 나눈다고〉 하고 그분은 말씀하셨다.) 그렇지만 딸들의 이야기를 사람들이 당신께 해드리는 것은 싫어하지 않으셨다. 마치 딸들이 다른 도시에 살고 있는 것처럼 유심히 귀를 기울이셨다.

그러므로 어느 날 아침 식사 후에 그분이 아벨로네를 곁으로 부르신 것은 아주 특별한 일이었다. 「우리는 같은 습관이 있는 것 같구나. 나도 아침 일찍부터 글을 쓴단다. 네가 나를 도와줄 수 있겠다.」 아벨로네는 그것을 어제 일처럼 기억하고 있었다.

그다음 날 아침부터 벌써 아벨로네는 아무나 접근할 수 없다고 소문이 난 아버지의 서재로 끌려갔다. 그녀는 그 서재를 눈여겨 볼 시간이 없었다. 사람들이 그녀를 곧바로 책상의 백작 맞은편 자리에 앉혔기 때문이나. 그녀에게 그 책상은 책과 서류가 작은 마을처럼 놓여 있는 하나의 평원 같았다.

백작은 받아쓰기를 시켰다. 브라에 백작이 회고록을 쓰고 있다고 주장한 사람들이 완전히 틀린 것은 아니었다. 다만 그것은 사람들이 긴장하여 기대하듯이 정치적이거나 군사적인 회상이 아니었다. 사람들이 그런 쪽으로 백작에게 말을 걸면 〈난 그런 것들은 잊어버려〉 하고 마음씨 좋은 그 노인은 짤막하게 대꾸했다. 그러나 그분이 잊지 않으려 한 것, 그것은 어린 시절이었다. 그는 그것을 잘 기억하고 있었다. 그분의 의견에 따르면, 그 먼 시절이 이제 당신의 마음을 차지하고, 눈을 안으로 돌리면 마치 밝은 북국의 여름밤에 잠도 자지 않고 들뜬 마음으로 누워 있듯이 그 시절이 살아 있다는 것이 아주 정상적인 일이었다.

때때로 그분은 벌떡 일어나서 촛불에 대고 말을 했기 때문에 촛불이 흔들렸다. 또는 썼던 문장들을 모조리 다시 지우지 않으면 안 되었는데, 그럴 때면 격렬하게 방을 오락가락하며 녹색 비단 잠옷으로 바람을 일으켰다. 그 자리에는 스텐이라는 또 한 사람이 있었다. 그는 유틀란트 태생의 노인으로 백작의 하인이었다. 그의 임무는 외할아버지가 벌떡 일어날 때 책상 위에 널려 있는 메모가 적힌 종이들이 날리지 않도록 얼른 두 손으로 종이 낱장들을 누르는 일이었다. 그의 〈주인마님〉은 오늘날의 종이는 쓸모가 없고, 너무 가벼워서 걸핏하면 날아가 버린다는 생각을 갖고 계셨던 것이다. 긴 상체만 보였던 스텐도 똑같이 그런 의심을 했고, 부엉이처럼 불빛에 아랑곳하지 않고 진지하게 양손을 짚고 앉아 있었다.

이 스텐이라는 사람은 일요일 오후를 스베덴보리[48]의 글

---

48 Emanuel Swedenborg(1688~1772). 스웨덴의 신비주의 신지학자로 신, 자연, 인간의 삼위일체를 주장했다.

을 읽는 일로 보냈는데, 하인들 가운데 누구도 그의 방에 들어가려 하지 않았다. 그가 혼을 불러온다는 소문 때문이었다. 스텐 집안은 예전부터 혼령들과 교제를 하고 있었는데, 스텐은 그런 교제를 위해서 아주 특별히 점지된 사람이었다. 그의 어머니가 그를 잉태했을 때 한밤중에 그녀 앞에 무언가가 나타났다고 했다. 그는 크고 동그란 눈을 하고 있었고, 시선의 다른 한끝은 그가 눈으로 보고 있는 사물의 이면까지 닿았다. 아벨로네의 부친은 자주 그에게 혼령들 소식을 물었다. 마치 누군가에게 그 사람 가족의 안부를 묻듯이. 「그들이 오는가, 스텐?」 그분은 호의적으로 물었다. 「그들이 온다면 좋은 일이야.」

며칠 동안 구술이 진행되었다. 그러다가 어느 순간 아벨로네는 〈에커른푀르데〉라는 단어를 받아쓸 수가 없었다. 그것은 고유명사였는데, 그녀는 그 이름을 한 번도 들어 본 적이 없었다. 자신의 회상에 비해 너무 느린 받아쓰기를 그만둘 구실을 이미 오래전부터 찾고 있던 백작은 못마땅한 태도를 보였다.

「얘가 그것도 쓸 줄 몰라.」 그분은 날카롭게 말했다. 「그러면 다른 사람들이 그길 읽을 수도 없잖아. 도대체 사람들이 내가 말하는 것을 어떻게 눈으로 볼 수 있겠니?」 그분은 화가 나서 말을 계속하며 아벨로네에게서 눈을 떼지 않았다.

「사람들이 이 사람, 생제르맹[49]을 눈으로 볼 수 있겠어?」 그는 아벨로네에게 소리를 질렀다. 「우리가 생제르맹이라고

49 Saint-Germain(1710~1784) 백작.

말했나? 그건 지워 버리고, 벨마르 후작, 이렇게 써라.」

아벨로네는 지우고 다시 썼다. 그러나 백작이 너무 빠른 속도로 말을 해서 따라갈 수가 없었다.

「그분은 아이들을 좋아하지 않으셨어, 그 훌륭한 벨마르 씨 말이야. 그렇지만 그분은 나를 무릎에 앉히셨다. 내가 그렇게 작았었지. 그리고 나는 그분의 다이아몬드 단추들을 깨물어 볼 생각이 났던 게야. 그것이 그분을 즐겁게 했어. 그분이 웃으면서 내 머리를 들어 우리 두 사람은 서로 눈을 들여다볼 수 있었다. 〈넌 참 대단한 이를 가졌구나〉 하고 그분이 말씀하셨지. 〈뭔가 큰일을 해낼 이야…….〉 그러나 나는 그분의 눈을 주의해서 보았다. 훗날 여기저기 돌아다니면서 온갖 눈을 봤지만, 믿을 수 있겠니, 그런 눈은 다시는 보지 못했다. 그 눈에는 아무것도 존재할 필요가 없었을 것이다. 눈 속에 모든 것이 들어 있었으니까. 너, 베니스에 대해서 들어 본 적 있지? 좋아. 그분의 눈은 베니스를 이 방 안에 들여다 놓고 볼 수 있었단다, 마치 저 책상이 거기 있듯이 말이야. 언젠가는 방 한구석에 앉아서 그분이 나의 아버지께 페르시아에 관한 이야기를 하시는 것을 들었다. 나는 때때로 그분의 손 냄새를 맡는 것 같기도 하단다. 나의 아버지는 그분을 높이 평가하셨어. 그리고 태수 전하는 그분의 제자나 마찬가지였다. 그러나 물론 그분이 오직 마음에 있는 과거만을 믿는 것을 나쁘게 보는 사람들도 많았지. 허접쓰레기도 태어날 때부터 가지고 나와야만 의미가 있다는 것을 사람들은 이해하지 못했다.」

「책은 공허하다.」백작은 격분한 동작과 함께 벽에 대고 소리를 질렀다. 「피, 그것이 중요해. 핏속에 든 것을 읽을 줄 알아야 한단 말이다. 그분은 핏속에 놀라운 이야기들과 기기묘묘한 그림들을 지니고 있었어, 그 벨마르 후작 말이야. 그분은 원하는 대로 어디든 책처럼 찾아볼 수가 있었는데, 거기에는 언제나 어떤 내용이 적혀 있었지. 핏속의 단 한 쪽도 그냥 빈 채로 넘어간 것이 없었다. 그리고 그분이 때때로 틀어박혀 혼자 핏속의 책장을 넘길 때면, 그분은 연금술이나 광석, 색채에 관한 구절에 이르렀다. 왜 그런 것들이 그 안에 없어야 한단 말이냐? 분명히 그것들은 어딘가에 들어 있었다.」

「그도 사람이니 그분이 만일 혼자였다면 하나의 진실을 가지고 잘 살 수도 있었겠지. 그러나 그런 진실을 가진 채 혼자 산다는 것은 작은 일이 아니었다. 그리고 그분은 사람들을 초대해서 자기의 진실을 방문하게 할 만큼 몰상식하지 않았다. 그것이 사람들 입에 오르내리면 안 되었으니까. 그러기에 그분은 너무나도 동양인이었다. 〈아듀, 마담〉 하고 그분은 자기의 진실에게 솔직하게 작별 인사를 했다. 〈다음 기회에 봅시다. 아마 전 닌 후에는 우리가 좀 더 강하고 방해받지 않게 될 거요. 당신의 아름다움은 이제 겨우 생성 중이죠, 마담〉[50] 하고 그분은 말했으나, 그것은 단순히 예의를 차리기 위한 것만은 아니었다. 그렇게 말하고 그분은 떠났어. 그리고 사람들을 위해서 야외에 우리나라에서는 한 번도 본 일이

50 〈진실die Wahrheit〉이라는 여성 명사를 의인화하여 부르는 말.

없는, 비교적 큰 거짓말을 길들이기 위한 일종의 순화원(馴化圓) 같은 동물원과 온갖 과장된 식물로 꾸며진 온실, 그리고 가짜 비법으로 가꾼 작은 무화과나무 밭을 만들었다. 그곳에 사람들이 사방에서 몰려들었고, 그분은 다이아몬드 버클이 달린 구두를 신고 이리저리 다니며 손님들 접대에 전념했다.」

「피상적인 삶이 아니었냐고? 그러나 그것은 근본적으로 진실이라는 귀부인에 대한 기사도였다. 그리고 그분은 기사도를 지킴으로써 꽤 오래 젊음을 간직할 수 있었지.」

조금 전부터 노백작은 더 이상 아벨로네를 향해 말하지 않았다. 그는 미친 듯이 이리저리 걸음을 옮기며 도전적인 시선을 스텐에게 던졌다. 마치 스텐이 어떤 순간에 그분이 생각하고 있는 인물로 변신해야 할 것처럼. 그러나 스텐은 아직 변신하지 않았다.

「사람들이 그분을 눈으로 봐야 해.」 브라에 백작은 집착하듯이 말을 계속했다. 「한때는 그분이 눈에 잘 보일 때가 있었어. 비록 여러 도시에서 그가 받은 편지에는 수신인이 적혀 있지 않았지만 말이야. 거기엔 장소 이외엔 아무것도 적혀 있지 않았지. 그렇지만 난 그분을 눈으로 봤거든.」

「그분은 잘생기지는 않았지.」 백작은 이상하게도 선웃음을 쳤다. 「그리고 사람들이 대단하다든가 고상하다고 말하는 그런 사람도 아니었단 말이야. 그분 옆에는 언제나 더 고상한 사람들이 있었지. 그분은 부자였다. 그렇지만 부는 그분한테는 부질없는 착상과도 같은 것이었어. 그런 것에 의지할 수는 없었다. 그분은 몸집도 좋았다. 자기가 더 좋은 몸

집을 가졌다고 생각하는 사람들도 있었지만 말이야. 물론 그 당시에 나는 그분이 재치가 있었는지 어땠는지, 그리고 그분이 가치를 두셨던 이런저런 일들을 판단할 능력이 없었다. 그렇지만 그분은 존재하셨단 말이야.」

백작은 몸을 떨면서 일어났다. 그리고 허공에다가 남길 만한 무언가를 세우는 듯한 동작을 했다.

순간 그분은 아벨로네를 알아보았다.

「넌 그분이 눈에 보이지?」 백작은 아벨로네에게 호통쳤다. 그러더니 갑자기 은빛 촛대를 집어 들고 눈이 부시도록 아벨로네의 얼굴에 들이댔다.

아벨로네는 자기가 그분을 봤다고 기억했다.

그다음 날부터 아벨로네는 규칙적으로 불려 갔다. 그리고 이런 사건이 일어난 다음부터 받아쓰기는 훨씬 안정적으로 계속되었다. 백작은 여러 가지 서류를 보고 당신의 부친께서도 한 역할을 담당했던 베른슈토르프[51] 모임에 관한 아주 오랜 기억들을 정리했다. 아벨로네는 이제 그녀가 하고 있는 일의 특수성에 잘 적응했고, 그 두 사람을 누가 본다면, 어떤 목적을 위해서 그들이 함께 있는 것을 실제적인 신뢰의 표시로 쉽게 받아들일 수 있을 것이었다.

한번은 아벨로네가 막 물러가려고 하는데 그 노신사가 그녀 앞으로 다가섰다. 그분은 마치 깜짝 놀랄 선물이라도 들고 있는 것처럼 두 손을 뒤에 감추고 있었다. 「내일은 우리

---

51 Andreas Peter Graf von Bernstorff(1735~1797). 덴마크의 고급 관료로 심령술 집회를 이끌었다.

줄리 레벤트로[52]에 대해서 쓰자.」 그분은 말했다. 그리고 자기의 말을 음미했다. 「그 사람은 성녀였지.」

아벨로네가 믿지 못하겠다는 눈으로 쳐다본 모양이었다.

「그래, 그래, 아직 모든 것이 존재하고 있단다.」 그는 명령조로 주장했다. 「모든 것이 존재하고 있다고요. 아벨 백작 영양.」

그분은 아벨로네의 손을 쥐고는 책을 펼치듯이 그것을 폈다.

「그 여자에게는 성흔이 있었다.」 그는 말했다. 「여기에 그리고 여기에도.」 그분은 차가운 손가락으로 아벨로네의 두 손바닥을 세고 짧게 쿡쿡 찔렀다.

아벨로네는 성흔(聖痕)이라는 말의 뜻을 몰랐다. 저절로 알게 되겠지 하고 그녀는 생각했다. 그녀는 아버지도 봤다는 성녀의 이야기가 듣고 싶어 꽤 초조해졌다. 그러나 아무도 그녀를 데리러 오지 않았다. 그다음 날 아침에도, 그리고 그 뒤에도.

내가 아벨로네에게 더 이야기해 달라고 졸랐을 때 그녀는 〈레벤트로 백작 부인에 대해서는 그 후에 너희 집에서도 자주 회자되지 않았니〉하고 짧게 말을 끝냈다. 그녀는 피곤해 보였다. 그리고 대부분은 다시 잊어버렸다고 주장했다. 「그렇지만 아직도 그 자리는 가끔 느낄 수 있어.」 그녀는 미소를 지으며 아무것도 없는 손바닥을 거의 호기심에 찬 눈으로 들여다보지 않고는 견디지 못하는 것이었다.

52 Frederike Juliane von Reventlow(1762~1816) 백작 부인.

아버지가 돌아가시기도 전에 벌써 모든 것이 달라졌다. 울스고르는 더 이상 우리 소유가 아니었다. 아버지는 시내의 한 아파트에서 돌아가셨다. 그 집은 내게 적개심을 불러일으키는 것 같았고, 매우 낯설었다. 나는 그 무렵 이미 외국에 있었기 때문에 돌아왔을 때는 너무 늦었다.

아버지는 안뜰이 보이는 방 안에 높게 두 줄로 늘어서 있는 촛불 사이에 안치되셨다. 꽃들의 향기는 동시에 들려오는 수많은 음성들처럼 이해하기가 어려웠다. 눈이 감겨 있는 그분의 아름다운 얼굴에는 공손한 기억의 표정 같은 것이 어려 있었다. 수석 수렵관의 제복이 입혀져 있었으나, 어떤 이유에서인지 누군가 파란 띠 대신 하얀 띠를 둘러놓았다. 두 손은 합장하지 않고 비스듬히 겹쳐 놓여 있었으나, 누구 흉내를 낸 것처럼 무의미해 보였다. 아버지가 많이 괴로워하셨다고 사람들이 나한테 재빨리 말해 주었다. 그러나 그런 흔적은 볼 수 없었다. 아버지의 특징들은 손님이 떠나고 난 방의 가구들처럼 정돈되어 있었다. 나는 내가 이미 돌아가신 아버지를 자주 뵈었던 것 같은 기분이 들었다. 나는 그 모든 것을 너무나 잘 알고 있었던 것이다.

주위의 환경만이 새로웠지만, 씁쓸했다. 이 숨 막히는 방도 새로웠다. 맞은편에 창문이 있었지만, 그것은 아마도 다른 사람들의 창문인 것 같았다. 지베르젠이 때때로 들어와 아무 일도 하지 않는 것도 새로웠다. 지베르젠은 늙어 버렸다. 아침 식사를 할 때가 되었다. 몇 번이나 아침 식사를 알리는 전갈이 왔다. 그런 날은 좀체 아침을 먹을 기분이 나지

않았다. 나는 사람들이 내가 그 방에서 나가 주기를 원한다
는 사실을 눈치채지 못했다. 결국 가지 않고 있었더니 지베
르젠은 어찌어찌 의사들이 와 있다는 말을 꺼냈다. 나는 그
이유를 알 수 없었다. 아직 할 일이 있대요, 하고 말하며 지
베르젠은 충혈된 눈으로 잔뜩 긴장해 나를 들여다보았다.
그러자 조금 급하게 두 남자가 방 안으로 들어왔다. 의사들
이었다. 먼저 들어온 의사는 우리를 안경 너머로 보기 위해
갑자기 머리를 숙였는데, 그 모습이 마치 이마에 뿔이 나서
우리를 찌르려고 하는 것 같았다. 처음엔 나를, 그 다음엔
지베르젠을.

그 의사는 학생처럼 예의를 갖추어 말했다. 「수석 수렵관
님의 부탁이 한 가지 더 남아 있습니다.」 그는 방 안으로 들
어올 때와 똑같이 말했다. 다시 그가 서두르고 있다는 느낌
을 받았다. 나는 어떻게든 그가 안경을 통해서 시선을 보내
지 않을 수 없게 만들었다. 그의 동료는 살이 찌고 피부가 얇
았으며 금발이었다. 나는 그가 쉽게 얼굴을 붉히는 사람일
것이라는 생각이 들었다. 그러는 동안 잠시 여유가 생겼다.
우리 수석 수렵관님의 부탁이 아직 남아 있다니, 이상한 일
이었다.

나는 무의식적으로 다시 아름답고 단정한 아버지의 얼굴
을 들여다보았다. 그때 나는 알았다, 아버지가 확실한 것을
원하셨다는 것을. 그분은 원래 언제나 그것을 원하셨다. 이
제 아버지의 부탁을 들어 드려야 했던 것이다.

「당신들은 심장 주사를 놓기 위해 오셨군요. 자, 그럼.」

나는 머리 숙여 인사하며 뒤로 물러났다. 두 의사도 동시에 몸을 굽혀 인사를 하고 바로 그들의 작업에 대해서 의논하기 시작했다. 누군가 벌써 촛불도 옆으로 치워 놓았다. 나이가 더 많은 의사가 다시 한 번 나를 향해 두세 걸음 걸어왔다. 그는 남은 몇 걸음을 절약하기 위해 약간 떨어진 거리에서 몸을 앞으로 쑥 내밀며 화난 눈으로 나를 쳐다보았다.

「이럴 필요 없습니다.」그가 말했다. 「그러니까 제 말씀은, 그게 더 낫지 않을까 하는데요, 선생께서…….」

말을 아끼고 서두르는 그의 태도가 게으르고 닳아빠진 사람이라는 인상을 주었다. 나는 다시 한 번 고개 숙여 인사했다. 또다시 인사를 하지 않을 수 없게 되었던 것이다.

「고맙습니다.」나는 짧게 말했다. 「방해는 하지 않을게요.」

나는 내가 이 일을 견뎌 내리라는 것, 그리고 이 일을 피할 이유가 없다는 것을 알고 있었다. 그것은 필연적으로 닥칠 일이었다. 어쩌면 그것이 그 사건 전체의 의미였을지도 모른다. 또한 나는 가슴을 주사로 찔리는 것이 어떤 것인지 한 번도 본 적이 없었다. 아무런 강요나 조건도 없이 저절로 생긴 그 이상한 경험을 거절하지 않는 것이 내게는 당연해 보였다. 그 당시 실망할 것이라고는 전혀 생각하지 않았다. 그러니까 두려울 것이 없었다.

아니 아니, 이 세상에서는 아무리 작은 것이라도 상상할 수 없다. 모든 것은 예측불허의 수많은 개별 사항들이 합쳐져 이루어진 것이다. 우리는 상상을 할 때 그런 개별 사항들을 건너뛰고 그것들이 빠져 있다는 사실을 알아채지 못한다. 바쁘기 때문이다. 그러나 현실은 느리고 말할 수 없이 상세한 것이다.

예컨대 누가 이런 저항이 있으리라고 생각이나 했겠는가. 아버지의 넓고 두꺼운 가슴이 드러나자마자 키 작은 의사는 급히 서둘러 처치할 자리를 찾아냈다. 그러나 신속하게 갖다 댄 도구가 들어가지 않았다. 나는 갑자기 방에서 모든 시간이 사라져 버린 것 같은 느낌이 들었다. 우리는 그림 속에 들어 있는 것 같았다. 그러나 시간은 곧 미끄러지듯 작은 소리를 내며 뒤이어 쏟아져 들어와, 다 쓰고도 남을 만큼 많아졌다. 갑자기 어디선가 두드리는 소리가 났다. 나는 한 번도 그렇게 두드리는 소리를 들어 본 적이 없었다. 미지근하고 꽉 닫힌 듯한, 두 번 두드리는 소리. 나는 소리를 귀로 계속 들으면서 동시에 의사가 기구를 바닥까지 부딪치는 것을 보았다. 그러나 그 두 가지 인상을 내 마음 속에서 하나로 합치기까지엔 잠시 시간이 걸렸다. 그러면 그렇지, 이제 뚫린 게로구나. 두드리는 소리는 그 속도로 보아 남의 아픔을 고소해라도 하는 것 같았다.

나는 이제 낯이 익어 버린 그 남자를 쳐다보았다. 이럴 수가, 그는 완전히 태연자약했다. 그는 신속하고 객관적으로 일하는, 바로바로 일을 진행해야만 하는 신사였다. 즐긴다든가 만족해한다는 흔적은 없었다. 오직 왼쪽 정수리 부분에 머리칼 몇 올이 과거의 어떤 본능에 의해 곤두서 있을 뿐이었다. 그는 기구를 조심스럽게 빼냈다. 그리고 거기엔 상처가 입을 벌리고 있었다. 그곳에서 연이어 두 차례 피가 홀러나왔다. 마치 두 음절의 말이 입에서 나오는 것 같았다. 젊은 금발의 의사가 재빠르고 우아한 동작으로 피를 솜에 적셔 닦아 냈다. 그리고 이제 상처는 감긴 눈처럼 조용해졌다.

내가 다시 한 번 인사를 했을 것이라고 짐작은 되지만, 이번에는 제정신이 아니었다. 나는 내가 혼자 있다는 것을 알고 적잖이 놀랐다. 누군가 제복을 다시 원상태로 정돈해 놓았고, 흰 띠도 먼저처럼 그곳에 놓았다. 그러나 이제 수석 수렵관은 죽었다. 죽은 것은 그분 혼자만이 아니었다. 이제 심장에 구멍이 뚫린 것이다. 우리의 심장, 우리 가문의 심장에. 이제 그것은 사라졌다. 말하자면 투구가 깨진 것이다.[53] 〈오늘부터 브리게 가문은 다시 없을 것이다〉 하고 내 마음속에서 말하는 소리가 들렸다.

나는 내 심장은 생각하지 않았다. 그리고 나중에 그 생각이 떠올랐을 때, 처음으로 아주 확실하게 알았다. 그때 내 심장은 전혀 고려되지 않았다는 사실을. 그것은 하나의 개별적인 심장이었다. 그 심장은 처음부터 다시 시작하려고 하는 중이었다.

나는 내가 즉시 떠날 수는 없다고 생각했었다는 사실을 알고 있다. 먼저 모든 것이 정리되어야 한다고 스스로 다짐했다. 그러나 무엇이 정리되어야 할지는 분명치 않았다. 할 일

53 릴케는 여기서 중세 기사 문학에서 사용한 은유를 차용하고 있다. 〈투구 깨뜨리기〉는 상대를 죽이는 것을 의미한다.

은 아무것도 없는 거나 마찬가지였다. 나는 시내를 돌아다니면서, 도시가 변했다는 것을 구체적으로 확인했다. 묵고 있던 호텔 바깥으로 나가서 이제는 어른을 위한 도시가 되어 사람을 마치 이방인 대하듯 조심스럽게 대하는 것을 보니 기분이 좋았다. 모든 것이 약간 작아져 있었다. 나는 랑게리니에 산책로를 따라 등대까지 걸어갔다가 되돌아 왔다. 아말리엔가데 구역으로 들어가면 물론 내가 여러 해 동안 인정해 왔고 아직도 그 힘을 행사하려고 하는 무언가가 어디에선가 튀어나오기도 했다. 거기에 있는 어떤 모서리 창문이나 아치문, 또는 가로등은 나에 대해서 많은 것을 알고 있고, 그러므로 위협적이기도 했다. 나는 그런 것들의 얼굴을 들여다보고, 내가 푀닉스 호텔에 묵고 있으며 언제라도 다시 떠날 수 있다는 것을 그것들이 느낄 수 있게 했다. 그러나 그러면서도 내 양심은 편치 않았다. 이런 과거의 영향과 인연들 가운데 그 어느 것도 내가 실제로 극복한 것은 없다는 의심이 마음속에서 일어났기 때문이다. 나는 어느 날 그것들을 미완성인 채로 몰래 떠나 버렸다. 유년 시절도 내가 그것을 영원히 잃어버린 것으로 치부하지만 않는다면 어느 정도 되살릴 수 있을 것이다. 그리고 내가 유년 시절을 어떻게 잃어버렸는지 알기에 이제는 내가 의지할 수 있는 다른 무엇을 결코 갖지 않게 될 것이라는 느낌이 들었다.

　나는 날마다 몇 시간씩을 드로닝엔스 트베르가데의 좁은 방들 안에서 보냈다. 그 방들은 그 안에서 죽은 사람이 있는 모든 셋방들처럼 모욕을 당한 듯이 보였다. 나는 책상과 흰

색의 큰 타일 난로 사이를 이리저리 걸어 다녔고, 수석 수렵관의 서류들을 불태웠다. 나는 한꺼번에 묶여 있는 것 같은 편지 뭉치들을 불 속에 집어넣기 시작했다. 그것들은 너무나 단단하게 끈으로 묶여 있었기 때문에 가장자리만 숯으로 변했다. 그 편지 뭉치를 풀기 위해서는 많은 자제심이 필요했다. 대부분의 편지 뭉치는 강한, 설득력 있는 냄새를 지니고 있었다. 그 냄새는 나를 파고들어 마치 나의 기억들까지 불러일으키려는 것 같았다. 내겐 아무런 기억도 없었다. 다른 편지지보다 무거운 사진들이 미끄러져 나오기도 했다. 이 편지들은 믿을 수 없을 만큼 오래 탔다. 어떻게 그랬는지는 모르지만, 잉에보르크의 사진도 그 안에 있을지 모른다는 생각이 퍼뜩 들었다. 그렇지만 내가 쳐다볼수록 그 사진들은 성숙하고 당당한, 확실하게 아름다운 여인들이었고, 그들은 나를 다른 생각으로 데리고 갔다. 말하자면 내게 추억이 전혀 없지는 않다는 사실이 입증된 것이다. 나는 한창 자랄 무렵 아버지와 함께 거리를 다니다가 바로 그 여인들의 눈 속에서 내 모습을 본 적이 있다. 그들은 마차 안에서 나를 시선으로 에워쌀 수 있었는데, 나는 그들의 시선에서 거의 빠져나오지 못했다. 이제 나는 안다. 그때 그들이 나를 아버지와 비교했었다는 것을. 그리고 그 비교는 나한테 유리한 결과를 가져오지 않았다는 것을. 확실히 유리하지 않았다. 수석 수렵관은 비교를 두려워할 까닭이 없었으니까.

물론 이제는 아버지가 두려워하신 것이 무엇인지 안다고 말할 수도 있다. 내가 왜 이런 짐작을 하게 되었는지 이야기하고자 한다. 편지 주머니 안 아주 깊숙한 곳에 종이 한 장이 들어 있었다. 접힌 지 오래되어 너덜너덜하고, 접힌 부분은 헐어 있었다. 나는 그것을 태우기 전에 읽어 보았다. 그것은 아버지가 정성을 다해 깨끗하고 일정한 필체로 쓴 것이었다. 그러나 나는 그것이 단지 하나의 필사본이라는 것을 알아보았다.

〈죽기 세 시간 전〉 이렇게 그 글은 시작하고 있었는데, 그것은 크리스티안 4세 왕의 이야기였다. 물론 그 내용을 그대로 여기 옮길 수는 없다. 왕은 죽기 세 시간 전에 무척이나 일어서기를 원했다. 의사와 시종 보르미우스가 그를 도와 일으켜 세웠다. 그는 약간 불안하게 섰다. 그러나 서긴 섰다. 그리고 그들이 그에게 누비 잠옷을 걸쳐 주었다. 그러더니 왕은 갑자기 침대 끝 앞쪽에 앉았다. 그리고 무슨 말인가 했다. 이해할 수 없는 말이었다. 의사는 여전히 왕이 침대 위로 넘어가지 않도록 왕의 왼손을 붙잡고 있었다. 그렇게 그들은 앉아 있었고, 왕은 가끔 힘들게, 그리고 불분명하게 이해할 수 없는 말을 내뱉었다. 결국 의사가 왕에게 말을 걸기 시작했다. 그는 왕이 하고 싶은 말을 조금씩 알아낼 수 있기를 바랐다. 잠시 후에 왕은 의사의 말을 중단시켰다. 그리고 느닷없이 아주 분명하게 말했다. 「오, 의사 선생, 의사 선생, 그걸 뭐라고 하지?」 의사는 생각하느라 애를 썼다.

「슈페를링이라고 합니다, 전하.」

그러나 지금 그것은 정말 문제가 되지 않았다. 왕은 의사가 자기 말을 알아듣는 것을 보자마자 남아 있는 오른쪽 눈을 크게 뜨고 얼굴 전체로 한 단어를 말하는 것이었다. 그것은 몇 시간 전부터 그의 혀가 모양을 만든 단 한 마디의 말이었다. 「죽음.」 왕은 말했다. 「죽음.」

종이에 적힌 내용은 거기까지였다. 나는 그 종이를 태우기 전에 여러 번 읽어 보았다. 그리고 아버지가 마지막 순간에 많이 고통스러워하셨다는 것이 떠올랐다. 사람들이 나한테 그렇게 이야기해 주었던 것이다.

그 이후로 죽음의 공포에 대해 많이 생각했고, 동시에 나 자신의 경험들도 관찰해 보았다. 나는 내가 죽음의 공포를 느껴 봤다고 말할 수 있다고 생각한다. 그것은 사람이 많은 시내 한복판에서 나를 덮쳤는데, 이유가 아주 없지는 않았다. 게다가 여러 이유들이 겹치는 경우도 있었다. 예를 들면, 어떤 사람이 벤치에 누워 죽어 가고 있을 때, 모든 사람들이 그의 주변에 둘러서서 바라보고 있을 뿐, 그는 벌써 두려움 따위에선 벗어나 있을 때, 그럴 때 나는 그 사람의 공포를 나의 공포로 느꼈다. 또는 언젠가 나폴리에서 일어난 일. 전차 안에서 내 건너편 자리에 앉아 있던 젊은 여자가 그 자리에서 죽었을 때. 처음엔 기절한 것처럼 보였고, 전차는 잠시 더 갔다. 그러나 곧 의심의 여지가 없이 정차할 수밖에 없었다. 우리 뒤로는 자동차들이 서 있었는데, 마치 그 방향으로 더 갈 수 없다는 듯이 정체되어 있었다. 그 창백하고 뚱뚱한 소녀는 그렇게 이웃 승객에게 기대어 조용히 죽어 갈 수도 있었다. 그러나 소녀의 어머니는 그것을 허용하지 않았다. 딸에게 가능한 온갖 힘든 짓을 했다. 소녀의 옷을 풀어헤치고, 더이상 아무것도 받아들이지 못하는 입안에다 무언가를 들이부었다. 누군가 가져다준 액체를 소녀의 이마에 문지르기도했다. 그리고 눈동자가 약간 옆으로 굴러가면 시선이 다시앞을 향하도록 소녀를 흔들어 대기 시작했다. 그녀는 아무것도 듣지 못하는 소녀의 눈에다 대고 울부짖었다. 그녀는소녀의 온몸을 인형처럼 이리저리 잡아당기고 끌고 했다.그러더니 마침내 손을 치켜들어 온 힘을 다해서 죽지 말라고 살찐 얼굴을 때렸다. 그때 나는 무서웠다.

그러나 나는 이미 그 이전에도 무서워했다. 예를 들면, 내가 기르던 개가 죽었을 때였다. 나한테 확실히 죄를 덮어씌운 바로 그 개다. 개는 병이 들어 있었다. 나는 하루 종일 개옆에 웅크리고 앉아 있었는데, 갑자기 개가 간헐적으로 짧게 짖었다. 낯선 사람이 방 안에 들어오면 늘 하던 대로였다.우리 둘 사이엔 그런 경우 이렇게 짖도록 약속이 되어 있었던 것이다. 그래서 나는 부지중에 문 쪽을 쳐다보았다. 그러나 그 낯선 손님은 벌써 개의 몸 안에 들어와 있었다. 나는불안한 마음으로 개의 시선을 찾았고, 개도 나의 시선을 찾았다. 그러나 작별을 하기 위해 그랬던 것은 아니다. 개는 나를 아주 엄하고 서먹서먹하다는 듯이 쳐다보았다. 개는 내가 그 낯선 손님을 들였다고 비난했다. 개는 내가 그걸 막을수도 있었을 것이라고 확신했다. 하지만 그때 개가 나를 항상 과대평가해 왔다는 것이 드러났다. 그러나 개한테 그것을 가르쳐 줄 시간은 없었다. 개는 죽는 순간까지 나를 서먹하고 외롭게 쳐다보았다.

또는 가을밤 첫서리가 내린 뒤 파리들이 방 안에 들어와 다시 한 번 온기 속에서 기운을 차릴 때 나는 무서웠다. 파리들은 이상하게도 바싹 말라 있었고, 제 날개 소리에도 놀랐다. 그들은 더 이상 저희들이 무슨 짓을 하는지도 잘 모르는 것처럼 보였다. 한곳에 몇 시간이나 앉아 있다가 저희들이 아직 살아 있다는 생각이 떠오르면 움직였다. 그러다 맹목적으로 어딘가를 향해 몸을 던졌지만, 그곳에서 어찌할 바를 몰랐다. 파리들이 이곳저곳에 떨어져 부딪치는 소리를 들을 수 있었다. 그리고 마침내 파리들은 사방을 기어 다니며 온 방 안을 죽음으로 가득 채우는 것이었다.

나는 혼자 있을 때조차도 무서워할 수가 있었다. 내가 죽음의 공포에 질려 일어나 앉아서 적어도 그렇게 앉아 있다는 것은 뭔가 아직 살아 있는 것이라는 생각, 죽은 사람은 앉지 못한다는 생각에 매달렸던 그 밤들이 마치 없었던 것처럼 행동할 이유가 있을까. 그것은 언제나 이 우연한 방들 가운데 어느 한 방 안에서였다. 이 방들은 내가 몸이 편치 않을 때면 즉시 나를 곤경에 빠뜨리고 외면했다. 마치 조사를 받거나 불쾌한 내 일에 얽혀 들기를 두려워하는 것 같았다. 방 안에 앉아 있는 내가 너무나 무서워 보였기 때문에 아무것도 내 편임을 고백할 용기가 없었는지도 모른다. 내가 몸소 불을 붙여 준 촛불조차 나를 모른 체했다. 촛불은 마치 빈 방에 있는 것처럼 혼자 타고 있었다. 그럴 때면 나의 마지막 희망은 언제나 창문이었다. 나는 저기 바깥에는 뭔가 아직, 지금도, 이 갑작스러운 죽음의 고난 속에서도 내 것이라 할 만한 것이 있을 수 있다고 상상했다. 그러나 창문 쪽을 바라보자마자 차라리 그 창문이 폐쇄되어 있기를, 벽처럼 막혀 있기를 바랐다. 이젠 알고 있었기 때문이다. 저기 저 바깥세상은 여전히 무관심하게 흘러가고 있음을. 고독만이 남았음을. 그 고독은 스스로 불러들인 것이었지만, 더 이상 내 마음은 그 고독의 크기를 감당할 수 없었다. 언젠가 내가 떠나온 사람들이 생각났다. 그렇지만 사람이 어떻게 사람을 떠날 수 있는지 알 수가 없었다.

오 하느님, 내 앞에 아직도 그런 밤들이 다가올 것이라면, 가끔 떠올렸던 생각들 가운데 하나를 허락해 주소서. 내가 요구하는 것은 그다지 불합리한 것이 아닙니다. 왜냐하면 그런 생각들은 공포에서 나온 것이고, 또 나의 공포는 너무나 컸기 때문이지요. 어린아이였을 땐 그 생각들이 내 얼굴을 때리며, 내게 겁쟁이라고 말했습니다. 내가 너무 바보같이 무서워했기 때문에요. 그러나 나는 그 이후 진짜 공포를 느끼고 무서워하는 법을 배웠습니다. 그 공포는 그것을 만들어 낸 힘이 커질 때만 커지는 것이죠. 우리는 우리의 공포 안에 들어 있는 힘만 알지, 그 밖에 있는 힘에 대해서는 아무것도 모릅니다. 왜냐하면 그 힘은 전혀 불가해한 것이고, 그 힘에 대해 생각하려고 애쓰는 우리의 뇌를 산산조각 낼 정도로 우리에게 적대적이기 때문입니다. 그럼에도 불구하고 얼마 전부터 나는 그것이 우리의 힘이라고 생각합니다. 그 모든 것이 아직은 우리에게 너무 강한 우리의 힘입니다. 물론 우리는 그 힘에 대해 모르는 게 사실입니다. 그러나 우리가 가장 모르는 것이 정작 가장 우리다운 것 아니던가요? 가끔 나는 하늘이 어떻게 생겨났고, 또 죽음은 어떻게 생겨났는지를 생각해 봅니다. 우리가 우리에게 가장 귀한 것을 우리로부터 밀어내 버렸기 때문에, 예전에는 다른 할 일들이 너무나 많았고, 그렇게 바쁜 우리들한테서 그 귀한 것이 안전하지 않았기 때문에 하늘과 죽음이 생겼을 것입니다. 이제는 시간이 흘렀고, 우리는 더 사소한 것에 익숙해졌습니다. 우리는 더 이상 우리가 가진 것을 알아보지 못하고 그 엄청난 크기에 놀랄 뿐입니다. 그러지 않을 수가 있을까요?

이제 나는 죽음의 순간에 대한 묘사를 가방 깊숙이 넣어 두고 여러 해 동안 간직해 온 아버지를 잘 이해할 수 있겠다. 반드시 특별하게 찾아낸 죽음의 순간일 필요는 없었다. 그런 순간들은 모두 어느 정도 아주 독특한 요소를 가지고 있는 것이다. 예컨대 펠릭스 아르베르[54]가 어떻게 죽었는지를 베껴 적는 사람을 상상해 볼 수 있다. 장소는 병원이었고, 그는 부드럽고 느긋한 태도로 죽었다. 그래서 수녀는 그가 아직 죽지 않았는데도 이미 죽었다고 생각했는지 모른다. 그녀는 아주 큰 소리로 어떤 지시를 내지르며 이런저런 것을 어디서 찾아오라고 했다. 상당히 교양이 없는 수녀였다. 그

54 Félix Arvers(1806~1850). 작가.

녀는 그 순간 피할 수 없었던 〈코리도어〉(복도)라는 단어의 글자를 본 적이 없었다. 그래서 그 말이 그 말인 줄 알고, 〈콜리도어〉라고 말했을 것이다. 그때 아르베르는 죽음을 미루었다. 그에게는 먼저 이것을 밝히는 일이 필요해 보였기 때문이다. 그는 아주 맑은 정신이 되어 〈코리도어〉가 맞는 발음이라고 수녀에게 논박했다. 그런 다음에 죽었다. 그는 시인이었다. 그리고 부정확한 것을 미워했다. 혹은 그에게는 진실만이 중요했는지도 모른다. 아니면 세상이 그렇게 태만하게 계속 굴러간다는 것을 마지막 인상으로 지니고 가기가 껄끄러웠는지도 모른다. 그거야 더 이상 판가름할 수 없을 것이다. 다만 그것을 현학적 취미로 보아서는 안 된다. 그렇지 않으면 성(聖) 장 드 디외[55]도 똑같은 비난을 받게 될 것이기 때문이다. 이 사람은 죽어 가다가도 벌떡 일어나서 정원으로 달려가 방금 목을 맨 사람의 줄을 끊어 아슬아슬하게 살려냈다. 목맨 사람의 소식이 기적적으로 성인의 비밀스러운 단말마의 긴장 속으로 파고 들어왔던 것이다. 그에게도 오직 진실만이 소중했다.

눈에 들어와도 전혀 해롭지 않은 어떤 존재가 있다. 그 존재는 거의 느껴지지도 않고 곧 다시 잊어버리게 된다. 그러나 그것이 눈에 보이지 않게 어떤 방법으로든 청각 속으로 들어오면 그것은 그곳에서 자라게 된다. 말하자면 그것이 바

55 Jean de Dieu(1495~1550). 수도회 창시자. 자살에 반대했다.

깥으로 기어 나와서 뇌 속까지 파고 들어와 그곳에서 번성하여 뇌를 완전히 황폐하게 만드는 경우도 있다. 개의 코를 통해 파고드는 폐렴균과 같이.

그 존재는 이웃이다.

자, 나는 그렇게 혼자 떠돌아다닌 이후로 수많은 이웃이 있었다. 위층의 이웃과 아래층의 이웃, 왼쪽의 이웃과 오른쪽의 이웃, 때때로 이 네 방향의 이웃들이 한꺼번에 있던 일도 있었다. 단순히 이 이웃들 이야기를 쓸 수도 있다. 그것은 필생의 역작이 될 것이다. 물론 그것은 이웃들이 내 마음속에 불러일으킨 질병에 관한 이야기에 더 비중을 두게 될 것이다. 이웃들은 우리 내부의 조직 속에서 일으킨 장애를 통해서만 스스로를 증명할 수 있는 모든 종류의 존재들과 그 성격이 같다.

나에게는 종잡을 수 없는 이웃들도 있었고, 아주 규칙적인 이웃들도 있었다. 나는 자리에 앉아 종잡기 어려운 이웃들의 법칙을 찾아내려고 시도했다. 그들에게 하나의 법칙이 있다는 것은 분명했기 때문이다. 시간을 잘 지키는 사람들이 저녁에 자리에 없으면 나는 그들에게 어떤 일이 닥쳤을까를 상상해 보기도 했다. 촛불을 켜놓은 채로 어린 아내처럼 불안해했다. 내겐 서로 증오하는 이웃들도 있었고, 격렬한 사랑에 얽혀 든 이웃들도 있었다. 나는 한밤중에 사랑과 증오가 서로 뒤바뀐 이웃들도 경험했다. 그럴 때는 물론 잠잘 생각을 할 수 없었다. 그때 나는 잠이란 것이 사람들이 생각하듯이 그렇게 흔한 것은 아님을 관찰할 수 있었다. 예를 들어 페테르스부르크 시절의 나의 두 이웃은 잠을 별로 중요하게 생각하지 않았다. 한 사람은 서서 바이올린을 연주했는데, 나는 그 사람이 그때 틀림없이 꿈같은 8월의 밤 내내 불을 밝혀 놓을 정도로 과도하게 깨어 있는 집들을 건너다보고 있었다고 생각한다. 그리고 오른쪽 이웃은 누워 있었다는 것을 안다. 내가 그곳에서 지냈을 때 그는 전혀 일어나지 않았다. 그는 눈까지 감고 있었다. 그렇지만 그가 자고 있었다고 할 순 없다. 그는 누워서 장시들을 읊었다. 푸시킨과 네크라소프의 시편들을 마치 어른들이 시키는 대로 시를 낭독하는 어린아이들과 같은 어조로 읊었다. 왼쪽 이웃이 연주하는 음악에도 불구하고 내 머릿속에서 애벌레가 된 쪽은 시를 읊는 이 사람이었다. 맙소사, 그때 무엇이 기어 나왔을지 모른다, 만일 가끔 그 사람을 방문하던 대학생이 어느 날 문을 잘못 찾지만 않았더라면 말이다. 그 대학생은 나한테 자기가 아는 그 사람의 이야기를 들려주었고, 결국 그 이야기가 어느 정도 진정 효과를 가져왔다. 어쨌든 그것은 말 그대로의, 분명한 이야기였고, 수많은 내 추측의 벌레들이 그 이야기 탓에 죽어 버렸던 것이다.

옆방의 키 작은 공무원은 어느 일요일 이상한 과제를 풀겠다는 생각을 하게 되었다. 그는 자기가 꽤 오래, 말하자면 한 50년은 더 살게 될 것이라고 가정했다. 그렇게 스스로에게 넉넉하게 굴고 나니 그의 기분은 아주 좋아졌다. 그러나 이제 그는 자기 자신을 추월하려고 했다. 그는 이렇게 남은 세월을 날짜로, 시간으로, 분으로, 그리고 견뎌 낼 힘만 있다면, 초 단위로 바꿀 수도 있으리라고 생각했다. 그래서 계산에 계산을 거듭한 끝에 아직 한 번도 본 적이 없는 합계가 나왔다. 그는 어지러웠다. 조금 쉬어야 했다. 시간이 귀하다고 사람들이 하는 말을 그는 항상 들어 왔다. 그러므로 그렇게 많은 시간을 소유한 한 인간을 지켜 주는 것이 없다는 사실이 그는 놀라웠다. 얼마나 도둑맞기 쉽겠는가. 그러나 다시 기분이 좋아지고 약간 방자해지기까지 한 그는 좀 더 떡 벌어지고 당당하게 보이기 위해 털외투를 입었다. 그리고 자기 자신에게 그 꿈같은 자본을 선물로 주면서 약간 경멸하는 투로 이렇게 말했다. 「니콜라이 쿠스미취.」 그는 호의적으로 말했다. 그리고 자기가 털외투도 걸치지 않고 메마르고 빈약한 몸으로 말 털 소파에 앉아 있다고 상상했다. 「내가 바라는 것은, 니콜라이 쿠스미취.」 그가 말했다. 「당신이 당신의 부에 대해서 아무런 환상도 가지지 않는 것이오. 그것이 중요하지 않다는 점을 항상 기억하시오. 정말로 존경할 만한 가난한 사람들도 있고, 거리를 돌아다니며 무엇인가를 팔고 있는 사람들 중에는 가난해진 귀족들이나 장군의 딸들도 있소.」 그리고 이 자선가는 도시 전체에 잘 알려진 온갖 사례들을 다 나열했다.

선물로 받은, 말 털 소파에 앉아 있는 다른 니콜라이 쿠스미취 씨는 아직은 전혀 거만해 보이지 않았다. 사람들은 그가 이성적일 것이라고 짐작할 수 있었다. 실제로 그는 겸손하고 규칙적인 그의 일상생활에서 아무것도 바꾸지 않았다. 그리고 이제 일요일은 자기의 계산을 정리하면서 보냈다. 그러나 2~3주가 지나자 벌써 자기가 믿을 수 없을 정도로 많은 시간을 지출한다는 사실이 눈에 띄었다. 좀 절약해야겠군, 하고 그는 생각했다. 그는 좀 더 일찍 일어났고, 몸을 덜 꼴고루 씻었다. 서서 차를 마셨으며, 사무실로 달려갔다가 아주 이른 시간에 퇴근했다. 그는 도처에서 조금씩 시간을 절약했다. 그러나 일요일에는 절약한 것이 아무것도 남아 있지 않았다. 그러면 그는 자기가 속은 것을 깨달았다. 바꾸면 안 되는 것이었나 하고 그는 혼잣말을 했다. 그렇게 1년이면 얼마나 긴가? 그렇지만 여기 이 치사한 잔돈은 어떻게 없어지는지도 모르게 다 없어지는 것이었다. 그리하여 소파 귀퉁이에 앉아서 자기 시간을 되돌려 달라 요구하려고 모피 외투 입은 남자를 기다리다 보니 불쾌한 오후가 되었다. 그는 문을 걸어 잠그고 잔돈을 내놓기 전에는 그를 보내지 않을 작정이었다. 지폐로 내놔요, 하고 말하려고 했다. 「10년짜리로요.」10년짜리 지폐 넉 장과, 5년짜리 한 장, 그리고 나머지는, 젠장, 당신이 가지시오. 정말 그는 곤란한 일이 생기지 않도록 잔돈을 그에게 줄 준비가 되어 있었다. 그는 예민하게 말 털 소파에 푹 파묻혀 앉아 기다렸다. 그러나 그 남자는 오지 않았다. 그리고 몇 주 전에 가벼운 마음으로 그렇게 앉아 있던 자기 자신을 보고 있는 바로 그 니콜라이 쿠스미취 씨, 그는 지금 실제로 앉아 있었기 때문에, 다른 니콜라이 쿠스미취라는 사람, 모피 외투를 입은, 마음이 넉넉한 그 사람을 상상할 수 없었다. 그 사람이 어떻게 되었는지는 하늘이나 알 것이었다. 십중팔구 사람들이 그의 사기 행각을 들춰내 그는 이제 어딘가에 잡혀 있을지 모른다. 분명 그 놈은 나만 불행하게 만들지는 않았을 것이다. 그런 사기꾼은 언젠가 크게 노는 법이다.

적어도 그가 가지고 있는 쓸모없는 초 단위의 시간을 교환할 수 있는 일종의 시간 은행 같은 국가 기관이 틀림없이 있으리라는 생각이 들었다. 어쨌든 그 초 단위들은 그래도 진짜 아닌가. 그는 한 번도 그런 기관에 대해서 들어 본 적이 없었다. 그러나 주소록에서는 확실히 뭔가 그런 종류를 찾아 낼 수 있을 것이다. 〈ㅅ〉 항목이나, 아니면 〈시간을 위한 은행〉일지도 모르니까 〈은행〉의 〈ㅇ〉 항목을 찾아볼 수도 있겠다. 경우에 따라서는 〈ㅎ〉 자도 고려해 볼 수 있다. 황립 기관이라고 가정할 수도 있을 테니 말이다. 그것이 그 중요성에 합당하기 때문이다.

나중에 니콜라이 쿠스미취는 사기가 그 일요일 저녁에 당연히 기분이 아주 침울하기는 했어도 전혀 취하지 않았다고 항상 강조했다. 따라서 그는 다음과 같은 사건이 일어났을 때 정신이 완전히 말짱했었다는 것이다. 그것도 사건이라고 말할 수 있다면 말이다. 어쩌면 그가 소파 모퉁이에서 잠시 졸았는지도 모른다. 그건 생각할 수 있는 일이다. 이 짧은 잠이 우선 그의 마음을 가볍게 해주었다. 내가 숫자에 빠져들었구나, 하고 그는 혼자 중얼거렸다. 그런데 나는 숫자에 대해서는 아무것도 몰라. 그리고 숫자에 너무 큰 의미를 부여해도 안 된다는 것은 분명해. 말하자면 숫자란 오직 국가가 만든 하나의 제도야. 질서를 위한 것이지. 종이가 아닌 다른 곳에서 숫자를 본 사람은 아무도 없었어. 예를 들어 한 사회 안에서 7이라든가 25라는 숫자를 만난 사람은 없어. 그런 것은 존재하지 않아. 그러다가 이 작은 혼동이 생긴 건 순전히 산만한 탓이었지. 마치 시간과 돈을 구별할 수 없다는 듯이 말이야. 니콜라이 쿠스미취는 웃을 뻔했다. 그래도 그런 책략을 알아챈 것이 좋았다. 그것도 제때에 말이다. 그것이 중요하다, 제때라는 것이. 이제는 달라져야 했다. 시간, 그래, 그것은 고통스러운 물건이었다. 그렇지만 그것이 그 혼자에게만 해당되는 것이었을까? 다른 사람들에게도 시간이 그가 발견한 것처럼 그렇게 초 단위로 가지 않던가? 비록 그들이 그것을 몰랐다고 할지라도?

니콜라이 쿠스미취는 고소하다는 기분이 없지 않았다. 어떻든 시간은, 하고 그가 막 생각하려고 하는데 그때 아주 특이한 일이 생겼다. 갑자기 그의 얼굴을 바람이 쓰다듬고 지나갔던 것이다. 바람은 그의 귀를 스쳐갔고, 그는 손에서도 바람을 느꼈다. 그는 눈을 크게 떴다. 창문은 꼭 닫혀 있었다. 눈을 크게 뜨고 캄캄한 방 안에 그렇게 앉아 있었을 때 그는 지금 자기가 느끼고 있는 것이 진짜 시간의 흐름임을 깨닫기 시작했다. 그는 시간을 확실하게 인식했다. 이 모든 초 단위들, 그것들은 한결같이 미지근했다, 그러나 빨랐다. 정말 빨랐다. 그것들이 무슨 계획을 가졌는지, 알 수 없었다. 하필 그런 일이 소원을 모두 모욕으로 받아들이는 그에게 일어나다니. 이제 그는 그렇게 앉아 있을 것이고, 시간은 그렇게 계속 흘러갈 것이다. 평생토록. 그렇게 얻게 될 온갖 신경통이 미리 내다보였다. 그리고 정신을 잃을 정도로 몹시 화가 났다. 그는 벌떡 일어났다. 그러나 놀라움은 아직 끝나지 않았다. 발밑에서도 무언가 움직임이 있었다. 그 움직임은 하나가 아니라 여러 개가 이상하게 서로 뒤섞여 흔들리는 것 같은 움직임들이었다. 그는 깜짝 놀라 몸이 굳어 버렸다. 지구가 움직였나? 확실했다. 그것은 지구였다. 지구는 물론 돌고 있겠지. 학교 다닐 때도 거기에 대한 말들이 있었다. 사람들은 어쩐지 서둘러 그 문제를 넘어갔고, 나중에는 그 일을 대강 얼버무려 버렸다. 거기에 대해서 말하는 것은 적절치 못하다고 간주되었다. 그러나 그가 이미 예민해졌던 그때엔 그도 그것을 느낄 수 있었다. 다른 사람들도 그것을 느꼈을까? 그랬을지도 모르지. 그러나 그들은 그런 내색을 하지 않았다. 아마도 뱃사람들은 아무렇지도 않았을 것이다. 그러나 니콜라이 쿠스미취는 하필 이 점에서 꽤나 까다로웠다. 그는 전차 타는 것까지도 피했다. 그는 방 안에서도 마치 갑판 위에서처럼 이리저리 비틀거렸고 오른쪽 왼쪽으로 몸을 가누어야만 했다. 불행하게도 비스듬히 기울어진 지구 축의 위치가 그의 마음속에 떠올랐다. 아니, 그는 이 모든 움직임을 견디지 못했다. 그는 비참한 심정이 되었다. 누워서 가만히 있을 것, 어딘가에서 그렇게 읽은 적이 있었다. 그리고 그 이후로 니콜라이 쿠스미취는 엎드려 있었다.

그는 누워서 눈을 감았다. 그리고 땅이 덜 움직이던 날, 아주 참을 만한 때도 있었다. 그런 날 그는 시 낭송을 생각해 냈다. 그게 얼마나 도움이 되었는지 다른 사람들은 믿을 수 없을 것이다. 각운(脚韻)에 고르게 악센트를 주며 시 한 편을 천천히 낭독하면 확실히 뭔가 안정적인 것이 나타나는 것을 볼 수 있었다. 물론 내면적으로 말이다. 그가 그 모든 시를 알고 있었다는 것은 행운이었다. 그렇지만 그는 늘 문학에 특별한 관심을 가지고 있었다. 그는 자신의 상황을 슬퍼하지 않았노라고, 그를 오래 알고 있던 대학생이 나에게 자신 있게 말했다. 다만 시간이 지남에 따라 그의 마음속에서는 그 대학생처럼 이리저리 돌아다니며 땅의 움직임을 견디는 사람들에 대한 과장된 감탄이 형성되었다는 것이다.

나는 이 이야기를 정확하게 기억한다. 왜냐하면 그 이야기가 나를 무척 안심하게 했기 때문이다. 이렇게 말할 수도 있겠다, 나는 이 니콜라이 쿠스미취 씨처럼 그렇게 유쾌한 이웃이 다시는 있어 본 적이 없다고. 그 또한 나를 보고 감탄했을 것이라고.

이런 경험을 한 이후 나는 비슷한 경우에는 언제나 곧바로 사실 파악에 나설 작정을 했다. 사실이 추측에 비해서 얼마나 단순하고 편한지를 깨닫게 되었던 것이다. 마치 우리의 모든 분별은 나중에 얻은 것으로 회계장부의 결산(決算) 이외에 아무것도 아니라는 사실을 모르고 있었듯이 말이다. 바로 그 뒷장에는 아무것도 적혀 있지 않은, 뭔가 전혀 다른 것을 지닌 새로운 페이지가 시작되는 것이다. 이제 쉽게 확인할 수 있는 몇 가지 사실들은 현재의 내 경우에서 어떤 도움이 되었던가. 그 사실들을 하나하나 꼽아 보려고 한다. 그렇지만 이 순간 내 마음을 사로잡고 있는 것이 무엇인지 먼저 말해야 하겠다. 다름 아니라 사실들이 오히려 (이제야 고백하지만) 아주 어려웠던 내 처지를 더 부담스럽게 만들어 버린 것 말이다.

자랑삼아 말하자면 나는 이즈음 글을 많이 썼다. 경련을 일으킬 정도로 썼다. 물론 외출을 했을 때는 집으로 돌아갈 생각이 별로 없었지만 말이다. 오히려 길을 조금 돌아가기도 했는데, 글을 쓸 수도 있는 30분을 나는 그런 식으로 허비했다. 그것이 하나의 약점이라는 것은 나도 인정한다. 그러나 일단 방 안에 들어오면 나 자신을 비난할 아무런 꼬투리도 없었다. 나는 글을 썼다. 나만의 생활을 가지고 있었다. 옆집의 생활은 나와 아무 관계도 없는 전혀 다른 생활이었다. 그것은 시험공부를 하고 있는 의대생의 생활이었다. 내 앞에는 시험 비슷한 것도 없었다. 벌써 그것이 결정적인 차이였다. 그밖에도 우리의 처지는 너무나도 달랐다. 그 모든 것이 내게는 분명했다. 일이 터질 것을 알게 된 순간까지는 말이다. 그때 나는 우리 사이에 아무런 공통점도 없다는 사실을 잊어버렸다. 나는 엿들었다. 심장이 크게 뛰었다. 모든 일을 멈추고 귀를 기울였다. 그러자 그 일이 벌어졌던 것이다. 나는 결코 틀리지 않았다.

누구나 양철로 만든 무언가 둥근 물건, 이를테면 양철통 뚜껑 같은 것을 손에서 놓쳤을 때 생기는 소음을 알 것이다. 보통 그것은 밑으로 떨어질 땐 그다지 큰 소리를 내지 않는다. 툭 떨어져서 가장자리를 세우고 계속 굴러가다가 진동이 약해져서 아주 멈추기 전에 전후좌우로 흔들리며 부딪칠 때 비로소 불쾌한 소리가 난다. 자, 그러니까 그게 전부다. 어떤 양철로 만든 물건이 옆방에서 떨어졌고, 굴러가다가 멈추었는데, 그 사이사이로 일정한 간격을 두고 통통 튀는 소리가 났다. 반복해서 울리는 모든 소음처럼 이 소리도 내적인 조직 체계를 갖추고 있었다. 그 소리는 늘 바뀌었고, 한 번도 똑같은 소리가 아니었다. 그러나 바로 그 점이 어떤 규칙성을 말해 주었다. 그 소리는 격렬하거나, 부드럽거나 우울하게 들릴 수도 있었다. 그것은 곤두박질치듯이 급히 지나가거나 멈출 때까지 한없이 오래 미끄러져 갈 수도 있었다. 그리고 마지막 요동은 언제나 뜻밖에 찾아왔다. 반면 잇따라 발 구르듯 나는 소리는 어딘지 기계적인 소리에 가까웠다. 그러나 그 발 구르는 소리는 소음을 언제나 다르게 분할했다. 그것이 그 소리의 임무처럼 보였다. 나는 이제 이런 세세한 것들을 훨씬 잘 파악할 수 있다. 내 옆방은 비었다. 그는 고향으로 떠났다, 시골로. 휴양이 필요했던 것이다. 나는 맨 꼭대기 층에 살고 있다. 오른쪽에는 다른 집이 있고, 내 방 아래층에는 아직 아무도 입주하지 않았다. 내게는 이웃이 없는 것이다.

이런 상태에서 내가 일을 좀 더 가볍게 받아들이지 못하는 것이 의아하게 생각되었다. 매번 내 직감을 통해서 나 자신에게 미리 경고를 했으면서도 말이다. 그것을 이용했어야 했다. 놀라지 마라, 이제 올 것이 온다, 하고 나 자신에게 말해야 했다. 나는 내가 정말 한 번도 나 자신을 속이지 않았다는 사실을 알고 있었다. 어쩌면 그것은 정작 내가 스스로에게 일러 주었던 사실들 때문이었는지도 모른다. 사실들을 알게 된 이후로 나는 더 겁이 많아졌다. 이런 소음을 일으킨 것이 저 작고 느린, 소리 없는 움직이었다는 사실을 알고 나니 유령을 보는 듯했다. 그것은 그의 눈꺼풀이 오른쪽 눈 위로 저절로 감기거나, 책을 읽는 동안 눈을 감는 동작이었다. 이것은 사소한 것이었지만 그에 관한 이야기에서 가장 본질적인 부분이었다. 그는 이미 몇 차례나 시험 시기를 놓쳤고, 명예심이 예민해진 상태였다. 고향 사람들이 편지를 보내올 때마다 그를 재촉했던 모양이다. 그러니까 바짝 정신을 차리는 도리밖에 없었다. 그러나 결정의 날이 오기 몇 달 전인 그때 눈꺼풀이 감기는 이 약점이 나타났던 것이다. 그것은 마치 들어 올린 창문 커튼이 위에 걸려 있지 않으려고 하는 것처럼, 말도 안 되게 우스꽝스러운 사소한 피로감이었다. 나는 그가 수주일 동안이나 그런 것쯤은 이겨낼 수 있어야 한다는 생각을 가졌을 것이라고 확신한다. 그렇지 않고서야 내가 그에게 의지를 빌려 줄 생각에 빠지지는 않았을 것이다. 말하자면 어느 날 나는 그의 의지가 소진되었다는 것을 깨달았다. 그리고 그 이후 그에게 그런 증세가 나타난다고 느껴질 때면 내 방 벽 앞에 서서 그에게 내 의지를 사용하라고 요청했다. 그리고 시간이 지나면서 그가 내 요청을 받아들였다는 사실이 분명해졌다. 어쩌면 그는 그렇게 하지 말았어야 했는지도 모른다. 특히 그런 일이 아무런 도움이 되지 못한다는 것을 고려한다면 말이다. 우리가 그 증세를 어느 정도 늦출 수 있었다고 하더라도, 그가 과연 그렇게 얻은 순간들을 활용할 능력이 있었는지는 의문으로 남는다. 나는 나한테서 나가는 것을 느끼기 시작했다. 나는 알고 있다. 누군가 우리가 사는 층에 도착하던 바로 그날 오후 과연 이 일을 계속해도 괜찮을까 하고 내가 반문했었다는 사실을. 누군가 좁은 계단을 올라올 때면 그 조그만 호텔 안에선 많은 소동이 일어났다. 잠시 후에 누군가가 내 이웃의 방 안으로 들어서는 모양이었다. 우리들의 문은 복도 맨 끝에 있었다. 그의 방 문은 내 문 옆에 바짝 붙어 비스듬히 나 있었다. 나는 그사이에 그가 가끔 친구들을 맞아들인다는 것을 알고 있었다. 그러나, 이미 말했지만, 나는 그의 관계들에 대해서는 전혀 관심이 없었다. 그의 문이 여러 번 열리고, 사람들이 밖에서 오고 가는 것은 가능한 일이다. 거기에 대해서 나는 정말 아무 책임도 없었다.

그런데 바로 그날 저녁은 다른 때보다 더 불쾌했다. 그다지 늦은 시간도 아니었다. 그러나 나는 피곤해서 이미 잠자리에 든 상태였다. 잘 수도 있겠다고 생각했다. 그때 나는 누가 건드린 것처럼 화들짝 놀라 일어났다. 바로 그 뒤에 소동이 벌어졌다. 어디선가 뛰고, 구르고, 달리고, 흔들리고 딸까닥거리는 소리가 들렸던 것이다. 발 구르는 소리는 끔찍했다. 그 사이사이에 한 층 아래에서는 어떤 사람이 화난 듯이 천장을 쾅쾅 두드려 댔다. 물론 새 세입자도 방해를 받았다. 지금, 이것은 틀림없이 그의 문에서 나는 소리였다. 비록 그가 놀라울 정도로 조심스럽게 문을 다루기는 했지만, 나는 그의 문소리를 들었다고 생각할 만큼 깨어 있었다. 마치 그가 다가오는 것처럼 느껴졌다. 분명 그는 어느 방에서 그런 소동이 일어나고 있는지 알려고 했을 것이다. 나를 의아하게 만든 것은 사실 그의 지나친 조심성이었다. 그렇지만 이 집 안에서는 조용히 군다는 것이 문제가 아니라는 것을 그도 알 수 있지 않았던가. 도대체 왜 그가 발소리를 죽였단 말인가? 나는 잠시 그가 내 문 앞에 서 있다고 생각했다. 그런 다음에 그가 옆방으로 들어가는 소리를 들었고, 거기에는 의심의 여지가 없었다. 그는 아무 일 없이 옆방으로 들어간 것이다.

그런데 자, 이제(그걸 정말 어떻게 묘사해야 하나?), 이제 조용해졌다. 마치 어떤 고통이 멈추듯 조용해졌다. 그것은 상처가 아물듯이, 독특하게 느낄 수 있는, 따끔거리는 적막이었다. 나는 바로 잠을 잘 수도 있었을 것이다. 숨을 돌리고 잠들 수 있었을 것이다. 오직 나의 놀라움만이 나를 깨워두고 있었다. 누군가 옆방에서 말을 했다. 그러나 그것도 이 적막에 속하는 것이었다. 그 적막이 어떤 것인지는 체험해봐야만 알 뿐, 아무한테도 전할 수가 없다. 바깥에서도 모든 것이 평정을 되찾았다. 나는 일어나 앉아서 귀를 기울였다. 마치 시골에 와 있는 것 같았다. 맙소사, 그의 어머니가 오셨구나 하고 생각했다. 그의 어머니가 등잔불 옆에 앉아 그에게 말을 걸고 있는 모양이었다. 어쩌면 그는 머리를 어머니의 어깨에 조금 기대고 있는지도 모른다. 어머니는 곧 그를 침대에 눕힐 것이다. 이제 나는 바깥 복도에서 난 조용한 걸음을 이해했다. 아아, 그런 게 있다니. 문들이 우리에게와는 전혀 다르게 순종하는 그런 존재가. 자, 이제 우리는 잠들 수 있었다.

나는 이웃 사람을 벌써 거의 잊어버렸다. 내가 그에 대해서 가졌던 것이 올바른 관심은 아니었다는 사실을 잘 안다. 나는 때때로 아래층에서 지나가는 말로 혹시 그에게서 온 소식이 있는지, 그리고 그 소식이 어떤 것인지 묻기도 한다. 좋은 소식이면 기쁘다. 그러나 나는 과장하고 있다. 내가 그것을 알 필요는 없기 때문이다. 내가 가끔 갑작스럽게 옆방으로 들어가고 싶은 욕구를 느낄 때가 있다는 것은 그와는 전혀 상관이 없다. 내 방 문에서 다른 문까지는 단 한 걸음이다. 그리고 그 방은 잠겨 있지 않다. 그 방의 생김새가 도대체 어떨지가 나의 관심을 끌 수도 있다. 아무 방이나 쉽게 상상할 수가 있고, 그럴 경우 대체로 맞는 일도 흔하다. 그러나 옆방은 언제나 생각하는 것과는 전혀 다르다.

나는 나를 자극하는 것이 바로 이런 경우라고 나 스스로에게 말한다. 그러나 나를 기다리고 있는 것은 양철로 만든 어떤 물건임을 아주 잘 알고 있다. 물론 틀릴 수도 있지만, 나는 그것이 양철통 뚜껑이라고 짐작했다. 그것이 나를 불안하게 하지는 않았다. 그 일을 양철통 뚜껑에 미뤄 버리는 것이 내 성향과도 일치했으니까 말이다. 이웃이 그 물건을 가지고 가지 않았다고 생각할 수도 있다. 방을 청소하고 뚜껑을 원래 자리인 양철통 위에 덮어 놓았는지도 모른다. 그러면 이제 그 두 부분이 함께 양철통이라는 하나의 개념을 형성하게 된다. 정확히 말해서 둥근 양철통, 단순하고도 아주 잘 알려진 개념이다. 내가 마치 양철통을 형성하는 그 두 부분이 벽난로 위에 놓여 있었다고 기억해 낸 것처럼 느껴진다. 그래, 그것들은 거울 앞에 놓여 있는 것이다. 그래서 거울 속에 또 하나의 양철통이 비치겠지. 속을 정도로 똑같은, 상상의 양철통이. 우리는 그것에 전혀 가치를 두지 않지만 예컨대 원숭이 한 마리가 그걸 잡으려고 손을 뻗을 수 있다. 아니, 원숭이 두 마리라고 하는 것이 옳겠다. 왜냐하면 한 마리였던 원숭이가 난롯가로 오자마자 거울에 비쳐 두 마리가 될 것이기 때문이다. 그러니까 이제 나를 거두고 있었던 것은 바로 이 양철통의 뚜껑인 셈이다.

여기서 우리는 의견의 일치를 봐야겠다. 양철통의 뚜껑은 그 양철통이 온전하여 테두리 곡선이 자체의 곡선과 같기 때문에 제 몸통을 찾아가는 것 이외에 다른 요구를 할 수 없다는 것을. 그것이야말로 뚜껑이 상상할 수 있는 최상의 상태, 더 나을 것이 없는 만족, 모든 소망의 충족이라고. 그것은 정말 이상적이기도 하다. 양철통의 조금 둥글게 튀어나온 테두리에 천천히 부드럽게 돌려 끼워진 채 그 위에서 균형을 유지하며 맞물려 오는 모서리를 몸 안으로 느끼는 사람이 혼자 가장자리에 누웠을 때처럼 탄력 있고 날카로운 그 느낌. 아아, 그러나 그 가치를 제대로 아는 뚜껑은 별로 없다.

사람들과의 교섭이 물건에 끼친 영향이 얼마나 혼란스러운 것인지 여기서 제대로 나타난다. 말하자면 사람들은, 잠시 그런 뚜껑들과 비교하는 것이 허용된다면, 아주 못마땅하고 서툴게 그들의 활동 위에 앉아 있다. 그들이 너무 서두르는 바람에 옳게 제자리에 오지 못했거나, 누군가 화가 나서 그들을 잘 못 앉혔거나, 서로 맞아야 할 가장자리가 각각 제멋대로 휘어지거나 했기 때문이다. 아주 정직하게 말해 보자. 사람들은 근본적으로 기회만 있으면 밑으로 떨어지고, 굴러가고, 시끄러운 소리를 낼 궁리만 하고 있는 것이다. 그렇지 않고서야 기분 풀이라고 일컫는 이 모든 것과 그것들이 내는 소음은 어디서 온단 말인가?

물건들은 그 꼴을 벌써 수백 년 동안 보아 왔다. 물건들이 타락하고, 그들의 본성에 맞는 조용한 목적에 싫증을 내고, 주변에서 남들이 하는 것을 보듯이 자신들의 현존재를 최대한 이용하려 드는 것도 놀라운 일이 아니다. 물건들은 제 용도를 벗어나려고 시도한다. 그것들은 의욕을 잃고 게을러진다. 그리고 사람들은 물건들이 방종하게 노는 것을 목격하고 조금도 놀라지 않는다. 자기들 자신도 그렇다는 것을 잘 알고 있다. 사람들이 화를 내는 것은 자기들이 더 강한 존재이며, 기분 전환에 대해서는 자기들에게 더 권리가 있다고 여기고, 물건들이 자기들을 흉내 낸다고 느끼기 때문이다. 그렇지만 그들은 자기들이 제멋대로 살듯이 물건들을 제멋대로 그냥 내버려 둔다. 그러나 정신을 차린 사람, 가령 밤이나 낮이나 단호하게 자기 자신에게 의존하려는 고독한 사람은 타락한 물건들의 항의와 조소와 증오를 도발하게 된다. 이 물건들은, 불편한 양심 때문에, 누군가 정신을 차리고 자기 뜻을 추구하는 것을 더 이상 견디지 못하는 것이다. 그러므로 그것들은 고독자를 방해하고, 겁주고, 혼란하게 하려고 서로 동맹한다. 그리고 자기들이 그렇게 할 수 있다는 것을 안다. 그것들은 서로 눈짓을 해가며 유혹을 개시한다. 그 유혹은 점점 측량할 수 없을 만큼 커져서 모든 존재와 신까지도 그 한 사람, 유혹을 이겨 낼지도 모를 성자를 공격하는 데에 끌어들인다.

이제 그 놀라운 그림들[56]을 잘 이해할 수 있겠다. 제한되고 규칙적인 용도에서 벗어나 음탕하게 놀며, 호기심을 갖고 서로 유혹하고, 기분 전환의 난봉질에 몸이 떨리도록 몰두하는 물건들이 그려진 그 그림. 그 안에는 끓어 넘치며 돌아다니는 솥과, 생각하는 곤봉들이며, 재미 삼아 구멍 속으로 밀고 들어가려고 하는 한가한 깔때기가 있다. 거기에는 시기하는 허무가 내던진 팔다리들이 물건들 사이에 널려 있고, 토악질을 하고 있는 얼굴들, 그리고 물건들을 즐겁게 해주려고 피리를 부는 엉덩이들도 있다.

성자[57]는 몸을 구부려 잔뜩 웅크리고 있다. 그러나 그의

56 히로니뮈스 보스Hieronymus Bosch(1450?~1516)와 피터르 브뤼헐 Pieter Bruegel(1564~1638)의 작품들.
57 성 안토니우스(251?~356)의 유혹을 암시한다.

눈에는 이런 것들이 가능하다고 보는 시선이 들어 있었다. 그는 그쪽을 이미 보고 말았던 것이다. 그리고 그의 오관은 이미 그의 맑은 영혼의 용액으로부터 떨어져 내리고 있다. 그의 기도는 벌써 잎이 다 떨어졌고, 그의 입가에 시들어 버린 관목처럼 나와 있다. 심장은 죽어서 혼탁 속으로 흘러 들어갔다. 몸을 때리는 고행의 채찍도 파리를 쫓는 짐승의 꼬리처럼 힘이 없다. 그의 성(性)은 한자리에 가만히 있다가 한 여인이 풍만한 젖가슴을 드러내고 꼿꼿하게 허접한 물건들을 헤치고 오면 손가락처럼 그 여인을 가리킨다.

이 그림들이 고리타분하다고 생각했던 때가 있었다. 내가 그 그림들을 의심했느냐 하면, 그것은 아니다. 그 당시 나는 성자에게 이런 일이 생길 수도 있다고 생각했다. 성자는 무슨 대가를 치르더라도 바로 신에서 출발하려고 하는 열렬한, 그러면서도 성급한 존재라고 생각했기 때문에. 우리에게는 더 이상 그런 것을 기대할 수 없다. 우리에게 신은 너무 어려운 존재라는 것, 이제 신과 우리를 갈라놓는 긴 작업을 하기 위해 서서히 신을 밖으로 밀어내야 하리라는 것을 우리는 예감한다. 그러나 나는 이 작업도 성인의 삶만큼이나 싸울 일이 많다는 것을 알고 있다. 예전에 동굴과 텅 빈 숙소에서 신을 섬기던 고독한 사람들을 둘러싸고 일어난 것과 같은 일이 그런 작업으로 고독해진 모든 사람들 주변에도 일어날 것임을.

사람들이 고독한 사람에 대해서 말할 때는 언제나 너무 많은 것을 전제한다. 그들은 문제가 무엇인지를 일반인들이 알고 있을 거라고 생각한다. 아니다, 일반인들은 그것을 모른다. 그들은 고독한 사람을 단 한 명도 본 적이 없다. 그들은 그런 사람을 알지도 못하면서 증오하기만 했다. 그들은 고독한 자를 부려먹은 이웃이었고, 그를 유혹한 옆방의 음성이었다. 그들은 물건들이 고독한 사람에게 맞서도록 부추겼다. 그래서 물건들이 시끄러운 소리를 내며 고독한 사람의 음성을 눌렀던 것이다. 고독한 사람이 연약한 아이였을 때, 어린애들도 결속하여 그에게 대항했다. 그리고 그는 성장할 때마다 어른들의 뜻을 거슬렀다. 어른들은 숨어 있는 그를 마치 사냥감 찾듯이 찾아냈다. 그래서 그의 긴 유년 시절은 금렵(禁獵) 기간이 없는 짐승 생활이었다. 그가 진히 지치지 않고 빠져나가면 어른들은 그가 한 일에 대해서 소리를 질러 대며 보기 흉하다고 했고, 수상하다고 했다. 그가 그런 소리를 못 들은 체하면, 그들은 더 노골적으로 그의 음식을 빼앗아 먹고, ㄱ가 쉴 공기를 다 마시고, 그의 가난에 침을 뱉어, 그가 가난을 혐오하게 하려고 했다. 그들은 전염병에 걸린 사람한테 하듯이 그에 대해서 나쁜 소문을 퍼뜨렸다. 그리고 그에게 돌을 던져 한시라도 빨리 멀리 쫓아 버리려고 했다. 그런데 그들의 오랜 본능은 옳았다. 그는 정말 그들의 적이었기 때문이다.

그러나 그가 거들떠보지도 않자 그들은 곰곰이 생각해 보았다. 그들은 자기들의 그 모든 행동이 그의 뜻대로 행한 것임을 예감했던 것이다. 그들이 그를 홀로 있는 가운데 더 강하게 만들었고, 그들로부터 영원히 결별하도록 도와주었다는 것을. 그리하여 이제 그들은 돌변하여 마지막 수단, 최후의 수단, 또 다른 저항을 시도했다. 그것은 명성이었다. 이 소음에는 거의 누구든 쳐다보고 산만해지기 마련이었던 것이다.

간밤에는 내가 분명 소년 시절 한때 소유했던 그 작은 초록색 책이 다시 마음속에 떠올랐다. 그런데 내가 왜 그 책을 마틸데 브라에가 썼다고 상상하는지는 나도 모르겠다. 그 책을 받았을 때 나는 별 관심이 없었다. 몇 년 뒤에야 처음 그 책을 읽었다. 울스고르에서 휴가를 보냈을 때라고 생각한다. 그러나 그 책은 첫 순간부터 내게 의미심장했다. 책은 겉으로만 봐도 여러 가지 의미를 담고 있었다. 책 표지의 초록색에도 무언가 의미가 있었고, 책의 안쪽도 왜 그런 모양인지를 즉시 알 수 있었다. 마치 약속이라도 한 것처럼, 맨 먼저 하얗게 표백한 면지가 나오고 그다음에는 많은 비밀을 안고 있는 것 같은 제목이 적힌 속표지가 나왔다. 책속에는 사진들도 들어 있을 법했지만, 그렇지 않았다. 내키지는 않았지만 그것 또한 괜찮다는 것을 인정하지 않을 수 없었다. 어떤 책갈피에서 가느다란 책갈피 끈을 발견하고 어느 정도 보상받은 느낌이 들었다. 그 책갈피는 조금 낡았다. 제가 아직도 핑크빛인 줄 아는 그 믿음이 감동적이라 할 만했지만,

벌써 언제부터인지 모르게 똑같은 페이지에 비스듬히 끼워 져 있었다. 어쩌면 그것은 한 번도 사용된 적이 없었고, 제본 공이 제대로 보지도 않고 신속하고 부지런히 책 속에 끼워 넣었는지도 모른다. 그러나 우연이 아니었을 가능성도 있다. 누군가 그 자리에서 읽기를 중단한 뒤로 다시는 안 읽었을 수도 있는 것이다. 운명이 그 순간 문을 두드려서 그 사람을 다른 일로 데려갔다든가, 결국 삶 그 자체가 아닌 모든 책에 서 멀어지게 되었다든가. 그 책을 그다음 페이지부터 더 읽 은 사람이 있는지 없는지는 알 수가 없었다. 아니면 단순히 누군가 같은 페이지를 여러 번 반복해서 펴본 것이라고 생각 할 수도 있다. 때로는 늦은 밤에 그렇게 했을 수도 있다고. 어쨌든 나는 그 두 페이지 앞에서, 마치 거울 앞에 선 것 같은 부끄러움을 느꼈다. 나는 그 페이지들을 결코 읽지 않았다. 내가 그 책을 다 읽었는지 어쨌는지도 나는 모른다. 그다지 두꺼운 책은 아니었지만 많은 이야기가 담겨 있었다. 특히 오후 시간이면 아직 몰랐던 이야기 한 가지는 꼭 있었다.

나는 두 가지 이야기를 아직도 기억한다 어떤 이야기인 지 여기서 말해야겠다. 그리샤 오트레피에브[58]의 종말과 칼 대공[59]의 멸망에 대한 이야기다.

58 Grischa Otrepjew(1583~1609). 젊은 나이에 사망한 러시아 표도르 황제(1577~1598)의 합법적인 계승자 드미트리를 자처한 사기꾼. 표도르의 이복동생 드미트리 이바노비치는 열 살이던 1591년에 이미 암살당했다.

59 Karl der Kühne(1433~1477). 부르고뉴 대공. 로트링겐 공국 정벌 후 두 차례 전투에서 패하고, 결국 낭시에서 그에게 축출당한 르네 대공과의 전 투에서 전사했다.

내가 그 당시 특별한 인상을 받았는지 어땠는지는 모르다. 그러나 많은 세월이 지난 지금 나는 거짓 황제의 시체가 군중 속으로 던져지고, 사흘 동안이나 찢기고, 찔리고, 얼굴에 마스크가 씌워진 채 방치되는 장면에 대한 묘사를 기억한다. 물론 그 작은 책자가 다시 내 손에 들어올 전망은 전혀 없다. 그러나 이 대목은 분명 인상적이었을 것이다. 나는 황태후와의 대면에 관해서도 더 읽어 보고 싶다. 그는 황제의 어머니를 모스크바로 불러오게 했을 때 매우 자신이 있었을지도 모른다. 나는 그때 그가 너무나 자기 자신을 믿었기 때문에 정말로 자기 어머니를 증인으로 세운다고 여겼을 것이라 확신한다. 궁핍한 수도원을 떠나 며칠에 걸쳐 종일 급하게 달려온 마리 나고이[60] 황태후도 거짓 황제가 아들이라고 인정함으로써 모든 것을 얻지 않았는가. 아니면, 그녀가 그를 아들로 인정했을 때부터 그의 불안이 시작된 것은 아닐까? 나는 그가 변신할 수 있었던 힘은 더 이상 어느 누구의 아들도 아니라는 사실에 기인한다고 생각하는 것도 싫지 않다.

[그것은 결국 집을 떠난 모든 젊은이의 힘이다.]•

민중은 어떤 황제를 심중에 그리지도 않고 그를 원했으

---

60 Marie Nagoi. 암살당한 러시아의 황태자 드미트리 이바노비치의 어머니. 가짜 황제가 아들이 아님에도 불구하고 목숨이 위태로운 상황을 피하기 위하여 거짓 증언을 하였다.

며, 그가 더욱 자유롭고 무한정한 가능성을 갖게 해주었다. 그러나 황태후의 선언은, 비록 의식적인 기만이었지만, 그를 더 작게 만드는 힘이 있었다. 그것이 그를 풍부한 공상 밖으로 끌어냈던 것이다. 그것은 그를 피곤한 모방 행위에 묶어 버렸고, 그 자신이 아닌 다른 개인으로 격하시켰다. 그를 사기꾼으로 만들어 버렸다. 그리고 여기에 마리나 므니체크[61]가 가담하여 그를 더 은밀하게 무너뜨렸다. 이 여인은 자기 방식으로 그를 부인했는데, 나중에 입증된 것처럼, 남편인 그를 믿은 것이 아니라, 다른 모든 사람을 믿었던 것이다. 물론 이 모든 시각이 그 이야기에서 얼마나 고려되었는지는 확실하게 말할 수 없다. 그러나 이것들은 이야기될 만했던 것으로 보인다.

그야 어찌되었든, 이 사건은 결코 낡은 것이 아니다. 이제는 그 마지막 순간들을 훨씬 더 면밀하게 서술할 만한 소설가가 있을 법도 하다. 마지막 순간에 아주 많은 일들이 일어난다. 거짓 황제가 깊이 자다가 깜짝 놀라 일어나 창문으로 달려가고, 창문 너머 안뜰에 서 있는 위병들 사이로 뛰어내린다. 혼자 일어나지 못해, 보초들이 그를 도와야 한다. 그의 발이 부러진 모양이다. 거기 서 있던 남자들 가운데 두 명한테 기댄 그는 그들이 자기를 믿는다고 여긴다. 주위를 둘러본다. 다른 위병들도 그를 믿고 있다. 그는 이 거인 같은 근위병들이 안쓰럽기도 하다. 일이 멀리 와버렸다. 그들은 이

---

61 Marina Mniszech. 폴란드의 여제후. 그리샤 오트레피에브의 아내. 그리샤가 살해된 후, 또 다른 가짜 드미트리와 결혼했다.

반 그로스니[62]의 실제 모습을 속속들이 알고 있었을 텐데도 그를 믿고 있는 것이다. 그는 그들에게 사실을 밝히고 싶은 마음도 든다. 그러나 입을 열면 그냥 소리를 지를 것만 같았다. 발의 통증이 미칠 것 같이 심하다. 그는 이 순간 자기 자신에 대해서는 거의 생각하지 않았기 때문에 통증 이외에는 아무것도 몰랐다. 그다음엔 시간이 없다. 사람들이 몰려온다. 슈이스키[63]가 보이고, 그 뒤로 많은 사람들이 보인다. 이제 곧 끝날 것이다. 그러나 그때 근위병들이 그를 호위하고 둘러싼다. 그들은 그를 포기하지 않는다. 이 늙은 남자들의 믿음은 전파되어, 갑자기 아무도 앞으로 나서려고 하지 않는다. 그의 앞으로 바싹 다가와 서 있던 슈이스키가 절망하여 창문을 올려다본다. 그는 뒤돌아보지 않는다. 거기 누가 서 있는지 알기 때문이다. 그는 사방이 쥐 죽은 듯이 조용해지는 것을 깨닫는다. 이제 전부터 귀에 익은 목소리가 들려올 것이다. 지나치게 긴장한, 높은, 위장한 목소리가. 그리고 그때 그는 황태후가 자기를 부인하는 목소리를 듣는다.

여기까지는 이야기가 저절로 진행된다. 그러나 이제, 제발, 소설가, 한 사람의 소설가가 필요하다. 왜냐하면 아직 남아 있는 몇 줄에서는 어떤 모순도 뛰어넘을 힘이 생겨야 하기 때문이다. 글로 썼든 아니든, 황태후의 목소리와 슈이스키의 권총 소리 사이에 모든 것이 되고자 하는 의지와 권

---

62 Iwan Grosnij. 러시아 황제 이반 4세. 공포왕이라고도 불린 드미트리와 표도르 1세의 아버지.

63 Schuiskij. 오트레피에브를 축출한 반란군의 두목.

력이 다시 한 번 그의 마음속에 있었다는 것을 독자들이 확신해야만 한다. 그렇지 않으면 사람들이 그의 잠옷에 온통 구멍을 냈을 뿐만 아니라, 그에게 딱딱한 부분이 있나 없나 보기 위해 몸을 마구 찔러 댔다는 사실이 얼마나 대단하게 수미일관한 것인지를 이해할 수 없다. 그리고 그가 거의 포기하려고 했던 가면을 죽어서도 사흘 동안이나 쓰고 있었다는 사실도.

지금 생각해 보면 같은 책에 평생 한결같은 사람,[64] 화강석처럼 단단하고 변하지 않아 그 밑에서 견디고 있는 모든 아랫사람들에게 점점 무거워졌던 사람의 최후가 실려 있는 것이 이상하게 보인다. 디종에 이 사람의 초상화가 걸려 있다. 그러나 그것이 아니더라도 사람들은 그가 작은 키에 심술궂고, 고집불통에다 자포자기한 사람이라고 알고 있다. 다만 그의 손에 대해서는 생각 못 했는지도 모른다. 그것은 기분 나쁘게 따뜻한 손이었다. 항싱 시늘히게 쇠허아만 했기 때문에 부지불식간에 손가락을 펴서 찬 것[65] 위에 올려놓아 손가락 사이로 공기가 통하게 했다. 사람의 머리로 피가 몰리듯이 이 두 손으로 피가 몰리는 수가 있었는데, 실제로 그 양손은 기발한 생각들로 날뛰는 미친 사람의 머리 모양으로 주먹 쥐여져 있었다.

64 부르고뉴 대공을 가리킨다.
65 초상화 속의 대공이 돌담 위에 손을 올려놓은 모습을 암시하고 있다.

이런 피를 지니고 살려면 엄청난 주의가 필요하다. 대공은 그런 피와 함께 자신의 내면에 갇혀 있었다. 그리고 피가 고개를 숙이듯 음험하게 자기의 온몸에 도는 것을 무서워했다. 빠른 속도로 돌고, 절반은 그가 모르는 포르투갈의 혈통을 지닌 이 피는 그 자신에게도 소름 끼치도록 낯설어질 수 있었다. 그는 잠자는 동안 피가 발작을 일으켜 자신을 갈기갈기 찢어 버릴까 봐 자주 불안해했다. 피를 길들인 것처럼 행동했으나, 언제나 그 피의 공포 속에서 살았다. 피가 질투하게 될까 봐 한 번도 감히 여자를 사랑해 보지 못했다. 피가 너무 격렬하여, 술을 한 모금도 입에 대지 않았다. 술 대신 장미 잼으로 피를 달랬다. 그렇지만 그는 그랑송을 빼앗겼을 때 로잔 진영에서 한 번 술을 마신 적이 있다. 그때 그는 병이 났었고, 두문불출하며 진한 포도주를 많이 마셨다. 그러나 그때는 그의 피가 잠을 잤다. 무의미한 말년의 몇 해 동안 그의 피는 이처럼 무겁고 동물적인 잠에 빠졌다. 그러면 그가 얼마나 자기 피의 권력 아래 있었는지 드러났다. 피가 잠자고 있는 동안 그는 아무것도 아니었기 때문이다. 그럴 때는 그의 측근 중 아무도 방으로 들어갈 수 없었다. 그는 그들이 하는 말을 알아듣지 못했다. 외국 사신 앞에 자신의 황폐한 모습을 보일 수도 없었다. 그러면 그는 앉아서 피가 깨어나기를 기다렸다. 대개 피는 갑작스럽게 뛰어 심장 밖으로 터져 나오며 포효했다.

이 피를 위하여 그는 전혀 소중히 여기지 않는 온갖 물건들을 끌고 다녔다. 큰 다이아몬드 세 개와 각종 보석들, 플

랑드르산 레이스와 아라스산 양탄자를 무더기로 싣고 다녔고, 금실로 꼰 끈이 달린 비단 천막과 수행원들을 위한 4백 개의 천막, 목판에 그린 그림들, 순은으로 만든 열두 사도상, 그리고 타렌트 왕자와 클레브 대공, 바덴의 필립 공, 샤토 기용의 영주를 데리고 다녔다. 그는 자신이 황제이며 그 위에는 아무도 없다는 사실을 설득시켜 자기 피조차 자기를 두려워하게 만들고 싶었다. 그러나 그런 증거물에도 불구하고 피는 그를 믿지 않았다. 의심 많은 피였다. 어쩌면 그는 잠시 그의 피를 주저하게 만들었는지도 모른다. 그러나 스위스군의 나팔 소리가 그를 배반했다. 그 이후 그의 피는 자기가 패배자의 몸속에 들어 있다는 것을 알았다. 그리고 밖으로 나오려고 했다.

지금 나는 그 이야기를 이렇게 이해한다. 그러나 그 당시에는 사람들이 그를 찾아다니던 공현절에 대한 이야기에서 가장 강한 인상을 받았다.

이상하리만치 급히 끝난 낭시 전투 직후 처참한 고향 낭시로 말을 타고 들어온 젊은 로드링겐 군주는 새벽에 측근들을 깨워 대공의 행방을 물었다. 사신들을 계속 파견했고, 그 자신도 불안하고 염려가 되어 시시때때로 창가에 모습을 나타냈다. 그는 사람들이 수레와 들것에 싣고 온 자가 누군지 다 알지는 못했지만, 그것이 대공이 아니라는 것만은 알았다. 대공은 부상자들 가운데에도 없었고, 계속해서 붙들려 오는 포로들 사이에도 없었다. 아무도 대공을 보지 못했다. 그러나 피난민들은 사방으로 여러 가지 소문들을 퍼뜨렸을 뿐만 아니라, 그와 마주칠까 봐 두려워하고 있는 것 같았다. 날은 벌써 어두워졌는데 그에 대한 소식은 아무것도 없었다. 그가 사라졌다는 소식이 그 긴 겨울밤 내내 돌아다녔다. 그리고 그 소식이 전해진 곳에서는 모든 사람들이 공황 상태가 되어 그가 살아 있다는 과장된 확신을 낳았다. 대공이 그날 밤처럼 모든 사람들의 상상 속에서 실제로 존재한 적은 결코 없었을 것이다. 집집마다 잠을 자지 않고 그를 기다리며 그가 문 두드리는 소리를 상상하고 있었다. 그리고 그가 오지 않으면, 벌써 지나간 것이라고 생각했다.

그날 밤은 꽁꽁 얼어붙었다. 그리고 그가 존재한다는 생각도 얼어붙은 듯했다. 그 정도로 그 생각은 견고해졌다. 그 생각이 녹기까지는 여러 해가 걸렸다. 지금 이 사람들은 모두 제대로 알지도 못하면서 그가 존재한다고 고집했다. 그가 그들에게 초래한 운명은 오직 그의 형상을 통해서만 견딜 만한 것이었다. 그들은 그가 존재한다는 사실을 그토록 힘들게 학습했다. 그러나 그를 견딜 수 있게 된 지금 그들은 그를 잘 알아볼 수 있고 잊히지도 않는다는 사실을 알게 된 것이다.

그러나 다음 날 아침, 1월 7일 화요일에 수색은 다시 개시되었다. 그리고 이번에는 안내자가 있었다. 그는 대공의 시동이었는데, 그가 그의 주인이 쓰러지는 것을 멀리서 보았을 것이라는 말이 있었다. 이제 그가 그 장소를 가리켜 주어야 했다. 그 자신은 아무 이야기도 하지 않았다. 캄포바소 백작이 그를 데려왔고 그를 대신해서 말했다. 이제 그가 앞장을 섰다. 그리고 다른 사람들이 바짝 그의 뒤를 따랐다. 복면을 하고 독특한 모습으로 불안해하는 그를 본 사람은 그가 실제로 소녀처럼 아름답고 뼈마디가 가느다란 소년 잔 바티스타 콜로나라는 것을 쉽게 믿지 못했다. 그는 추위에 몸을 떨었다. 간밤에 서리가 내려 공기가 냉랭했다. 발밑에 서는 이를 가는 소리가 들렸다. 모든 사람이 얼어붙었다. 다만 루이 옹즈[66]라고 불린 대공의 광대만 움직였다. 그는 개 시늉을 했다. 앞서서 달려 나갔다가 되돌아와 네 발로 잠시 소년의 옆을 뛰어다녔다. 그러나 멀리서 시체를 보면 그리로 뛰어가 몸을 숙이고 시체한테 정신 차려라, 그리고 우리가 찾고 있는 그 사람이 되어 달라고 말을 걸었다. 그는 시체가 잠시 생각할 시간을 주었다. 그러고는 투덜대며 다른 사람들에게로 되돌아오면서 죽은 사람의 고집과 게으름을 협박하고 저주하고 비난했다. 사람들은 계속해서 앞으로 걸어 나갈 뿐, 끝이 없었다. 도시는 거의 보이지 않았다. 추위에도 불구하고 그사이에 날씨가 흐려져서 사방이 회색으로 불투명해졌다. 대지는 평평하고 무심하게 펼쳐져 있었고, 사람들이 서로 바짝 붙어 움직이는 그 작은 무리는 앞으로 나아갈수록 더 헤매는 것처럼 보였다. 아무도 말을 하지 않았다. 함께 따라온 노파 한 사람만이 뭔가를 씹으며 머리를 흔들어 댔다. 아마 기도를 하는 모양이었다.

갑자기 맨 앞에 가던 사람이 멈춰 서서 주변을 둘러보았다. 그런 다음 대공의 시의였던 포르투갈인 루피 쪽으로 몸

66 〈루이 11세〉라는 뜻. 릴케가 꾸며 낸 가공의 인물.

을 돌리고 앞을 가리켰다. 몇 걸음 앞에 얼음판이 있었다. 일종의 못이나 웅덩이 같은 것이었다. 그곳에 시체 열 또는 열두 구가 반쯤 파묻혀 있었다. 그것들은 거의 발가벗겨져 있었고, 몽땅 털렸다. 루피는 몸을 구부리고 시체들을 하나하나 살펴보았다. 그리고 거기서 그렇게 혼자 돌아다니던 올리비에 드 라 마르슈 공과 신부를 찾았다. 노파는 벌써 눈속에 무릎을 꿇고 훌쩍훌쩍 울며 그녀를 향해 굳은 손가락이 뻗쳐진 큰 손 위로 몸을 굽혔다. 모든 사람들이 급히 다가왔다. 루피는 몇몇 하인들과 함께 엎드려 있는 그 시체를 뒤집어 보려고 했다. 그러나 얼굴은 꽁꽁 얼어붙어 있었다. 얼음에서 얼굴을 떼어 내자 한쪽 뺨이 얇고 거칠게 벗겨졌다. 다른 쪽 뺨은 개나 늑대한테 물어뜯긴 것 같았다. 그리고 얼굴 전체가 귀에서 시작된 큰 상처로 찢어져 있었기 때문에 그것을 도대체 얼굴이라고 말할 수 없을 지경이었다.

한 사람씩 뒤를 돌아보았다. 어쩐지 그 로마 가톨릭 신자가 뒤에 있는 것 같았다. 그러나 그들이 본 것은 화가 나서 피투성이가 된 채 달려오고 있는 그 광대뿐이었다. 그는 외투 하나를 쳐들고 있었다. 그리고 뭔가 나오지 않을까 하고 그 외투를 털어 댔다. 그러나 외투 안은 비어 있었다. 그래서 사람들은 특징들을 찾아보았고, 몇 가지를 발견했다. 불을 피우고 따뜻한 물과 포도주로 시체의 몸을 씻었다. 목 부위에 흉터가 나타났고, 큰 농양 자리도 두 개 보였다. 대공의 시의는 더 이상 의심하지 않았다. 그러나 사람들은 또 다른 것도 비교해 보았다. 광대 루이 옹즈는 몇 걸음 더 떨어진 곳에서 대공이 낮시 전투에서 탔던 덩치 큰 흑마 모로의 시체를 발견했다. 그는 그 위에 올라앉아 짧은 두 다리를 허공에서 흔들었다. 코에서 흘러나온 피가 아직도 입으로 흘러 들어가고 있었다. 마치 죽은 말이 피를 맛보고 있는 것처럼 보였다. 저쪽에서 하인 한 명이 대공의 왼쪽 발톱 하나가 살 속으로 자랐던 것을 기억해 냈다. 이제 모든 사람들이 그 발톱을 찾았다. 그러나 광대는 간지럼을 타듯이 몸을 흔들어 대며 소리를 질렀다. 「아아, 전하, 당신의 큰 결함을 찾고 있는 저들을 용서하십시오. 그들은 당신의 미덕을 간직하고 있는 나의 긴 얼굴에서 당신을 알아보지 못하는 바보들이옵니다.」

[대공의 유해를 안치할 때 맨 처음 방 안에 들어온 사람은 광대였다. 그것은 게오르크 후작이라는 사람의 집에서 일어난 일이었는데, 아무도 그 연유를 몰랐다. 구의(柩衣)를 아직 덮지 않기 때문에, 광대는 전체 인상을 볼 수 있었다. 조끼의 하얀색과 외투의 심홍색은 천개와 요의 흑색 사이에서 서로 어울리지 않게 심한 대조를 이루고 있었다. 그의 맞은편 앞쪽에는 금으로 도금한 큰 박차가 달린 새빨간 장화 한 켤레가 놓여 있었다. 그리고 저 위쪽에 머리가 있다는 데 대해서는 왕관을 보기만 해도 논란의 여지가 없었다. 그것은 무슨 보석이 박혀 있는 커다란 대공용 왕관이었다. 광대 루이 옹즈는 관 주위를 돌아가며 모든 것을 자세히 살펴보았다. 비단에 대해서 잘 알지 못

했지만, 공단을 손으로 만져 보기도 했다. 그것은 질 좋은 공단이었겠지만, 브루고뉴 가문에 비해서는 약간 싸구려 였는지도 모른다. 그는 전체를 보기 위해 다시 한 번 뒤로 물러섰다. 눈빛[雪光] 속에서 색깔들은 이상하게도 서로 관련이 없어 보였다. 눈빛이 색깔 하나하나를 도드라져 보이게 했다. 「잘 차려입었군.」 그는 결국 인정했다. 「한 가지 흔적은 너무 뚜렷한 것 같네.」 그에게 죽음은 마치 급하게 대공 한 사람이 필요한 꼭두각시 놀이꾼처럼 보였다.」●

더 이상 바꿀 수 없는 어떤 일들은 그 사실을 유감스럽게 생각하거나 단순히 판단만 하지 말고 그냥 확인하는 것이 좋다. 그로 인해 내가 올바른 독자였던 적이 단 한 번도 없었다는 사실이 내게는 분명해졌다. 나는 어린 시절에 독서란 나중에 온갖 직업이 차례로 올 때 선택해야 할 하나의 직업이라고 생각했다. 정직하게 말하자면 나는 언제 그런 시기가 올지에 대해서는 아무 생각이 없었다. 생활이 어느 정도 바뀌고, 그 삶이 예전에 내면으로부터 왔듯이, 밖으로부터 오게 되면 자연히 그것을 알게 되리라고 믿었을 뿐이다. 그렇게 되면 삶은 분명하고 뜻도 확실해서 전혀 오해할 것이 없으리라고 상상했다. 전혀 단순하지 않고, 반대로 꽤 까다로울 뿐 아니라 복잡하게 얽히고 힘들지도 모르지만, 눈으로 확실히 볼 수는 있으리라고 생각했던 것이다. 그렇게 되면 어린 시절이 지니는 유별난 무제한성, 불균형, 예측 불가능성은 극복되리라고 보았다. 물론 왜 그렇게 되어야 하는지는 알지 못했다. 근본적으로 생활은 점점 더 증가하고 밖으로 열려 갔다. 그리고 밖을 내다볼수록 자신의 내면을 더 휘젓게 되었다. 왜 그렇게 되었는지는 아무도 모른다. 그러나 삶은 극단적인 것으로 확대되다가 단 한 번에 부러지기도 했다. 그런데 어른들은 그것으로 별로 불안해지지 않는 것을 쉽게 관찰할 수 있었다. 어른들은 돌아다니며, 판단하고, 행동했다. 그들이 어려움에 처할 때면, 그것은 외적인 상황에 기인하는 것이었다.

나는 그런 변화의 시작을 독서의 시점으로 잡았다. 그때가 되면 책을 마치 지인처럼 대하게 될 것이고, 독서를 위한 시간, 일정하고 규칙적으로 기분 좋게 지나가는 시간도 알맞게 주어질 것이다. 물론 어떤 책들은 더 가깝게 느껴질 것이고, 가끔 그런 책을 읽느라고 산책이나 약속 시간, 또는 극장 공연 시작이나 급한 편지 쓰는 일을 30분 정도 지체할 경우가 아주 없다고는 말할 수 없다. 그렇지만 자고 일어난 것처럼 머리카락이 눌리거나 헝클어지고, 귀가 달아오른다든가, 두 손이 쇳덩이처럼 차가워진다든가, 옆에서 긴 초가 촛대 안까지 다 타내린다든가, 이런 일들은 다행스럽게도 완전히 없어질 것이다.

이런 현상들을 열거하는 까닭은, 내가 몸소 그런 것들을 체험해 보았기 때문이다. 내가 갑자기 책 읽기에 빠져든 것은 울스고르에서 방학을 보내던 무렵이었다. 바로 그때 내가 책을 읽을 줄 모른다는 사실이 드러났다. 물론 나는 내가 정해 놓았던 때보다 일찍 독서를 시작했다. 그렇지만 소뢰에서 내 나이 또래들과 함께 지낸 그 한 해는 그런 시간 계산을 미심쩍게 만들었다. 그곳에서는 예기치 못한 일들이 성급하게 다가왔다. 그리고 그런 일들이 나를 어른처럼 다루는 것이 분명했다. 그것들은 실제 삶에서 마주치는 것만큼 큰 경험들이라서, 그 자체로 매우 힘든 것이었다. 나는 그런 경험들이 존재하는 현실을 깨닫게 된 것과 같은 정도로 어린 시절의 무한한 실재에 대해서도 눈을 떴다. 나는 다른 삶이 비로소 시작된 만큼, 유년 시절도 거의 중단되지 않을 것이라 믿고 있었다. 물론 삶에 구분을 짓는 것은 각자의 자유지만, 그런 구분은 허구라고 나 자신을 타일렀다. 그런데 내가 어떤 구분을 생각해 내기에는 너무 서툴다는 것이 입증되었다. 내가 그런 시도를 할 때마다 삶은 그런 구분을 모른다는 것을 나에게 가르쳐주었다. 그리고 나의 유년 시절이 끝났다고 고집하면 바로 그 순간 다가오고 있던 모든 것들이 사라져 버렸다. 그리고 내게 남은 것은 납으로 만든 장난감 병정이 설 수 있을 만큼의 바닥뿐이었다.

이런 발견이 나를 더욱 고립시킨 것은 당연하다. 그것이 내 마음을 온통 사로잡았을 뿐만 아니라, 나를 일종의 궁극적인 기쁨으로 가득 채웠다. 그 기쁨은 내 나이를 훨씬 넘는 것이었기에 나는 그것을 걱정스럽게 받아들였다. 아무것도 기한이 주어져 있지 않았기에 많은 것들을 그냥 놓쳐 버릴 수 있겠다는 생각도 나를 불안하게 했던 기억이 난다. 그리고 내가 울스고르로 되돌아가 그 많은 책들을 봤을 때 나는 일말의 양심의 가책을 느끼며 서둘러 책 읽기를 시작했다. 내가 훗날 그토록 자주 느끼게 된 것을 어쩐지 그때 이미 예감했었다. 그것은 책 전체를 다 읽겠다는 의무감이 없다면 책을 아예 펴볼 권리가 없다는 것이었다. 글 한 줄을 읽을 때마다 세계가 열렸다. 모든 책 앞에서 세상은 신성했고, 어쩌면 다시 완전히 그 뒤에 놓여 있었는지도 모른다. 그렇지만 책을 읽을 줄도 모르던 내가 어떻게 그 모든 책 내용을 받아들여야 했단 말인가? 거기에는, 이렇게 소박한 도서실에도 헤아릴 수 없이 많은 책들이 함께 꽂혀 있었다. 나는 고집스럽게 필사적으로 책에서 책으로 달려들었다. 그리고 마치 뭔가 불균형적인 일을 해내야 할 사람처럼 마구 책장을 넘겼다. 그때 나는 실러, 바게젠,[67] 욀렌슐레거,[68] 샤크 슈타펠트[69]를 읽었고, 그곳에 있던 월터 스콧[70]과 칼데론[71]의 작품들도 읽었다. 벌써 읽었어야 했을 많은 책들이 손에 들어왔고, 읽기에는 때가 너무 이른 책들도 있었다. 그때 당시의 내 나이에 꼭 맞는 책들은 거의 없었다. 그래도 나는 읽었다.

여러 해가 지난 뒤에 나는 가끔 한밤중에 깨어나곤 했다. 별들이 실제로 거기 떠서 의미심장하게 운행하고 있었다. 그러면 나는 어떻게 사람이 그 많은 세상을 놓쳐 버릴 수 있는

67 Jens Immanuel Baggesen(1764~1826). 덴마크의 작가.
68 Adam Gottlob Oehlenschläger(1779~1850). 덴마크의 시인, 극작가.
69 Adolph Wilhelm Schack von Staffeldt(1769~1826). 덴마크의 시인.
70 Walter Scott(1771~1832). 스코틀랜드의 작가.
71 Pedro Calderón de la Barca(1600~1681). 스페인의 극작가.

지, 도무지 이해를 못 했다. 내가 책에서 눈을 들어 아벨로네가 부르고 있는, 여름이 와 있는 바깥을 내다볼 때마다 그와 비슷한 기분이 들었다고 생각한다. 그녀가 나를 소리쳐 불러야 했고, 나는 대답을 하지 않은 경우가 아주 예기치 않게 찾아왔었다. 그것은 우리가 한창 행복한 시간을 보내고 있을 때였다. 그러나 나는 그때 책에 사로잡혀 있었기 때문에 안간힘을 다해 독서에 매달렸고, 나날이 계속된 우리들의 휴일을 피해 잘난 체하듯 고집스럽게 몸을 숨겼다. 나는 눈에 띄지 않는 자연스러운 행운의 기회를 활용하는 데 너무 서툴렀기 때문에, 별로 꺼리지도 않고 점점 커져 가고 있던 우리의 불화를 훗날 화해시키겠다고 약속했다. 그러나 그런 화해는 뒤로 미룰수록 더 자극적이 되는 것이었다.

그런데 잠에 빠진 듯한 나의 독서는 시작했을 때와 마찬가지로 어느 날 갑자기 끝나 버렸다. 그때 우리는 서로 몹시 화가 나 있었다. 왜냐하면 아벨로네가 나를 조롱하고 나를 상대로 마구 우월감을 과시했기 때문이다. 그리고 내가 그녀를 나무 그늘 아래서 만나면 그녀는 책을 읽고 있다고 주장했다. 어느 일요일 아침 그녀의 옆에는 책장을 덮은 책이 놓여 있었다. 그리고 그녀는 너무도 분명히 포크로 조심스럽게 구즈베리 열매를 작은 송이로부터 훑어 내는 일에 몰두하고 있는 것처럼 보였다.

그것은 틀림없이 7월에 흔히 있는, 이른 아침 시간이었을 것이다. 어느 곳에서나 즐겁고, 별생각 없이 일들이 생기는 새롭고, 안정된 시간이었다. 그런 시간에는 수백만 개의 억누를 수 없는 작은 움직임들이 모여 가장 확실한 현존재의 모자이크를 만들어 낸다. 사물들은 서로 안으로 진동해 들어가기도 하고 다시 공기 속으로 나가기도 한다. 그리고 서늘한 공기는 그림자를 맑게, 해를 가벼운 정신의 빛으로 만든다. 그때 정원에는 중요한 일이란 아무것도 없다. 모든 것이 도처에 있으며, 사람도 어느 것 하나 놓치지 않기 위해서 모든 것 속에 들어 있어야 하는 것이다.

그러나 아벨로네의 작은 행동 속에는 그 모든 것이 다시 한 번 들어 있었다. 바로 그런 일을, 꼭 그렇게 하도록 생각해 냈다는 것이 얼마나 다행인지 모른다. 그늘 속에서 환한 그녀의 두 손은 그토록 가볍고 일치된 동작으로 작업을 하고 있었다. 동그란 구즈베리 열매가 포크에서 마구 튀어 이슬 젖은 포도 잎을 깔아 놓은 그릇 속으로 들어갔다. 거기에는 벌써 덟은 과육 속에 건강한 씨를 간직한 붉은색이며 황금색 열매들이 수북이 쌓여 반짝반짝 빛나고 있었다. 그런 상황에서 내가 원했던 것은 그냥 바라보는 것이었다. 그러나 얼마든지 나에게 자리를 권할 수도 있는 일이기에, 나는, 또한 스스럼없이 보이려고, 책을 집어 식탁 맞은편에 앉았다. 그리고 오래 책장을 넘겨 보지도 않고 아무 데나 읽었다.

「큰 소리로 좀 읽어 보렴, 책벌레야.」 잠시 뒤에 아벨로네가 말했다. 그것은 이미 더 이상 싸움 거는 투로 들리지 않았다. 그리고 그때 난 진지하게 화해할 때가 되었다고 생각했기에 즉시 큰 소리로 읽어 나갔다. 어느 장까지 계속해서 읽어 나갔고, 더 읽으려 하는데, 다음 제목은 〈베티나에게〉로

되어 있었다.

「아니, 답장은 읽지 마.」 아벨로네가 나를 중단시켰다. 그리고 갑자기 지친 듯이 작은 포크를 내려놓았다.

「맙소사, 읽는 게 왜 그렇게 형편없어, 말테야.」

그때 나는 내가 한 순간도 읽기에 집중하지 않았다는 사실을 인정하지 않을 수 없었다. 〈그냥 이모가 나를 중단시키라고 읽은 거야〉 하고 나는 고백했다. 얼굴이 화끈 달아올라 책 제목을 찾아 책장을 되넘겼다. 그때 비로소 나는 책 제목이 무엇인지 알게 되었다. 「왜 답장을 읽지 말라는 거지?」 나는 호기심이 생겨 물었다.

아벨로네는 마치 내 말을 못 들은 것 같았다. 그녀는 속 구석구석이 그녀의 눈동자처럼 새까맣게 되기라도 한 듯 거기 그렇게 밝은 옷을 입고 앉아 있었다.

「이리 내놔.」 그녀가 갑자기 화난 듯이 내뱉더니 내 손에서 책을 빼앗아 자기가 원했던 페이지를 올바르게 폈다. 그리고 베티나의 편지 하나를 읽었다.

나는 그것을 어떻게 이해해야 할지 몰랐다. 그러나 그것은 마치 언젠가는 이 모든 것을 통찰하게 해주겠다고 나에게 엄숙하게 약속하는 것 같았다. 그리고 그녀의 목소리가 점점 커지고, 마침내 그녀의 노래를 통해 내가 알고 있던 그 목소리와 거의 비슷하게 되는 동안 나는 내가 우리의 화해를 너무 하찮게 생각하고 있었다는 사실이 부끄러워졌다. 나는 그것이 화해였다는 것을 깨달았다. 화해는 이제 어디선가 내 위의 아주 먼 곳, 내 손이 미치지 못하는 큰 세계에서 이루어지고 있었던 것이다.

약속은 아직도 이루어지고 있다. 언젠가 그 책이 다른 책들과 함께 내 책이 되었다. 내가 떼어 놓지 않는 몇 권의 책들 가운데 한 권으로. 이제 나는 그 책에서 내가 원하는 그곳을 바로 펼 수 있다. 그 부분을 읽을 때면, 내가 베티네[72]를 생각하는지, 아니면 아벨로네를 생각하는지 결정적으로 말할 수 없다. 아니, 베티네는 실제로 내 마음속에 존재하게 되었다. 내가 알았던 아벨로네는 베티네를 위한 준비였다. 그리고 이제 그녀는 마치 그녀 본래의 어쩔 수 없는 본질처럼 베티네의 본질 속에 동화되었다. 이 놀라운 베티네는 그녀의 모든 편지로써 공간을 확보하였고, 가장 넉넉한 형상이 되었다. 그녀는 처음부터, 마치 죽은 뒤에 존재하듯이, 전체 안에 확산되었다. 그녀는 어느 곳에서나 존재의 세계로 아주 멀리 들어가, 그곳의 일부가 되어 있었으며, 그녀에게 일어난 일은 영원히 자연 속에 들어 있었다. 그곳에서 그녀는 스스로를 알아보았고, 고통스럽게 분리해 내었다. 마치 전해 오는 이야기로부터 그렇게 하듯이 힘들게 자신을 되찾았고, 혼령을 불러내듯이 자신을 불러내 오래 존속하였다.

베티네, 그대는 방금 전에도 있었다. 나는 그대를 알아본다. 흙이 아직도 그대의 온기를 품고 있지 않은가, 그리고 새

72 Bettina von Arnim(1785~1859). 독일 로만주의 작가 브렌타노의 누이. 괴테가 죽은 뒤 그와 교환했던 서신들을 책으로 펴냈다.

들은 아직도 그대의 음성을 위하여 공간을 남겨 두고 있다. 이슬은 달라도, 별들은 그대가 살아 있을 때와 같은 밤의 별들이다. 이 세상이 원래 그대의 것이 아니었던가? 그대는 그대의 사랑으로 자주 세상에 불을 질러, 훨훨 타오르는 불길과 펄펄 끓는 세상을 보지 않았던가? 그리고 사람들이 자고 있을 때 몰래 다른 세상으로 바꿔 놓지 않았던가? 매일 아침 신이 창조한 모든 피조물들이 살기 위해 신에게 새로운 대지를 요구할 때마다 그대는 신과 공명하고 있다고 느끼지 않는가? 대지를 아끼고 개선한다는 것이 그대에게는 얼마나 초라해 보였는가. 그대는 대지를 누리고도 여전히 세상을 달라고 두 손을 뻗고 있다. 그대의 사랑이 이제 모든 것을 포용할 수 있을 만큼 성장하였기 때문이다.

아직도 모든 사람이 그대의 사랑에 대해서 이야기하지 않는 것이 가능하단 말인가? 그대의 사랑보다 더 주목할 만한 사랑이 그 후에 있었단 말인가? 무엇이 사람들의 마음을 빼앗는 것인가? 그대 자신도 그대 사랑의 가치를 알고 있었다. 그대는 그대의 가장 위대한 시인[73]한테 큰 소리로 말하지 않았던가, 그가 그대의 사랑을 인간적인 것으로 만든다고? 그 사랑은 아직 자연의 본질을 지녔기에. 그러나 그는 그대에게 편지를 씀으로써 사람들이 그 사랑을 포기하게 만들었다. 모든 사람들이 이 답장을 읽었고 그것을 더 믿었다. 시인은 그들에게 자연보다 더 두드러져 보였기 때문이다. 그러나 언젠가는 여기가 시인의 한계라는 것이 밝혀지게 될

73 괴테를 암시하고 있음.

222

지도 모른다. 사랑하는 여인 베티네는 그에게 주어진 과제였다. 그러나 그는 그 여인을 감당하지 못했다. 그가 응답을 할 수 없었다는 것은 무엇을 말하는가? 그런 사랑에는 응답이 필요 없다. 그것은 유혹의 부름과 답을 제 안에 지니고 있다. 그런 사랑은 자기 자신의 소청을 들어준다. 그러나 시인은 그녀 앞에서 그 나라 어디를 가든 겸손하게 굴었어야 하며, 무릎을 꿇고, 그녀가 부르는 대로 두 손으로, 마치 파트모스 섬의 사도 요한처럼 받아써야 했다. 〈천사의 직분으로 시행한〉 이 음성에는 선택의 여지가 없었다. 그것은 시인을 감싸 안아 영원으로 데려가려고 온 음성이었다. 불붙은 승천의 마차도 거기에 있었다. 거기에는 그의 죽음을 위한 신화도 준비되어 있었는데, 시인은 그 신화의 내용을 텅 비워 두었다.

운명은 무늬와 형상을 고안해 내기를 좋아한다. 운명의 고난은 복잡함에 근거를 둔다. 그러나 삶 자체는 단순하기 때문에 어렵다. 삶에서 우리에게 적당하지 않은 규모의 사물은 단지 몇 가지뿐이다. 성자는 운명을 거부함으로써 그러한 것들을 선택하여 신을 마주 대하는 것이다. 여자가 그 천성에 따라 남자와의 관계에서 똑같은 선택을 해야 한다는 데에서 모든 애정 관계의 불행이 초래된다. 여자는 운명도 모르고 단호하게, 마치 영원한 존재처럼 남자 옆에 서 있다. 그런데 남자는 변한다. 언제나 사랑하는 사람이 사랑받는 사람을 능가한다. 삶은 운명보다 위대하기 때문이다. 여자의 헌신은 한량없기를 바란다. 그것이 여자의 행복이다. 그러나 여자의 사랑이 느끼는 이름 없는 고통은 언제나 그런 헌신을 제한하라는 요구를 받는 것이었다.

여자들의 탄식은 다른 것이 아니었다. 엘로이즈[74]의 처음 두 통의 편지에는 그런 탄식만 들어 있었다. 그리고 5백 년 후에 포르투갈 여성[75]의 편지에도 그런 탄식이 나온다. 그것은 마치 새의 울음소리처럼 알아볼 수 있다. 그리고 갑자기 이런 통찰의 밝은 공간 속으로 사포[76]의 아득한 모습이 통과한다. 그 모습이 수백 년 동안 발견되지 못한 것은 운명 속에서만 그것을 찾은 탓이었다.

나는 한 번도 그 남자한테서 신문을 살 용기를 내지 못했다. 그가 저녁 내내 뤽상부르 공원 바깥에서 느릿느릿 오가고 있을 때, 과연 그가 실제로 신문 몇 부를 항상 준비하고 있는지도 확실하지 않다. 그는 격자 울타리에 등을 돌리고, 울타리를 받치고 있는 돌 모서리를 손으로 쓰다듬었다. 그가 너

---

74 Héloïse(1101~1164). 중세의 수녀. 수도사 아벨라르Petrus Abaelard (1079~1142)와의 금지된 연애 사건으로 유명하며, 수도원에서 쫓겨난 이후 주고받은 편지에 나타난 엘로이즈의 가망 없는 사랑에 대한 헌신적인 태도는 릴케에게 이상적인 예가 되었다.

75 마리아나 알코포라도. 주45 참조.

76 Sappho. 612년경 탄생한 고대 그리스의 여성 시인. 그녀와 제자들과의 애정 관계는 레즈비언의 시초로 간주된다.

무 납작하게 울타리에 붙어 있었기 때문에 매일 많은 사람들이 그 앞을 지나가면서도 그를 보지 못했다. 물론 그의 몸 속에도 약간의 목소리가 남아 있었다. 그러나 그것은 마치 등잔이나 난로에서 나는 부지직 소리, 또는 동굴에서 독특한 간격을 두고 떨어지는 물방울 소리와 다르지 않다. 그리고 그가, 모든 움직이는 것보다 더 소리 없이, 시계 바늘처럼, 시계 바늘의 그림자처럼, 시간처럼 움직여 나가는 휴식 시간에만 그곳을 평생토록 지나가는 사람들이 있는 것이 세상이다.

내가 그를 쳐다보기 싫어한 것은 얼마나 옳지 못했던가. 그의 가까이에 있으면서도, 마치 그의 존재를 모르는 것처럼, 다른 사람의 발자국 소리이거니 했던 일이 자주 있었다는 것을 여기 적자니 몹시 부끄럽다. 나는 그가 〈신문이오!〉 하고 말하는 소리를 들었다. 그 바로 뒤로 또 한 번, 그리고 세 번째로 짧게 간격을 두고 급히 나오는 소리. 내 옆을 지나가던 사람들이 돌아보고 소리의 주인공을 찾았다. 나 혼자만 이상할 것이 없고, 속으로 몹시 바쁘다는 듯이, 다른 모든 사람들보다 서둘러 갔다.

사실 나는 그랬다. 그를 상상해 보는 일에 몰두했다. 그를 마음속에 그려보는 작업을 하느라 너무 애를 쓰는 바람에 진땀이 났다. 아무 증거도 없고, 유품도 남아 있지 않은 고인(故人)을 만들어 내듯이 그를 만들어 내야 했기 때문이다. 그 사람은 온전히 마음속으로 만들 수밖에 없는 것이다. 모든 고물상 가게에 널려 있는, 줄무늬 있는 상아로 만든 야윈 예수상을 생각한 것이 어느 정도 도움이 되었다는 것을 이젠 알겠다. 어떤 피에타상[77]에 대한 생각이 머릿속을 오락가락했다. 이 모든 것은 아마도 그의 긴 얼굴이 유지하고 있는 어떤 기울기, 뺨의 그늘진 부분에 불쌍하게 자란 턱수염, 그리고 비스듬히 위로 치켜진 그의 폐쇄적인 표정에 들어 있는, 아주 멀어 버린 두 눈을 환기하기 위한 것일 뿐이었는지도 모르겠다. 그러나 그가 지니고 있는 것은 그밖에도 수없이 많았다. 그에게는 아무것도 사소한 것이 없다는 것을 나는 이미 그때 깨닫고 있었다. 상의인지 외투인지, 뒤쪽 단이 낡아서 옷깃이 다 드러나 보이고, 더구나 그 낮은 옷깃이 우묵하게 들어간, 길게 뻗은 목을 건드리지도 않고 헐렁하게 두른 모양도 그렇고, 목 전체를 크게 감아 묶은, 녹색이 도는 검은 넥타이도 사소하지 않다. 특히 모든 장님들이 모자를 쓰고 다니듯이, 그가 쓰고 다닌 낡은, 운두가 높고 뻣뻣한 펠트 모자도 사소한 것은 아니었다. 그런 것들은 얼굴 주름과도 아무 관련이 없고, 그렇게 걸친 것과 그 자신을 합쳐서 새로운 통일성을 형성할 가능성도 없는, 다만 약속된 낯선 대상일 뿐이었다. 나는 비겁하게 그를 쳐다보지도 못했고, 마침내 이 남자의 형상이 아무런 계기도 없이, 그러나 강력하고 고통스럽게 마음속에서 응축되어 아주 비참한 심정이 되는 일이 자주 생겼다. 그래서 나는 쫓기는 마음으로, 점점 증대하고 완성되어 가는 내 상상을 외부의 사실을 통해 약화시키고 피해 버리기로 결심했다. 그땐 저녁 무렵이었다.

77 Pietà. 처형된 예수를 안고 슬퍼하는 성모상.

나는 당장 잘 살펴보면서 그의 곁을 지나가 보기로 했다.

그런데 꼭 알아야 할 것은 그때 한창 봄이 오고 있었다는 것이다. 낮에 불던 바람은 잦아들었고, 골목길은 길고 평화로웠다. 골목이 끝나는 곳에 서 있는 집들은 방금 잘라 낸 흰색 금속의 단면처럼 새로운 색으로 빛나고 있었다. 그러니 그것은 너무 가벼워서 사람을 놀라게 하는 그런 금속이었다. 널찍하게 쭉 뻗은 길에는 수많은 사람들이 무질서하게 열을 지어 걸어가고 있었다. 그들은 드문드문 지나가는 마차들을 거의 무서워하지 않았다. 그때는 틀림없이 일요일이었다. 바람이 잠잠한 적막 속에서 생쉴피스[78] 성당의 탑머리가 경쾌하게, 그리고 생각보다 높게 드러났다. 로마풍에 가까운 좁은 골목을 통해서 사람들은 부지불식간에 계절을 내다보았다. 공원 안팎으로 사람들이 너무나 많이 움직이고 있었기 때문에 나는 그 눈먼 남자를 금방 찾지 못했다. 아니면, 내가 군중들 사이에 있는 그를 처음에는 알아보지 못한 것일까?

나는 내 상상이 실없었다는 것을 즉시 알았다. 아무런 조심성이나 위장으로 제한되지 않은, 비참한 상태에 그대로 몸을 맡긴 그의 모습은 내 상상의 수준을 훨씬 뛰어넘었다. 나는 그의 자세가 왜 그 정도로 기울어졌는지도 몰랐고, 그의 눈까풀 안쪽을 계속 채우고 있는 것 같은 공포가 어떤 것인지도 몰랐다. 수채 구멍처럼 오므린 그의 입을 생각해 본 적도 없다. 그에게 추억이 있을 수도 있겠다. 지금은 그러나 등

78 Saint-Sulpice. 프랑스 파리의 룩상부르 공원 북쪽에 있는 성당.

뒤로 나날이 손이 닳도록 매만진 돌 가장자리의 모호한 촉감 이외에 그의 영혼에 추가된 것은 아무것도 없었다. 나는 서 있었다. 그리고 이 모든 것을 거의 동시에 바라보는 동안, 그가 또 다른 모자를 쓰고, 일요일용이 틀림없는 넥타이를 매고 있다는 것을 알았다. 넥타이에는 노란색과 자주색 사각형 무늬가 비스듬하게 들어가 있었고, 모자는 초록색 밴드를 두른, 값싼 새 밀짚모자였다. 물론 색깔들은 전혀 중요한 것이 아니었다. 그런데 내가 그걸 기억하고 있었다니, 좀스러운 일이다. 다만 내가 말하고자 하는 것은, 그 색깔이 새 가슴의 가장 약한 부분처럼 그의 몸 한 부분을 차지하고 있었다는 사실이다. 그 자신은 거기에 아무 욕구도 없었다. 그러나 그 모든 사람들 가운데 그 누가 (나는 주위를 둘러보았다) 이 국가가 그를 위해서 존재한다고 말할 수 있겠는가?

나의 신이시여, 그러니까 바로 당신이 존재한다는 생각이 격렬하게 떠올랐던 것입니다. 당신의 실존에 대한 증거들은 있습니다. 나는 그 모든 증거들을 다 잊어버렸고, 아무에게도 그 증거를 요구하지 않았지요. 당신의 존재에 대한 확신에는 얼마나 엄청난 의무가 들어 있겠습니까. 그렇지만 당신은 이제 나에게 그것을 보여 주었습니다. 이것이 당신의 취향이고, 여기에 당신의 만족이 있다고. 무엇보다도 견뎌 내라, 그리고 판단하지 마라, 우리는 이렇게 배웠습니다. 어려운 일은 어떤 것입니까? 은총받을 일은 어떤 것입니까? 당신 혼자만이 그것을 아십니다.

다시 겨울이 되고, 내게 새 외투가 필요하게 되면, 그것을 내게 주십시오, 외투가 새것일 동안은 그 남자처럼 걸치고 다니겠습니다.

내가 더 좋은, 처음부터 내 소유인 옷을 입고 돌아다닌다거나, 어디라도 거처가 있는 것을 중요하게 생각하는 것은 결코 나를 가난한 사람들과 구별하기 위함이 아니다. 나는 그 정도로 가난하지는 않다. 나는 그들과 같은 생활을 할 용기가 없다. 만일 내게서 팔이 없어진다면, 나는 그것을 감출 것이다. 그러나 그 여인(나는 그녀가 어떤 사람이었는지 모른다), 그 여인은 매일 카페의 테라스에 나타났다. 그리고 그녀에게는 매우 힘든 일이었음에도 불구하고, 외투를 벗고, 무엇인지 모를 기구와 속옷을 벗는 수고를 마다하지 않았다. 그녀는 사람들이 더 기다리지 못할 만큼 느린 동작으로 벗고 벗기고 하였다. 그런 다음 메마르고 뭉툭해진 팔을 드러내고 우리 앞에 얌전하게 섰다. 그 불구의 팔은 진기해 보였다.

　아니다, 내가 나 자신을 그들과 구별하려고 하는 것은 아니다. 그렇지만 내가 그들과 똑같아지려고 한다면, 그것 또한 주제넘은 일이 될 것이다. 나는 그렇지 않다. 나에게는 그들의 강점과 그들의 절제가 없다. 나는 스스로 먹고 산다. 그리고 매번 찾아오는 식사 시간은 전혀 비밀스럽지 않다. 그러나 그들은 마치 영원한 존재처럼 지탱한다. 그들은 매일 똑같은 거리 모퉁이에 서 있다. 11월에도 그 자리에 서서 겨울이 온다고 비명을 지르지 않는다. 안개가 껴서 그들의 모습을 불분명하고 불확실하게 만든다. 나는 여행도 떠났고, 병이 나기도 했으며, 많은 일들이 나를 지나갔다. 하지만 그들은 죽지 않았다.

[나는 어린 학생들이 어떻게 암울한 냄새가 나는 추운 방에서 자다 일어날 수 있는지 정말 모르겠다. 누가 그 아이들에게 힘을 주기에 앙상하게 뼈만 남은 그들이 어른들의 거리로, 밤이 끝나는 희미한 새벽 여명 속으로, 끝날 날이 없는 등굣길로 달려 나가는가. 아직 어리고, 항상 예감을 가슴 가득히 안고, 늘 지각을 하면서 말이다. 나는 그렇게 지속적으로 소모되는 도움들이 얼마나 많은지 전혀 상상할 수가 없다.]•

이 도시는 서서히 가난뱅이로 미끄러져 내려가는 사람들로 가득하다. 대부분의 사람들이 처음에는 저항을 한다. 그러나 아무 저항도 없이 점점 그쪽으로 넘어가는 창백한 노처녀들이 있다. 그들은 강하고, 한 번도 사랑을 받아 본 적이 없어, 마음속 깊이 순결하다.

어쩌면 당신은, 나의 신이시여, 내가 모든 것을 놔두고 그들을 사랑하기를 바라십니까? 그것이 아니라면, 그들이 나를 앞질러 갈 때 그들을 따라가지 않기가 왜 이렇게 힘들어지는 걸까요? 나는 왜 갑자기 가장 달콤하고, 가장 밤에 어울리는 말을 꾸며내며, 내 목소리는 왜 목과 가슴 사이에 부드럽게 걸려 있습니까? 왜 나는 내 숨결로 말할 수 없이 조심스럽게 그 처녀들을 지켜 주리라고 상상하는 걸까요? 삶의 노리개가 된 그 인형들. 해마다 오는 봄은 그때마다 쓸데없이 그들의 팔을 벌려 놓아 어깻죽지가 헐거워지게 합니다. 그들은 아주 높은 희망에서 떨어져 본 일이 없기에, 부서지지 않았습니다. 그러나 맥이 풀려서 이미 삶에는 쓸모가 없습니다. 오직 길 잃은 고양이들만 밤에 그들의 방에 들어와 몰래 그들을 할퀴고 그들의 배 위에서 잠을 잡니다. 때때로 나는 두 골목쯤 그들을 따라갑니다. 그들이 집들 옆에 바짝 붙어서 가면, 끊임없이 사람들이 와서 그들을 가려 버립니다. 그 사람들 뒤로 그들은 마치 아무것도 아닌 것처럼 사라져 버립니다.

그렇지만 나는 알고 있다. 이제 누군가 그들을 사랑해 보려고 한다면 그에게 그들은 마치 너무 먼 길을 와서 걷기를 멈춘 사람처럼 무겁게 기댈 것이라고. 오직 사지에 부활의 힘을 지닌 예수만이 그들을 감당할 것이라고 나는 생각한다. 그러나 예수는 그들에게 아무 관심도 없다. 오직 사랑하는 여인들만이 예수를 유혹한다. 차가운 등잔을 들고 있는, 사랑받는 재주가 적은 여인들[79]은 그렇게 하지 못한다.

만일 극도로 비참한 것이 나의 운명으로 정해져 있다면, 좋은 옷으로 나를 꾸민다고 해도 아무 도움이 되지 못한다는

79 「마태복음의 복음서」 25장 2절 참조.

것을 나는 알고 있다. 그 사람[80]도 왕국 한복판에서 가장 비참한 사람들 사이로 미끄러져 떨어지지 않았던가? 높이 올라가기는커녕 밑바닥까지 추락했던 그 사람. 비록 왕궁의 공원이 아무것도 증명하는 것은 없지만, 내가 가끔 다른 왕들을 믿었다는 것은 사실이다. 그러나 지금은 밤이다. 겨울이고, 나는 춥다. 나는 그 왕을 믿는다. 영광은 단 한 순간이고, 우리는 비참보다 더 오래가는 것을 본 적이 없다. 그러나 그 왕은 오래 존속할 것이다.

이 사람이야말로 유리종 속의 밀랍 꽃처럼 광기 아래 자신을 보존한 유일한 사람이 아닐까? 사람들은 교회에서 다른 왕들을 위해 장수(長壽)를 기도했다. 그러나 장 샤를리에 제르송[81] 재상은 그 왕이 영원히 존재할 것을 요구했다. 그렇지만 그때 이미 그는 가장 초라한 사람이었고, 왕관을 썼으면서도 형편이 안 좋고 몹시 가난했다.

그때는 얼굴을 검게 칠한 낯선 남자들이 침대에 누워 있는 그를 수시로 덮쳐 종기 안으로 썩어 들어간 속옷을 그의 몸에서 벗겨 내려고 했던 때였다. 그는 이미 오래전부터 그 속옷을 제 몸의 일부라고 여겨 왔다. 방 안을 어둡게 하고, 사람들은 그의 뻣뻣한 팔 밑에서 문드러진 헝겊 조각을 손에 잡히는 대로 뜯어냈다. 그런 다음 한 사람이 불을 밝혀 비춰 보았다. 그러자 그들은 비로소 왕의 가슴 위에서 고름이 번

80 프랑스의 왕 샤를 6세Charles le Fou(1368~1422)를 가리킨다. 재위 기간은 43년이었으나 부르고뉴 공의 반란을 토벌하던 중 숲 속에서 발광을 했다.

81 Jean Charlier Gerson(1363~1429). 파리의 신학 교수, 설교사, 신부.

진 상처를 발견했다. 그 상처 안에는 쇠 부적 하나가 박혀 있었다. 왕이 밤마다 그것을 온 힘을 다해 가슴에 꼭 눌러 그렇게 된 것이었다. 이제 그것은 그의 몸 깊숙이, 끔찍하게 귀한 물건으로, 들어 있었다. 마치 성유물 함 속 우묵한 곳에 놓여 있는, 기적을 일으키는 성자의 유물처럼, 진주알 같은 고름이 부적의 가장자리를 두르고 있었다. 억센 막일꾼들을 선발했지만, 방해받은 구더기들이 플란넬 천에서 나와 그들에게 기어오를 때, 그리고 주름에서 떨어져 그들의 소매 아무 데나 붙었을 때는 그들도 구역질을 참지 못했다. 왕의 상태가 파르바 레기나[82]와 함께 지내면서 더 나빠졌다는 것은 의심의 여지가 없다. 그녀는 젊고 깨끗했지만 왕 옆에 눕기를 좋아했다. 그러다가 그녀는 죽어 버렸다. 그러자 이제는 아무도 감히 이 썩은 고깃덩이 옆에서 동침할 여인을 들이지 못했다. 소비(小妃)는 왕을 진정시킬 만한 말이나 애정을 남기지 않았다. 그래서 아무도 왕의 황폐한 정신을 뚫고 들어가지 못했고, 영혼의 심연에서 그를 구해 내지 못했다. 그가 풀뜯으러 나가는 짐승처럼 눈을 둥그렇게 뜨고 갑자기 걸어 나왔을 때 아무도 그 영문을 몰랐다. 그리고 그는 쥐베날[83]의 분주한 얼굴을 알아볼 때마다 왕국의 최근 사정을 생각해 내고 놓쳐 버린 정무를 만회하려고 했다.

그러나 그 시절의 사건들은 가릴 것을 가려 가며 전할 수

82 parva regina. 〈작은 왕비〉를 뜻하는 라틴어. 사람들이 병든 왕에게 들여 준 첩실.

83 Juvénal des Ursins(1388~1473). 샤를 6세의 연대기를 작성한 프랑스의 관리.

있는 것이 아니었다. 무슨 사건이 생기면 그것은 온 무게를 그대로 지니고 있었고, 그 사건에 대해 누가 말할 때 마치 그 사건은 한 덩어리가 된 것 같았다. 그의 동생[84]이 살해되었고, 어제는 그가 늘 사랑하는 누이라고 불렀던 발렌티나 비스콘티가 그의 앞에 무릎을 꿇고, 검은 상복을 들어 올리며 일그러진 표정으로 하소연했다는 이야기에서 어느 부분을 생략할 수 있단 말인가? 그리고 오늘은 끈질기고 입심 좋은 변호사가, 범죄가 투명해져 밝게 하늘로 날아가려 할 때까지, 몇 시간 동안이나 서서 제후 살인범의 정당성을 증명했다는 이야기는 또 어떤가. 그리고 공정하다는 것은 모든 사람이 옳음을 인정한다는 것이었다. 오를레앙 공의 부인 발렌티나는, 사람들이 그녀에게 복수를 약속했음에도 불구하고, 슬퍼하다가 죽었다. 그리고 아무리 브루고뉴 대공을 용서하고 또 용서한들 무슨 도움이 되었겠는가? 음울한 절망의 격정에 사로잡힌 그는 벌써 몇 주일째 아르질리 숲 깊숙이 천막을 치고 살면서 밤마다 사슴들이 울부짖는 소리를 들어야 마음이 가벼워진다고 주장했으니.

이 모든 이야기를, 그것이 짧다고는 하지만, 언제나 끝까지 생각해 본 백성들은 한 사람을 보고 싶어 했다. 그리고 그들은 그 한 사람을 보았다. 어쩔 줄 모르고 있는 사람. 그러나 백성들은 그 광경을 기뻐했다. 그들은 이 사람, 신이 참다 못해 그를 제치고 나서도록 가만히 있기만 했던 그 참을성

84 Louis d'Orléans(1372~1407). 샤를 6세의 동생으로 브루고뉴 공(1371~1419)에게 살해당했다.

있고 조용한 사람이야말로 왕이라는 것을 깨달았다. 모든 것이 밝혀진 그 순간 왕은 생폴 호텔 발코니에서 자신의 은밀한 진전을 예감했는지도 모른다. 루스베케에서의 그날이 생각났다. 그날 백부 베리 공[85]이 그의 손을 이끌고 완벽했던 그의 첫 승리 앞으로 데리고 갔었다. 그는 그곳에서 이상하게 밝은 가을 날씨 속 수많은 겐트[86] 인들의 무더기를 보았다. 사방에서 공격해 들어온 기병들이 그들을 말발굽 아래 짓밟는 바람에 피할 데 없이 좁은 곳에 몰려 있던 그들은 질식해서 죽었다. 마치 거대한 뇌수(腦髓)처럼 서로 감아 얽힌 그들은 그곳에 무더기로 쓰러져 있었는데, 그것은 서로 밀착해 있기 위해서 그들이 스스로를 함께 묶어 놓았던 결과였다. 여기저기서 그들의 질식한 얼굴을 보노라면 숨이 막혔다. 그 수많은 영혼들이 갑자기 한꺼번에 빠져나가는 통에 빽빽하게 선 채 죽은 시체들 위로 공기가 멀리 밀려갔다는 생각을 막을 수가 없다.

이 장면은 그의 명성의 첫출발로서 그의 마음에 새겨졌다. 그리고 그는 그 명성을 유지했다. 그러나 그때가 죽음의 승리였다면, 이제 여기, 쇠약한 무릎을 버티며 모든 사람들의 눈에 똑바로 서 있는 그의 모습은 사랑의 신비였다. 그는 예전의 전쟁터가 소름 끼치도록 무시무시했어도, 이해할 수 없는 것은 아니었음을 다른 사람들의 모습을 보고 알았다. 그러나 여기 이 장면은 이해할 수 없었다. 그것은 언젠가 상

85 Jean de Berry(1340~1416). 샤를 5세의 형.
86 Gent. 벨기에의 도시.

리스 숲에서 본 황금빛 목걸이를 한 사슴처럼 신비스러웠다. 다만 지금은 그 자신이 신비한 현상이고, 다른 사람들이 그를 쳐다보느라 홀딱 빠져 있는 것이다. 그들이 지금 숨을 죽이고 있으며, 그가 젊은 시절 사냥 나갔던 날 유순한 사슴 얼굴 하나가 살피듯이 나뭇가지 사이로 살며시 나타났을 때 그를 엄습했던 것과 똑같은 큰 기대가 그들의 가슴을 채우고 있음을 의심하지 않았다. 그의 부드러운 모습 위로 현현의 신비가 퍼졌다. 그는 움직이지 않았다. 사라져 버릴 것이 부끄러웠다. 넓적하고 단순한 그의 얼굴에 나타난 엷은 미소는 돌로 만든 성자상의 미소처럼 자연스럽게 지속되었으며, 따로 수고할 필요가 없었다. 왕은 그런 모습으로 서 있었다. 그리고 그것은 축소해서 보는 영원의 순간들 가운데 하나였다. 군중은 거의 참지 못했다. 한없이 커진 위안의 힘을 얻은 그들은 환성을 질러 정적을 깨뜨렸다. 그러나 발코니 위에 서 있는 사람은 쥐브날 데 위르생뿐이었다. 그는 군중이 처음으로 조용해진 틈을 타 왕께서 신비극을 관람하기 위해 생드니 가에 있는 수난극단(受難劇團)[87]으로 행차하실 것이라고 큰 소리로 알려 주었다.

그런 날 왕은 온화한 의식으로 가득 차 있었다. 만일 그 시대의 어느 화가가 천국의 인물을 그리기 위해 참고할 만한 모델을 찾았다면, 그는 루브르 궁전의 높은 창가에 어깨를 늘어뜨리고 서 있는 왕의 조용한 모습보다 더 완전한 본

---

87 예수 수난을 연극으로 공연하기 위해 1402년 파리에서 창설된 아마추어 극단. 샤를르 6세의 특별 지원을 받음.

보기를 발견할 수 없었을 것이다. 왕은 크리스틴 드 피상[88] 부인이 그에게 헌정한, 『길고 긴 배움의 길』이라는 작은 책의 책장을 넘기고 있었다. 왕은 하늘나라의 알레고리에서 세상을 지배할 만한 권위를 갖춘 제후를 찾아내려는 의회의 유식한 토론을 읽지 않았다. 책은 그에게 언제나 가장 단순한 페이지를 펼쳐 보였다. 거기에는 오직 눈에서 흐르는 쓰라린 물을 증류하는 데에 쓰기 위해 고통의 불 위에 13년 동안이나 플라스크처럼 얹혀 있던 심장 이야기가 들어 있었다. 진정한 위안은 행복이 충분히 과거사가 되고 영영 끝나버렸을 때 비로소 시작된다는 것을 왕은 이해하고 있었다. 이러한 위로보다 그에게 더 가까운 것은 없었다. 눈길로 건너편 다리를 훑는 것처럼 보이는 동안에도 왕은 강력한 무녀 쿠메아[89]에게 감동하여 대로로 나아간 크리스틴의 심장을 통해 당시의 세상을 즐겨 바라보고 있었던 것이다. 그것은 모험을 통해 정복한 바다, 광활한 공간에 눌려 닫혀 있는, 낯선 탑이 서 있는 도시들, 첩첩 산중의 황홀한 고독, 그리고 경외심을 지닌 의심으로 탐구한, 젖먹이의 두개골처럼 이제 겨우 닫힌 하늘나라가 있는 세상이었다.

누군가 방 안으로 들어오면 왕은 화들짝 놀랐고, 김이 서리듯 서서히 그의 정신이 흐려졌다. 그는 사람들이 그를 창가로부터 데려가 일을 시키도록 순순히 내버려 두었다. 그들은 왕에게 그림을 보며 몇 시간을 보내는 습관을 가르쳐

88 Christine de Pisan(1363~1430). 프랑스의 여성 작가.
89 Cumäa. 고대 그리스의 예언녀.

주었다. 그는 만족해했다. 다만 그림들을 넘길 때 한 번에 여러 장의 그림을 볼 수 있게 들고 있지 못한다든지, 그림들을 2절판의 대형 책장에 붙여 놓았기 때문에 서로 뒤섞을 수 없다는 것이 그의 마음을 상하게 했다. 그때 완전히 잊혔던 놀이용 카드를 누군가 기억해 냈다. 왕은 그것을 가져다준 사람을 총애하였다. 울긋불긋하고 따로따로 움직일 수도 있고 여러 가지 형상으로 가득한 이 마분지들은 그의 마음에 꼭 들었다. 그러나 카드놀이가 궁인들 사이에서 유행이 되었을 때, 왕은 그의 도서실에 앉아 혼자서 놀았다. 그가 두 장의 킹 카드를 나란히 펴놓듯이, 신은 최근에 그와 벤첼 황제를 한자리에 불렀다.[90] 때때로 여왕 한 명이 죽었다.[91] 그러면 왕은 하트 에이스 한 장을 그 위에 올려놓았다. 그것은 마치 묘석 같았다. 이 카드놀이에 교황이 여러 명 있다는 사실을 왕은 이상하게 여기지 않았다. 그는 로마를 건너편 책상 가장자리에 설치했다. 그리고 여기, 그의 오른편 아래가 아비뇽이었다. 그는 로마에는 관심이 없었다. 그는 어떤 이유에선지 로마가 원형이라고 상상했다. 그리고 더 이상 그것을 고집하지도 않았다. 그러나 아비뇽은 그가 잘 알고 있었다. 그 생각을 하자마자 그의 기억이 높고 폐쇄된 궁전을 되살려 놓았고 그는 지나치게 긴장을 하였다. 왕은 눈을 감고 숨을 깊이 들이마셔야 했다. 그날 밤에 악몽을 꿀까 봐 겁이

90 샤를 6세가 분열된 교회의 통일을 협상하기 위하여 1397년에 신성 로마 제국의 벤첼 황제(1361~1419)와 회담한 사실을 가리킨다.
91 샤를 6세의 재위 기간에 할머니(1398)와 딸(1409)이 사망했다.

낮던 것이다.

그러나 전체적으로 그것은 사실 마음을 안정시키는 소일
거리였다. 왕을 반복해서 그 놀이로 인도한 그들이 옳았다.
그런 시간들은 그가 왕, 샤를 6세 왕이라는 생각을 굳혀 주
었다. 그렇다고 해서 그가 과장했다고 말하려는 것은 아니
다. 그런 카드보다 더 대단한 존재라는 생각은 그에게는 한
참 멀었다. 그러나 그의 마음속에서는 그도 또한 한 장의 카
드라는, 어쩌면 나쁜, 잃기만 해서 화를 내며 내놓는 그런 카
드, 항상 똑같고, 한 번도 다른 카드가 될 수 없는 카드라는
생각이 점점 강해졌다. 한 주가 그렇게 일정한 자기 확인 속
에 지나가고 나면 그는 속이 답답해졌다. 이마와 목의 피부
가 팽팽하게 당겨져 갑자기 그 윤곽이 너무나 뚜렷하게 느
껴지는 듯했다. 그가 신비극에 대해 묻고, 그것이 시작되기
를 기다리지 못하게 되면 그가 어떤 유혹에 지고 있는지 아
무도 몰랐다. 그리고 그 지경이 되면 왕은 그의 생폴 호텔보
다 생드니 가에서 더 많이 살았다.

그런데 이 극시의 수명적 불행은 계속 보충되고 확대되어
수만 행으로 불어나는 바람에 마침내 그렇게 서술된 시간이
실제 시간이 되어 버렸다는 데에 있었다.[92] 그것은 마치 지구
본을 실제의 지구 크기로 만드는 식이었다. 오목한 무대를
하나 세워 놓고 그 밑은 지옥이고, 그 위는 난간도 없이 기둥
한 개로 받친 발코니가 천국의 높이를 의미하게 만들어 놓

92 릴케가 암시하고 있는 Arnoul Gréban(1420~1471)의 예수 수난극은
34, 574행이며, 4백 명의 인물이 등장한다고 한다.

음으로써 환상을 더욱 약화시켰다. 이때는 천국과 지옥을 지상으로 옮겨 그 두 세계의 힘으로 살아남으려 했던 시대였기 때문이다.

때는 왕의 한 세대 전 교황 요한 22세를 중심으로 뭉쳤던 아비뇽 그리스도교의 시대였다.[93] 본의 아니게 수많은 피난소가 생겼다. 요한 22세 사후 곧바로, 그가 교황으로 주재했던 자리에 이 궁전이 세워졌는데, 그 건물은 마치 수많은 사람들의 정처 없는 영혼을 위한 비상육체(非常肉體)처럼 폐쇄적이고 무거웠다. 그러나 키가 작고 가벼운 영적인 노인이었던 교황 자신은 아직 열린 공간에서 살았다. 그는 아비뇽에 도착하자마자 지체 없이 사방을 돌아다니며 신속하고 민첩하게 활동하기 시작했다. 그러나 식탁에 올라온 그의 음식 그릇에는 독약이 들어 있었다. 첫 번째 잔은 언제나 쏟아 버려야 했다. 시식을 책임진 시종이 사슴뿔 조각을 집어넣었다 꺼내면 색이 변해 있었기 때문이다. 이 칠순 노인은 그를 멸망시킬 목적으로 그의 모양을 본떠 만든 밀랍 초상을 어디다 감추어야 할지 몰라 쩔쩔매면서 들고 다녔다. 그는 그 밀랍 인형에 박아 놓은 긴 바늘에 긁히기도 했다. 그것을 녹여 버릴 수도 있었다. 그러나 그는 이 음흉한 모조품에 너무 놀란 나머지, 자신의 의지와는 반대로, 불에 녹는 초처럼 그

---

93 교황 클레멘스 5세가 1309년 아비뇽을 주재지로 삼은 이후 1377년까지 아비뇽은 교황의 공식 주재지가 되었다. 교황 그레고리우스 11세가 로마로 돌아감으로써 소위 〈바빌론의 유수(幽囚)〉 기간은 끝났으나, 이때부터 교황청에 분열이 생겨 아비뇽에 따로 교황이 옹립되었다. 1378년부터 1417년까지는 아비뇽과 로마에 두 명의 교황이 대립하여 정통성을 다툰 분열의 시대였다.

자신도 죽어 사라질 수 있으리라는 생각을 하게 되었다. 여윈 그의 몸은 공포 때문에 더욱 말랐고, 그만큼 더 오래갔다. 그러나 이제 사람들의 공격 목표는 교황 제국의 몸통이었다. 그라나다로부터 유태인들은 그리스도 교도들을 말살하라는 사주를 받고 들어왔다. 그리고 그들은 이번엔 더 무서운 하수인들을 고용했다. 맨 처음 들려온 소문을 듣고 나환자들의 음모를 의심하지 않은 사람은 아무도 없었다. 벌써 몇몇은 나환자들이 그들의 끔찍한 누더기 뭉치를 우물에다 던져 넣는 것을 봤다고 했다. 사람들이 즉각 그것이 가능한 일이라고 여긴 것은 가볍게 믿는 그들의 성향 탓이 아니었다. 오히려 그 반대로 너무 무거워진 신앙이 떨고 있는 사람의 손에서 빠져 우물 밑바닥까지 떨어진 탓이었다. 그리고 그 부지런한 노인은 핏속에 나병균의 독이 들어오지 못하게 막아야 했다. 그 자신이 점점 미신을 믿는 사람으로 변해 가고 있었을 그때, 그는 자기 자신과 주변 사람들에게 황혼의 악령에 대항할 안젤루스 기도를 처방하였다. 공포에 떠는 세상 곳곳에 마음을 진정시키는 이 기도의 종을 저녁마다 울렸다. 그러나 그가 보낸 다른 모든 칙서와 서한은 탕약보다 향료를 넣은 포도주를 닮은 것이었다. 황제는 교황의 치료에 응하지 않았다.[94] 그러나 교황은 지치지 않고 황제의 제국이 병을 앓고 있다는 증거를 거듭 들이댔다. 그리고 아주 멀리 있는 동방의 나라들도 자기 처방을 강요하는 이 의사

94 신성 로마 제국의 루트비히 황제(1281?~1347)는 대립 교황 니콜라우스 5세(1260~1333)를 세워 아비뇽의 요한 22세 교황에 맞서게 했다.

를 찾았다.[95]

그때 믿을 수 없는 일이 벌어졌다. 교황은 만성절에 여느 때보다 길고 뜨거운 설교를 했다. 그러다가 느닷없이 어떤 욕구를 느껴, 마치 자기 자신을 다시 보려는 듯이, 그의 믿음을 내보였던 것이다. 그는 85년 된 성물 보관함에서 온 힘을 기울여 천천히 자기의 믿음을 꺼낸 다음 설교단 위에 세웠다. 그러자 사람들이 소리를 질렀다. 유럽 전체가 소리를 질렀다. 그 믿음은 이단이라고.

그러자 교황은 자취를 감추었다. 그는 며칠 동안 아무 활동도 하지 않았다. 그는 침실에서 무릎 꿇고 앉아 그의 영혼에 해를 끼치는 행동을 하는 인간들의 비밀을 캐보았다. 마침내 그가 힘든 명상에 지친 모습으로 다시 나타났다. 그리고 자신의 믿음을 취소했다. 거듭 거듭 취소했다. 취소는 그의 정신이 보여 주는 노쇠한 열정이 되었다. 그가 밤에 추기경들을 깨워 그들과 함께 자신의 회한에 대해 말하려고 한 일도 일도 있었다. 어쩌면 그의 목숨을 적당한 길이보다 더 연장한 것은 오직 그를 증오하고, 그에게 오려고 하지 않았던 나폴레옹 오르시니 앞에서도 무릎을 꿇겠다는 희망이었을지도 모른다.

야콥 폰 카오르[96]가 신앙을 취소했다. 그런데 신이 몸소 그의 어리석음을 입증하려 했다고 생각할 수도 있다. 왜냐

95 당시 그리스도교를 믿던 터키, 러시아, 아르메니아에서 사라센에 대항하기 위한 원조를 교황에게 요청했다.

96 Jakob von Cahors(1249~1334). 교황 요한 22세의 세속명.

하면 신은 그 이후 곧바로 리뉘 백작 아들을[97] 하늘로 불러 올렸기 때문이다. 이 소년은 마치 성인 남성으로 천국의 영적 향락에 발을 들여 놓기 위해 성년이 되기만을 기다리고 있었던 것처럼 보였다. 이 똑똑한 소년이 추기경이 되었다는 사실, 그리고 그가 막 청년기를 시작할 때 주교가 되었다가 열여덟 살이 채 안 된 나이에 완성의 황홀 속에서 죽은 사실을 기억하는 사람들이 많이 살고 있었다. 자유로워진 순수한 생명이 누워 있는 그의 무덤 공기가 오랫동안 시체들에게도 작용했기 때문에 사람들은 죽은 사람들도 만날 수 있었다. 그러나 이처럼 조숙한 성자에게도 뭔가 절망적인 것이 있지 않았을까? 소년의 순수한 영혼의 직조물이 오직 그 시대의 정제된 심홍색 물감 통 속에서 빛나는 색으로 물들여지기 위해 직조된 것이라고 한다면 다른 모든 사람들에게는 불공정하지 않은가? 이 젊은 공자(公子)가 지상으로부터 뛰어내려 열정적인 승천길로 들어갔기 때문에 사람들이 거기서 어떤 역류가 생긴 것이라고 느끼지는 않았을까? 찬란하게 빛나는 자들은 왜 고생하는 양초 제조인들 가운데 머물지 않았을까? 교황 요한 22세가 최후의 심판 이전에 온전한 행복은 그 어디에도, 심지어 복자위(福者位)에 오른 사람들 가운데에도 존재하지 않는다고 주장하게 만든 것도 이 지상의 어둠이 아니었을까? 그러니까 이 세상에서 그토록 심한

97 Pierre de Luxembourg-Ligny(1369~1387). 나이 열 살에 문학, 철학, 교회법을 공부하고, 열일곱 살에 아비뇽의 교황 클레멘스 7세에 의해 추기경으로 임명된 천재 소년. 열여덟 살에 세상을 떠날 때까지 많은 이적을 남겼다.

혼란이 벌어지고 있는데, 어딘가에 벌써 신의 광명 속에서 천사에게 기대어 한량없이 신을 바라보며 만족한 얼굴들이 있다고 상상한다는 것은 얼마나 독선적인 심술인가.

나는 지금 추운 밤에 앉아서 글을 쓰고 있다. 그리고 그 모든 것을 알고 있다. 내가 그걸 아는 것은 어쩌면 어렸을 적에 그 남자를 만났기 때문인지도 모른다. 그는 키가 컸다. 나는 그가 큰 키 때문에 틀림없이 사람들의 이목을 끌었을 것이라고 생각한다.

있을 수 없는 일 같지만, 나는 어쩌다 저녁 무렵에 혼자 집 밖으로 나올 수 있었다. 나는 달려갔다. 길모퉁이를 돌아가는 순간 그 남자와 부딪쳤다. 그때 일어난 일이 어떻게 단 5초도 걸리지 않았는지 모르겠다. 아무리 압축해서 이야기해도, 그보다는 훨씬 오래 걸린다. 그와 부딪치는 바람에 아팠는데, 어린 내가 울지 않은 것만 해도 나 자신에게는 대단해 보였다. 그래서 나도 모르게 위로받기를 기대했다. 그러나 그가 그렇게 하지 않았기 때문에 나는 그가 당황해하는 거라고 생각했다. 그가 이 일을 해결할 적당한 농담이 떠오르지 않는 모양이라고 짐작했다. 그를 도울 생각에 나는 벌써 즐거웠다. 그러나 그러기 위해서는 그의 얼굴을 볼 필요가 있었다. 앞에서 나는 그의 키가 크다고 말했다. 그런데 그는 내게로 몸을 숙이지 않았다. 그것이 자연스러웠을 텐데도 말이다. 그렇게 그는 내가 예상치 못한 높이에 있었다. 여전히 내 앞에는 부딪치면서 느꼈던, 그의 옷이 지닌 독특하게 딱딱한 느낌과 냄새 이외에는 아무것도 없었다. 갑자기 그의 얼굴이 다가왔다. 그 얼굴이 어땠냐고? 나는 모른다. 알고 싶지도 않다. 그것은 적의 얼굴이었다. 그리고 그 얼굴 옆에, 바짝 옆에, 무서운 눈높이에, 마치 두 번째 머리처럼, 그의 주먹이 있었다. 나는 얼굴을 다시 아래로 내릴 새도 없이 달려갔다. 그의 왼쪽을 지나 똑바로 그 텅 빈, 무서운 골목을 달려 내려갔다. 그것은 낯선 도시, 아무것도 용서하지 않는 도시의 골목이었다.

그때 나는 지금 내가 이해하고 있는 저 힘들고, 치열하고 절망적인 시대를 체험했던 것이다. 화해하는 두 사람[98]의 키스가 둘러서 있는 자객들에게 보내는 신호일 뿐이었던 시대. 그들은 같은 잔으로 술을 마셨고, 모든 사람들의 눈앞에서 같은 말에 올라탔다. 그리고 그들이 밤에 한 침대에서 잘 것이라는 소문이 퍼졌다. 그러나 그 모든 접촉에도 불구하고 서로간의 반감은 너무나 절박해져서 상대의 핏줄이 뛰는 것을 자주 볼수록 두꺼비를 보는 것처럼 병적인 역겨움이 치밀어 올랐다. 더 많은 몫을 상속받았다는 이유로 형이 아우를 습격하여 가두던 시대. 왕은 박해받은 아우의 편을 들어 그에게 자유와 재산을 되돌려 주었고, 멀리서 다른 운명과 싸우고 있던 형은 왕에게 휴전을 고백하고 편지로 자신의 옳지 못함을 후회했다. 그러나 그 모든 것에도 불구하고 풀려난 아우는 더 이상 자제력을 회복하지 못했다. 그가 살던 시

98 부르고뉴 공과 오를레앙 공.

대는 순례자의 복장을 하고 이 교회 저 교회를 떠돌며 언제나 놀라운 기도문을 만들어 냈던 그의 모습을 보여 준다. 그는 몸에 부적을 주렁주렁 걸고 샌드니 성당의 수도승에게 자기가 염려하는 바를 귓속말로 속삭였다. 그리고 수도승들의 목록에는 루트비히 성자에게 바치려고 생각했던 백 파운드짜리 양초가 길게 그려져 있었다. 그는 자기 자신의 삶으로 돌아오지 못했다. 그는 죽을 때까지 형의 뒤틀린 질시와 노여움이 가슴을 누르는 것을 느꼈다. 그리고 저 포아 백작, 모든 사람들이 경탄한 가스통 푀부스,[99] 그는 자신의 사촌 형제이며 영국 왕에 소속된 루르드의 대장이었던 에르노를 공개적으로 살해하지 않았던가? 그러나 이 분명한 살인도 저 소름끼치는 우연에 비하면 무엇이란 말인가? 그가 울컥 화를 내며 아들을 꾸짖기 위해 아름답기로 유명한 그의 손으로 누워 있는 아들의 드러난 목을 쓰다듬었을 때 그 작고 날카로운 손톱 자르는 칼을 내려놓는 것을 잊고 있었으니. 침실은 어두웠다. 피를 보기 위해서는 불을 밝히지 않을 수 없었다. 먼 조상으로부터 내려와 이제 영원히 귀한 가문을 떠나는 피가 그 지친 소년의 조그마한 상처에서 아무도 모르게 흘러나왔던 것이다.

누가 살인을 자제할 만큼 강할 수 있었겠는가? 극단적인 일이 불가피했다는 사실을 그 시대에 누가 몰랐겠는가? 대낮부터 여기저기서 노려보는 자객의 시선을 마주친 사람에

---

99 Gaston Phöbus(1331~1391). 황금색 머리카락 때문에 아폴로 신을 뜻하는 〈푀부스〉라는 별칭이 붙었다.

게는 이상한 예감이 들었다. 그는 물러나서, 방문을 걸어 잠그고, 유언의 끝부분을 작성했다. 마지막으로 버드나무로 짠 관, 쾰레스틴 교파의 복장, 재 뿌리기 등에 관한 것을 지정했다. 성 앞에 낯선 악사들이 나타났고, 그의 어렴풋한 예감과 일치하는 악사들의 목소리에 대해 그는 제후답게 후한 선물을 내렸다. 올려다보는 개의 시선에도 의심이 들어 있었다. 개들도 시중드는 일에 예전보다 자신이 없어졌다. 한평생 유효했던 격언에서 새로운, 개방적인 제2의 의미가 조용히 나타났다. 여러 가지 오랜 습관도 고리타분해 보였지만, 그것을 대체할 만한 것은 더 이상 만들어지지 않는 것처럼 보였다. 어떤 계획이 떠오르면, 실제로는 그것을 믿지 않았고, 대충 다루었다. 반대로 어떤 기억들은 예기치 않게 궁극적인 의미를 지닌 것처럼 보였다. 저녁이면 난롯가에서 그 추억에 몸을 내맡기려고 했다. 그렇지만 더 이상 모르는 바깥세상의 밤이 갑자기 귀에 크게 들려왔다. 자유롭거나 위험한 밤을 그토록 수없이 경험한 귀는 정적조차 세밀한 부분까지 구별했다. 그렇지만 이번에는 달랐다. 어제와 오늘 사이의 그냥 어느 밤이 아니었다. 〈밤〉이었다. 오, 하느님. 그리고 다음은 부활이다. 그런 시간에 애인에 대한 찬양을 들이미는 일은 거의 없었다. 애인들은 모두 〈새벽 이별가〉와 〈봉사의 노래〉[100] 속에 왜곡되어 있었으며, 길게 질질 끄는 화

---

100 유럽 중세 기사들이 부른 중세 연가의 범주에 속하는 문학 형식으로, 금지된 사랑의 밤을 지내고 새벽에 떠나는 이별의 고통이나, 연모의 대상으로 설정한 귀부인에 대한 찬양이 그 주요 주제를 이루고 있다.

려한 이름 가운데서 알아볼 수 없게 되었다. 그런 애인들은 기껏해야 어느 사생아가 올려다보는 간절하고 여성스러운 시선 속에 들어 있었다.

그런 다음 늦은 밤참을 먹기 전 은 대야에 담근 두 손에 대한 깊은 생각. 자신의 손. 그 두 손에 어떤 연관성을 가져다줄 수 있었을까? 하나의 연결, 쥐었다 폈다 하는 연속 동작을? 아니다. 두 손 모두 이 손이 되었다가 저 손이 되어 보려 함으로써 서로 지양해 버렸기 때문에 두 손 사이엔 아무 사건도 없었다.

선교 단원의 수난극 이외에는 사건이 없었다. 그들의 몸동작을 본 왕은 몸소 그들을 위한 특별 허가증을 고안했다. 그는 그들을 사랑하는 형제라고 불렀다. 왕한테 그렇게 친근한 사람은 아무도 없었다. 그들은 주요 인물이니 세속 사람들과 어울려 돌아다녀도 좋다는 허락을 내렸다. 왕은 오직 그들이 많은 사람들을 감화시키고, 질서가 있던 그들의 강력한 활동 안으로 끌어들이기를 바랐다. 그 자신도 그들한테서 배워 보기를 갈망했다. 왕이 그들과 똑같은 의미의 표식을 달고 의복을 걸치지 않았는가? 그들을 바라볼 때면 왕은 이런 것들은 꼭 배울 수 있을 것이라고 생각했다. 오고, 가고, 말로 표현하고, 방향을 바꿔 의혹이 없는 것을. 엄청나게 큰 희망이 그의 마음을 뒤덮었다. 조명도 불안하고, 이상하도록 불확실한 이 삼위일체 병원의 홀 안에서 왕은 매일 가장 좋은 자리에 앉아 흥분해서 일어나기도 하고 학생처럼 정신을 바짝 차리기도 했다. 다른 관객들은 소리 내어 울었다. 그러나 그의 속엔 반짝이는 눈물이 가득했으며, 그는 그 것을 참기 위해 차가운 두 손을 깍지 끼고 꼭 쥐고만 있었다. 때때로 극의 절정에서 대사를 끝낸 배우 한 사람이 갑자기 그의 커다란 시선 밖으로 퇴장해 버리면 그는 얼굴을 치켜 들었다. 그리고 깜짝 놀랐나. 언제부디 벌써 저분이 저기 와 계신 것일까. 미카엘 성하[101]께서 빛을 반사하는 은제 갑옷 을 입고, 저 위, 무대 가장자리에 나타나셨으니.

그런 순간에 왕은 기립했다. 그는 어떤 결정을 앞둔 사람 처럼 주위를 둘러보았다. 그는 여기서 공연된 이 사건에 일 치하는 연극을 보고 있는 것 같았다. 그 자신도 연기를 하는, 크고, 고통스럽고, 세속적인 수난극. 그러나 그 순간은 갑자 기 끝나 버렸다. 모든 사람들이 무감각하게 움직였다. 봉홧 불 하나가 그를 향해 오면서 둥근 아치 안으로 형태 없는 그 림자를 던졌다. 모르는 사람들이 그의 옷을 잡아당겼다. 그 는 연기를 하려고 했다. 그러나 그의 입에서는 아무 말도 나 오지 않았다. 그의 움직임은 어떤 몸동작도 만들어 내지 못 했다. 사람늘이 이상하게 그를 에워싸고 서로 밀치고 있었 다. 십자가를 져야 하리라는 생각이 그의 머릿속에 떠올랐 다. 그리고 그는 사람들이 십자가를 가져 온다면 기다리려 고 했다. 그러나 그들은 더 강했다. 그리고 그를 천천히 밀어 냈다.

[101] 악마를 무찌르는 미카엘 대천사.

밖에서는 많은 것이 달라졌습니다. 어떻게 달라졌는지는 모릅니다. 그러나 안에서는, 그리고 당신 앞에서, 나의 신이시여, 관객이신 당신 앞에서 내면적으로 우리에게 사건이 없는 것은 아니지 않습니까? 우리는 우리가 배역을 모른다는 사실을 발견합니다. 우리는 거울을 찾고 있습니다. 우리는 분장을 지우고, 가짜 의상을 벗고, 실제로 존재하고 싶습니다. 그러나 어느 곳에선가 우리가 잊은 또 하나의 연극이 우리에게 의상을 입히고 있습니다. 과장의 흔적이 우리의 눈썹 안에 남아 있습니다. 우리의 입가에 비뚤어진 주름을 우리는 알아채지 못합니다. 그리고 우리는 그렇게 돌아다니고 있습니다, 하나의 조롱거리, 하나의 반푼이로. 존재자도 아니요, 배우도 아니면서.

오랑주 극장[102]에서 있었던 일이다. 나는 제대로 올려다보지도 않고, 지금은 극장 전면을 이루고 있는 촌스러운 폐허만을 의식하며 자그마한 관리소의 유리문을 통해 안으로 들어갔다. 쓰러진 기둥과 키 작은 알테아 나무들 사이에 있었는데, 그것들이 잠시 벌어진 조개 모양의 계단식 관객석을 가렸지만, 거기엔 오후의 그림자가 드리운 곳과 그렇지 않은 부분으로 나뉘어 오목한 해시계처럼 관객석이 있었다. 나는 얼른 그쪽으로 갔다. 좌석의 열 사이로 올라가며 나는 이런 주변 환경 속에서 작아지는 것을 느꼈다. 약간 더 높은 위쪽

102 프랑스 아비뇽 부근의 론 강가에 세워진 고대 로마 원형 극장의 폐허.

에는 외국인 몇 사람이 한가로운 호기심을 지닌 채 여기저기 제멋대로 흩어져 있었다. 그들의 옷은 거북할 정도로 색이 뚜렷했는데, 치수는 말할 가치도 없었다. 그들은 잠시 나에게 눈길을 주더니 내가 너무 작은 것을 이상하게 생각했다. 그래서 나는 돌아섰다.

오, 나는 온전히 준비되어 있지 않았다. 거기서 연극이 펼쳐지고 있었던 것이다. 엄청난 규모의 초인간적인 드라마가 진행되고 있었다. 그것은 으리으리한 벽이 장면을 이루고 있는 드라마였다. 수직으로 분할된 그 벽은 세 겹으로 등장하고 있었다. 우레같이 압도적인 크기의 초대형(超大形) 벽에는 뜻밖에도 균형과 절제가 들어 있었다.

나는 행복한 감탄 속에 빠져들었다. 이 우뚝 솟은 벽에는 그림자가 얼굴 표정처럼 어려 있고, 그 중심의 입속에 어둠이 모여 있다. 그리고 위쪽은 똑같은 곱슬머리 스타일의 추녀 돌림띠가 경계를 이루고 있다. 이것은 강력한, 모든 것을 왜곡시키는 고대의 가면인데, 그 뒤에서 세상이 하나의 얼굴로 결정체를 이루었다. 여기, 이 커다란, 안으로 휘어진 원형 객석에는 기다리고 있는, 텅 빈, 모든 것을 빨아들이는 현존재가 있다. 신들과 운명이 등장하는 모든 사건은 저 위에서 벌어진다. 그리고 그곳으로부터 (높이 위를 바라보면) 벽의 꼭대기 너머로 가볍게 오는 것이 있다. 그것은 바로 하늘의 영원한 입장이다.

나는 이제 깨닫는다. 바로 여기서 보낸 시간이 나를 우리 시대의 극장으로부터 영원히 제외시켰음을. 거기서 내가 뭘

해야 하는가? 러시아 교회의 성화가 그려진 벽을 치워 버린 장면 앞에서 나는 뭘 해야 한단 말인가? 사람들은 무거운 기름방울 속에 유출된 가스 형태의 사건을 단단한 그 벽을 통과해 짜낼 힘이 없었기 때문에 벽을 철거한 것이다. 이제 연극은 부스러기가 되어 구멍이 숭숭 뚫린 굵은 체를 빠져나가 쌓였다가, 충분한 양이 되면 치워지고 있다. 거리와 집집마다 널려 있는 것도 똑같이 설익은 현실이다. 다만 하루 저녁에 일어날 수 있는 일보다 좀 더 많은 일이 극장에서 한꺼번에 일어날 뿐이다.

[정직하게 말해 보자. 우리에게는 신이 없듯이 극장도 없다. 신이든 극장이든 공통점이 있어야 한다. 그런데 우리는 각자 별도의 생각과 근심을 가지고 있으며, 자신에게 유용하고 적당한 것 이상은 다른 사람들에게 넘긴다. 또한 그것으로 충분하도록 지속적으로 우리의 이해력을 희석시키고 있을 뿐, 공동의 고난의 벽을 향해 소리 지르지 않는다. 그 벽 뒤에서 불가사의한 일들이 함께 모여 긴장할 시간을 갖는 것이련만.]•

우리가 극장을 가지고 있다면 그대, 비극의 여인이여,[103] 그

---

103 19세기에 유럽 전역에서 명성을 떨친 이탈리아의 여배우 엘레오노라 두제(1858~1924)를 암시한다. 입센, 뒤마, 단눈치오 등의 문제작 공연에서 주인공 역을 맡았다.

대는 늘 그렇게 날씬하고 순수하게, 번거로운 차림 없이 그대가 연기해 보인 고통에서 자기들의 성급한 호기심을 만족시키는 관객들 앞에 서겠는가? 말할 수 없이 감동을 주는 그대는 그대가 지닌 고통의 현실을 미리 내다보았지. 그때 베로나에서, 아직 어린아이였던 그대가 연기를 할 때, 그대는 장미꽃 다발을 마치 가면의 앞 얼굴처럼 그대의 몸 앞쪽으로 들어 올려 그대를 더욱 숨기려 했다.

그것은 사실이다. 그대는 배우의 자식이었다. 그리고 그대의 가족들은 관객에게 보이기 위해 연기를 했다. 그러나 그대는 그 방식에서 벗어났다. 그대에게 이 직업은 마리아나 알코포라도의 수녀 생활이 그녀 자신도 미처 모른 채 그랬던 것처럼, 빈틈없고 충분히 오래가는 변장이 되어야 했다. 그녀는 그 뒤에서 가차 없이 비참해질 수 있었다. 눈에 보이지 않는 행복한 사람들을 행복하게 하는 그런 간절함을 지니고. 그대가 가는 모든 도시에선 사람들이 그대의 연기 동작을 묘사했다. 그러나 그들은 그대가 어떻게, 날이 갈수록 점점 가망 없이, 항상 그네 앞에 그대를 감춰 주는 밀폐 장치를 들어 올리는지를 깨닫지 못했다. 그대는 훤히 비치는 부분을 머리카락이나 손, 또는 어떤 빈틈없는 물건으로 가렸다. 투명한 자리에는 입김을 불어 흐려 놓았다. 그대는 그대 자신을 조그맣게 만들었다. 그대는 어린아이들이 숨바꼭질하듯이 몸을 숨겼다. 그런 다음에 저 짧지만 행복한 발성을 냈다. 천사나 되어야 그대를 찾을 수 있었을까. 그러나 그대가 조심스럽게 눈을 들고 보았을 때, 사람들이 내내 그대를 보고 있었다는 사실에는 의심의 여지가 없었다. 모두가 그 추하고, 우묵하고, 눈 달린 공간에서. 그대, 그대, 그대, 오직 그대만을.

그래서 그대는 팔을 구부리고 사악한 시선을 향해 손가락질을 하지 않을 수 없었다. 관객의 먹이가 된 그대의 얼굴을 그들한테서 빼앗아 와야 했다. 그대에게는 그대 자신이 되는 것이 중요했다. 그대의 공연자들은 용기를 잃었다. 마치 그들을 한 마리 암표범과 함께 가두어 놓기라도 한 듯이, 그들은 무대 장치를 따라 기어가며, 오직 그대를 자극하지 않기 위해 자기 차례로 정해진 대사를 읊었다. 그대는 그러나 그들을 끌어내 세워 놓고 현실의 인간을 다루듯 했다. 헐렁한 문, 눈속임으로 달아 놓은 커튼, 뒷면이 없는 물건들이 그대에게 몰려와 항의했다. 그러나 그대는 그대의 심장이 끊임없이 엄청난 현실을 향해 상승하는 것을 느꼈다. 그러다가 깜짝 놀라 다시 한 번 그들의 시선을, 마치 늦여름의 거미줄을 걷어 내듯이, 그대로부터 걷어 내려고 시도했다. 그러나 그때 그들은 벌써 극단적인 상황이 올까 봐 겁을 내고 박수 갈채를 보냈다. 마치 마지막 순간에 삶을 바꾸라고 강요할지도 모를 어떤 것을 자기들로부터 떼어 버리려고 하듯이.

사랑받는 사람들의 삶은 나쁘고 위험하다. 아아, 그들이 자신을 극복하고 사랑하는 사람이 된다면 얼마나 좋으랴. 사랑하는 사람의 주변은 안전하다. 아무도 그들을 수상히 여기지 않으며, 그들 자신은 배반할 능력이 없다. 그들에게서 비밀은 치유가 된다. 그들은 비밀을 밤꾀꼬리처럼 통째로 내지른다. 그 비밀은 나뉜 부분이 없다. 그들은 한 사람을 위해 하소연한다. 그러나 자연 전체가 그들과 동조한다. 그 것은 하나의 영원한 존재를 위한 탄식이다. 그들은 잃어버린 사람을 뒤늦게 허둥지둥 따라간다. 그러나 벌써 첫걸음을 내딛자마자 그를 추월한다. 그리고 그들 앞에는 오직 신이 계실 뿐이다. 카우노스를 리키아까지 쫓아간 비블리스의 전설이 바로 사랑하는 사람의 전설이다.[104] 심장의 충동이 오빠의 자취를 따라 그녀를 여러 나라로 내몰았고, 마침내 그녀는 기력을 소진했다. 그러나 사랑하는 그녀의 본질이 얼마나 심하게 요동을 쳤던지, 그녀는 쓰러지면서 죽음 저편에서 샘물로 다시 나타났던 것이다. 서두르며, 서두르는 샘물로.

포르투갈 여인에게 일어난 일도 내면적으로 샘물이 된 것과 다를 게 무엇인가? 엘로이즈, 그대에게 일어났던 일은 무엇인가? ㄱ 탄식이 우리에게까지 ㄷ달해 있는, 사랑하는 사람들인 그대들은 어떤가, 가스파라 스탐파, 디 백작 부인[105]이여? 클라라 당두즈,[106] 루이즈 라베,[107] 마르슬린 데보르

104 오비디우스의 『변신 이야기*Metamorphoses*』에 나오는 이야기. 사랑하는 오빠를 찾아 온 세상을 쫓아다녔으나, 거절당하자 치명적인 고통에 하염없이 흘린 눈물이 샘을 만들었다는 이야기이다.

105 Béatrice de Die. 12세기 프랑스 프로방스 지방에서 음유 시인을 사랑했던 여성 시인.

106 Clara d'Anduze. 13세기 프로방스의 여성 시인.

107 Louise Labé(1520?~1566). 프랑스의 르네상스 시대 여성 시인.

드,[108] 그리고 엘리사 메르퀴르,[109] 그대들은? 그리고 불쌍하게도 요절한 아이세,[110] 그대는 망설이다가 굴복하였지. 지친 쥘리 레스피나스[111]여, 행복한 공원에 서린 쓸쓸한 전설의 주인공 마리안느 드 클레르망이여.

나는 지금도 분명하게 알고 있다. 언젠가 어렸을 때 집에서 보석 상자 하나를 발견했다. 손바닥 두 개 정도의 크기였고, 눌러 말린 꽃으로 가장자리를 장식한, 모로코가죽으로 된 부채꼴 상자였다. 그것을 열어 봤다. 비어 있었다. 그토록 오랜 시간이 지난 지금에서야 나는 그걸 말할 수 있다. 그러나 내가 그걸 열어 본 그때는 그 텅 빈 공간이 무엇으로 이루어졌나 하는 데에만 관심이 있었다. 비로드, 밝지만 이제는 싱싱하지 않은 비로드 쿠션, 그 위에 고통의 흔적만큼 더 밝게 파인, 보석이 남긴 빈 자국. 그것은 한순간은 견딜 만했다. 그러나 사랑받은 사람으로만 남아 있는 사람들의 앞날은 언제나 그렇게 비어 있을지 모른다.

그대들의 일기장을 다시 넘겨 보아라. 거기 봄이 올 무렵이면 언제나 동트는 새해가 그대들을 질책하는 듯한 시기가

108 Marceline Desbordes(1786~1859). 프랑스 여성 시인.
109 Élisa Mercœur(1809~1835). 프랑스의 여성 작가.
110 Charlotte Aïssée(1694~1733). 네 살 때 프랑스 대사가 콘스탄티노플의 노예 시장에서 사온 뒤, 젊은 시절에 파리의 살롱에서 중심인물이 된 여성.
111 Julie Lespinasse(1732~1776). 기베르Guibert 백작(1744~1790)에게 쓴 연애편지로 유명하다.

있지 않았는가? 그대들의 마음속에는 즐거움에 대한 욕구가 있었다. 그러나 그대들이 넓은 야외로 나가면 공기 중에 낯선 분위기가 생겨났다. 그래서 그대들은 걸어갈수록 마치 배를 탄 듯이 불안정했다. 정원은 다시 살아나기 시작했건만, 그대들은 (그래, 바로 그대들이었다) 겨울과 지난해를 그 안으로 끌고 들어갔다. 봄이라 해도 그대들에게는 기껏해야 지난해의 지속일 뿐이었으니까. 영혼이 함께 참여해 주기를 기다리는 동안, 그대들은 갑자기 사지가 무거워지는 것을 느꼈고, 병이 날 것 같은 가능성이 그대들의 열린 예감 안으로 밀고 들어왔다. 그것을 가벼운 옷차림 탓으로 돌린 그대들은 어깨에 두른 숄을 꼭꼭 여미고 가로수 길 끝까지 달려갔다. 그런 다음 가슴을 콩닥거리며 커다란 강강술래 형태로 서서 모든 것과 하나가 되려고 결심했다. 그러나 새 한 마리가 홀로 울었고, 그대들을 부정했다. 아아, 그대들은 그때 죽어 있었더란 말이냐?

그럴지도 모른다. 세월과 사랑을 극복한다는 것이 우리에게는 새로운 일일 테니. 꽃과 열매는 성숙해지면 떨어진다. 짐승들은 저희들끼리 교감하고 서로 어울리며 그것으로 만족한다. 그러나 우리는, 신을 계획하고 있는 우리는 완성될 수가 없다. 우리는 우리의 본성을 더 멀리 끌고 나간다. 우리는 아직 시간이 더 필요하다. 우리에게 한 해가 무슨 의미가 있는가? 그 모든 세월은 무엇인가? 우리는 신이 되려고 시작도 하기 전에 먼저 신에게 빈다. 이 밤을 극복하게 해주소서. 그런 다음엔 병을. 또 그다음엔 사랑을.

클레망스 드 부르주[112]는 막 피어오르는 나이에 죽어야만 했다. 비교할 만한 사람이 없었던 처녀. 어느 누구보다 그녀가 더 잘 연주할 수 있었던 악기들 가운데 가장 아름다운 악기 목소리를 아주 조금만 울리고도 잊을 수 없는 노래를 들려주었던 여인. 그녀의 처녀다움은 너무나 고귀하고 결연하여, 그녀의 피어나는 가슴을 위해 사랑이 넘치는 한 여인이 소네트 시집 한 권을 헌정했다. 그 시집에 들어 있는 모든 시가 달랠 수 없는 사랑을 노래하고 있었다. 루이즈 라베는 사랑에 따르는 긴 고뇌로 이 어린 처녀를 놀라게 할 것을 두려워하지 않았다. 그녀는 이 처녀에게 밤이면 커지는 그리움을 보여 주었다. 그리고 고통은 더 큰 우주 공간임을 약속했다. 그러나 라베는 자신의 노련한 고통이 젊은 처녀를 아름답게 만든, 막연하게 예상되는 고통보다 못하다는 것을 어렴풋이 느끼고 있었다.

내 고향 처녀들. 너희들 가운데 가장 아름다운 처녀가 여름날 어느 오후에 햇볕을 가린 도서관에서 장 드 투른[113]이 1556년에 인쇄한 작은 책을 찾아냈으면 좋겠다. 장정이 서늘하고 매끄러운 그 책을 들고 벌들이 윙윙거리는 과수원으

---

112 Clémence de Bourges(1535~1561). 루이즈 라베의 책을 헌정 받았으나, 그녀에게 애인을 빼앗긴 불운한 여성. 신·구교 분쟁 시 약혼자가 신교도들에게 살해당하자 슬퍼하다가 죽었다.

113 Jean de Tournes(1504~1564). 프랑스 리옹의 출판업자. 라베의 책을 간행했다.

로 나가거나, 아니면 그 너머 달착지근한 향기 속에 깨끗한 사탕의 침전물이 들어 있는 플록스 꽃밭으로 갔으면. 그 책을 좀 일찍 찾았으면 좋으련만. 시선을 자기 자신에게 두기 시작하고, 아직 더욱 젊은 입으로는 사과를 크게 베어 물어 입안을 가득히 채울 수 있는 그런 시절에 말이다.

그런 다음 더욱 섬세한 우정의 시기가 오면, 처녀들아, 너희들끼리 서로를 디카라든가 아나크토리아, 귀리노, 아티스[114]라고 부르는 것은 너희들의 비밀이 되리라. 그래서 어떤 사람, 아마 이웃 사람이겠지, 젊은 시절에 여행을 많이 하고 일찍이 별난 사람이라고 알려진 중년의 남자가 너희들끼리 부르는 이 이름들을 알아낸다면 좋겠다. 그 사람이 때때로 널리 알려진 그의 복숭아를 먹으러 오라든지, 위층 하얀 복도에 걸려 있는, 꼭 봐두어야 한다고 사람들 입에 그리도 많이 오르는 리딩어[115]의 기마상 동판화를 보러 오라고 너희들을 초대했으면 좋겠다.

아마 너희들은 이야기를 해달라고 그를 설득할지도 모르지. 너희들 가운데 그에게 옛날 여행 일기를 기저외 보여 달라고 간청할 사람도 있지 않을까. 누가 알겠느냐? 바로 그녀가 어느 날 그 남자를 유혹해서 사포의 시편들을 우리한테 가져오게 할 수 있지 않을지. 그리고 세상에서 물러나 살고 있는 그 남자가 때때로 한가한 시간을 사포의 시를 번역

114 Dika, Anaktoria, Gyrinno, Atthis. 고대 그리스의 여성 시인 사포의 제자와 친구들의 이름.

115 Johann Elias Ridinger(1698~1767). 아우구스부르크의 동판화가.

하는 데 쓴다는 비밀을 알아낼 때까지 계속 졸라 댈 수도 있겠지. 그러면 그 남자는 자기가 그 일을 생각하지 않은 지 오래되었다는 것을 인정해야만 할 것이다. 그리고 지금 가지고 있는 것도 언급할 만한 가치가 없다고 잡아뗄 것이다. 그러나 이제 그렇게 졸라 대는 악의 없는 여자 친구들 앞에서 사포의 한 구절을 읊는 것도 그를 기쁘게 할 것이다. 더 나아가 그가 그리스어 발음을 기억해 내고, 번역으로는 아무것도 전달할 수 없다는 것이 그의 입장이므로, 원어 발음 그대로 낭독해서, 너희 젊은이들에게 뜨거운 불길 속에서 구부려 만든 귀금속같이 아름다운 말뭉치의 순정한 한 조각을 보여 주려고 할 것이다.

이 모든 일로 그는 다시 그의 작업에 열의를 갖게 된다. 마치 청춘 시절과 같이 아름다운 저녁 시간, 예를 들면 아주 고요한 밤을 맞을 준비를 하는 가을 저녁 시간이 그를 찾아온다. 그러면 그의 방에는 오랫동안 불이 켜져 있다. 그가 종이 위에 몸을 굽히고 있기만 하는 것은 아니다. 그는 자주 몸을 뒤로 기대어 눈을 감고, 다시 읽어 본 시행들을 음미한다. 그의 핏속에 그 의미가 스며들어 퍼진다. 고전이 그렇게 확실하게 이해된 적은 없었다. 그는 그런 고전에 대해서, 마치 자기들이 등장하고 싶었으나 없어진 연극을 슬퍼하듯이, 애석하게 여겼던 세대들에게 미소를 보내고 싶어진다. 그는 이 순간 모든 인간의 작업을 새롭게, 그리고 동시에 받아들인 것 같은 저 옛 세계의 역동적 의미를 깨닫는다. 거의 남김없이 가시화되었던 그 철저한 문화가 후세 사람들의 눈에 하나의 전체를 형성하는 것처럼 보이고, 또 그 전체가 사라진 것처럼 보인다는 점은 그를 혼란스럽게 만들지 않는다. 그 곳에서는 실제로, 두 개의 완전한 반구(半球)가 하나의 온전한 황금 공으로 합쳐지듯이, 천상의 반쪽 삶이 반쪽짜리 공처럼 생긴 현존재의 그릇에 들어맞았던 것이다. 그러나 그런 일이 생기자마자 그 안에 갇힌 사람들은 이 완전한 실현을 여전히 비유라고만 느꼈다. 그래서 육중한 천체는 무게를 잃고 우주 공간 속으로 떠올라 갔다. 그리고 그 황금빛 곡면에는 미처 실현하지 못한 것에 대한 슬픔이 은은히 비치고 있는 것이다.

밤에 홀로 앉아 이런 생각을 하며 깨닫고 있던 그 고독한 남자는 창가의 긴 의자 위에 놓인 과일 접시를 알아본다. 그는 저도 모르게 사과 한 개를 집어내 그것을 책상 위 자기 앞에 놓는다. 이 과일을 둘러싼 나의 삶은 어떤 것일까? 하고 그는 생각한다. 모든 완성된 것 주위에는 실현되지 않은 것이 솟아올라 점점 커지고 있다.

그런데 서기, 실현되지 않은 것 위로, 홀연히 그의 앞에 나타나는 것이 있다. 너무 빠르다고 할 정도로, 무한한 세계로 나아가고 있는 작은 형상. 그것은 (갈리엔[116]의 증언에 따르면) 당시 사람들이 여성 시인이라고 하면 모두가 그 여인을 뜻했다는 사포의 모습이다. 헤라클레스의 위업 배후에서 세상의 파괴와 재건에 대한 강한 요구가 일어났듯이, 존재의 저장고에서 행복과 절망이 살기를 바라며, 사포의 마음의

116 Claudius Galenos. 기원전 2세기경 고대 그리스의 유명한 의사.

움직임을 향해 몰려왔고, 후세 사람들은 이제 그걸로 그럭저럭 살아가야 하기 때문이다.

그 남자는 죽을 때까지 모든 사랑을 이루고자 하는 이 결연한 마음을 갑자기 이해하게 된다. 사람들이 그것을 몰랐다는 사실도 그는 이상하게 생각하지 않는다. 이렇게 완전한 미래형의 사랑하는 사람한테서 열정의 과잉만을 보고, 사랑과 마음의 고통이라는 새로운 척도를 보지 못한 사람들. 그녀의 현존재가 남긴 비명(碑銘) 그것을, 그 당시로서는 믿을 만했을지 모르지만, 그것이 결국 응답 없는 사랑에 몸 바치도록 신이 꼬드긴 여인의 것이라고 해석했다는 점도 그에게는 놀랍지 않다. 어쩌면 그녀의 가르침을 받은 여자 친구들조차 깨닫지 못한 사람이 있었을 것이다. 그녀의 고귀한 행동에서 나온 탄식이 그녀의 포옹을 받아 주지 않은 한 남자 때문이 아니라, 그녀의 사랑에 응하는 것이 더 이상 불가능한 남자 때문이었다는 사실을.

여기서 그 사색하는 남자가 일어서서 창가로 걸어간다. 높은 방의 천장도 그에게는 너무 가깝다. 그는 가능하다면 별을 보고 싶다. 그는 자기 자신에 대해서 착각하지 않는다. 그는 이런 감동이 그의 마음을 가득 채우고 있다는 것을 안다. 왜냐하면 이웃 처녀들 가운데 한 처녀에게 관심이 있기 때문이다. 그에게는 소원이 있다(그 자신을 위해서가 아니라 그 처녀를 위해서). 그는 흘러가는 그날 밤 그녀를 향한 사랑이 무엇을 요구하는지 이해한다. 그는 그녀에게 아무것도 말하지 않겠다고 스스로 다짐한다. 그는 혼자 있고 깨어 있는 것, 그리고 그녀를 위해 생각하는 것이 최상이라고 생각한다. 저 사랑하는 여인은 얼마나 옳았는가. 두 사람의 결합은 고독의 증가를 뜻할 뿐임을 알았으니. 그녀는 성의 유한한 목적을 그 무한한 의도로써 타파했다. 포옹의 어둠 속에서는 만족이 아니라 그리움을 찾아 파고들있으며, 둘 중 한쪽은 사랑하는 사람이, 또 한쪽은 사랑받는 사람이 되는 것을 경멸했다. 그리고 사랑받는 사람들, 그 약자들을 자기의 잠자리로 데리고 가서 사랑하는 사람이 되도록 뜨겁게 만들어 떠나보냈다. 그런 고상한 이별의 순간에 그녀의 마음은 자연이 되었다. 운명을 초월한 그녀는 오래 사랑했던 여인들을 위해 혼례가를 불렀다. 그들의 혼례를 드높이고, 곧 맞이할 남편을 과장되게 미화하여 그들이 마치 신을 위하듯이 남편을 위해 정신을 차리고 또한 그의 우월함을 극복할 수 있게 해주었던 것이다.

아벨로네여, 나는 지난 몇 년 동안 한침이나 당신 생각을 하지 않다가 또 한 번 당신을 느꼈어요. 그리고 뜻하지 않게 당신을 이해하게 되었습니다.

　베네치아였어요. 가을이었고, 외국인들이 지나는 길에, 그들과 마찬가지로 외국인이었던 여주인 주위에 몰려들던 어느 살롱에서였지요. 그들은 찻잔을 들고 옹기종기 서 있다가, 그곳 사정을 잘 아는 옆 사람이 그들에게 슬쩍 문 쪽을 가리키며 베네치아식 이름을 속삭여 주면 아주 기뻐했어요.

그들은 극단적으로 이상한 이름에 대해서도 마음의 준비가 되어 있었지요. 어떤 이름에도 놀라지 않았어요. 왜냐하면 그들이 다른 때는 아무리 체험할 기회를 아꼈을지 몰라도, 이 도시에서는 터무니없는 기회에도 거리낌 없이 몸을 맡기고 있었거든요. 그들은 평상시의 생활에서 항상 특이한 것을 금지된 것과 혼동하기 때문에 그들이 지금 자신들에게 허용하고 있는 놀라운 일에 대한 기대가 얼굴에 거칠고 방종한 표정으로 나타났어요. 고향에서 연주회에 갔을 때나, 혼자 소설책을 읽을 때 그저 잠깐 생기는 그런 기분을 그들은 사람을 들뜨게 만드는 이곳 분위기에서는 당연하다는 듯 보란 듯이 내놓고 다니는 것이지요. 그들은 전혀 마음의 준비도 없이, 아무런 위험도 깨닫지 못하고, 거의 뇌쇄적인 음악의 고백이나 신체적인 방종의 매력을 받아들이듯이, 베네치아의 실존에 대해 조금도 깊이 생각해 보지 않고, 곤돌라의 기분 좋은 무기력에 몸을 내맡깁니다. 여행 내내 악의에 가득 찬 대꾸만 서로 주고받은, 더 이상 신혼이 아닌 부부들은 말 없는 평화에 빠져들어요. 남편에게는 그의 이상이 주는 쾌적한 피로감이 몰려오는 반면, 아내는 자기가 젊다고 느끼고, 느릿느릿 걸어가는 현지인들의 기분을 좋게 해주려고 미소를 지으며 그들에게 고갯짓을 하지요. 그 여자는 마치 계속 녹아내리는 설탕으로 만든 치아를 가진 것처럼 행동해요. 그리고 잘 들어 보면 그들이 내일이나 모레, 아니면 주말에 떠난다는 것을 알게 되죠.

그 당시 이젠 내가 그런 사람들 사이에 서 있었어요. 그리고 떠나지 않은 것을 기뻐했죠. 얼마 안 있으면 추워질 때였어요. 그들의 선입견과 필요에 의해 만들어진 부드러운, 아편 같은 베네치아는 몽유병자들 같은 외국인들과 함께 사라지고, 어느 날 아침 다른 베네치아가 거기 있게 되겠죠. 그것은 실제의, 깨어 있고, 금이 갈 것처럼 깨지기 쉬운, 아무도 전혀 꿈꾸지 않은 베네치아죠. 아무것도 없는 한복판, 물에 가라앉은 숲 위에 세워지기를 원했고, 강제로 세워져, 마침내 완전하게 존재를 드러낸 베네치아. 꼭 필요한 것만 갖춘, 단련된 도시의 육체 안에 병기창은 밤잠을 자지 않고 작업에 필요한 혈액을 수혈했고, 이 육체보다 더 끈질기게, 끊임없이 확장하는 정신은 꽃향기 풍기는 나라들의 향기보다 더 강합니다. 보잘것없는 소금과 유리를 여러 민족의 보물과 바꿨던, 미래를 암시하고 있던 국가. 세계의 아름다운 평형추. 그 장식물에 이르기까지 더욱더 섬세한 신경을 지닌 잠재적인 에너지로 충만한 도시 — 그것이 이 베네치아예요.

내가 그 도시를 안다는 의식이, 온통 착각하고 있는 모든 사람들 사이에 서 있는 나를 덮치면서 항의를 하는 바람에 나는 어떻게든 나를 알리기 위해 얼굴을 들었어요. 이 살롱 안에 주변의 본질에 대한 설명을 듣기를 무의식적으로라도 기대하는 사람이 한 명도 없다는 걸 떠올릴 수 있나요? 여기에 펼쳐졌던 것이 향락이 아니라, 그 어느 곳에서도 이보다 더 도전적이고 더 강한 것을 찾을 수 없는 의지였다는 것을 금세 깨달은 젊은이가 하나도 없다는 게 어떻게 가능할까요? 나는 이리저리 돌아다녔어요. 진실이 나를 불안하게 만들었지요. 그 진실이 여기 수많은 사람들 가운데서 나를 사로잡았을 때, 그것은 밖으로 말해지고, 옹호되고, 증명되고 싶은 소망을 함께 가져왔던 거예요. 내 마음속에는 그렇게 모두가 떠들어 대는 오해에 대한 증오심으로 바로 다음 순간 손뼉을 치게 될 거라는 기괴한 상상이 떠올랐어요.

이 우스꽝스러운 기분이 들었을 때 나는 그 여자를 알아봤죠. 그 여자는 햇살이 눈부신 창 앞에 혼자 서서 나를 관찰하고 있었어요. 진지하고 깊이 생각하는 그런 눈으로가 아니라, 내 얼굴에 나타난, 분명 화난 표정을 흉내 내는 입으로 그랬던 거예요. 나는 즉시 내 표정에 들어 있는 초조한 긴장을 느끼고는 곧 느긋한 얼굴을 만들었지요. 그러자 그녀의 입도 자연스럽게 돌아갔는데, 건방진 입이었어요. 그리고는, 잠시 생각하다가, 우리는 동시에 서로를 쳐다보며 미소를 보냈어요.

그 여자는, 어찌 보면, 바게센의 생애에서 중요한 역할을 한 아름다운 베네딕테 폰 크발렌[117]의 젊은 시절 초상화를 생각나게 했지요. 그녀의 목소리가 지닌 맑은 어둠을 짐작하지 않고서는 그녀의 두 눈에 어린 어두운 정적을 볼 수 없었어요. 그밖에도 머리 땋은 모습이나 입고 있는 밝은 의상의 목 부분 파인 형태가 너무나 코펜하겐풍이어서 나는 그녀에게 덴마크어로 말을 걸어야겠다고 결심했죠.

그렇지만 아직 가까이 다가가지도 않았는데, 그때 벌써

---

117 Benedicte von Qualen(1774~1813). 베네치아의 여가수. 덴마크의 작가 바게센으로부터 짝사랑의 편지를 받았다.

다른 쪽에서 사람들이 그 여자 쪽으로 밀려왔어요. 손님을 좋아하는 백작 부인도 다정하고 감격스러워하는 들뜬 모습으로 한 떼의 응원군과 함께 그 여자한테 즉석에서 노래를 시키려고 그쪽으로 부랴부랴 다가갔지요. 나는 그 젊은 처녀가 손님들 중에 아무도 덴마크어로 부르는 노래에 관심을 가질 사람이 없을 테니 양해를 구한다고 말할 것이라 확신했었죠. 그 처녀도 그렇게 말했어요. 그 밝은 모습을 둘러싸고 있던 사람들은 더 열심히 졸라 댔어요. 그 처녀가 독일어로도 노래한다는 것을 누군가 알고 있다고 했거든요. 〈이탈이아어로도요〉 하고 심술궂은 확신을 가지고 웃으며 말하는 소리도 들렸어요. 나는 그 처녀에게 전할 만한 변명이 하나도 생각나지 않았지만, 그녀가 버틸 거라는 것을 의심하지 않았어요. 오래 미소 짓느라 긴장이 풀린, 성화 대는 사람들의 얼굴에는 벌써 까칠하게 삐친 표정이 번지고 있었고, 사람 좋은 백작 부인도 품위를 잃지 않기 위해서 안타까운 듯 점잖게 한 걸음 물러섰어요. 바로 그때, 이젠 그럴 필요가 전혀 없어졌건만, 그 처녀가 승낙했어요. 나는 실망해서 핏기가 가시는 것을 느꼈어요. 내 시선은 비난으로 가득했지만, 나는 몸을 돌렸어요. 그걸 그 처녀에게 보일 필요가 없었기 때문이죠. 그러나 그 처녀는 다른 사람들한테서 떨어져 나와 갑자기 내 옆에 와 있었어요. 그녀의 옷이 나를 환하게 비추고, 그녀의 체온이 풍기는 꽃향기가 나를 감쌌죠.

「나는 정말 노래를 부를 거예요.」 그녀가 덴마크어로 하는 말이 내 뺨을 스쳐 갔어요. 「저 사람들이 요구해서도 아니고, 체면 때문도 아니에요. 내가 지금 노래를 불러야 하기 때문이죠.」

그녀의 말에서는, 방금 그녀가 나한테서 없애 준, 바로 그 초조감이 새어 나왔어요.

나는 그녀가 다른 곳으로 데리고 가는 사람들을 천천히 따라갔어요. 그러나 높은 문 앞에 다다랐을 때 뒤에 남아서 서로 밀며 자리 잡는 사람들을 보고 있었죠. 나는 거울처럼 반사하는 까만 문 안쪽에 몸을 기대고 기다렸어요. 누군가가 나한테 물었어요. 무슨 준비를 하는 거냐, 누가 노래를 하느냐. 나는 모르는 척했어요. 내가 거짓말을 하는 동안 그녀가 벌써 노래를 불렀어요.

나는 그녀를 볼 수 없었어요. 이탈리아 가곡이 천천히 울려 퍼졌어요. 그건 외국인들 사이에서 너무나 분명하게 의견이 일치하는 진짜처럼 여겨지는 이탈리아 가곡들 가운데 한 곡이었죠. 그 노래를 부른 처녀는 그걸 믿지 않았어요. 그녀는 노래를 힘들게 끌어올렸어요. 너무 무겁게 불렀죠. 앞쪽에서 나는 박수 소리로 노래가 언제 끝났는지 알 수 있었어요. 나는 슬프고 부끄러웠어요. 몇몇 사람들이 움직이기 시작했고, 나도 누군가 자리를 뜨면 합세하려고 마음먹었죠.

그런데 그때 갑자기 조용해졌어요. 방금 전까지만 해도 아무도 가능할 거라고 생각지 못한 정적이 생겨났던 거예요. 정적은 지속되었고, 팽팽해졌어요. 그러더니 이제 그녀의 목소리가 울리기 시작했어요. (아벨로네다 하고 나는 생각했지요. 아벨로네야.) 이번에는 목소리가 강하고, 풍만했지만 무겁지 않았어요. 깨진 곳도, 봉합한 곳도 없는, 한 덩어리로 된 목소리. 그건 잘 알려지지 않은 독일 가곡이었어요. 그것을 그 처녀는 마치 꼭 필요한 만큼만 부르듯이 이상하리만치 단순하게 부르는 거예요.

> 그대여, 나는 그대에게 말하지 않네, 밤이면 내가
> 울면서 누워 있다고.
> 그대의 존재가 나를 피곤하게 만드네
> 마치 하나의 요람처럼.
> 그대여, 그대는 내게 말하지 않네, 깨어 있는 것이
> 나 때문이라고.
> 우리가 서로 만족시키지 않고
> 이런 호사를
> 마음속으로 견디면 어떨까요?
> (잠시 쉬었다가 머뭇거리는 듯이)
> 사랑하는 사람들을 좀 봐요,
> 고백을 시작하자마자
> 그들은 거짓말을 하고 있잖아요.

다시 정적이 흘렀어요. 누가 그런 정적을 만들었는지 아무도 몰라요. 그런 다음 사람들이 움직였어요. 서로 부딪치고, 사과하고, 기침을 했어요. 그들은 벌써 모든 것을 지워버리는 소음 속으로 넘어가려 했죠. 그런데 그때 갑자기, 단호한 목소리가 폭넓고 절박하게 터져 나왔어요.

그대가 나를 외롭게 만들어요. 오직 그대만을 나는 바
꿀 수 있어요.

잠시 그대인가 하면, 그것은 다시 바람소리

또는 남김 없는 향기.

아아, 내 품 안에서 그 모든 것을 잃어버렸어요.

오직 그대, 그대만이 언제나 다시 태어날 거예요.

내가 한 번도 그대를 붙잡지 않기에

나는 그대를 꼭 붙잡고 있는 거예요.

아무도 기대하지 않았던 거죠. 모두가 똑같이 그녀의 목
소리에 압도당한 채 서 있었어요. 그리고 마지막으로 그녀
에게는 마치 그녀가 이 순간 노래를 부르게 되리라는 것을
수년 전부터 알고 있었다는 듯한 확신이 들어 있었어요.

예전엔 아벨로네가 왜 그녀의 대단한 감정의 열량을 신에게
돌리지 않았을까, 하고 때때로 혼자 물어보았다. 그녀가 자
신의 사랑에서 모든 대상 지향성을 없애기를 염원한다는 것
을 알고 있다. 그러나 그녀의 진정한 마음이 신은 사랑의 한
방향일 뿐, 사랑의 대상이 아니라는 사실을 속일 수 있었을
까? 어떠한 사랑의 응답도 신에게서 올 염려가 없다는 것을
그녀가 몰랐을까? 느림보인 우리로 하여금 온 마음을 다 쓰
게 하기 위하여 자신의 욕망을 조용히 미루는 이 우월한 애
인의 겸손을 그녀가 몰랐을까? 아니면 그녀는 그리스도를

피하려고 했나? 어쩌다 그에게 붙들려 그에게 사랑받는 사람이 될까 봐 두려웠나? 그래서 그녀가 줄리 레벤트로를 생각하기 싫어했던가?

나는 거의 그것을 믿는다. 메히틸드[118]같이 그렇게 단순한, 사랑하는 여인, 테레제 폰 아빌라[119]같이 그토록 매력적인 여인, 로제 폰 리마 성녀[120]같이 그렇게 상처 입은 여인, 어떻게 이들이 모두 신의 위안에 순종적으로 쓰러질 수 있었는지, 그러면서도 사랑을 받았는지를 생각해 본다면 말이다. 아아, 약자들에게 구원자였던 그분이 강자들에게는 부당한 존재라니. 그들이 무한한 길 이외에는 아무것도 기대하지 않는 순간 긴장된 천국의 입구에서 사람 모습을 한 그리스도가 다시 한 번 그들 앞에 다가와 그들에게 쉴 곳을 마련해 호화롭고 편안하게 해주고, 남성성으로 그들을 혼란에 빠뜨리니까. 강하게 굴절시키는 그분 마음의 렌즈가 이미 평행선을 이룬 여인들의 마음의 광선을 한데 모으고, 천사늘이 신을 위해 보존하기를 희망했던 그 여인들은 동경의 갈증 속에 불타 버리는 것이다.

[사랑받음은 불타 버림이다. 사랑한다는 것은 소진되지 않는 기름으로 빛을 낸다는 것이다. 사랑받음은 덧없음이요, 사랑함은 지속이다.]•

118 Mechthild von Magdeburg(1210~1282/1294). 영적 체험을 글로 남긴 신비주의자.

119 Teresa von Ávila(1515~1582). 스페인의 가장 중요한 신비주의자.

120 Rosa von Lima(1586~1617). 페루의 신비주의자.

아벨로네가 말년에 눈에 띄지 않게, 그리고 직접적으로 신과 관계를 맺기 위해 마음으로 생각하려 했다는 것도 가능한 일이다. 아말리 갈리친 후작 부인[121]의 주의 깊은 내적 관조를 상기시키는 그녀의 편지가 있다는 것도 상상할 수 있다. 그렇지만 그 편지들이 그녀와 가까웠던 어떤 남자를 향한 것이었다면, 그 남자는 그녀의 변심에 얼마나 고통을 받았을 것인가. 그리고 그녀 자신은. 내가 추측건대, 그녀에게 저 유령 같은 변화보다 더 무서운 것이 없었다. 사람들은 그것을 눈치채지 못한다. 왜냐하면 끊임없이 그런 변화의 모든 증거를 마치 아주 낯선 것처럼 손에서 놔버리기 때문이다.

탕아의 이야기가 사랑받지 않으려는 사람의 전설이 아니라는 사실을 나한테 납득시키기는 힘들 것이다. 그가 어린아이였을 때 집안의 모든 사람이 그를 사랑했다. 그는 그걸 으레 그러려니 하며 성장했고, 그들의 약한 마음에 익숙해졌다. 어린아이였기 때문에.

그러나 소년이 된 그는 자기의 습관을 버리려고 했다. 그가 그렇게 말할 수는 없었을 것이다. 그러나 집 바깥에서 하루 종일 쏘다니면서 개조차 데리고 다니지 않으려고 했을 때는 그랬다. 개들도 그를 사랑했기 때문이다. 그들의 눈빛에 관찰과 관심, 기대와 염려가 들어 있었기 때문이다. 기쁘

---

121 Amalie von Gallitzin(1748~1806). 가톨릭 신앙 고백으로 18세기의 정신생활에 영향을 준 여성.

게 해주거나 마음 상하게 하지 않고서는 개 앞에서 아무것도 할 수가 없었으니. 그러나 그 당시 그가 뜻했던 것, 그것은 마음의 무관심이었다. 그 무관심은 때때로 이른 아침 들판에서 그토록 순수하게 그를 사로잡았고, 그는 시간도 숨도 다 멈추려고 달리기 시작했다. 아침이 의식되는 가벼운 순간 그 이상이 되기 위하여.

이제껏 오지 않은 삶의 비밀이 그 앞에 펼쳐졌다. 그는 저도 모르게 오솔길을 버리고 들판 속으로 달려 나갔다. 두 팔을 활짝 벌려, 마치 그 품 안에 여러 방향을 한꺼번에 품을 수 있다는 듯이. 그런 다음 그는 어느 울타리 뒤로 몸을 던졌다. 아무도 그를 중요하게 생각하지 않았다. 그는 풀피리를 만들고, 작은 들짐승을 향해 돌을 던지기도 하고, 앞으로 몸을 구부리고 강제로 딱정벌레 가는 길을 돌려놓았다. 이 모든 행동이 운명이 되지는 않았다. 그리고 하늘은 자연 위로 흘러가듯 그의 머리 위로 흘러갔다. 마침내 온갖 기발한 생각이 떠오른 오후가 왔다. 그는 토르투가 섬[122]의 해적이 되었다. 그러나 해적이 되라는 의무는 없었다. 캄페쉬를 포위하고, 베라크루즈를 정복하기도 했다. 혼자 군대 전체의 역할을 맡거나, 말 탄 지휘자, 또는 바다 위에 떠 있는 배가 되는 것도, 그때그때의 기분에 따라 가능했다. 그러나 무릎을 꿇고 싶다는 생각이 떠오르면, 얼른 데오다트 폰 고존[123]

122 중남미 서인도제도의 한 섬. 17~18세기 스페인 식민지 시절에 해적들이 횡행하던 곳이다.

123 실러의 설화시 「용과의 싸움」(1798)에 나오는 주인공. 그는 용을 죽이지 말라는 명령을 어긴 죄로 벌을 받는다.

이 되어 용을 죽였다. 그리고 아주 뜨겁게 달아올라 그 영웅 행위는 복종을 모르는 불손이라는 말을 들었다. 이런 것도 다 이야기에 포함되기 때문에 그는 아무것도 아껴 두지 않았다. 그토록 수많은 상상이 떠올랐지만, 그 중간 중간에 오직 한 마리의 새가 된 기분일 때도 있었다. 무슨 새인지는 딱히 몰랐지만, 다만 귀가할 시간이 왔으니까.

맙소사, 어찌나 많은 것들을 벗어 버리고 잊어버려야 했는지. 제대로 잊어버릴 것이 필요했다. 그러지 않으면 사람들이 다그칠 때, 폭로되고 말 것이기 때문이다. 아무리 두리번거리며 걸음을 늦추어도 마침내 집의 합각머리가 나타났다. 지붕 밑 첫 창문이 그를 눈으로 포착했다. 그곳에 누군가가 서 있었을 것이다. 하루 종일 기대를 키운 개들이 관목 숲을 지나 쏜살같이 달려와서 자기들이 생각하는 쪽으로 그를 몰아갔다. 그리고 나머지는 집이 했다. 냄새가 가득 찬 집 안으로 들어서기만 하면 되는 것이었다. 그러면 벌써 대부분의 것이 결정된 셈이다. 사소한 일들은 아직 바뀔 수 있다. 전체적으로 그는 이제 사람들이 생각하는 그 사람이 된 것이다. 그의 보잘것없는 과거와 그들 자신의 소망으로 그들이 벌써 오래전부터 하나의 삶을 만들어 준 사람. 그 인생은 낮이나 밤이나 그들의 사랑의 암시 속에서, 그들의 희망과 악의 사이에, 그들의 비난이나 갈채 앞에 서 있는 공동의 삶이었던 것이다.

그런 사람은 아무리 조심스럽게 계단을 올라도 소용이 없다. 식구들이 모두 거실에 있을 것이다. 문은 틀림없이 열릴 것이요, 그들이 그를 쳐다볼 것이다. 그는 어둠 속에 머물러 있다. 그들의 질문을 기다리려고 한다. 그러나 그다음에는 불안이 찾아온다. 그들은 두 손으로 그를 맞이한다. 식탁으로 데리고 가고, 거기 있는 사람들은 전부 호기심이 발동해 등잔불 앞으로 목을 뻗는다. 그들은 유리하다. 그들은 어둠 속에 있고, 오직 그에게만 얼굴이 있다는 치욕이 불빛과 함께 떨어지고 있는 것이다.

그는 머물 것인가? 그리고 그들이 그에게 정해 준 모호한 삶을 거짓으로 따라갈 것인가? 그의 얼굴 전체가 그들 모두를 닮아 갈 것인가? 그는 자신의 의지가 지닌 부드러운 진정성과 그들까지도 멸망시킬 졸렬한 기만 사이에서 스스로 분열할 것인가? 그는 가족들 가운데 아직도 약한 마음을 가진 사람들을 해칠 수도 있는 그런 존재가 되기를 포기할 것인가?

아니다, 그는 떠날 것이다. 예컨대 그들 모두가 다시 한 번 모두 문제를 해결해 줄 것이라고 잘못 판단한 물건들로 그의 생일상을 차려 주느라 분주할 때 영원히 떠나는 것이다. 훨씬 나중에 가서야 그는 비로소 분명하게 깨달을 것이다, 자기가 그때 사랑받는 끔찍한 처지에 아무도 빠뜨리지 않기 위해 그 누구도 사랑하지 않겠다고 얼마나 굳게 다짐했는지를. 세월이 흐른 후에 그런 생각이 들면, 다른 계획들과 마찬가지로, 이 계획도 이미 그때는 불가능한 것이 되어 있을 것이다. 왜냐하면 그는 고독 속에서 사랑하고 또 사랑했기 때문이다. 매번 자신의 모든 천성을 낭비하며, 상대방의 자유가 다칠까 봐 말할 수 없이 불안해하며. 그는 자신이 발하는 감정의 광선으로 사랑하는 대상을 고갈시키는 대신 투명하게 비춰 주는 법을 점차 배워 나갔다. 점점 투명해지는 애인을 통해서 그녀가 그의 끝없는 소유욕에 맞서 열어 준 광활한 공간을 인식하는 황홀감에 젖었다.

그런 다음 그는 자기 자신도 그렇게 투명하게 비춰지고 싶은 동경에 밤새 울었다. 그러나 순종하는 애인, 사랑을 받는 여인은 아직까지는 사랑하는 여인이 아니었다. 오, 위로할 길 없는 밤이여, 자기가 준 넘치는 선물을 부서진 조각으로 되돌려 받았으니, 덧없어 무거운. 그럴 때 그는 소청이 받아들여지기를 무엇보다 두려워했던 음유시인들을 또 얼마나 생각했던가. 그는 그런 일을 또 겪지 않기 위해서 벌어들이고 불린 돈을 마구 써버렸다. 그는 무례하게 돈을 지불함으로써 여인들을 욕보였다. 그들이 그의 사랑을 받아들이려 할 수도 있다는 생각에 매일매일 괴로워하면서. 왜냐하면 그는 자기를 관통할, 사랑하는 사람을 체험할 희망을 더 이상 갖지 않았기 때문이다.

가난이 매일 더 심해져 그를 놀라게 하던 때에도, 그의 머리가 불행의 총아가 되어 다 닳아 버렸을 때에도, 그의 몸 구석구석에 전염병의 암흑을 막기 위한 비상 눈알처럼 종기가 퍼졌을 때도, 사람들이 그를 오물 취급하여 오물 속에 버려두고 떠났을 때도, 생각해 보면, 그의 가장 큰 공포는 응답을 받는 것이었다. 그 이후의 온갖 암흑은 모든 것을 다 잃게 하는 저 포옹의 짙은 슬픔에 비하면 무엇이었겠는가. 그는 미래가 없다는 기분으로 깨어 있지 않았던가? 모든 위험에 대하여 아무 권리도 없이 무의미하게 돌아다니지 않았던가? 죽지 않겠다고 수백번도 더 스스로에게 약속해야 하지 않았던가? 그의 삶을 쓰레기 더미 속에서도 지키도록 한 것은 다시 오고 또 오면서 자리를 보존하려고 했던, 이 심술궂은 추억의 고집이 아니었던가? 결국 사람들이 그를 다시 찾아냈다. 그런 다음에 비로소, 양치기로 돌아가서야 비로소 그의 수많은 과거는 진정되었다.

그때 그에게 일어난 일을 누가 묘사하겠는가? 어느 작가인들 그때 그가 겪은 긴 나날과 짧은 생애를 이해시킬 만한 설득력을 가지고 있겠는가? 어떤 예술이 외투를 입은 그의 여윈 모습과 그가 보낸 엄청나게 큰 밤의 천체를 동시에 불러낼 만큼 폭이 넓은가?

그때는 그가 자신을 마치 더딘 회복기의 환자처럼 일반적인 무명의 존재로 느끼기 시작한 시절이었다. 그는 사랑하지 않았다. 물론 존재하기를 사랑하기는 했지만 말이다. 그기 돌보던 양들의 낮은 사랑에는 관심이 없었다. 그것은 구름 사이로 내려오는 햇빛처럼 그의 주변에 흩어져 초원 위에서 부드럽게 반짝이고 있었다. 그는 그의 죄 없는 굶주림의 흔적을 찾아 말없이 세상의 목초지 위로 걸어 나갔다. 외국인들은 아크로폴리스에서 그를 발견했다. 그리고 어쩌면 그는 오랫동안 보 지방[124]의 목동들 가운데 한 사람이었을 것이다. 그는 7과 3이라는 숫자를 가지고도 문장(紋章)의 별에 그려진 열여섯 개의 광선을 이기지 못한 고귀한 가문[125]보다

124 Baux. 프랑스 프로방스 지방에 있는 성.

석화된 시간이 더 오래가는 것을 보았다. 아니면 나는 그가 오랑주에 있는 시골풍의 승리의 문[126]에 기대어 쉬는 모습을 상상해야 할까? 혹은 부활한 분의 묘지처럼 열려 있는 묘지들 사이에서 잠자리를 눈으로 쫓고 있는, 영혼이 깃든 알리스캉[127]의 그림자 속에 선 그를 상상해야 할까?

그것은 아무래도 좋다. 나는 그 이상을 본다. 그 당시 신에 대한 긴 사랑을 시작했던 그의 현존재, 조용하고 목표 없는 그 작업. 〈달리 어찌할 도리가 없다는 마음〉이 점점 커져서 끝까지 절제하려고 했던 그에게 다시 한 번 찾아왔다. 그리고 그는 이번에는 신의 응답을 바랐다. 오랜 독신 생활 속에서 예감할 줄 알고 흔들리지 않게 된 그의 존재 전체가 그에게 약속해 주었다. 지금 그가 생각하는 그분은 파고드는, 빛나는 사랑으로 사랑할 줄 알 것이라고. 그러나 마침내 그렇게 능숙하게 사랑받기를 동경하는 한편, 먼 거리에 익숙해진 그의 감정은 신이 아주 멀리 떨어져 있다는 사실을 깨달았다. 신을 향하여 우주 공간으로 몸을 던지는 상상을 하는 밤이 여러 날 왔다. 그것은 풍부한 발견이 이루어지는 시간이었다. 그런 시간에 그는 지구를 향해 자맥질해 들어가서, 마음의 폭풍으로 지구를 다시 들어 올릴 수 있을 만큼 충분

125 이스라엘의 발타자 왕 시대부터 유래하는 유태인 가문. 이 가문의 문장에는 베들레헴의 구유 위에 떠 있던 별이 들어 있는데, 그 별에는 16개의 광선이 그려져 있었다. 그러나 16을 불길한 숫자라고 믿었던 지배자들이 7 또는 그 배수로 그 불길함을 물리쳐 보려고 했다.

126 기원전 45년에 오랑주에 세워진 승리의 문.

127 Alyscamps. 프로방스 지방 아를 근처의 지역 이름. 고대의 묘지들이 있는 것으로 유명하다.

한 힘을 느꼈다. 그는 훌륭한 언어를 듣고 그 언어로 시를 쓰려는 계획으로 몸이 달아오른 사람 같았다. 그 언어가 얼마나 어려운지 알게 될 때 받을 충격을 그는 아직 모른다. 아무 의미도 없는, 짧은 첫 가짜 문장을 만드는 데 한평생이 다 지나갈 수도 있다는 것을 그는 처음에는 믿으려 하지 않았다. 그는 달리기 시합을 하는 선수처럼 허둥지둥 그 말을 배우기 시작했다. 그러나 극복해야 할 장애가 너무 빽빽이 많아서 그의 학습을 지연시켰다. 이와 같은 초보자의 태도보다 더 겸손한 것은 아무것도 없었다. 그는 지혜의 돌을 발견했다. 그런데 사람들이 이제 그에게 빠르게 만들어진 행운의 황금을 쉬지 말고 인내의 납덩어리로 변화시키라고 강요했다. 우주 공간에 적응한 그는 한 마리의 벌레처럼 출구도 없고 방향도 없는 구불구불한 길을 갔다. 이제 그가 그렇게 힘들게 전전긍긍하며 사랑하기를 배우고 나니, 그가 실행한다고 생각했던 그 모든 사랑이 지금까지 얼마나 게으르고 하찮은 것이었는지가 보였다. 그 사랑을 위해 일하고 그것을 실현하는 일을 시작도 하지 않았기 때문에 그로부터 아무것도 될 수 없었던 것처럼.

그 몇 해 동안 그에게는 큰 변화가 일어났다. 신에게 가까이 가려는 힘든 작업 때문에 오히려 신을 거의 잊었다. 그리고 그가 시간을 두고 신에게 도달하기를 바라며 행한 그 모든 것은 〈한 영혼을 견디는 그의 인내〉였다. 인간들이 소중히 여기는 운명의 우연들은 그에게서 떨어져 나간 지 이미 오래였다. 이제 쾌락과 고통에 꼭 필요한 양념 같은 뒷맛을 잃어버렸다. 그리고 신을 위하여 순수하고 비옥해졌다. 그의 존재의 뿌리에서 단단한, 겨울을 나는 기쁨의 과실수가 자라 나왔다. 그는 자신의 내면의 삶을 이루는 것을 수행하기 위해 온 힘을 기울였다. 그는 아무것도 건너뛰려 하지 않았다. 왜냐하면 모든 것에 그의 사랑이 들어 있고 또 자라난다는 것을 의심하지 않았기 때문이다. 그렇다, 그의 내적 결단은 그가 예전에는 해낼 수 없었던 것, 단순히 마냥 기다리기만 했던 것을 만회할 결심을 할 정도에까지 이르렀다. 그는 무엇보다도 어린 시절을 생각했다. 어린 시절이 그에게 왔다. 곰곰이 생각할수록, 어린 시절은 보내지지 않은 것처럼 보였다. 어린 시절의 모든 추억은 그 자체로 막연한 예감 같은 것을 지니고 있었다. 그리고 어린 시절이 지나간 것으로 여겨진다는 것이 그것을 미래형에 가깝게 만들었다. 이 모든 것을 다시 한 번, 그리고 실제로 받아들이는 것, 바로 그것이 그 낯설어진 탕아가 집으로 돌아온 이유였다. 그가 집에 머물렀는지 우리는 모른다. 우리는 그가 돌아왔다는 것을 알 뿐이다.

이 이야기를 한 사람들은 이 대목에서 우리에게 집이 어땠는지를 상기시키려고 했다. 왜냐하면 그곳에서는 시간이 조금만 흘러갔기 때문이다. 잴 수 있는 약간의 시간. 모두들 말할 수 있었다, 어느 정도의 시간인지를. 개들도 늙었다. 그렇지만 아직 살아 있다. 어떤 개는 크게 짖더라는 말도 있었다. 가족 전체가 일과를 멈추었다. 창가에 얼굴들이 나타났다. 늙고 성숙한 얼굴들은 감동적일 정도로 비슷했다. 그리고 아주 늙은 얼굴이 갑자기 그를 알아보고는 창백해졌다. 알아봤다고? 정말 알아본 것뿐일까? 용서. 무슨 용서? 그것은 사랑, 맙소사 사랑이었다.

가족들이 알아본 사람, 그는 바쁘기도 했지만 그런 사랑이 가능하리라고는 생각하지 않았다. 그때 일어난 일 가운데 오직 이것만이 전해졌다고 하는 것은 이해할 수 있는 일이다. 그의 몸짓, 예전에는 전혀 본 일이 없는 전대미문의 몸짓. 그것은 그들의 발아래 몸을 던지며, 자기를 사랑하지 말라고 간청하는 애원의 몸짓이었다. 그들은 깜짝 놀라 비틀거리며 그를 붙들어 일으켰다. 그들은 그를 사랑함으로써 그들 나름으로 그의 격한 행동을 해석했다. 그의 태도가 보인 필사적인 명료함에도 불구하고 모든 사람들이 그를 오해했다는 사실이 그의 마음을 말할 수 없이 해방시켜 주었다. 그는 머물 수 없었는지도 모른다. 날이 갈수록 그들이 그토록 뽐내며 자기들끼리 몰래 서로 부추긴 그 사랑이 그에게 해당되는 것이 아님을 점점 더 알게 되었기 때문이다. 그들이 애쓰는 모습에 그는 치마 미소 짓지 않을 수 없었다. 그들의 사랑이 그에게 미치지 못한다는 점도 분명해졌다.

그가 어떤 사람인지 그들이 어떻게 알았겠는가. 그를 사랑하는 것은 이제 끔찍하게 어려웠다. 그는 오직 한 분만이 그렇게 할 수 있다고 느꼈다. 그러나 그분은 아직 그럴 뜻이 없었다.

수기의 끝.

고독과 고난을 숙명처럼 짊어진
사람들에 대한 기록

릴케의 『말테의 수기 *Die Aufzeichnungen des Malte Laurids Brigge*』(1910)는 20세기 초 독일어로 발표된 최초의 현대 소설이라고 일컬어진다. 그 현대성은 주로 〈수기(手記)〉라는 소설의 형식과 산업 사회의 도시 문명에 대한 비판적 주제를 담은 내용면에서 찾아볼 수 있다.

『말테의 수기』는 덴마크의 부유한 지방 귀족 가문에서 태어난 말테 라우리츠 브리게라는 28세 청년이 대도시 파리에 와서 겪은 충격과 혼란에 대한 기록이다. 뿐만 아니라, 어린 시절에 대한 추억, 개인적인 체험과 역사에 대한 성찰과 재해석을 담은 기록이다. 일인칭 시술사가 보고하는 형식의 길고 짧은 71개의 〈기록 Aufzeichnung〉들은 일기 같은 메모, 산문시, 도시 풍경 묘사, 편지, 자전적 회상기, 역사적 인물들의 이야기, 예술 작품이나 유적에 대한 고찰, 비유담, 철학적 성찰 등등 다양한 형식들의 몽타주를 이루고 있다. 18~19세기의 문학 작품에서 볼 수 있는 인물과 사건에 대한 〈사실주의적〉 서술에 익숙한 독자의 눈으로 읽기에는 매우 거북한 형식이 아닐 수 없다. 릴케 자신도 이 사실을 의식하고 있었던 것이 분명하다. 원고를 끝낸 후 한 친지에게 보낸 편지에서 다음과 같이 말하고 있기 때문이다.

　　이 원고지들로부터 사람들이 얼마나 하나의 온전한 현존재를 이끌어 낼 수 있을지 저는 모르겠습니다. 이 허구의 젊은이가 (파리에서, 그리고 파리를 통하여 되살아난 추억에서) 내면적으로 겪어 낸 것들은 도처에서 한없이 확대되고 있기 때문입니다. 아직도 더 많은 기록들을 첨가할 수 있을 것입니다. 이 책의 특징은 바로 이것이 완전한 것이 아니라는 데에 있습니다. 그것은 마치 책상 서랍에서 정리되지 않은 몇 장의 원고를 발견한 사람이, 그것밖에 없기 때문에 그것으로 만족할 수밖에 없는 것과 같습니다. 그것은, 예술적 관점에서 보자면, 졸렬한 통일성입니다. 그러나 인간적으로는 가능합니다. 왜냐하면 그 뒤에서 현존재의 구상과 움직이는 힘들이 맺는 연관관계의 그림자가 일어서기 때문입니다.

릴케 스스로 〈졸렬한 통일성〉이라고 폄하한 이 소설의 몽타주 형식은 자아와 세계의 조화로운 관계가 깨지고, 더불어 파편화된 현대 문명의 전모를 개관할 수 없음을 의식하는 주체의 단편적 인식을 반영하고 있다. 그러나 그 몽타주는 〈보는 법을 배우는〉, 새로운 관조(觀照)를 지향하는 의식 주체로서의 주인공 말테의 입장에서 릴케가 선택한 서술 방식으로, 그 내용은 전체적으로 주인공의 세 가지 지각 능력인 체험과 회상, (재)해석에 기초를 두고 있다. 릴케가 폴란드의 번역가 홀레비츠에게 설명했듯이, 이 소설의 소재 영역 또한 이에 상응하여 크게 세 부분으로 구분된다. (1) 대도시 파리의 체험, (2) 어린 시절의 추억, (3) 독서 체험에 대한 회상.

『말테의 수기』첫 부분에는 세계 문학사상 그 유례를 찾기 어려울 만큼, 문화 예술의 도시 파리의 명성을 한마디로 부정하는 혹독한 악평이 들어 있다. 〈여기서 모두 죽어 가지 싶다.〉 말테가 파리에서 보고 듣는 것은 만개한 도시 문명의 화려함이 아니라, 주로 질병과 죽음으로 가득한 병원이고, 요오드포름과 감자튀김 냄새에 섞여 〈불안의 냄새〉를 풍기는 골목 아니면, 무너진 집터와 건물의 잔해 등등 비참하고 우울한 장면들이다. 그리고 그가 만나는 사람들도 비틀거리며 힘겹게 발을 옮기는 임신부나 길을 가다가 쓰러지는 사람, 꽃양배추 수레를 끌고 가거나 수줍은 목소리로 신문을 팔고 있는 장님들, 식당에 앉은 채로 죽은 사람, 반신불수의 환자 등등 정상적인 일상의 조건에서 이탈하거나 죽음에 가까운 모습들이나. 이런 인물 형상이나 모티프들은 여느 자연주의 문학 작품 못지않게 가차 없는 시선으로 묘사되고 있다. 특히 인간의 자리를 대신한 낯선 〈생명〉으로 넘치고 있는 무너진 집터에 대한 다음과 같은 서술에는 도시 문명의 비극적 미래를 암시하는 묵시론적 울림이 들어 있다.

생명은 찢겨 나간 벽지 조각에서도 나부끼고 있었고, 오래전에 생긴 썩은 얼룩에서도 땀을 흘리고 있었다. (……) 거기엔 한낮도 있었고, 질병도 있었다. 내뱉은 숨결, 여러 해 동안 묵은 연기, 옷을 무겁게 적시는 겨드랑이 땀, 텁텁한 입 냄새, 썩은 발 고린내도 고여 있었다. 그곳에는 독한 오줌 지린내와 불에 그을리며 나는 누린내, 거무스름한 감자를 삶을 때 나는 냄새와 찌들어 가는 기름의 미끈미끈한 악취도 고여 있었다. 잘 거두지 않은 젖먹이들한테서 나는 들큼하고 오래 남는 냄새, 학교 가는 아이들에게서 나는 불안의 냄새, 사춘기 소년들의 침대에서 흘러나오는 후덥지근한 냄새도 그곳에 있었다.

말테가 대도시 파리에서 겪는 실존의 불안은 무엇보다도 죽음에 대한 공포 체험, 특히 무의미한 죽음에 대한 인식과 불가분의 관계에 있다. 그리고 말테는 그 무의미성이 559개의 병상을 지닌 대규모 병원에서 치러지는 〈공장 생산 방식〉과 같은 천편일률적인 장례 절차에서 결정적으로 나타난다고 본다. 〈시설이 마련해 준 죽음〉에 순응하는 사람들의 태도를 못마땅하게 여기고, 〈자기만의 죽음을 갖겠다는 소망은 점점 줄어들고 있다〉고 탄식하는 말테는 여러 날 동안 집안과 마을 전체를 떠들썩하게 만들고 돌아가셨던 고향의 할아버지를 회상한다. 그에게 할아버지의 죽음은 그분이 〈평생 몸 안에 지녀 길러 왔던 사악한 죽음, 제왕의 죽음〉이었다. 말테는 그렇게 〈삶으로부터 나아가는 죽음〉뿐만 아니라, 〈삶 속의 죽음〉에 대한 추억도 반추한다. 어머니가 돌아가신 후 아버지와 함께 방문한 외가댁에서의 저녁 식사 중에 나타난 죽은 이모의 유령을 직접 본 이야기라든지, 어머니가 생전에 들려준 또 다른 이모의 이야기, 즉 그 이모가 죽어서 장례식까지 치렀는데 눈에 보이지 않는 모습으로 집에 돌아왔을 때 아무도 몰랐지만 집에서 기르던 개가 알고 반기더라는 이야기에서 말테는 삶과 떼어 놓을 수 없는 죽음의 의미를 발견한다.

개인이 〈고유한 죽음〉을 상실한 것에 대한 말테의 탄식은, 그 죽음의 형식이 곧 삶 속에서 배태되는 것이므로, 바로 〈고유한 삶〉을 상실한 것에 대한 탄식과 다르지 않다. 따라서 말테가 파리에서 느끼는 죽음의 공포는 또한 획일화된 대중문화 속에서 개인이 지닌 고유한 삶의 의미를 상실할 것에 대한 두려움에서 오는 것이다. 말테는 비록 그의 내면을 사로잡아 불안에 떨게 하는 〈커다란 것〉의 정체를 모르고, 따라서 의사도 그를 도와줄 수 없지만, 자기 자신이 새로운 변화에 직면해 있다는 것, 불행을 행복으로 바꾸기 위해서는 그 변화가 무섭더라도 반드시 견뎌 내야만 한다는 것을 의식한다. 그리고 그 가능성은 삶과 죽음과 관련된 모든 것의 〈새로운 해석〉에 있음을 예감한다. 말테는 어머니에게 보내는 편지 초안에서 고백한다, 〈지금까지의 모든 것보다 나[그]를 사람들로부터 격리시키는 어떤 차이들〉이 그의 내면에서 형성되었음을, 그리고 그것은 다름 아니라 〈모든 사물에 대한 완전히 다른 견해〉임을.

말테는 〈실존의 무서움〉을 극복하기 위하여, 그리고 자기 자신의 마지막 실존의 근거를 찾기 위하여, 남들이 가지 않은 고독과 고난의 길을 선택하기로 한다. 실제로 말테가 그의 생활 주변과 읽은 책, 또는 역사에서 찾는 인물들은 모두 그런 고독과 고난을 숙명처럼 짊어진 사람들이다. 꽃양배추나 신문을 파는 거리의 장님들도 우연히 길에서 마주친 존재가 아니라 사실은 〈내면을 향한 시선〉을 분명하게 보여주는 은유다. 그 내면이야말로 실존의 근거가 된다. 따라서 말테가 베토벤의 데스마스크에서 불분명하고 덧없는 소음에 현혹되지 않도록 〈신이 그 청각을 막아 버린 자〉, 〈스스로의 내면에 음향의 명확성과 지속성을 지니고 있던〉 우주의 음악을 창조한 사람의 얼굴을 발견한 것도 이 위대한 작곡가가 바로 그 내면의 세계에 새로운 실존의 근거를 마련한 본보기가 되기 때문이다. 반면에 전대미문의 내면의 사건을 비전통적 방식으로 무대 위에 시각적으로 재현하려 했으나 유명한 만큼 오해를 받은 〈가장 고독한 사람〉이었던 노르웨이의 극작가 입센에게는 변덕스러운 세상의 명성을 멀리하라고 권유한다. 세간의 명성이란 실존을 왜곡시키고 파괴하는 위험한 〈맹수〉일 뿐이기 때문이라는 것이다.

말테가 소년 시절에 읽은 역사책에 나오는 두 인물의 비참한 최후를 회상하는 것도 그들의 운명이 새삼스럽게 고독과 고난의 길을 끝까지 걸어간 사람의 전형적인 모습으로 느껴졌기 때문이다. 거짓이 탄로되는 순간까지 황제의 가면을 쓰려고 했던 러시아의 오트레피에브Grischa Otrepjew, 그리고 패주하면서도 그 소식만으로 사람들을 떨게 할 정도였으나 결국 얼어붙은 시체 더미 속에서 발견된 프랑스의 부르고뉴Karl der Kühne 대공. 이들은 비록 절체절명의 순간을 이기지 못하고 죽음에 이르렀으나, 말테는 바로 그 극한의 상황에서 아무도 대신할 수 없는 고유한 실존의 가능성을 찾으려고 했다. 그것이 비록 일반적인 역사 해석과 다르더라도 내면의 변화를 인식한 〈올바른 독자〉의 태도라고 생각했던 것이다.

말테의 〈새로운 해석〉은 〈고유한 죽음〉이라는 주제와 더불어 〈목적 없는 사랑〉의 주제로 나타난다. 말테는 평범한 사랑의 결합은 〈고독의 증가〉를 뜻할 뿐이라고 생각한다. 말테에게 사랑은 능동적인 활동이며, 새로운 실존의 창조 행위이다. 구체적인 상대의 응답이 없더라도 자연 전체가 사랑하는 사람과 동조한다. 그는 〈사랑받는 사람의 삶은 나쁘고 위험하다〉고 한다. 왜냐하면 그것은 상대에게 의존적이기 때문이다. 따라서 〈사랑받기〉보다 〈사랑하기〉로 그 태도를 바꿔야 한다. 괴테에게 무수한 짝사랑의 편지를 보낸 베티나, 오빠에 대한 금지된 사랑 때문에 죽어서 눈물의 샘이 된 신화의 주인공 비블리스, 실연의 아픔을 불후의 명시로 남긴 이탈리아의 여성 시인 가스파라 스탐파 등등, 말테는 수많은 〈사랑하는 사람들의 전설〉을 열거한다. 사랑을 받기만 한 사람들의 미래가 텅 빈 자리로 남는 반면, 사랑하는 사람들의 미래는, 그것이 말할 수 없는 고통일지라도, 그들의 능동적인 마음이 확보한 실존의 공간으로 가득 차 있게 된다는 것이다. 릴케는 〈『말테의 수기』 원고 여백에 적힌

글〉이라는 주석에 이렇게 달아 놓았다.

사랑받음은 불타 버림이다. 사랑한다는 것은 소진되지
않는 기름으로 빛을 낸다는 것이다. 사랑받음은 덧없음이
요, 사랑함은 지속이다.

말테는 젊은 이모 아벨로네에게 은밀한 연정을 느끼기도
하지만, 아벨로네 스스로 마음속에 사랑하는 사람을 품고
있음을 알기에, 오히려 아벨로네를 〈사랑하는 사람〉의 전형
적인 예로 추억한다. 파리 클뤼니 박물관의 벽걸이 양탄자
에서 본 「일각수와 여인」의 그림을 상세하게 묘사함으로써,
그 그림의 주제에 빗대어 아벨로네가 간직한 사랑의 그리움
을 예찬한다. 말테는 베네치아 여행 중 우연히 마주친 낯선
처녀의 노래 가사에서 아벨로네를 비로소 이해하게 되었다
고 고백한다. 그가 아벨로네에게 전하는 가사의 마지막 구
절은 이렇다.

아아, 내 품 안에서 그 모든 것을 잃어버렸어요.
오직 그대, 그대만이 언제나 다시 태어날 거예요.
내가 한 번도 그대를 붙잡지 않기에
나는 그대를 꼭 붙잡고 있는 거예요.

『말테의 수기』 마지막 부분은 성서에 나오는 〈돌아온 탕
아〉의 비유에 대한 말테의 새로운 해석이라고 할 수 있는데,

그것은 가족들의 사랑을 한사코 거부함으로써 수동적 사랑에 안주하기를 거부하고, 스스로 온 세상을 능동적으로 사랑하는 것만이 실존의 덧없음을 극복하는 길임을 깨달은 〈신인류〉의 귀향에 관한 이야기로 다시 구성되었다.

릴케는 『말테의 수기』를 1904년 2월경에 로마에서 쓰기 시작했고, 1910년 1월 27일 라이프치히의 출판인 안톤 키펜베르크의 집에서 인쇄용 원고의 구술을 마쳤다. 그 후 베를린과 로마를 여행하면서 교정을 보았고, 마침내 1910년 5월 31일자로 인젤 출판사에서 간행하였다. 이 무렵 릴케는 이미 3부 연작시 『시도집(時禱集, Das Stunden-Buch)』(1899, 1902, 1903)과 『신시집Neue Gedichte』(1907), 『신시집 별권 Der Neuen Gedichte anderer Teil』(1908)을 통해 시인으로서 확고한 명성을 얻고 있었으나 내면적으로는 실존의 위기와 창작의 위기를 동시에 겪기 시작하였다. 특히 『신시집』에서 주관적 요소를 배제하고 사물의 본질에 대한 객관적 통찰을 시어로 재현하려는 시도로 현대시의 새로운 경지를 열었다는 호평이 있었음에도 불구하고 릴케 자신은 〈눈[시각]의 삭품Augen-Werk〉에 만족하지 못하고 〈심장[마음]의 작품 Herz-Werk〉에 대한 창작 욕구에 괴로워하였다. 『말테의 수기』는 바로 이러한 번민의 내면 풍경을 기록한 것이다. 릴케는 그것을 말테가 겪은 〈고난의 어휘〉라고 했다. 그것은 〈내면의 무풍이 폭풍보다 더 위험한 자연에서 들리는 새소리〉처럼 분명하면서도 완전히 설명할 수 없는 것이라고 하였다. 이 기간 동안 독일과 프랑스, 이탈리아뿐만 아니라 노르웨이, 스웨덴, 덴마크 등 유럽 각지를 쉬지 않고 전전한 릴케의 불안정한 나그네 생활 자체가 실존의 근거를 찾기 위한 구도의 편력이라고 할 수 있다. 『말테의 수기』를 발표한 이후에도, 그러니까 낡은 인습을 벗어나 새로운 가치의 삶을 시작하려는 말테라는 인간을 탄생시킨 이후에도 10여 년 동안 말테의 고난과 위기가 계속해서 릴케를 따라다녔으며, 1922년 2월에 거의 동시에 완성된 두 개의 장편 연작시 『두이노의 비가Duineser Elegien』와 『오르페우스에게 바치는 소네트Die Sonette an Orpheus』에서 비로소 고통의 운명을 받아들이는 현세 긍정의 고백을 노래함으로써 그 긍정적인 의미가 완성되었다.

릴케는 『말테의 수기』를 집필하기 전에 이미 연상의 연인이자 평생의 멘토였던 루에게 보낸 1903년 8월 18일자 편지에서 파리 체험을 상세하게 묘사했을 뿐만 아니라, 거기에서 겪은 불안을 예술적으로 형상화함으로써 그것을 극복하고자 하는 의지를 밝힌 바 있다. 그는 자신의 『시도집』이야말로 그 자체가 불안과 파도의 소음 속에서 탄생한 하나의 기도라고도 했는데, 『말테의 수기』도 또한 그러한 불안과 고통의 문학적 변용을 실현한 본보기로서 20세기 세계 문학의 기념비가 되었다.

이 번역은 August Stahl(1996)과 Manfred Engel(1997)이 각각 주석과 함께 편찬한 Rainer Maria Rilke, 『Die Aufzeichnungen des Malte Laurids Brigge』를 대본으로 삼았으며, 박환덕 교수

(문예출판사, 1974)와 김용민 교수(책세상, 2000)의 선행 작업에서 유익한 내용들을 참조하였음을 밝힌다.

안문영

라이너 마리아 릴케 연보

1875년 출생 12월 4일 오스트리아-헝가리 제국에 속한 체코의 프라하에서 독일어를 사용하는 소수 민족의 일원인 아버지 요제프 릴케Josef Rilke와 어머니 조피(피아 릴케Phia Rilke)의 둘째 아이로 태어남. 손위로 누이가 있었으나, 릴케가 7개월 반 된 조숙아로 태어나기 전에 병으로 사망했음. 12월 19일 장크트하인리히 교회 인명록에 〈르네 카를 빌헬름 요한 요제프 마리아René Karl Wilhelm Johann Josef Maria〉라는 세례명으로 등록. 릴케의 아버지는 보병 연대와 포병 학교 중대를 우수한 성적으로 졸업한 뒤 제1 포병 연대의 생도 대장으로 1859년 이탈리아 전투에 참여했고, 전후에는 연대 학교의 교사가 되었으나, 장교의 길이 막히자 군에서 퇴역하고 형 야로슬라프의 주선으로 철도 회사에 취직해 작은 역의 역장으로 근무함. 릴케의 어머니는 황실 참사관이자 공장 경영자였던 칼 엔츠의 딸로 부유한 집안에서 자랐으나, 남편에 내한 불만이 컸고, 탄생 직후 잃어버린 딸에 대한 아쉬움 때문에 릴케에게 일곱 살 때까지 여자아이 옷을 입혀 키웠음.

1882년 7세 프라하의 피아리스트 수도회(1617년 로마에서 창설된 가톨릭 교육 수도회)에서 운영하는 독일 초등학교에 입학.

1884년 9세 부모의 별거가 시작됨. 양육은 어머니가 맡기로 함.

1885년 10세 이탈리아 카날레에서 어머니와 함께 여름 방학을 보냄. 양친을 위한 시 「슬픔에 대한 탄식Klage über Trauer」을 지음.

1886년 [11세] 9월 1일 장크트푈텐 육군 유년 실과 학교에 입학. 1873년
에 작위를 받은 큰아버지 야로슬라프 릴케의 주선으로 장학생이 됨.

1887년 [12세] 첫 성적표에 조용하고, 인내심이 있으며 선량한 성격에,
어학 과목(독일어, 프랑스어, 보헤미안어) 성적이 우수하다는 평가를
받음.

1888년 [13세] 5월 2~7일 시적 재능이 처음으로 폭발적으로 나타나,
공책에 많은 시를 적었음.

1890년 [15세] 상반기에 『삼십 년 전쟁사*Geschichte des Dreißigjährigen
Krieges*』를 산문으로 쓰기 시작. 9월 1일 메리슈바이스키르헨 육군 고
등 실과 학교 입학.

1891년 [16세] 6월 3일 아버지의 허락을 얻어 지속적인 병약 증세를 이
유로 군사 학교 자퇴. 9월 10일 빈의 「인터레산테 블라트」지에서 〈긴
옷자락이 좋은가, 나쁜가〉라는 주제로 현상 공모한 글짓기 대회에서
시가 2등으로 당선되어 처음으로 지상에 발표됨. 9월 중순 3년 과정의
린츠 무역 아카데미에 입학했으나, 그다음 해에 자퇴함으로써, 졸업 후
장교가 될 수 있는 자격도 포기함.

1892년 [17세] 5월 중순 무역 아카데미를 자퇴하고 린츠를 떠남.

1893년 [18세] 1월 사촌의 친구 발레리 폰 다비드론펠트Valerie von
David-Rhonfeld와 사귐. 1895년 헤어질 때까지 130통의 편지와 서간
형식의 시를 보냈고, 첫 시집 『인생과 노래*Leben und Lieder*』를 그녀에
게 바침. 11월 말 청년 독일 출판사에서 『인생과 노래』 출판. 릴케는 곧
이 시집을 하찮게 생각하여 재판 발행을 거부함.

1895년 [20세] 1월 1일 심리극 전문 잡지 『심리극 세계』에 「무리요
Murillo」 게재. 10월 2일 보헤미아 독일 작가 및 예술가 단체인 〈콩코르
디아〉와 〈보헤미아 독일 미술가 단체〉의 회원으로 가입하여 에밀 오를
릭Emil Orlik 등과 교류. 겨울 학기에 프라하 대학에 입학해 미술사, 문
학사 및 철학 강의를 수강. 성탄절 두 번째 시집 『가신봉제(家神奉祭)

Larenopfer』를 〈르네 마리아 릴케René Maria Rilke〉라는 이름으로 자가 출판함과 동시에 1892년부터 쓴 시 21편을 게재한 부정기 간행물 『치커리*Wegwarten*』을 창간하여, 병원과 시민 단체, 수공업 단체에 무료 배포함. 이 잡지는 3호까지만 나옴.

1896년 ^{21세} 8월 6일 단막극 「지금, 그리고 우리가 죽어 가는 시간에 Jetzt und in der Stunde unseres Absterbens」가 프라하 독일 민중 극장 여름 공연 작품으로 상연됨. 9월 29일 뮌헨 대학에 등록해 르네상스 미술사, 미학 기초, 다원론 등을 수강. 12월 시집 『꿈의 왕관을 쓰고*Traumgekrönt*』 발간.

1897년 ^{22세} 1월 11일 「독일 석간지」에 릴리엔크론Detlev von Liliencron 의 서사시에 대한 서평을 발표. 3월 28~31일 첫 베네치아 체류. 5월 12일 베를린에서 뮌헨으로 잠시 이사 온 36세의 루 안드레아스 살로메Lou Andreas-Salomé와 첫 만남. 5월 26일부터 쓴 루에게 바치는 연애시 1백 여 편에 〈너를 축하함Dir zur Feier〉이라는 전체 제목을 붙였으나, 루의 부탁으로 발표하지 않음. 루와 함께 볼프라츠하우젠에서 지내는 동안 릴케는 르네René라는 이름을 라이너Rainer로 바꾸고, 필체도 딱딱한 모양에서 부드럽고 고른 모양으로 고침. 또한 대도시 문필가의 생활 태도를 버리고 당시의 개혁 운동에 맞게 채식 위주의 근검절약하는 태도를 유지함. 6월 4일 징병 소집 영장을 받고 신체검사를 받았으나, 면제됨. 12월 7일 루의 소개로 만난 슈테판 게오르게Stephan George에게 독회 가입을 청원하는 편지를 보냈으나, 거절당함. 뮌헨에서 〈아버님을 위하여 크리스마스 드리 밑에 바침〉이라는 헌사가 붙은 시집 『강림절*Advent*』 출간.

1898년 ^{23세} 1월 28일 리하르트 데멜Richard Dehmel과 첫 만남. 3월 5일 프라하의 독일 딜레탕트 협회에서 〈현대 서정시〉 강연. 산문시 실험을 단호하게 반대함. 4월 15일~7월 6일 루를 위하여 기행문 형식의 『피렌체 일기*Das Florenzer Tagebuch*』를 씀. 이 시기에 「소녀들의 기도 Mädchenlieder」를 지음. 피렌체에서 우연히 만난 슈테판 게오르게로부터 미성숙 작품들을 너무 일찍 발표한다는 비판을 들음. 10월 15일 베릴린 미술 살롱 개관 기념으로『빈 룬트샤우』지에 「베를린의 새로운 미술Die neue Kunst in Berlin」을 기고.

1899년 24세 부활절부터 1900년 8월까지 베를린 대학교 미술사 전공 학생으로 등록, 게오르크 짐멜의 강의를 들음. 4월 25일부터 첫 번째 러시아 여행. 루 부부를 따라 상트페테르부르크와 모스크바를 방문. 4월 28일 톨스토이Lev Nikolaevich Tolstoy 방문. 6월 28일 베를린으로 돌아옴. 9월 20일~10월 14일 첫 번째 러시아 여행에서 받은 인상을 중심으로『시도집(時禱集)Das Stunden-Buch』제1권「승려 생활의 기도서」에 실릴 시들과, 장시「코르넷 크리스토프 릴케의 사랑과 죽음의 노래Die Weise von Liebe und Tod des Cornets Christoph Rilke」를 지음. 11월 3일 루에게 보내는 형식의 일기「슈마르겐도르프 일기Schmargendorfer Tagebuch」를 다시 쓰기 시작함. 성탄절을 맞이하여 시집『나를 축하함 Mir zur Feier』출간.

1900년 25세 1월 초「러시아 미술Russische Kunst」집필 개시. 3월 5일 체호프Anton Pavlovich Chekhov의「갈매기Chaika」번역 완료. 5월 7일 ~8월 24일 루와 단둘이 두 번째 러시아 여행. 5월 11일 레오니드 파스테르나크(보리스 파스테르나크Boris Pasternak의 부친) 방문. 5월 15일 톨스토이 방문. 7월 18일 니소브카에서 농민시인 드로신Spiridon D. Droschin 방문. 8월 26일 베를린으로 돌아옴. 성탄절 직전에 세 번째 산문집『사랑하는 신에 관하여 외Geschichten vom lieben Gott』출간.

1901년 26세 1월 5일 〈메테를랑크Maurice Maeterlinck 연극〉에 대한 논문을 함부르크 주간지에 게재. 3월 8일 뮌헨 문예지『아발룬』이 릴케 특집호를 냄. 4월 28일 브레멘에서 조각가 클라라 베스트호프 Clara Westhoff와 혼인. 9월 18~25일『시도집』제2부 〈순례의 기도서 Das Buch von der Pilgerschaft〉를 위한 시 34편 집필. 10월 19일『차이트』지에 논문「러시아 미술」이 게재됨. 11월 말『마지막 사람들Die Letzten』출간. 12월 12일 외동딸 루트가 태어남. 12월 20일 희곡「일상생활Das tägliche Leben」이 베를린의 레지덴츠 극장에서 초연되었으나, 흥행 실패.

1902년 ^{27세} 7월 베를린의 악셀 융커 출판사에서 게르하르트 하우프 트만Gerhart Hauptmann에게 헌정된 『형상 시집*Das Buch der Bilder*』 출간. 9월 1일 파리에서 로댕Auguste Rodin 방문. 11월 5~6일 『신시집 *Neue Gedichte*』의 첫머리에 실릴 시 「표범Der Panther」을 지음. 11월 22일 『로댕론*Auguste Rodin*』을 탈고.

1903년 ^{28세} 2월 17일 프란츠 크사버 카푸스Franz Xaver Kappus에 게 첫 편지를 보냄. 1908년 12월 26일까지 그에게 보낸 릴케의 편지들 은 나중에 『젊은 시인에게 보내는 편지*Briefe an einen jungen Dichter*』로 출간됨. 2월 말 『보르프스베데*Worpswede*』가 122개의 도판과 함께 출 간됨. 3월 말 『로댕론』이 무터Richard Muther 교수가 발행하는 〈미술. 도판이 있는 평전 선집〉 시리즈 제10권으로 발간됨. 4월 13~20일 『시 도집』 제3부 「가난과 죽음의 기도서Das Buch von der Armut und vom Tode」 완성. 8월 말~9월 9일 아내와 함께 베니스와 피렌체를 여행.

1904년 ^{29세} 2월 8일 『말테의 수기*Die Aufzeichnungen des Malte Laurids Brigge*』 집필 시작. 3월 18일 러일전쟁이 발발하자 오랫동안 소식이 없 는 루에게 안부 편지를 보냄. 8월 26일 스웨덴 보르게비에 있을 때 여성 진보 교육학자 엘렌 케이Ellen Karolina Sofia Key가 방문.

1905년 ^{30세} 3월 6일부터 클라라와 함께 드레스덴의 〈하얀 사슴〉 요 양원에 머무름. 4월 19일 클라라는 보르프스베데로, 릴케는 베를린으 로 떠남. 5월 16일 『시도집』 원고 최종 교정쇄를 인젤 출판사에 넘기며, 〈16세기에 사용되던 고상한 기도집처럼 장정을 꾸미되, 인위적으로 중 세풍을 내지 말 것〉을 당부함. 6월 25일~7월 17일 베를린 대학에서 게 오르크 짐멜의 강의를 수강. 9월 12일 로댕의 초청을 받고 파리에 도 착. 10월 21일~11월 2일 첫 번째 〈로댕론〉 강연 여행을 떠나 드레스덴, 프라하에서 강연. 12월 18일 브뤼셀을 거쳐 보르프스베데로 여행.

1906년 ^{31세} 2월 25일~3월 31일 두 번째 강연 여행. 3월 14일 아버 지(요제프 릴케)의 사망 소식을 듣고 프라하로 떠남. 3월 19일 베를린 으로 돌아와 〈예술단체〉에서 〈로댕의 작품〉 강연. 12월 4일부터 팬드 리히 부인의 초청으로 카프리의 빌라 디스코폴리 공원 안에 있는 작은 집에서 머무름. 12월 17일 가족에게 소홀하다는 루의 비난을 전해 듣고 클라라에게 편지를 보냄. 〈의무들 가운데 어떤 것만 고르거나 가장 가깝고 자연스러운 것을 피할 권리가 우리에겐 없다고 루는 말하지만, 나에게 가장 가깝고 자연스러운 것은, 벌써 어린 시절부터, 여기 이것(작업과 과제)이었다오.〉

1907년 32세   1월 5일. 매일 아침 성 프란치스코의 전기를 읽음. 4월 10일 포르투갈의 시인 엘리자베트 바레트-브라우닝Elizabeth Barrett Browning의 소네트 44편 번역을 완성함. 6월 26일 클라라에게 『신시집』 원고를 보내며, 보충할 것과 뺄 것 등에 대한 의견을 구함. 11월 15일 베를린에서 릴케의 『로댕론Auguste Rodin』이 출간됨. 12월 라이프치히의 인젤 출판사에서 『신시집』 발간. 〈카를과 엘리자베트 폰 데어 하이트의 우정에 바침〉이라는 헌정사 수록.

1908년 33세   2월 베를린, 뮌헨, 로마를 거쳐 나폴리에 머묾. 2월 29일 ~4월 18일 팬드리히 부인의 초청으로 다시 빌라 디스코폴리에서 지냄. 인젤 출판사에서 릴케가 포르투갈어를 번역한 『엘리자베트 바레트 브라우닝의 소네트』 출간. 〈알리스 팬드리히를 추모함〉이라는 헌정사가 들어감. 6월 23일 카프리에서 팬드리히 부인이 티푸스로 사망. 7월 29일 뮈동으로 로댕 방문. 8월 31일 비롱 호텔에 입주. 오늘날 로댕 박물관이 된 이곳의 여러 방에서 1911년 10월 12일까지 지냈음. 11월 2일 파울라 모더존 베커Paula Modersohn-Becker를 위한 진혼시 「한 여자 친구를 위하여Für eine Freundin」 완성. 11월 인젤 출판사에서 『신시집 별권Der Neuen Gedichte anderer Teil』 발간. 〈위대한 친구 오귀스트 로댕에게〉라는 헌정사 수록.

1909년 34세   1월 7~8일 작품 전집을 인젤 출판사에서 출판하는 데에 키펜베르크가 동의함. 9월 1일 바트 리폴트자우에 도착. 오스트리아 바우에른펠트상 수상 후 상금으로 슈바르츠발트에서 요양. 9월 22일 ~10월 8일 아비뇽 방문. 12월 13일 탁시스 후작 부인과 첫 만남. 릴케가 세상을 떠날 때까지 460통의 서신을 교환.

1910년 35세   1월 8일 밤 파리를 떠남. 1월 12~31일 키펜베르크의 집에서 거처하며 『말테의 수기』를 정서시키는 한편, 예나에서 강연. 1월 31일 카타리나 키펜베르크 부인에게 감사의 편지를 보냄. 139통의 편지가 남아 있음. 3월 19일~4월 19일 마지막 로마 여행. 4월 20~27일 트리스트 근교에 있는 탁시스 후작 부인의 두이노 성에 손님으로 머물면서 루돌프 카스너Rudolf Kassner와 교류함. 4월 28일~5월 11일 베니스 체류. 5월 31일 인젤 출판사에서 『말테의 수기』 출간. 9월 6일 앙드레 지드André Gide에게 『말테의 수기』를 보냄. 11월 19일~1911년 3월 29일 알제리, 튀니지, 이집트 여행.

1911년 36세 4월 6일 파리 도착. 5월 앙드레 지드가 마이리슈 드 생위베르 부인과 함께 번역한 『말테의 수기』 제18장, 제28장이 7월 1일자 『누벨 레뷔 프랑세즈』지에 게재됨. 5월 초 모리스 드 게랭Maurice de Guérin의 『켄타우로스Der Kentauer』 번역. 8월 20일 탁시스 후작 부인과 함께 자동차로 라이프치히 여행. 8월 22일 바이마르에서 공원과 괴테Johann Wolfgang von Goethe의 정원을 방문. 스무 살로 요절한 크리스티아네 노이만을 추도하는 괴테의 시 「우미의 여신Euphrosyne」에 깊은 감명을 받고, 훗날 「제1비가」에 요절한 영웅의 모티프로 사용. 8월 23일~9월 8일 라이프치히에서 키펜베르크 내외의 손님으로 지내며, 카타리나 키펜베르크와 셰익스피어의 작품들을 읽음. 9월 30일 프라하의 슈타르크 변호사에게 유산 상속뿐만 아니라 이혼을 상의하는 편지를 보냄. 10월 12~21일 탁시스 후작 부인의 운전기사와 함께 자동차로 아발론, 리옹, 마비뇽, 후안레스핀스, 벤티미글리아, 산레모, 사보나, 피아센차, 볼로냐, 베네치아를 거쳐 두이노까지 여행. 10월 22일~1912년 5월 9일 탁시스 후작 부인의 두이노 성에 머물면서, 매일 저녁 후작 부인과 단테의 『새로운 인생La Vita Nuova』을 읽음.

1912년 37세 1월 15~22일 연작시 「마리아의 일생Das Marien-Leben」 집필. 1월 21일 「제1비가」 완성. 1월 말~2월 초 「제2비가」 및 「제10비가」의 1~15행 완성. 2월 11일 한 독자에게 『말테의 수기』를 〈물결을 거슬러 읽도록〉 권유함. 3월 13일 슈타르크 박사에게 이혼 서류를 빈의 법원 변호사 타이머 박사에게 제출하도록 요청. 11월 1일~1913년 2월 24일 스페인에 머무름.

1913년 38세 1월 14일 연작시 「스페인 3부작Die spanische Trilogie」을 완성. 1월 말~2월 초 두이노의 「제6비가」 1~31행 완성. 2월 25일 ~6월 6일 파리에 머무르며 초대를 받고 키펜베르크와 함께 로댕 방문. 7월 27일 베를린 여행. 10월 18일~1914년 2월 25일 파리에서 창작 활동을 함. 늦가을 「제3비가」를 확대 완성하고, 「제6비가」의 42~44행을 씀. 1913년 말 시 「자매 I, IIDie Geschwister」, 「밤에 부치는 시Gedichte an die Nacht」 6편, 그리고 「제10비가」를 완성함.

1914년 39세 1월 「밤에 부치는 시」 2편 완성. 4월 20일~5월 4일 마지막으로 두이노에 머무름. 5월 12일 릴케가 번역한 앙드레 지드의 『돌아온 탕아Le Retour de l'enfant prodigue』가 인젤 문고 143호로 발간됨. 6월 20일 루에게 새로운 시 「전회Wendung」를 알림. 6월 28일. 사라예보에서 오스트리아-헝가리 황태자 부부 피살. 7월 25일. 프란츠 베르펠Franz Werfel과 만남. 7월 29일. 노르베르트 폰 헬링그라트Norbert von Hellingrath에게 〈횔덜린Hölderlin〉 특집 간행에 대한 감사의 편지 보냄. 8월 2~3일 전쟁 찬미가 다섯 편이 〈전쟁 연감〉으로 나온 인젤 연감 1915년판에 실림. 10월 26일 헬링그라트의 모친에게 시 「횔덜린에게An Hölderlin」를 보냄.

1915년 40세 1월 16일 아네테 콜프Annette Kolb와 적국 소속이 된 로맹 롤랑Romain Rolland, 버나드 쇼George Bernard Shaw, 반 에덴 Frederik Willem van Eeden 등 저명인사들과 협력하여 〈국제 잡지〉 발간 계획을 논의함. 5월 16일 군 면제 받음. 9월 4일 파리에 남기고 온 물건들이 밀린 방세를 해결하기 위해 경매 처분 되었다는 소식을 듣게 됨. 10월 14일~11월 9일 루에게 바치는 「7개의 시편Sieben Gedichte」, 11월 13일 「한 소년의 죽음에 대한 진혼곡Requiem auf den Tod eines Knaben」, 11월 22~23일 「제4비가」 완성. 11월 24일 징병 재검에서 무기소지 국민군 적격 판정을 받고, 1916년 1월 4일자로 〈비배속 국민군〉으로 북부 보헤미아 지방의 투르나우에 출두하라는 명령을 받음.

1916년 41세 1월 4일 바움가르텐 소재 제1 후방대 사수 연대의 빈 병영으로 배속되어, 바라크에서 근무하며 군사 훈련을 받음. 1월 17일 슈테판 츠바이크를 통해 파리에서 사라진 릴케의 서류와 책들을 찾으려고 로망 롤랑이 애쓴다는 소식을 들음. 앙드레 지드가 코포Jacques Copeau와 함께 릴케가 살던 집을 찾아가 모든 것이 팔린 가운데 서류와 편지들은 여자 수위가 여행 가방에 넣어 세놓지 않은 창고 작업실에 보관했다는 사실을 알아냄. 이 가방은 압류되었다가 1923년에 비로소 지드가 〈누벨 레뷰 프랑세즈〉 사무실 공간으로 옮겨 놓은 것을, 1925년에 릴케가 찾아김. 1월 27일 선생 기록 분서실에 배치됨. 이곳에는 슈테판 츠바이크Stefan Zweig를 비롯한 여러 명의 문필가들이 근무하고 있었음. 이들의 임무는 작은 전쟁 소식에 수식을 가하여 영웅적인 분위기로 독자들에게 전달하는 것이있는데, 〈영웅 화장〉이라고도 불린 이러한 〈허구 서비스〉를 맡기를 거부하고 대신 월급 명세서로 쓰기 위해 2밀리미터 간격으로 가로세로 줄긋는 일을 맡음. 6월 9일 징용이 해제됨. 11월 21일 프란츠 요제프Franz Josef 오스트리아-헝가리 제국 황제 사망. 11월. 〈인젤 연감 1917〉호에 릴케가 번역한 폴 베를렌Paul Verlaine의 시와 미켈란젤로 모작시 여러 편이 실림.

1917년 42세   4월 6일 미국이 독일에 선전포고. 7월 18일 뮌헨을 떠나 베를린에 머무름. 11월 17일 로댕 별세. 12월 4일. 키펜베르크 부인에게 루트의 생일 선물로 괴테의 『서동 시집West-östlicher Divan』과 티슈바인의 괴테 초상화를 구해 달라고 부탁. 12월 15일 동부전선 휴전.

1918년 43세   1월 8일 미국 대통령 윌슨이 민족 자결 원칙을 선언. 5월 8일 뮌헨의 아인밀러슈트라세에 거처를 정함. 이웃집 1층에 파울 클레 Paul Klee가 살고 있었음. 10월 초 독일 정부가 윌슨 대통령에게 정전을 제의하는 문서를 보냄. 10월 27일 체코, 유고슬라비아, 헝가리가 독립을 선언함. 11월 11일 칼 황제 퇴위. 스위스로부터 입국 사증을 받음. 12월 17일 빈 소재 저지 오스트리아 주정부에 훈장을 거절하는 공문서를 보냄.

1919년 44세   3월 5일 딸 루트와 바하 콘서트를 방문한 것이 딸과의 마지막 만남이 됨. 6월 2일 루와 마지막 작별을 함. 6월 6일 스위스 입국 허가를 받음. 6월 11일 뮌헨을 떠나, 다시는 독일로 돌아오지 않음.

취리히에서 호팅겐 독서 서클 회원들의 영접을 받음. 6월 19~25일 제네바에 머물며 파리에서 사귄 화가 발라딘 클로소브스카를 방문함. 6월 25일~7월 24일 베른과 취리히에 머무름. 8월 2일 바이마르에서 외아들을 데리고 농사일을 하고 있는 리자 하이제 부인으로부터 『형상시집』의 독자로서의 감사 편지를 받음. 이 여인에게 보낸 릴케의 편지 9통은 나중에 「젊은 여인에게 보내는 편지」로 출판되었음. 9월 23일 기차를 타고 로잔으로 여행. 10월 5일 에세이 『태초의 소음Ur-geräusch』이 『인젤 쉬프』 창간호에 실림. 12월 7일~1920년 2월 말 테신에 머무름.

1920년 ⁴⁵세 1월 21일 레오폴드 폰 슐뢰처에게 전쟁 중 라인강 지역에서 프랑스 군이 저지른 악행을 비방하지 말라는 편지를 보냄. 6월 10일 탁시스 후작 부인이 머물고 있는 베니스로 떠남. 릴케가 번역한 스테판 말라르메Stéphane Mallarmé의 「마드모아젤 말라르메의 부채Eventail de Mademoiselle Mallarmé」가 『인젤 쉬프』 5월 호에 실림. 7월 13일 베니스를 떠나 취리히를 거쳐 제네바로 여행, 화가 발라딘 클로소브스카 부인과 만남. 8월 27일 분덜리 부인에게 보낸 편지에서 처음으로 〈창문〉 모티프를 언급함. 10월 23일 파리 여행. 11월 12일 베르크 암 이르헬 저택으로 이사. 12월 9일 장크트 푈텐 육군 유년 학교 시절 은사 제들라코비츠 중장에게 자신의 고통스러웠던 재학 시절을 고백하는 장문의 편지를 보냄. 12월 17일 어머니 피아 릴케에게 〈무릎 꿇은 자의 위대함〉에 대한 편지를 보냄.

1921년 ⁴⁶세 1월 6일 제네바로 발라딘 클로소브스카 병문안. 2월 17일 탁시스 후작 부인에게 〈삶과 창작〉의 갈등에 대한 고뇌를 알리는 편지를 보냄. 3월 5일 파리에 남겨 두고 온 소유물을 챙겨 준 앙드레 지드에게 감사의 편지를 보냄. 3월 8일 프랑스군이 뒤셀도르프, 두이스부르크 및 루르 지방을 점령함. 3월 14~16일 폴 발레리Paul Valéry의 「해변의 묘지 Le Cimetière marin」를 번역. 4월 24~30일 산문 「유언Das Testament」을 작성함(1975년 출간). 7월 26일 라인하르트 베르너Werner Reinhart가 전세 계약한 뮈조트 저택에 입주. 10월 31일 딸 루트와 칼 지버의 약혼을 아내 클라라와의 공동명으로 신문에 공지함. 11월 12일 분덜리 부인의 첫 뮈조트 방문.

1922년 47세 1월 15일 일체의 신문 구독을 중단하고, 편지 쓰기와 외부 활동을 자제하기 시작함. 2월 2~5일 「오르페우스에게 바치는 소네트Die Sonette an Orpheus」 제1부 25편 완성. 2월 11일 탁시스 후작 부인에게 10년 전에 시작한 「두이노의 비가」 10편이 모두 완성되었다는 소식을 전함, 루에게도 이 소식을 전함. 2월 12일~15일 「젊은 노동자의 편지Der Brief des jungen Arbeiters」 작성. 2월 14일 곡예사 모티프가 나오는 열한 번째 비가를 완성하여 「제5비가」로 바꿈. 2월 23일 「오르페우스에게 바치는 소네트」 제2부 29편 완성. 5월 18일 딸 루트 혼인. 7월 21~25일 키펜베르크 부부가 방문하여, 「비가」와 「소네트」를 읽어 줌. 전집 발간을 의논함. 8월 17~18일 발라딘 클로소브스카와 베른을 거쳐 베아텐베르크로 여행. 12월 발레리의 시편들을 번역함.

1923년 48세 1월 11일 발레리의 시 「라 피티La Pythie」(아폴로신의 무녀) 번역. 2월 12~14일 발레리의 시 「여명Aurore」 번역. 6월 17일 도나우에싱겐에서 파울 힌데미트Paul Hindemith가 소프라노와 피아노를 위한 곡으로 만든 릴케의 시 「마리아의 일생」이 초연됨. 8월 22일~9월 22일 쇤베크 요양원에서 요양. 10월 중 『두이노의 비가Duineser Elegien』 보통판 발간. 11월 2일 릴케의 외손자 출생. 12월 28일 발몽 요양원 입원.

1924년 49세 1월 20일 뮈조트로 돌아옴. 2월 초부터 집중적으로 프랑스어 시를 쓰기 시작함. 발레리에게 자신이 번역한 「매혹Charmes」 원고를 보냄. 4월 6일 폴 발레리가 뮈조트를 방문함. 4월 22일 쾨니히스베르그에서 심리 치료사로 일하는 루에게서 릴케의 시가 환자들에게 미치는 놀라운 효과에 대한 소식을 들음. 4월 25일 키펜베르크 부부의 마지막 방문. 5월 17~29일 남동생과 함께 뮈조트를 방문한 클라라와 6년 만에 재회. 6월 18일~27일 분덜리 부인과 함께 자동차로 스위스 여행. 6월 28일~7월 23일 라가츠에 머무는 동안 탁시스 후작 내외를 만남. 7월 23일~8월 1일 분덜리 부인의 손님으로 마일렌에 머무름. 8월 2일 뮈조트로 돌아옴. 8월 초부터 9월 초 사이에 「발리의 4행시Les Quatrains Valaisans」 36편을 씀. 9월 7~16일 리하르트 봐이닝어Richard Weininger의 초청으로 로잔에 머무르며 프랑스어 연작시 「장미꽃Les Roses」 24편을 씀. 11월 24일 발몽 요양원에 6주간 입원.

1925년 50세 1월 7일~8월 18일까지 파리에 머물며 발라딘 클로소브스카와 매일 만남. 1월 16일 옛집에 두고 갔던 상자를 되찾음. 1월 29일 앙드레 지드의 소개로 샤를 뒤 보스Charles Du Bos를 만남. 2월부터 모리스 베츠Maurice Betz의 『말테의 수기』 번역을 도움. 5월 1일 프랑스어 시 「과수원Vergers」의 원고 작성을 완료함. 5월 12일 명예 훈장 상신을 사양하는 편지를 발레리에게 보냄. 7월 1일 『누벨 레뷔 프랑세즈』 31호에 프랑스어 시 5편이 게재됨. 7월 15일 『라 레뷔 누벨』 8~9호에 프랑스어 시 4편이 실림. 8월 18일 발라딘 클로소브스카와 함께 파리를 떠남. 9월 1일 스위스 시에레에서 베르너 라인하르트와 만남. 10월 1일 이전부터 언어 장애가 될 정도로 입술 안쪽에 돌기가 생기는 새로운 이상 증세가 나타나, 암을 의심함. 10월 1일 마일렌의 두 의사로부터 암이 아니라는 진단을 받음. 10월 14일 뮈조트로 돌아와 유서를 작성함, 자신에게 치매가 오더라도 사제의 도움을 받지 말되, 언덕진 곳에 있는 라롱의 오래된 교회 마당에 묻어 줄 것을 요청했으며, 모든 유물을 분덜리 부인에게 위임하고, 자신이 여러 사람과 교환한 서신의 출판권은 인젤 출판사에 위임한다는 유언을 남김. 묘비명 〈장미여, 오 순수한 모순이여, / 그 많은 눈까풀 아래 누구의 잠도 아니려는 / 욕망이여〉도 유서에 포함되었음. 11월 5일 작곡가 에른스트 크레네크Ernst Krenek에게 3부 연작시 「오, 눈물의 여인이여O Lacrimosa」를 보냄. 11월 10일 비톨드 훌레비치의 질문에 답하는 편지에서 『말테의 수기』에 나오는 역사적 사실들의 정확성을 너무 따지지 말고 주인공의 〈고통의 어휘〉라는 시각에서 볼 것을 권유함. 12월 4일 생일을 홀로 뮈조트에서 보냄. 베를린, 함부르크, 슈투트가르트, 하노버, 쾰른, 린츠, 빈, 베른, 프라하, 코펜하겐 등 유럽 각지의 일간지와 잡지에 릴케 탄생 50주년을 기념하는 수많은 글이 발표됨. 12월 20일 발몽 요양원 입원.

1926년 51세 1월 2일 방 안에서 넘어져 심한 타박상을 입음. 1월 28일 후두염에 걸림. 3월 4일 프랑스어 시집 『과수원』 교정을 위하여 치료를 중단. 3월 30일 키펜베르크로부터 발레리의 저작권을 중개해 달라는 요청을 받음. 4월 초~5월 24일 프랑스어 연작시 「창문Fenêtres」 열 편을 완성함. 6월 1일 발몽 요양원 퇴원. 6월 4일 폴 발레리의 「나르시스 단장(斷章)Fragments du Narcisse」 번역. 6월 9일 인젤 연감에 낼 작품을 부탁한 카타리나 키펜베르크에게 1925년 늦가을부터 틈틈이 쓴 글을 모아 둔 〈포켓북과 메모지〉를 보냄. 7월 8일 발레리로부터 「나르시스 단장」의 번역을 감사함과 아울러, 「과수원」의 독특한 운율이 베를렌의 시를 닮은 것 같다는 편지를 받음. 7월 10일 앙드레 지드로부터 「과수원」의 고유한 매력을 칭친하는 편지를 받음. 9월 9~10일 이집트 여인 니메트 엘루이 부인을 만남. 9월 11일 부르크하르트 모친의 초청으로 방문한 리엥쿠르의 산책길에서 릴케를 따라다니는 초록색과 파란색 눈을 가진 고양이를 본 농부(農婦)로부터 〈짝짝이 눈을 가진 고양이는 금년 안에 죽음을 뜻한다〉는 말을 듣고 충격을 받음. 9월 13일 흉상 제작을 위해 토논에 온 발레리를 만남. 9월 25일 엘루이 부인 일행을 맞이하기 위해 장미를 꺾다가 왼쪽 손가락을 깊이 찔림. 10월 27일 키펜베르크에게 자신의 발병과 발레리의 작품 번역 완성을 알림. 11월 2일 베를린 예술원장에게 예술원 회원 임명을 사절하는 편지를 보냄. 11월 27일 참을 수 없는 고통으로 의사의 왕진을 받음. 11월 30일 발몽 요양원 도착. 12월 4일 51회 생일을 맞아 분덜리 부인에게 부탁해 〈병이 위중함〉을 알리는 카드를 인쇄하여 백여 명에게 보냄. 12월 13일 릴케의 주치의가 루에게 릴케의 백혈병 증세를 알림. 12월 15일 루돌프 카스너에게 〈말할 수 없는〉 고통을 알리는 마지막 편지를 보냄. 12월 23일 분덜리 부인에게 의사 대신 자신의 임종을 도와 달라고 부탁함. 12월 29일 영면.

열린책들 세계문학 211 말테의 수기

옮긴이 안문영 서강대학교와 고려대학교 대학원에서 독문학을 전공하고 독일 본 대학교에서 라이너 마리아 릴케의 후기 시에 대한 논문으로 박사 학위를 취득했다. 1984년부터 충남대학교 독어독문학과 교수로 재직 중이다. 현대 독일 시와 번역 이론, 그리고 릴케와 괴테의 작품에 나타난 동양적 요소 등에 깊은 관심을 가지고 연구하고 있다. 괴테, 릴케, 첼란, 구체시, 문학 용어 번역에 관한 논문을 다수 발표했으며, 라이너 마리아 릴케의 『두이노의 비가/오르페우스에게 바치는 소네트』, 『릴케의 편지』, 『보릅스베데의 풍경화가들』, 요한 볼프강 폰 괴테의 『서동 시집』, 제니 에르펜베크의 『늙은 아이 이야기』, 로버트 슈나이더의 『오르가니스트』 등을 우리말로 옮겼다.

지은이 라이너 마리아 릴케 **옮긴이** 안문영 **발행인** 홍예빈·홍유진
발행처 주식회사 열린책들 **주소** 경기도 파주시 문발로 253 파주출판도시
전화 031-955-4000 **팩스** 031-955-4004 **홈페이지** www.openbooks.co.kr
Copyright (C) 주식회사 열린책들, 2013, *Printed in Korea.*
ISBN 978-89-329-1211-0 04850 **ISBN** 978-89-329-1499-2 (세트)
발행일 2013년 4월 10일 세계문학판 1쇄 2023년 4월 15일 세계문학판 7쇄

이 도서의 국립중앙도서관 출판예정도서목록(CIP)은 서지정보유통지원시스템 홈페이지(http://seoji.nl.go.kr)와 국가자료공동목록시스템(http://www.nl.go.kr/kolisnet)에서 이용하실 수 있습니다.(CIP제어번호:CIP2013001348)

열린책들 세계문학
Open Books World Literature